高深作品精粹

高深 著

作家出版社

高深（1935—2017）

回族，祖籍辽宁岫岩县。1946年8月参加东北民主联军回民支队。1952年开始公开发表文学作品，1956年出席全国第一次青年文学创作者大会。一级作家，中国作家协会名誉委员，中国少数民族作家学会顾问，民族文学杂志社编委，辽宁省作家协会顾问。历任宁夏文联、《朔方》杂志、锦州市委宣传部、锦州政协领导职务。率作家代表团出访过德国、伊拉克、美国等国家。

已出版诗集《路漫漫》《小哥俩》《大西北放歌》《大漠之恋》《苦歌》《寻找自己》《高深诗选》《那片青青的草地》，杂文随笔集《高深杂文随笔选》《庸人好活》《不读才子书》《那片淡淡的白云》，中短篇小说集《军魂》，长篇小说《关门弟子》等。主编《文学的日子——鲁迅文学院建院50年文集》《梁衡散文研究》，与人合编《中国少数民族儿童小说选》等。曾获第一、二、四、六届全国少数民族文学创作"骏马奖"。部分小说、诗歌被译成英、德、捷、阿、乌、朝等文介绍到国外。

勇敢地掏出生命的全部

——序《高深作品精粹》

吉狄马加

　　《高深作品精粹》就要出版了，他的家人希望我能为这本作品集写个序，说心里话，无论是从个人的友谊，还是从我对他作品的喜爱，我都非常愿意承担这样一个有意义的任务。我认识高深是上个世纪八十年代，那个时候也正是中国少数民族文学开始复苏的时候，很多老一代的少数民族作家在拨乱反正之后又迎来了他们写作的新的春天，而一批年轻的少数民族作家也开始涌现，可以说那个时代在我们的文学记忆中所留下的深刻印象，是任何时候都难以从我们每一个人的个体生命中抹去的。还记得我和高深的第一次见面，就在《民族文学》杂志社举办的贵州花溪笔会上，就辈分而言，他属于我们这一代刚步入文坛的青年人的前辈，那个时候我们的国家和民族正处在一个转折的时候，在文学界也在对我们过去的历史进行反思，作家这个群体历来就有思考和忧国忧民的传统，我们相聚在一起总会就许多被全社会关注的问题进行热烈的讨论，其中也免不了会发生激烈的争论。在这些讨论中，我发现高深看问题总有他独到的地方，对问题他不会从褊狭的角度去得出结论，而往往会联系历史和实际，做出自己理性的判断和理解。可能因为我们都是诗人，在一个多月的笔会期间我们的接触和交流非常多，也因为这个原因，我对他过去的经历有了更多的了解。高深十一岁的时候就被投身抗联的父亲带到了部队，他只读过两年书，转业后竟然考取了哈尔滨外语学院，因不能实现学文的愿望，就自作主张退学了。可以说他

1

是从革命和社会这所大学校开始自己的文学生涯的。像他这样经历的作家，在我们老一辈作家中也不乏其人，他们正是在轰轰烈烈的历史和社会变革中，将自己的文学理想与国家民族的命运联系在了一起。也许也正是因为他们对这种执着追求光明和正义精神的坚守，有的人就是后来遭遇了人生的种种逆境和不幸，也从未改变过自己的初心。在高深的身上就显示出了这种可贵的品质，在他戴着"右派"帽子生活在大西北的艰难岁月中，也没有放弃过对未来的希望，仍然以一颗赤子之心拥抱和热爱着这片养育了他的土地，他用他全部生命书写的作品，证明了一个深爱着自己祖国的作家和诗人贯之一生的理想和追求。特别是十一届三中全会之后，高深的创作又进入了一个喷发期，他在诗歌、小说、散文、杂文等多个领域都取得了丰硕的收获，每次我们有机会见面，我都会为他不凡的成绩表达由衷的敬意。

高深是以诗歌成名的，早在上个世纪五十年代他已经是中国诗坛有一定影响的诗人了，他从登上诗坛的那一天开始，其作品就蕴含着现实主义的精神，在他的诗歌中可以看到五四以来优秀诗歌传统的影响，也可以看到苏俄时期经典诗人的作品也深度影响了他的写作。可能是长期生活在中国西部的原因，他的诗歌大都具有宽广的视野、深厚的精神纬度，同时，还具有鲜明的美学特质，哪怕是一首短小的抒情诗，他也会在看似冷静的白描中写出哲理和思想。高深在诗歌中从不去追求小情小趣，而是始终在写人和人的命运，他同他那个时代一些富有责任感的诗人一样，非常关注诗歌的社会作用，在有关诗歌的社会性写作面前，他们始终坚守着诗歌承担着推动人类精神建设的重要作用，当然最可贵的是，他们不是简单地强调诗歌的社会功利作用，而是主张必须高水平地艺术地去发挥诗歌的功能。毫无疑问，高深是上一个世纪五十年代出现的多民族诗人中，给我留下深刻印象的诗人之一，因为他的作品既是他个人的一部心灵史，同时也能折射出那个时代的历史记忆。在中国众多的少数民族诗人中，高深还有一个文化身份，那就是，他还是一位具有代表性的回族诗人，他一直在自己的诗歌写作中向传统学习、向民间学习、向鲜活的现实生活学习，从他诗歌的修辞和语言中，我们可以看到被千年吟唱过的"花儿"的影子，从他富有节奏的优美抒情里，我们能感受到西北民歌的旋律。我一直认为，在中国现当代诗人中，一部分人开始写诗的时候，其所使用的诗歌语言和修辞，似乎更偏重于外来诗歌的影响，而另一部分诗人的写作，则更表现出更具民族化和乡土化的语言，在我看来，高深的诗歌语言正好是这两者的结合。对一个诗人的评价，会随着时间的推移更接近于公正和准确，我以为，对高深作为一个诗人及其作品的思想和艺术价值，时间和历史以及后来的读者们将会作出更为公正的评判，因为我始终坚信，优秀的诗歌终究不会被岁月的尘埃所淹没。

高深还是一个优秀的小说家，他的小说充满了浓郁的诗意，同时，也洋溢着英雄主义的气质，还是在上个世纪八十年代，他就经常告诉我一句话，"谁说诗人不能写小说？"后来果然他不负众望，写出了读来令人荡气回肠的中篇小说《军魂》等一系列小说，从这些作品中，可以看出他具有卓越的叙事技巧和富有节制的语言把控能力，这些小说从另一个侧面书写了他的人生经历，那些故事、人物以及渐渐逝去的岁月和生活，都给我们和所有的读者留下了最为珍贵的精神记忆。作为散文家和杂文家的高深，他一直与这个时代同行，始终保持了一个思想者的敏感，他的散文和杂文从来不是对风花雪月的描摹，他所呈现给我们的文字，都饱含着强烈的忧患意识和思想的风骨。这次有机会能集中阅读他的这些文章，又一次给我带来了新的感动和思考，我相信，有更多的读者会产生与我同样的感受。

作为一个杰出的诗人和作家，高深永远不会被我们所忘记，同样，他也不会被历史和读者所忘记，因为他留给我们的文字将永远会活在时间的深处，成为更多人的记忆。是为序。

2019 年 6 月 17 日

目录 CONTENTS

第一辑　诗歌

我默立在海瑞墓前 / 3

你就这样掏出自己的心 / 4

黄山松 / 6

法律 / 8

北京 / 10

访孙中山故居感怀 / 11

春天的旗手 / 13

筏子工的深情 / 15

女店主和她的黄泥小屋 / 18

一个牧羊人的爱情 / 20

古渡口有一只木船 / 22

绿洲，赞美人生的诗 / 24

唱"花儿"的女人 / 26

男人、远山和酒 / 28

大漠草原上的男人和女人 / 30

给一位老羊工 / 32

她不是大西北的女人 / 34

回族妇女 / 37

老泥水匠的梦 / 38

牧羊人的葬礼 / 40

未列入名册的拓荒者 / 41

生命 / 43

雪夜 / 46

老树、牧人和他的妻子 / 49

那片青青的草坪 / 53

告别大西北 / 55

在那个日子里 / 57

大海的女儿 / 59

茉莉 / 61

松 / 62

旷野 / 63

我依然立在海岸 / 64

火花飞溅的思想 / 66

寻觅（之二） / 67

一匹老马 / 69

怀念父亲 / 71

离休之后 / 73

奉国寺大佛 / 76

苦歌 / 77

寻找自己 / 78

鹿回头 / 79

火山口上的白桦树 / 80

阿房宫遗址游感 / 82

访东坡书院 / 83

问半坡遗址 / 84

春天老了 / 86

我有许多回忆 / 87

无力到达的远方 / 88

一颗麦粒的生与死 / 89

读近代史有感 / 90

从腾格里归来的追忆 / 94

没有眼泪的黄土高原 / 96

访沈从文故居 / 98

我从"鬼门关"归来 / 99

游秦始皇陵 / 101

兵马俑 / 103

敦煌 / 105

大漠之恋 / 107

橡胶树，你流的是什么？ / 110

水手 / 112

白帆 / 113

渔港 / 114

浪花 / 115

心向辽西 / 116

长白天池 / 118

关于那场迟到的春雨 / 120

海兰江，你是革命的摇篮 / 122

我很累 / 125

良心贱卖 / 127

风呵，你好大的威力 / 129

他这个人真会拍马 / 131

给官僚主义者 / 132

封建主义 / 134

关于我的民族 / 135

独酌 / 142

题马骏墓 / 144

洱海渔家 / 146

长城 / 147

给老清洁工 / 148

巍峨长白山　滔滔鸭绿江 / 149

一曲不寻常的战争的壮歌 / 162

决战之前的雪夜 / 165

塑像 / 167

雨花台前 / 168

朱瑞将军 / 170

抗日亡魂向我默默地走过来 / 172

娄山关 / 174

他战死在那个遥远的冬天 / 176

永远的长征 / 179

在柏林，我寻找贝多芬 / 183

柏林墙呢？ / 185

假如从亚洲飞来一只麻雀 / 186

给一位漂泊者 / 187

第一千零二个故事 / 189

参观伊拉克国家博物馆 / 191

思念 / 193

诗歌 / 195

艾青，苦难和爱造就的诗人 / 196

我的诗（之一） / 198

我的诗（之二） / 200

致诗人 / 202

诗人和春 / 203

一个诗人的自白 / 204

第二辑　散文随笔

童年在关东 / 211

小兵下江南 / 238

西海固的后代 / 273

别了，大西北 / 278

春天的旗手 / 282

唱"花儿"的女人 / 284

黄土高原没有泪 / 285

我的几位维族朋友 / 286

生存 / 291

海之角天之涯 / 293

远山深情 / 299

苦菊 / 302

看山老爹 / 306

读大漠 / 308

母亲的嘱咐 / 312

泪眼问花花不语 / 315

水本无形 / 318

改正后写的第一篇报道 / 320

无能于巧语花言的人 / 323

歌者无悔 / 327

劝夫 / 332

润物细无声 / 337

唐宋诗话（四则） / 340

一个诗人与一条河流 / 346

琵琶妇人观念析 / 349

戏剧变脸与变脸术 / 351

让谁喜欢 / 353

两个故事　异曲同工 / 355

慎尔行，将有随之 / 357

多一些"自选动作" / 359

潮涨宜行船 / 360

创伤也是"财一笔" / 362

毛志成先生怎样画"句号"的 / 364

说识人"有度" / 366

也谈谁人信高洁 / 369

谁看得远 / 371

诚实的真伪 / 373

"张三"乎"李四"乎 / 375

问与"下问" / 377

杂文：犹抱琵琶半遮面 / 379

麻木的背后 / 381

骂钱骂喇叭骂猫 / 383

鲁迅何以小说立足文坛 / 385

大江东流去 / 389

英雄气概 / 404

民族的眼睛 / 407

沈从文与卞之琳的人格 / 410

散文的真情、品格及文采 / 414

唐宋诗词的意境之美 / 418

今月曾经照古人 / 422

孔子的治国之道 / 426

茅盾穿过"紧鞋子" / 430

第三辑　小说

军魂 / 435

油画大师的归来 / 486

清真寺落成的时候 / 505

雁归来 / 526

那片淡淡的白云 / 537

小路 / 547

她不是大西北的女人 / 558

阿拉善的悲哀 / 564

第一辑

诗歌

我默立在海瑞墓前

不是因为你是回回
我才对你特别敬爱
因为你给回回民族
留下了为官的清白

不是因为你是清官
我才对你特别崇拜
因为你给中华民族
留下了由衷的信赖

我千里迢迢跨过南海
不是只为了一次默哀
要向回回民族的历史
借鉴一些做人的正派

1980 年 10 月海口—广州
1981 年 8 月整理于塞上

你就这样掏出自己的心

剑川县石宝山有一剖腹观音：慈祥的白度母，高坐莲花台上，手托着从自己胸膛掏出的一颗心……

——旅途笔记

你端坐在玫瑰色的早晨
膜拜者无不为之震骇
世界眨眼间充满真善美
马克思也说你很可爱

你以难以想象的诚实
以人类仰慕很久的坦白
把世人裹得最严最严的心
掏出来捧出来
听任各色目光审视
让太阳热晒

你就那么自信
勇敢地掏出生命的全部
掏出灵魂的全部
无一丝掩盖
坚信自己的行为磊落
也不怀疑世人的襟怀

吸引那么多南来北往香客

穷人富人都献出爱戴

善男不是畏你佛法无边

信女不为避灾除害

那些虔诚的香火

那些陶醉的跪拜

可是对一种梦寐中的美德

深深地敬爱期待

你就这样掏出自己的心

再没有收回来

风吹过雨淋过

黄蜂蜇你的心流出鲜血

毒蛇舔你的真诚坦率

还有日复一日的沙湮尘埋

就这样托着你流血的心

托着你死也不动摇的信赖

那是一份很伟大的清白

1989 年夏追记于辽西

黄山松

凸隆的黑紫色岩石
瘦骨嶙峋的母亲
没有血没有泪没有视听
只有无穷尽的母爱和怜悯
她要生一个坚硬的儿子
克隆那黄山精神

那个苍老的黄昏
放荡的春风向她扑去
终于在三月怀了身孕
再造一个新的世界
黄山梦见了青春

于是挤出仅有的几滴奶汁
喂养涛声喂养渴望
喂养浅绿和深绿色的灵魂
一滴一滴地挤着挤着
挤女性的伟大的责任

你没有辜负爱的抚育
没有欺骗母亲的深情
没有抱愧岁月流逝的艰辛

终于有一天长成大树

长成令人战栗的险峻

条条坚韧细长的指爪

扭曲的赤子情深

朝石缝里挣扎挣扎挣扎……

直至把贫血的岩石咬紧

像个抱定生活信念的诗人

沉重多情的树冠

挂满人间密集的梦

赤裸的弯曲的根

搂紧风搂紧雨搂紧母亲

支撑一片风光

支撑一片生命的绿荫

1988 年夏于义县

法律

一

你本来是捍卫真理和正义的将军，
从何时起，变成了谷地里的草人？
麻雀亲昵地把你当作伴侣和知心，
吃罢谷穗，还在你的肩头上打盹。

二

法律呀，你天生就不是多情的恋人，
是黑脸包公吗？就理当六亲不认。
人民法律的大门，永远不会朝南开，
对以身试法者，何不以法制其身？

三

老年人还记忆犹新：钱可通神。
三十年后有人迷信：权可通神。
——这只不过是历史的回音。
你一旦真的给钱与权撬开一道门缝，
理智将嘲笑你是不值一钱的空文，
——道德和公理也会变得麻木不仁。

四

官级和权势不能命令你屈膝低首，
恶人告状，也再不会先声夺人；
你只忠实于事实和历史的良心，
监狱已经向诬陷者敞开了牢门。

1979 年 1 月于北京

北京

北京啊，你探望过我多少回，
睡梦里给我母亲似的抚慰。
我始终没有背叛自己的信念和良心，
是你栽在大西北的一棵向日葵。

北京啊，我来自富有而又贫穷的边陲，
带来了回族人民对你深深的敬佩。
本当唱一千首"花儿"把你赞美，
抚摸着华表却情不自禁地流出热泪……

我闭起眼睛饱尝那太阳的光辉，
三十年有这么一次也就令人心醉。
我爱你，却要远离你去走南闯北……
你让歌手带多少智慧满载而归？

1980 年 7 月于北京西苑

访孙中山故居感怀

……我们睡了，不知道世界他国进步的地方……今天中国的安危、存亡，全在我们中国的国民睡呢还是醒。

——1924 年 5 月 30 日孙中山在广州讲演新三民主义

我们曾经睡得很沉很沉
我们曾经睡得很香很香
可是我们像一条醒过来的蛟龙，
也曾搅动了整个太平洋

经过漫长充满爱情和搏斗的岁月
没有一天停息过狂风巨浪
还有那先天就缺少的营养
于是我们太疲倦了也太匆忙

记不得是从哪一年哪一月起
善良和容易满足的国民又走进梦乡
又是有些人睡得很沉很沉
又是有些人睡得很香很香

也有的人把梦寐中的蓬莱仙岛
误认为现实生活的天堂
不知道世界他国进步的地方

不知道地球上发生多少人世沧桑

难道我们遇到了历史的洄游
难道命运又返回久别的故乡
难道民族又提出了严肃的课题
——是醒还是睡？是存还是亡

1980 年 10 月 17 日—18 日于广州

春天的旗手

黄河伸出冰冷的舌头

舔着羊皮筏子的腹部

羊皮筏在解冻的激情里震颤

波涛与波涛之间涌出一个弧形

摆筏子的男人在生与死的夹缝里

捧着西北人的胆量

两条腿是两个矗立的桥墩

两只胳膊酷似会打弯的树干

恶浪和冰块撞碎了羞涩的怯懦

九死一生才尝着生活的甘甜

初春的朝阳终于升起来了

东方揭开一个隆重的庆典……

他忍耐了一个冬季忍耐养大了信念

没有忍耐的眼睛看不见春天

黄河给过他多少幸福就给过他多少不幸

他却不诅咒命运

命运是什么颜色他从没看见

扑在时间的波涛上无畏地冲浪

飞越过人生一大片凄戚的荒原

于是大西北的三月向他走来了

他驾着生命的筏子投进生存的搏斗

炊烟果园暖室……捧着希望醒来

从水手眼前一幕幕飞过

唯独被砍倒的树木在流泪

企望着一年一度的植树节

羊皮筏子是黄河举起的第一面旗帜

摆筏子的汉子是黄河春天的旗手

春风搅起一河收拢不住的春意

溅起千万颗音符般辛勤的汗珠

皮筏子在黄河的舌尖上

捧起一朵朵呼唤生命的花束

忘怀了漫长的禁锢的痛楚

黄河号子染绿了黄土高原染绿了峡谷

1986 年 4 月于银川

筏子工的深情

五年前的那个残酷的冬天
那个落着大雪的冬天的黄昏
凛冽的老北风失去了理智
撕裂开黄河厚厚的冰层
撅折了一片没经过世面的护岸林
河岸充满断裂和毁灭的声音

闯过了千涛万浪的筏子工
衰老了像岸边的一棵老柳树
像黄昏中坠落的疲倦的夕阳
在无情的暴风雪中倒下了
风湿病比三座大山沉重
四十年的水上生涯
给了老水手多少粗犷的快乐
晚年却剥夺了他行动的自由

他卧床不起一卧就是五年
与黄河打了一辈子交手的他
如今黄河是那么遥远朦胧
枕着涛声入睡像是枕着摇篮曲
听不见涛声就丢失了安宁
巨浪擎起羊皮筏子的感觉

似牧人骑着骏马在草原上驰骋

死神多次敲击他生命的门窗
他却顽强地挣扎着握紧脉搏的跳动
他不甘心就这样离开世界
要再看一眼黄河听听它的涛声
他是惊涛骇浪养育成人的
那裂岸的浪潮给过他拼搏的享受
欢腾愤悲壮阔的大河
给他的痛苦也带着甜味

他不肯就这样默默地归去
眼神里流露出痛苦的恳求和奢望
黄河呀！黄河呀！
为什么那么遥远，隔着千年万代
吸引着一个老筏子工的追求
支撑着一块苍白的哀老的生命的天空

孙儿从河那面的县城
搞到一盘黄河交响曲的磁带
收录机放出那么熟悉的声音
紧张急促的节奏
铿锵有力的音色
粗犷奔放而又深沉凝重的呼号
空气中有风和浪的共鸣
老水手惊愕了，一缕久违的喜悦
在他那艰难的呼吸里激动——

浑浊的河水覆盖着泡沫羊粪

沉重的铅灰色的阴云压在头顶

牛皮筏子像一片落叶任风浪沉浮

漩涡吞噬了那些胆怯的生命

老筏子工光着紫铜色的膀子

冲破一排排凶险贪婪的恶浪

执着热烈充满信念的搏斗

渡到彼岸时伴着一串朗朗的笑声

把恐惧和疲倦甩在身后

老水手是个没有音乐细胞的老人

对这支曲子却理解得那么深刻

他微笑着倾听黄河娓娓动人的诉说

脸部的皱纹舒展开像六月的花朵

在音乐声中在黄河的波涛声中

老人渐渐地闭上一双善良的眼睛

嘴角上挂着一缕幸福的满足

他走了竟没有流露一丝痛苦

老水手终于伴着黄河的涛声走了

人们每走到河边

仿佛还能听到他的心脏的跳动

1985 年 11 月 18 日于塞上

女店主和她的黄泥小屋

黄河流到这里也筋疲力尽了
于是河岸上出现了一座黄泥小屋的饭店
店主人是位美貌中透着几分野性的女人
船工和筏子客都说她刀子嘴豆腐心

一大碗温酒驱散三月的寒气驱散漂流的疲惫
几盘小菜包含了水上生活的全部韵味
那些制服惊涛险浪的黄河上的水手
那些为了区区小事动过刀子的粗鲁的船工
一走进黄泥小屋一看见女店主那碗热酒
顿时一个个变得羔羊般温驯

衣服破了吗？墙上插着穿好了青线的缝针
头痛感冒吗？抽屉里有速效阿司匹林
她不是永远微笑着的菩萨
也不是永远横眉冷眼的恶神
给急难困苦一百分的爱一百分的同情
烧火棍却经常敲打可耻的花心

她早已死了男人男人是个出色的船工
她再没爱过男人爱情同船工同时死了
每当月色从黄河对面流过来的时候

每当船夫们嬉笑着顺流远行的时候

她守着孤零零的黄泥小屋守着冷清清的寂寞

仿佛有一丝淡淡的爬上心头的无名愁闷

或许是一种渴望或许是一种悲伤

或许是思念一个没有勇气的男人

这一年的冬天比往年来得早了一些

据说黄河将提前结冰船夫也提早上岸

黄泥小屋啊

什么东西都照旧墙上插着带青线的钢针

抽屉里还放着速效阿司匹林

唯独是唯独是不见了又善又恶的女主人

打鱼的老汉说她有一天早晨跳上一只木船

跟一个虎背熊腰的汉子走了

匆匆地走了竟然来不及锁上屋门

筏子客说她一天夜里朝山那面去了

一路还唱着女孩子悄悄唱的那类"花儿"

身后跟着一个挑着行李卷的男人

黄河流到这里也筋疲力尽了

孤独的生活也有一天会筋疲力尽

小店的女主人把十几年的疲倦留给了黄泥小屋

或许是真的哼着"花儿"去寻觅失落太早的青春

1985 年 11 月 11 日于银川

一个牧羊人的爱情

他已经年过半百还独自一人
他觉得很自由自由得让人苦闷
没有人管着他喝酒砍牛腿①
没有儿女讨债般要钱结婚
没有整天没完没了唠叨的女人
他觉得很自由自由得很开心

他十一岁就开始跟羊群打交道
少年时就同孤独结下缘分
他很少讲话沉默得像一块石头
他没有笑过眼角像鞭子一样冷峻
看着一群一群的羊出生又死去
看着一茬一茬的草从繁茂走向凋零

除了羊群他好像再没有别的奢望
白天有老皮袄夜里有燃着蓝火苗的羊粪
三餐有羊奶子餐后饮加盐的砖茶
这就足够了对生活别抱有太多的贪心
他生活的天地很广阔又很狭小
他对世界的认识很复杂又很单纯

---

① 砍牛腿又称掀花花，是西北一些地方纸牌的一种玩法。

在他二十七岁的那年春天

他爱过一个比他大三岁的女人

她的眼睛像草原上夜里的星星

她的胸脯像两座山也像两座坟

他把所有的积攒都给那女人买了穿戴

只有一次他亲了一下那女人的嘴唇

那股甜蜜很快就变成苦涩了

牧羊人的枕头底下再也摸不出分文

于是那女人跟落山的太阳一起走了

于是给牧羊人留下回忆留下悔恨

女人是不该爱的他后悔自己爱过

从此他讨厌所有女人讨厌谁再跟女人鬼混

他已经年过半百还独自一人

生活跟他开一次玩笑他却过于认真

其实他很害怕孤独害怕寂寞

总是哼一些没有词的"花儿"给自己解闷

有时跟羊儿吐露无处吐露的心声

有时抱起羊羔子像抱着一个心爱的孩子

也偶尔想起骗过他的那个女人

早已经淡漠了怨恨

只记着她隆起的胸脯像两座坟

1985 年 11 月 3 日草成

古渡口有一只木船

古渡口有一只木船
渡过多少南来北往的老客
摆船人是位四十出头的大嫂
她是黄河的女儿
"花儿"唱得很出色
最爱唱"走西口的哥哥"

她唱的"花儿"充满悲伤
忧郁的旋律里
藏着女人的眼泪
藏着女人难以启口的寂寞
她赚了许多钱
许多钱却没有给她带来欢乐

船头切开半河波浪
木浆打碎串串漩涡
苦命运总缠着她不放
期待忍耐都看不见结果
他走了，一走就是二十年

逼他背井离乡的是饥饿
有人说他去了新疆

又娶了一个年轻的老婆
有人说他死了
临死时还揣着她烙的馍馍
她流着泪听各种各样的传说
她不相信也不反驳

她是个摆渡的大嫂
她唱的"花儿"很出色
她会唱许多民歌
她有女人难以启口的寂寞
她赚了许多钱
她却没有生活的欢乐
她是黄河的女儿
她爱唱"走西口的哥哥"
南来北往的渡河老客
可有谁带来他的下落

　　　　　　　　　　　1986 年夏于黄河畔

绿洲，赞美人生的诗

腾格里啊

没有一件遮体的衣衫

无垠的沙海

掩埋了生命的热恋

掩埋了祖先的光荣

一年一年，一岁一岁

守着一场刮不到头的暴风

一座活动的木屋

比骆驼刺还要孤零

一位年轻的诗人

揣着一部精装的"艾青"

当了腾格里的治沙员

从瀚海深处打捞诗情

我向他索取一首新作

一首开拓大漠的虔诚

他惭愧而又激动

轻轻地打个唉声

取出一册绿皮子小本

没有写过一行字

洁白像他的心灵

那深沉冷峻的面孔
掠过一丝欣慰的笑容
他从大漠的深处
采回一株沙打旺
一棵珍贵的绿色生命

一株多么珍奇的植物
每片叶子都楚楚动情
啊，这不就是一首诗吗？
一部腾格里的《草叶集》
赞美意志与自然的拼搏
记载下有追求的人生

1984 年 6 月于沙坡头

唱"花儿"的女人

戴一顶清洁的满月

照不亮深沉的目光

照不亮楚楚动人的嘴角

盘膝坐在盛开马兰花的

四月的草原上

一遍又一遍唱那首古老的"花儿"

像忧郁的河流

让老牧人掉泪

已经走得很远了

那支绳索拴牵的驼队

步履悠悠

驼铃悠悠

向着遥远向着不可知的财富

寻觅鄙视宝贵又不保护贫穷的真主

"花儿"追逐驼铃

驼铃在风沙的呼号中

品尝离愁

刀子也割不断的离愁

拉骆驼的汉子

也头戴一顶白帽

是一只放飞的鸽子

于茫茫瀚海深处欲飞欲落

仿佛听见了牵挂的旋律

听见了亲人的祈祷

那感情持重的"花儿"

是唱给她的男人

还是唱给她的相好

听不清"花儿"的词句

只感觉到风中

有阵阵缠绵哀怨的曲调

像是诉说离别的痛楚

像是为远行的人祝福

女人尽情倾吐内心的孤零

似乎吐尽了五脏六腑

她终于掏出那方大红色头巾

挥舞挥舞挥舞……

那是夜晚也揣在怀里的信物

"花儿"只有两句歌词

两句歌词在大草原上空跌宕反复

一首悲悲切切的祈祷

一首老掉牙的歌谣

多少辈人唱过它

感动过多少辈人

低沉的旋律回忆一个残梦

回忆那个骆驼驮走的心跳

男人、远山和酒

那男人咬掉瓶塞

喝下一大口高粱酒

喝下那

几千年烈日与火的馈赠

然后默视远山

远山苍茫如烟如黛

远山是几代人艰辛的旅途

远山的路

过早地量完了父亲的人生

透过寒冷的夜色

父亲凝望着儿子

步履艰难地向远山走来么

雪野不时滚动着白色火焰

就像高粱酒般的诱惑

男人的生命也将走成

一抔黄土

肥沃远山

父亲不会寂寞

男人用剽悍的温柔同女人告别

接过女人怀中的孩子

接过骨血和延续的生命

为了不期的远山之旅不会失落

应该让儿子学会山民的古歌

男人呷一口烈酒

喂给了儿子

细看儿子怎样痛苦地

慢慢舔干父亲的体温

男人欣慰地笑了

无限感激地亲一口流泪的女人

男人默默地饮尽一瓶白酒

把山峰般的爱留给妻子

转过身毅然走向远山

走进父亲走过的生命之旅

踏上那条属于山里人的道路

远山啊苍茫的岁月……

远山啊伟岸的背影……

大漠草原上的男人和女人

大漠草原是从哪一天开始荒芜的

似乎没有人知道这个秘密

黄沙是怎样蚕食绿色的

似乎没有引起生活的警惕

生存和死亡在愚昧的风暴中

无情地吞噬彼此的距离

为了生为了连三岁孩子也看得见的利益

宰割草原宰割春天宰割大西北的绿衣

金黄的谷穗中有瞬间的满足

一粒谷米也是一声叹息

沉甸甸的收获育下沉甸甸的债务

那清晨的露珠那草原的泪滴

一大群放牧的男人和女人

一大群生在这里也将死在这里的人们

有一个惊人的发现确实惊人

得到草原他（她）们将得到世界

失掉草原他（她）们将失掉世界

草原兴衰决定着这一群人的命运

于是男人们埋葬了悲哀

于是女人们擦去了泪痕

迎着风暴迎着风暴的贪婪

鄙视微薄小利的无耻的诱引

像喝下烈性酒似的喝下风暴

一颗颗绿色精灵伴着汗珠在耕耘

草原在欣喜中沉默了

在绿茵茵的富有中沉默了

在风暴的疲倦中沉默了……

男人和女人们手舞足蹈

恢复了古朴的安宁古朴的欢乐

死亡在固执和失望的边缘退缩

羊群马群牛群一群群无忧无虑的孩子

天空也不再像黄河似的浑浊

黄沙是怎样蚕食绿色的

牧人的后代将把这个秘密揭破

草原是怎样被赶出沙漠的

男人和女人们正撰写一部绿色的书

1983 年秋—1984 年春

给一位老羊工

一件没吊布面的老羊皮袄

一个铝水壶

一把从父亲手中传下来的三弦琴

还有半袋子掺了盐的炒面

伴着老人走遍半是冰雪

半是鲜花的草原

每一天都是在月光一样的

缄默中度过

做一辈子牧羊人

或许会渐渐地忘记了语言

同心爱的羊羔子说话吗

那不过是抒情诗人的一种浪漫

多么宝贵的三弦琴呀

牧羊人最忠实最倾心的旅伴

有多少感情

有多少心事

老牧人要对三弦琴述说

三弦琴也会与暴风雨交流情感

于是牧羊人看见了世界

看见了只有他自己才看得见的

明天的草原

1990 年春追记于辽西

她不是大西北的女人

她不是大西北的女人
出生在天府之国的一个山村
饥饿夺去了她女性的深情
丢下故乡丢下故乡的母亲
在陌生的大西北落脚扎根

一个老实憨厚的西部男人
无私地给了她怜悯温存
从此四只手撑起了生活的艰辛
逃荒的悲哀印在心灵深处
故乡常在梦里抚慰游魂
从黄土地里抠出辛劳的温饱
求生的欲望联结起两个落差很大的命运

她学会了揪面片学会了纺羊毛绳
讲起话来已经是地道的西北口音
她说土坯房子是最温暖的屋
钻天杨比所有的树木英俊
那个总忘记洗脚的放羊汉子
有一颗比羊奶子还纯净的心
生活过得真快真快呀

离开母亲做了两个孩子的母亲

五大洲都闯入了西北人的生活

十四英寸的电视机把世界拉近

她看见故乡仿佛还看见了母亲

宁静的生活荡起了隐隐波纹

一个早晨一个没有出太阳的早晨

大草原传出一则悲凉的新闻

她揣上三百元钱远走高飞了

那个不是大西北土生土长的女人

如今那总忘记洗脚的男子汉

吃手抓羊肉也不香了

好像阴霾的天空再没有晴朗

好像时间就停滞在那个没有出太阳的早晨

烈性的白酒陪伴他度过寒夜

她毁灭了那个老实憨厚的西部男人

人们说，这女人太无情

人们说，这女人心真狠

人们说，她不像个没良心的骗子

为了自己的母亲就忘了自己也是母亲

那男人每天都站在山岗上张望

那男人每天总盼着邮差送信

坚信她还有回来的一天

大西北毕竟留下了她的两条根

他总觉着黄昏的太阳并不是光明的死亡

熬过夜的黑暗将会跳出一个崭新的早晨

1983 年秋于青海—甘肃途中

回族妇女

戴一顶白帽
像一轮满月
你，多清白呀
心灵比羊奶子纯洁

昨天，一层盖头
把个大千世界隔绝
看自己男人一眼
也要等待寂静的深夜

今天，你走出屋笼
睁大眼睛看世界
卷起裤腿走在人群中
同男人们携手创业

唱一首"花儿"吧
让生活与音乐更加和谐
笑声也属于你了
——西北高原的回族大姐

1982 年 3 月 11 日于贺兰县

老泥水匠的梦

马六十"无常"了
全村最老的泥水匠"无常"了
他没有妻子没有儿孙
打了一辈子光棍儿
只留下一把孤独的
盖过无数房修过无数桥的瓦刀
和乡亲们两腮泪痕……

他生前很少说话
沉默得像一座山峰
临终时也没留下一声呻吟
他揣着山里人的痛苦走了
揣着一个儿时的梦

埋葬他的那天
难得降了一场细雨
浇湿了他干渴的灵魂
乡亲们给他立一块碑
一块无字碑
如同生前沉默的亡人

这山村没有人识字

那座象征尊严象征文化的清真寺

老阿訇只懂得些许阿文

马六十积攒了二十年血汗

要亲自盖几间学堂为山村

打开那扇关闭知识的石门

一个老泥水匠一辈子的梦

死后才感动了乡亲

多么羞愧多么遥远的山村啊

竟没有一个会写碑文的人

马六十闭上了眼睛他多想看见

那些戴小白帽的孩子

背起书包去收获学问

1987 年 8 月草成

牧羊人的葬礼

牧羊人活了七十三岁
却再也熬不过第七十四个冬天了
（七十三八十四是个坎儿）
像大青山在人们的心中突然崩颓

安葬老牧人的那天早晨
整个大草原都浸润着泪水
唢呐声哽咽着人们的喉咙
一片淡淡的浮云遮掩着朝晖
沉重的脚步伴着沉重的心情
仿佛草原上的欢乐都在这天早晨破碎

长长的送葬队伍的影子
扯出一条草原人的长长的伤悲
女人们无顾忌嚎啕大哭
男人们默默地任泪水泡着心往下沉坠

所有的人都为牧羊人送葬
所有的人都对死者怀着深深的敬佩
在长长的送葬队伍的后面
还有长长的悲哀的羊群尾随

未列入名册的拓荒者

翻遍红色的户口本
和密密麻麻的花名册
找不到他的名字
他是谁？他在哪里

不必去询问他的名姓
荒原上有他的足迹
那沉重扎实的脚印
踏遍了荆棘丛生的戈壁

他来自"亩产万斤"的稻乡
来自砸锅炼铁的土高炉旁
他忍耐着离乡背井的折磨
忍耐着肉体和思想的饥饿

黑户、盲流、无业
拓荒、播种、收割
在耻辱中向荒漠开战
在鄙视中改造山河

勤劳赢得土地的信任
诚实解开世故的疑惑

绿洲是沙漠多年的梦
果园同样也是它的画册

不必去询问他的名姓
不必去审查他的资格
无数个春夏秋冬
手上的老茧，紫铜的肤色
深爱这块土地的情意
都郑重而赤诚地回答了

他——
是当之无愧的拓荒者
晨曦终于给人们洒一片荣誉的光辉
他们，被载入"志愿支边"的史册

1983 年 10 月定稿于银川

生命

我没有想到

千里迢迢

在日月山下，找见的

竟是你的坟墓

一块永远沉默的碑石

刻着你的姓名、生平

日月山的白云告诉我

倒淌河的流水向我说

你死得英勇

像日月山一般沉重

你救活的那个孩子

已经成为哈乙亥草原

第一代藏族大学生

我亲爱的战友啊

你牺牲的时候

比他现在还要年轻

你死了……

曾经多么强烈地

热爱生命

为放走一只松鼠

我们曾吵得彼此脸红

想起来真让人后悔

我骂过你那是"鼠性"

你死了……

你的名字

在生命的句号里永生

那藏族青年

成了大草原的名医

受到一个民族的尊敬

当我走遍了哈乙亥

当我受到

每一座毡房的款待

和每一张笑脸的欢迎

我怀疑了

那碑石是不是真实

那不幸是不是可信

提起你的姓名——

老牧人指着盛开的格桑花

老阿妈指着闪烁的繁星

孩子还唱着你教的那支歌

还像当年那么动听

老村长捧出户口册

册子上还写着你的姓名

是啊——

凋谢的格桑花

已经结出成熟的种子

一块默默的碑石

怎能结束一个真正的生命

1983 年 8 月于甘肃—青海

雪夜

盼了很久很久了
盼望落一场真正的大雪
雪终于被盼来了
比希望的还大
他只在一瞬间有一丝笑容
随着又皱起眉头

他和大他三岁的老伴
对坐在羊油灯旁
听破窗纸报道冬天的世界
听忽闪的灯花
诉说死亡的故事
卷莫合烟的手指颤抖着
那么笨拙僵硬
像被暴风雪麻木了的铁棍

雪整整下了一夜
他和老伴在羊油灯下劳作了一夜
没有说一句话
老两口谁也不愿打破静默
他们的眼神在说话

他们彼此领悟

对方心头的疑惑

他终于坐不住了

黎明前喝了几大口白酒

使劲刹了刹蓝腰带

朝老伴深情地点点头

她没有任何表情像一座塑像

让他去心痛

不让他去心也痛

他骑上那匹白马

在白茫茫的雪野里驰骋

失去诱惑的季节

寒冷涂改了牧人心中的颜色

然而暴风也是音乐

于是他不再寒冷

仿佛听见一个男子汉的

喊声

神奇的套马杆

征服了最烈性的铁青马

征服了冬天和大草原

多像三十年前的他

和暴风雪游戏

草原上一多半姑娘

被他俘虏……

他欣慰地笑出声音

牧人的儿子个个像父亲

1989 年春追记于锦州

老树、牧人和他的妻子

她把老牧人抬到树下……

这是一个洒着细雨的秋天

老树的叶子竞相凋落

薄情的潮湿的秋风啊

转眼间剥光了老树的绿色

结了五十年果子的老树

即将降落的雪的洁白

命定是你晚岁的选择

那赞美收获赞美成熟的秋风

唱着令人心醉的长歌

老树在落叶中数着

一串串悲伤又凄凉的哑默

老羊工躺在沙枣木床板上

不安地经历着最后一次痛苦

忍受忍受忍受一生

最残酷的一次折磨

不幸伸出十二只手臂

掐住老羊工微弱的呼吸

他咬紧牙齿咬紧拖他走向深渊的病魔

老伴披一头白发

披着白发一样细长的悲哀

守护没有言语的老汉

献出妻子最后一次天责

真主啊

他一生伴着明丽的阳光放牧

临走时却阴雨绵绵

为什么不让他揣一颗太阳走呢

生活还欠他最后一笔光热

老羊工暗淡的目光

揭开了五十年往事的帷幕

可怜的老伴啊

苦苦地熬了一辈子孤独的生活

她的心像老牧人的影子

伴着羊群和鞭梢在草原上做梦

无边的思念牵挂忧虑

陪伴她五十年难以想象的寂寞

牧人的妻子像军人的妻子

一半是女人一半是男人

一半给粗鲁的丈夫

一半给子女和公婆

春夏秋三个季节

悬念的日子每天都是感情的冬天

草原铺满白雪的时候团聚

最寒冷的季节她的心中最热

老羊工春天走向草原时

丢下铺着羊毛毡的暖炕

丢下妻子期盼的眼神

丢下二百多天的家务和农活

那静静的孤寂的光阴

比纺不完的羊毛绳还要漫长

她没有抱怨叹气的时间

一睁开眼睛就拼命般地劳作

老牧人在弥留之际

挣扎着最微弱的呼吸

感受人生最后的痛苦最后的安乐

寻觅即将化作云烟的思索——

每年他只有三个月

尽情地享受女人的温柔

每年她却有九个月

独立地支撑沉重的生活

老牧人深深地忏悔

流出他这一生中的第一行眼泪

那是在一次批斗会后

他无端地打了他善良的老婆

原谅吧原谅他吧

一个粗鲁却正直的大西北的牧羊人

他伴着妻子的恩爱和勤劳

结束了自己生命的跋涉

牧人的妻子没有眼泪了

她早已习惯了忍耐的沉默

她后悔总是骂他喝过酒

后悔去年冬天没陪他去呼和浩特

她在悔恨中端来一盆温水

最后一次给老羊工洗干裂的手脚

满栏的洁白的羊群

是老牧人留给她的洁白的爱

她咬住了哭泣声

她知道丈夫一辈子鄙视软弱

在深沉的悲哀中

她隐隐地有一丝满足

她和老羊工生活了一辈子

谁也不曾给良心留下过遗憾

像那棵被剥光绿叶的老树

结了五十年的硕果

1986 年 6 月 13 日改于塞上

那片青青的草坪

真不愿意再提起

不愉快的事情让人脸红

老爹服错了药

愚昧的乌云遮住了生命的光明

于是他固有的信念轰然坍塌

重新调整了

一个民族的心灵的结构

扯完这一年最后一页日历时

也扯完了他一生的不幸——

让哈麦得上学吧

哈麦得从睡梦中笑醒

九元钱（从前想也不敢想）

换回一个小小的书包

据说装得下人间学问

能让小麦长出两个穗头

能把大山变成黄金青铜

难怪背着一个小小书包

比背一架山梁沉重

小河睡醒了

学校敲响钟声

他背着儿子

背着十四岁才上学的儿子

背着山里人富裕了才占有的聪明

翻过一道道放羊娃走过的山峁

翻过一片片挖过甘草的平川地

翻过一条条盛开马莲花的沟谷

翻过了一个愚昧的世纪

好流畅好开心的"花儿"

从他掉了牙齿的嘴里流出

多少年没唱过"花儿"了

他像是又回到没有结婚的那个年龄

"花儿"沿着梁梁峁峁流淌

远远地送来一阵阵钟声

哈麦得搂住爸爸的脖子

扭回头

看见了校门前那片青青的草坪

1982 年 3 月写于六盘山区

1986 年 5 月改于泾河源头

告别大西北

告别大西北那天早晨

黄河浑浊天空阴沉

我心上吊着十公斤铅铁

泪水在眼眶里打滚儿

舍不得这里的风景凉和乡亲

一眨眼二十八年身边掠过

劲风抽打草滩上的红柳根

我感激没有泪水的黄土地

它把有限的奶汁分我一份

养育一个载于另册的外乡人

西北人说话有时很粗鲁

心肠可热得暖人烫人

只问你流了多少汗水

只问汗水滋润多少欢欣

对身份的颜色并不问津

贺兰山遮拦腾格里风沙

黄河洗干净不洁的灵魂

我没有罪却有不少缺憾

在那些质朴的西北人群

不知不觉地净化了良心

大西北给许多人新生命
给许多人传递一种精神
六盘山"花儿"风风雨雨不变调
陕甘宁的"信天游"没走味儿
静夜里细听那遥远的声音

世界总是不完整的
人老了想到落叶归根
我怀着虔诚和恩谢
用血和沉默证实
我走了将永远秉承大西北的人品

在那个日子里

在那个日子里
黑沉沉的夜，升起黎明
明亮的浪花，跳出冰封
雪地上踏出一道彩虹
每一堵墙壁呀
也充满了活人的感情

那个终生忘不了的日子
像银河的小星
在记忆中闪烁
像停摆的挂钟
在时间里永生

像人生的一个延长号
播种下多少——
生活的伏笔
事业的甜梦
啊！
命运如神话般陡转
人间确是一片光明……

山，能倒塌吗？

海，能干涸吗？

血，能掺水吗？

那个终生忘不了的日子

像生命的种子

深深地埋在心中

永远永远地萌动

大海的女儿
　　——题一张照片兼赠友人

是一尾睡卧的美人鱼吗？
枕着幸运的沙滩，背向大海

在聆听潮水粗犷的旋律吧？
激发心中波涛般的友爱

把自己献给自然，毫不遮盖
听任火辣辣的骄阳曝晒……

天下可像你一样不施粉黛？
世人可像你一样磊落胸怀？

化装的青春可以赢得几声喝彩
待剥落时却显得格外苍白

不畏惧邪恶的人产生邪念
袒露的心灵就准备受一点伤害

啊，五光十色的海水陶冶情操
以友谊换友谊，以信赖换信赖

我们都是大自然的儿女

像绿叶对阳光一样真诚坦率

无须听命世俗的道德仲裁

让生活自由地撷取或淘汰

茉莉

我曾经栽培一盆

开白色小花的植物

芳香得让人销魂

常年放在朝南的阳台上

我坐在藤椅里同她谈心

不是去寻找另一种理解

很想听见岁月的回音

对视着看那花儿坠地

阳台上落一片洁白的鸽群

人生可也是这般浮沉

有一年夏天

空气比哭泣的日子沉闷

一道青紫色的闪烁

卷起暴雨倾盆

茉莉花成了一件永久性的纪念品

我仍然习惯独坐在阳台

回忆往事

默读昨日留下的诗文

一首《茉莉之魂》

或许要诗人去终生苦吟

松

我最怕看见你

虽然是生在峭壁上

虽然四季常青

你一出场那准是死了英雄

有一首诗

将你推到悬崖的边缘

诗人只说是一棵树

我认定那就是你

除了你哪个还会这般倔强

旷野

好像被继母遗弃

又好似被盗贼洗劫

没有一棵够尺寸的树木

没有童话中的繁荣

只盛满空洞的声音

有人向你慢慢走来

铅块叩击你赤贫的胸脯

一步一回首

伴着一声一声叹息

那是最失望时才有的节奏

也有人撕裂开你的胸膛

埋进一个难圆的梦

滴一串咸咸的汗珠

浇那些先辈重复的嘱咐

深信心愿总有一日出土

你以世间少有的冷静

不向谁诉说孤独

我依然立在海岸

潮水匆匆地来了
潮水匆匆地退了
记忆走过了一千条雨巷
还贪婪地活着
永远储藏在
思念和回顾的匣子里
也许有衰老的一天
却不会死亡

阳光月光星光……
大海无情地吞咽下去
吞咽前来拥抱它的一切
吐出一声声咆哮
吐出一声声叹息
于是人们转过脸去
背对着大海背对着大海的波涛
去寻觅去拾取
俯拾即是的安宁和亲昵

而我捧着海水打湿的心
捧着初衷的虔诚
捧着不会死去的星光

依然立在海岸

听那长长的咆哮

听那深深的叹息

我希望地痛苦着

我痛苦地希望着

要么让波涛的牙齿将心咬碎

要么骑上波涛的脊背

火花飞溅的思想

一九五八年，我因六首诗歌被错划"右派"，下放到某厂铸工车间劳动，有幸结识了一位年迈的大炉工人，一年之中，他给了我终生难忘的教诲，故以此歌赠之。

我感激生活的巧妙安排，
当我迷惑时，得到您的抚爱。
你教会了我把铁块化成铁水，
也教会了我不任逆运仲裁。

你不相信死后会有什么天堂，
只忠于人民和不可动摇的信仰；
你拼命地工作，唯恐此生"欠账"，
只为留下正气，不图任何褒奖。

在人生的中途我找到了榜样，
把命运和铁块一齐加进炉膛；
从此我的心经受了炉火的考验，
逆运中铸成了火花飞溅的思想。

1959 年 10 月 7 日于沈阳铁西

寻觅（之二）

你终于跋涉到了自己的终点
从此与远足无缘
你的后继者仍在攀登
攀登看不见峰巅的峰巅
为长长的历史续编

你曾经沿途寻觅
寻觅已被尘土封埋的足迹
寻觅视线不及的号音
寻觅老伙伴唱过的歌曲
一路上你小心翼翼
只拾到了一部诗集

回首五十年征程尘土
埋在心底的那股激情压不住
流水无情岁月无情
时间既是开始也是结束
给人年龄却不一定给人成熟

你到底寻觅的是什么
任千呼万唤也呼不出唤不出
是新陈代谢自然消逝吗

还是被琵琶遮挡住真实面目
有时又像什么也不曾丢失
声犹存形已逝若有若无

你常在雨天里翻弄回忆
在日记或诗文中同其散步
闲暇时学会了跟自己生闷气
再无聊就独自读读棋谱
与儿孙们絮絮叨叨没头没脑
一会儿讲北京城的故宫
一会儿说抗过日的长白山麓

一匹老马

它不是臧克家的那匹老马
却也是"这刻不知道下刻的命"
关在阴暗潮湿的圈棚
伸不直脖颈也无权劳动

看不见古怪苍白的天空
钟齿一刻不停咀嚼生命
尽管没被尖锐的牙齿吃掉
睡着醒着时时伴着噩梦

眼泪无助洗去心中熙暗
生活的光明全凭信仰支撑
一场吹开百花百草的春风
终于温暖了就要冻僵的心灵

原来土地是那样渴望耕耘
原来外面是那样广远辽阔
老马拉犁驾辕披星戴月
尽情品尝生命和奉献的快乐

老马犁过的那一大片土地
长高粱长玉米也长道德

每一天都生育真实的梦境
每个脚印都结出应结的硕果

老马的光明是无限美好的夕阳
暮色像露珠从树梢上滴落
尽管骨架脊梁很帅很结实
尽管力量和汗水还积攒甚多
毕竟是二十年光阴已经错过
月份牌无情地翻到了岁末

怀念父亲

父亲的一生
是追求的一生

追求誓言一样的生活
追求英雄一样的辉煌
追求信任真诚坦率
追求人与人之间的原谅
追求心贴着心
追求肩膀靠着肩膀

一生都在梦境中寻觅生活
几十年没背叛发过誓的信仰
你把汗珠埋进春天的泥土
秋天回报你的却是
不敢回忆又不能忘记的荒唐
直到最后一次闭上眼睛
手里还握着那本有朱老总签名的《党章》

你从高位上走了下来
平民生活并没给你带来舒畅
你太爱讨论与己无关的问题
也太不会在逃避灾难时说谎

你宽恕别人别人并没宽恕你
也正是为此才过早地拥抱了死亡

你说过生命的时间很短
只有人格的寿命很长
你没给儿孙留下存折股票
却留下了人间正气的力量
希望你离开尘世就忘记尘世吧
别再为尘世的事儿忧患怅惘……

离休之后

交出钥匙

当我把办公室的钥匙

交给了另一个人

我永远放弃了那把椅子

真像一匹老骥离开了马群

一瞬间仿佛失去了许多

小车话筒奖金和晚间新闻

但是也找回了平民的纯朴

就在有些失落的第二天早晨

讲话用不着事先打腹稿

夜间也不再靠安眠药入寝

衣着鞋帽或刮不刮胡须

反正生活上的事儿都可随心

我再不是哪个人的上司

我再不是哪个人的从臣

我是我自己——一个普普通通的人

在街上咬着烤红薯拉着外孙

称谓不老

经过一段休闲懒散
有一种理念又死灰复燃
人从那个位子上走了下来
责任并没有全部下班

春天不降雨便关注气象预报
见邻里一拨一拨下岗就忧烦
城建把胭粉擦在"脸蛋"上
进言时顾不得有人脸上阴天

有一种东西好像总丢不掉
该管的事情没管寝食不安
就在于诗人的称谓永远不老
肩膀上的重量也始终没减

对自己的拷问

写诗或许是一种苦吟
也地地道道是一种责任
每当又一次翻开稿纸
把多日的思考化作琴韵
很理智很艺术地表达了感慨
使感觉跟生活贴得很近

生活的那一面总有灰暗
手电筒穿不透那扇铁门
或许是时代总在召唤良知
诗不及义就改作杂文
当一天战士就得站一天哨
自己和社会都得经受拷问

奉国寺大佛

奉国寺建于辽开泰九年，位于辽宁省义县城内。殿内有七尊大佛，高达九点五米，俗称大佛寺。

你活了九百多岁
九百年雨打风吹
没有磨灭信仰的彩绘
祖先留下的不朽艺术
难道也留下了不朽的愚昧

七尊三丈高的彩塑佛像
经历过几个朝代的兴废
多少善男信女
捧着纯洁的心给你下跪
做虔诚的祈祷
做由衷的忏悔

你微笑着给人痛苦
用渺茫的希望酿制眼泪
难道你编织动人的神话
仅仅为了赚一炉香灰……

啊！我担心沉痛的历史
为艺术和愚昧同呼万岁

苦歌

忙者苦于疲劳
闲者苦于无聊

富人有富人的苦衷
穷人有穷人的苦恼

老翁痛苦太老
孩子痛苦太小

当官的苦百姓无从体味
百姓的苦官也未必知道

有些苦像苦胆
那真苦真苦呀

有些苦像咖啡
苦中含着隐隐的甘甜

1987 年 5 月于辽西

寻找自己

"寻找自己"——
一个文学的永恒主题

一首流行歌曲有你
外面的世界精彩已极

一幅油画有你
父亲捧起陶过的胶泥

宁静的港湾有你
扯起帆即扬起一面大旗

一枚硬币有你
从此不再拒绝交易

鹿回头

可怜的花鹿，
被追逐到生命的绝处。
于是变成美丽的少女，
嫁给了要置她死地的猎户。

生与死转化成恩爱，
猎人与猎物结成夫妇。
这美丽动人的传说，
美化了弱者的屈服？

1980 年 10 月 4 日于海南岛三亚

火山口上的白桦树

是过盛的热情

也是被压抑太久的渴求

沉默伴着悠悠岁月

一万年太久十万年太久

终于吞咽下一颗太阳

发出那声震颤寰宇的怒吼

二百年一瞬而逝

热情早已伴着冬天冷却

渴求终于化作一缕清愁

一棵袅袅婷婷的白桦树

钻出喷过火的红土壤

向阳光招手向雨露招手

是的世界不会有末日

一次毁灭生命的轰动过后

大自然又有新的演出

又将创造一次全新的结构

废墟长出崭新的生命

历史改变了生活节奏

小白桦

火山口

一股清新的春风掠过

一个新的传说永不枯朽

死神吞噬生命也孕育生命

生生死死世界才天长地久

1987 年 8 月 1 日二稿于义县

阿房宫遗址游感

五十二万平方米的威严享乐

仍在诉说历史的宏伟壮阔

五十二万平方米的皇宫废墟

给今人留下一片坍塌的寂寞

五步一楼

十步一阁

伴着秦王朝的奢侈悄然沉落

残基拉长了白日的阴影

阴影里可隐藏着大兴土木的狂热

上天台潜伏黑夜的哭泣

后来者总怕比祖宗示弱

阿房宫的残基上生长楼堂馆所

满目是残缺的繁荣残破的历史

杜牧的文采留下许多思索

祖宗给后人的有无数精华

祖宗给后人的有无数糟粕

让那些该死去的永远死去吧

让那些该复活的长久地复活

1985 年于西安　1988 年改作

访东坡书院

历史留下一位发配者的书院
一艘舢板在南海岸久久搁浅

古井干涸了干涸了几个世纪
干涸了一代文豪的诗的灵感

石碑只留下几片残破的尸骨
门洞张着大嘴述说昔日劫难

我还能辨认出你的面目
多亏了门额上幸存的古匾

一位发配者古老的书院
如今做了大队的学馆

天是崭新的地是崭新的
孩子们画火箭画宇宙飞船

只有那断壁那破窗那斜檐……
还顽固地展示着古人的沉思今人的怀念

1980 年 10 月于海口市

问半坡遗址

是的，只有五万平方米
一个小小的村落
云和雨拥挤在一起
男人的蛮横
女人的多情
这就是一个世界吗?
只有五万平方米了
可润得下一个民族的血迹
可容得下那么多耻辱和光荣

远古有没有战争
祖先也常常祈祷和平
食兽肉长大的勇士
并没有染上兽性
石矛竹箭是武器的祖先
也是生存的智慧之星
从哪一个流血的日子算起
精明开始枪杀聪明?

那些精心刻在陶器边沿的
单纯重复而又有规律的花纹
是不是记事的符号

人类最初的文字

记载的是一个口号？

记载的是一次意义深远的辩论？

或许是一场同大自然的搏斗？

或许是一次虔诚的祭神？

或许是为子孙后代刻下的教训？！

一步一步

一个太古老的民族

背负也太沉重

艰难地跋涉跋涉

怎肯停留在"半坡"

一盏岁月的灯

斜挂在历史的中途

是照耀后来者

还是给自己镶嵌光荣

啊！带着怀古幽思而来的人们

你可听见了

那个六千年前的声音？……

1983 年 5 月于丈八沟

春天老了

春天老了

整个一座园子空白了

丁香树下椅子空白了

雨也没有来过

风也没有来过

唯独园丁的心不老

一双老树根似的手

培植下一个春季

我有许多回忆

我有许多回忆
不想回忆

冬季的雪花很洁白
很洁白的很容易污染
秋季的果实很成熟
很成熟的很容易坠落

阴暗的节气
也阴暗过灵魂
我走在
长长的送葬的行列
我埋葬我自己的
回忆

无力到达的远方

无力到达的远方太多了
腿已经筋疲力尽
母亲缝纳的土布鞋
可经得住沿途坎坷折磨

人在这方面不如鸟
鸟没有户口册
不必为机票价高皱眉
天空就是远行的飞艇

无力到达的远方太多了
却不情愿于死守家园
穿母亲缝纳的土布鞋
向坎坷作最初也是最后的挑战

一颗麦粒的生与死

一颗麦粒的生与死
仅仅取决于环境

麦苗度过蜜月
麦穗开始构思生命

假如麦粒死亡在水泥地上
将意味着永久的死亡

假如麦粒死亡在泥土里
便孕育出崭新的生命

一颗麦粒没有生与死
只是要用心选择环境

读近代史有感

1

很细很细的导火线

能引爆万吨级的轰炸

两条狗争夺一根骨头

吠破了喉咙咬烂下巴

2

如果史书没有掺假

战争毁灭或分裂了多少国家

一块指向无所等待的路牌

诱惑着人们去称王称霸

3

戏剧是艺术

可以编些善意的笑话

历史是真实

不允许给秃子戴假发

4

总统女皇国王皇帝

做许多事说许多话

有多少真真切切

有多少虚虚假假

5

谁知道史家们良心黑白

那支笔泼了几多脏水插了几多鲜花

也许古人比今人诚实

也许古人比今人更会狡猾

6

看"三国"掉眼泪的人

大多入世肤浅还不曾学会奸诈

待吃够了人间的咸盐

待尝多了生活的酸甜苦辣……

原来手写的伪史与纸扎的假花不差

7

美国有位马克·吐温

英国有位莎士比亚

他们笔下的那些人物那些故事
个个都是长命百岁的寿星
一件件拖着条长长的尾巴

8

我阅读五大洲四大洋
阅读多少朝代多少国家
那些头戴皇冠的大人物
尽管是金口玉牙
却十句有八九句都是假话

9

嘴上讲的尽是友谊亲善和平
心里盘算的全是掠夺剥削厮杀
人类的战争饥饿死亡
常常由于独裁者的贪婪和一念之差

10

前方的士卒在炮弹皮上烤肉
后方的将相争风吃醋于脐带之下
勋章乌纱无不溅满血迹
总统府几乎尽用阴谋垒筑篱笆

11

弱国没有外交

强权一统天下

世界要真正的和平吗

人类要真正的幸福吗

唯有推翻一座座军火大厦

唯有扫除掉野心家阴谋家冒险家

不许哪一家称霸

从腾格里归来的追忆

谁也不曾看见

谁也不曾听见

这里无时不在拼杀

无时不在进行一场没有休止的战争

这确是一场战争

看不见滚滚的硝烟

嗅不到刺鼻的火药味儿

没有哀怜的呼救

没有断残的伤兵

没有血没有尸体

没有刀光剑影

只有赤裸裸的吞噬

吞噬颜色吞噬生机吞噬性命

这里不讲虚伪的道德

没有崇拜和神圣

只承认盛夏燥热的欲望

只供奉坏脾气的漠风

串通一气的和闭起眼睛的合伙

暗算生命谋害生命诋毁生命

那远远走来的一群

驮着绿色驮着真善美的驼队

把整个一生倾注于伟大希望的黎明

那是和平的使者

那是春天的友人

同绿色世界签订了永久同盟？

那是一个很遥远的希望

一步步迎向残酷的好斗的战争

他们有超越宇宙的力量

阻止一场比流血更悲惨的厮杀

终将挽救大自然的和平安宁

可是又多么令人忧虑呀

好心往往由于软弱而不明不白地牺牲

1986 年于银川

没有眼泪的黄土高原

有人说你没有江河

有人说你没有湖泊

大山没有滴出过泪珠

黄土高原啊

你果真没有绿色的音符

只有三月野性的雄风

调戏那隆起的干燥的

没有感情的贫土荒坡

到处是龟裂的肌肤

是枯死的山的穷陋

干旱的爪子

紧紧地扼住了黄土高原的咽喉

仿佛永远是七月

仿佛只有一种颜色

比阳光还干燥的泥土

分不清春夏秋冬

只有一个闪光的回忆

只有一个古老的传说

只有它为干哑的喉咙解渴

三十丈深的水井干涸了

干旱的手臂比井绳还长……

热土上长出一丛丛芨芨草

长出一株株沙枣树

于是长出了黄土高原的希望

隆起的山凝聚成

西北人心中的金字塔

从黄土里挤不出一滴水

挤不出一滴眼泪

也挤不出一声气馁

有人说你没有江河

有人说你没有湖泊

这分明是无知偏见

这分明是浪漫的夸张的传说

其实黄土高原只是没有眼泪

没有眼泪或许也是一种力量

也能哺育一个开花结果的希望

1987 年夏改于哈密笔会

访沈从文故居

我看过许多武人的纪念馆
那才叫气派那才叫体面
再走进这位大文人的故居
我发现了文学很不值钱

年久失修的屋舍破破烂烂
没有灯光的展室又阴又暗
几篇手稿几本小书孤孤单单
一代文豪也不过如此寒酸

但是我敢说再过一千年一万年
人们会记着边城翠翠和那条木船
历史和记忆不选择气派体面
李杜的声名比皇帝总统久远……

我从"鬼门关"①归来

我沿着二龙河走

走向泾河不被人知的源头

右边是嫩红色的山杏花怒放

左边是条条冰川还没有晒熟

春天和冬天

在五月的早晨里争吵不休

我沿着二龙河走啊

一河石头撞得波浪乱吼

二龙河枕着鬼门关

枕着几分哀愁

据说鬼门关有鬼一样险恶

又有仙一样迷人画一样俊秀

春光伴着我跋涉

红桦山松向我招手

鬼门关的怪石猛兽

是不是已张开了如盆血口

说什么岸途坎坷前程未卜

不论是仙是鬼我都情愿探求

---

① "鬼门关"系宁夏回族自治区泾源县的一个旅游胜地。

仙不曾降伏悟空的烈性

鬼没有迷醉钟馗的药酒

确也险恶

确也灵秀

从鬼门关归来的游客

仿佛把人生的荣辱祸福看透

凡人比神仙值得敬重

善鬼比恶人更宜为友

心常常受眼睛耳朵的欺骗

欺骗有术却难能持久

我从鬼门关归来了

鬼门一点也不比仙门丑陋……

1986 年 5 月于泾源游鬼门关归来

游秦始皇陵

有海人宁渡，无春雁不回。

——唐·王维《过始皇墓》

沉重的石块
像命运一样沉重
压在七十万人的肩头

七十万双裂了口子的手
七十万双创造了中华的手
为一个统治者修造坟墓
为一个民族铸下丑陋
刚即位就忧虑死亡
也许这就是皇帝的幸福

活着怕他的子民行刺
死后担心儿孙们盗墓
或许自知一生恶行累累
埋在深深的地下
还要那么多兵俑守护
这才是人生最大的悲哀
多疑总是伴着阴暗的心术

尽管水银湖修进墓穴

有大雁和野鸭漂浮

人鱼膏的长明灯终难长明

春在骊山脚下久久踟蹰

喧腾吵不醒这里半寸寒冬

春神岂能与死神同户？

始皇帝为一个民族

筑起一个历史的高度

万里长城给炎黄子孙

留下不朽的光荣不朽的痛楚

一座伟人的陵墓

一座罪人的陵墓

埋着文化埋着争吵埋着财富和造墓者的尸骨

1985 年春于西安

兵马俑

还是那么威武雄壮

还是那么万夫莫当

不可一世的军阵

拥戴着

不可一世的君王

武将眉宇的骄矜

文官嘴角的轻狂

骑士紧攥战马缰索

射手拉满弓弦待放

骊山下

蔽日的旌旗衬着兵器的寒光

可是文武百官早朝

可是远征弱小邻邦

人吼，爷娘妻儿相送

马嘶，留恋故乡草旺

也许是群臣三呼吧

"始皇帝——万寿无疆！"

那呼喊声似乎永恒

仍在历史的幽谷中回荡

弓箭始终握在手中

仍对准着人类胸膛

历史啊历史

是今天向昨天跪拜

还是昨天向今天投降……

1985 年 7 月 30 日三稿于银川

敦煌

在无数的洞窟里
埋葬着千年万代

一幅幅陈旧的壁画
记载了人类天性的悲哀

说不尽的曲折故事
说不尽的人间憎爱

一双双善良的目光
把同情的眼泪久久期待

我披着沙漠热风而来
并不把观音菩萨朝拜

认识一个民族的起落
寻觅一个国家的兴衰

多少历史的光荣和耻辱
激动了每个游人的情怀

没有诅咒，没有恨怨

只觉肩头有沉重的装载

这里有历史的谴责
也有历史的信赖……

1983 年 8 月于敦煌

大漠之恋

一

我的心，丢在了沙漠
谁拾到它的时刻
会不会像在王府井大街
拾起一个巨额存折

我在沙漠里寻觅幸福
寻到的是密密麻麻的挫折
我在沙漠里挖掘痛苦
却挖出爱情和一串欢乐

那无垠的黄澄澄的砂砾
镀着年深月久金子的光泽
我把痴爱的追求
搓成一条条闪光的线
穿起串串金黄的项链
献给大西北
献给我的祖国

二

你把沉重而又持久的爱

把夜的奇寒和昼的炽热

把人类崇高的牺牲精神

把奋斗的权利生活的准则

系着慷慨和信赖

统统交给了我

像珍惜历史的使命

像捧起慈母的嘱托

我高高地举起砍土镘

举起拓荒人的灵魂和品格

砍断荆棘

砍断怯懦

三

以飞砂走石作词

以暴风谱曲

一支严峻的歌

我接受了给开拓者的祝贺

节奏，孕育创造

旋律，潜伏坎坷

你暴露所有的折磨

允许意志薄弱的人另作选择

探求者的牢骚

幸福感的急迫

争朝夕的怒火……

你欢迎一切包含积极因素的不满

只厌恶对生活的无情和冷漠

四

我爱你庄重的荒芜
我爱你野性的活泼
我给大漠的是一颗耐久的心
永不会屈服
永不会堕落

你神秘的恐怖像魔影
不停地呼号解脱寂寞
来了，我们来了
代表着一个时代
为千古大漠谱一首生命的歌

这支雄浑的歌
将滋润颜色的饥饿
粉碎死亡和停滞的枷锁
把干渴留给冷静的历史
把失望留给无所作为的懒惰

大漠呀，我深深地爱你
我深深地爱你呀，大漠
你的明天，也是我们这一代人的明天
我们的选择，也必然是你的选择

1984 年 8 月 16 日途中

橡胶树，你流的是什么？

橡胶树，你流的是什么？
像贞操一样洁白。

是昔日的泪吗？
哭诉那江河倒流的年代。

是大地的血吗？
染红漫山遍岛的花海。

是母亲的奶吗？
养育新岁月和它的未来。

是芬芳的蜜吗？
让人们忘却黄连似的十载。

是黎人的汗吗？
把绿色却贫困的大地灌溉。

是天上的露吗？
滋润人民的智慧的天才。

不，你流的是希望，

你流的是信赖!

是无限的情、无限的爱,
是载着中华民族腾飞的轮胎……

1980 年 10 月于海南岛

水手

泪水和汗水腌咸了海水
大海的脾气才像你的秉性

波涛捧出祝福的花朵
渔网捞起昨夜的梦……

风帆缩短了理想的距离
船舱盛满收获的笑声

风紧贴着耳根诉说母亲的叮咛
海的教诲给了你智慧无穷

你的道路铺满梨花和贝壳
海鸥在浪尖上为你撰写前程

1980 年 10—11 月珠海—银川

白帆

披头散发的大海……
波浪召唤白帆远航

帆的谦逊的怀抱
孕满了风和阳光

拥抱永恒的毅力
运载迷人的向往

是追逐大自然的财富吗？
还是寻觅消逝太早的春光？……

海，像北方的草原一样宽敞
却盛不下白帆的驰想！

1980 年 10 月 24 日于广州

渔港

你是渔船朝思暮想的母亲
夕阳里张望迟归的渔民

归来了，船儿沉甸甸地归来了
你用浪的嘴唇把它一遍遍亲吻

归来了，船儿平安地归来了
夕阳下你舒展的皱纹略带红润

月夜里，你用涌的手抚摸船舷
听它叙述征途中的乐趣和艰辛……

你整整哼了一夜催眠曲子
黎明时又鼓动船队去追逐鱼群

1980 年 10 月初稿于三亚至那达途中
1981 年 2 月改写于银川

浪花

雷电的化身

昙花的姊妹

为一秒钟的自由

为一瞬间的怒放

冲过千山万岭……

跨越重重蔽障……

1980 年 10 月海南岛—广州

心向辽西

惊回首

大漠系不住我的归情

早已匆匆隐去

眼前叠叠关山滔滔长河

是扯不断的岸线

不尽绵延不尽绵延

还有何物能捺住归去情思

东行之路啊

仿佛命运之桥越走越宽

也越走越远

脚下

依稀是走向身后的昨日的足迹

以被扭曲的意志

记载不情愿苍老的年代

我曾一千次一万次翘首东望

确信医巫闾山肩头的弯月

再也勾不住沉重的思念了

于是我把人生埋进大漠

用生命培植心中的沙枣红柳

心向辽西

走在东行路上

凌水荡荡牵动迟迟归来的帆影

流淌了几十年的眷恋啊

步履艰难的长旅可曾疲倦

笔架山的传说或许

于最后一章又续了几节新风景

身后的胡杨林动容了

催我扑向辽西怀抱

催我在滚烫的黑土地上

再次根植成熟

1990 年 7 月改于锦州

长白天池

天池睡得很沉很沉

推也不醒

摇也不醒

推不醒深深的历史遗恨

摇不醒淡蓝色的噩梦……

漫长冷峻的冬天

把一池碧水

雕塑成肃穆冷漠的幽灵

白杜鹃炽热坦率的爱情

给童年留下多少故事多少血性

谁不为之感动

唯你无动于衷

就像池底下一块死去的石头

就像池畔上绝望的顽壁牯岭

难道枯萎的火山灰

永远长不出鲜活的生灵?

紫燕比我们来得早

呢喃软语

滑翔在不动情的高高雪峰

太阳并没有灰心丧气

以柔和的光芒淡淡的温热

和非常宁静的耐性

在石壁上亲吻在白雪上亲吻

倾注整个春天的深情

雪终于感动了

悄悄化作一泓清泉

潺潺淙淙

唤醒了阳坡唤醒了野杏

生活不可能永远冷漠

天池不可能永远酩酊

连那死去的石头

也有神经也会感触暖冷

你有过辉煌的一页

喷出旺盛的火焰和热情

那是偶然也是必然地打了个喷嚏

让半个北疆整日里火红

天池你没有死你不能死

你还有自然未尽的使命

无限活力无限生机

或许正孕育新的神话

或许已经于坚硬的石垒中萌动

1989 年 5 月改于辽西

关于那场迟到的春雨

连续一百二十天干旱以后终于盼来了一场春雨

雨终于来了
凝聚着男人和女人的汗水
凝聚着生活和童话的智慧
凝聚着许多梦许多遗训
许多辽西黑土地的潜在意识

雨终于来了
在那个马莲根即将死去的早晨
种子的萌动力已经垂危
你伴着风伴着雷的仰天长笑而来
或许是乡亲们虔诚的祷告
感动苍天流出了热泪
或许是老榆树的叹息长成陶醉

遍地黄牛吼喊
遍地人声鼎沸
辽西的土地是有耐性的
辽西的农民比土地更有耐性
撒下一粒种子
撒下一个音符

黑土地埋下一首首粗犷的野味的小曲

一个秋天才成熟的丰岁

让大凌河去唱

让绕阳河去唱

让女儿河去唱

唱给医巫闾山听

唱给大虹螺山听

唱给那些祈祷春雨的老人听

不知道山那边的老北风

是不是也会唱这支曲子

不知道河那边的死榆树

听懂听不懂这支曲子

种下勤劳终将长出希望的花朵

人心不累土地不累

春旱的儿子不一定是秋旱

深信自己的海量高举起胜利的金杯

1990 年春于大凌河畔

海兰江，你是革命的摇篮①

你静静地流……
你轻轻地歌……
海兰江，从我心中流过，
唱着历史的痛苦和欢乐。

你漂流了多少日月，
把昨天送到遥远的天国。
你养育了多少英雄儿女，
浇灌过无数革命的花朵。

海兰江哟，而今我站在你身边，
光辉的形象在眼前一一闪过。
那是为民族解放献身的英雄身姿，
还有悲壮的誓言和妻儿的悱恻……

海兰江哟，在黑暗岁月的长河里，
你激起朝鲜族儿女血泪的漩涡。
不是鲜嫩的杏花，是刺人的玫瑰，
排天巨浪是你的自卫剑戈。

---

① 此诗任晓远同志曾译成朝鲜语。现原稿丢失，由陈雪鸿同志根据朝鲜语重译。

你勇敢地呼唤延边奋起战斗，

彻底砸碎套紧在身上的枷锁；

烈火烧掉罪恶的"膏药旗"，

把呻吟的家乡大地救出灾难的深壑。

长白山头，海兰江畔，兴安岭巅，

抗日红旗飞舞，高亢战歌传播。

海兰江哟，你一定看见过，

倒下一人，站起千个。

抗日兄弟们永远是钢枪在肩，

愤怒的子弹在枪膛里伏卧；

待等战士们一扣扳机，

野蛮的敌人，还你一条血河！

啊，风光绮丽的延边哟，

绿色的海兰江蜿蜒曲折。

你浑身承受着温暖的阳光，

眼看着人民成了土地的所有者。

海兰江两岸一望无垠的水田里，

挺立起数不胜数的合作社。

拖拉机奔驰在这片古老的土地上，

这里还培育出闻名全国的育稻劳模。

啊，可爱的延边哟，

你是祖国富饶的米粮窝！

海兰江哟，你心里有说不出的喜悦，

老人们起舞翩翩兴致勃勃，

年轻人情深意长自由高歌，

——人们怎能忘记你养育的恩德！

海兰江哟，我们大家的江，

曙光给你涂上一层金色的光泽。

你盛满兄弟民族的理想，

自豪地朝着远方日夜奔波。

啊，你是革命的摇篮，

你象征着我们的意志和性格！

1956 年 8 月于沈阳

我很累

我很累

累得不想用餐

不想去敲任何一扇门

不想系紧鞋带

不想划一根火柴

把烟点燃

只想躺在梦里

睡在鼾声中

我很累

钟摆左右摇荡

心脏上下起伏

登"神牛"的李师傅

以前是钢厂的炉前工

卖馄饨的刘大嫂

以前是纱厂的挡车工

"神牛"只能走几条小胡同

馄饨摊有碍市容

"文明城市"胃囊是瘪的

"绿叶杯"填不饱财政

第一是吃饭

第二是建设

压倒一切的仍然是稳定

我很累

累得我懒得上班

懒得取工资袋

懒得去歌舞厅

只爱蹲在零工市场晒太阳

不知道哪一位雇工

我很累

手指头放了长假

嘴巴却要坚持劳动

肚子也不懂得宽容

眼睛看累了法国梧桐

良心贱卖

他梦想一顶乌纱

梦想了多少个春秋

上下奔波日夜追求

踏破铁鞋也没弄到手

一部《官场现形记》

被他翻个帮破底儿漏

像虔诚的画将描摹多遍

总不如愿一无所收

工资袋向来很瘪

一套住房也很瘦

电视荧屏比书本大不多少

半个月吃不上两餐鱼肉

孩子攀比邻居的电动火车

老婆羡慕同事的狐裘

钱包一个月有十五天空空如也

自己也缺烟少酒

只得学那闹市上的小商贩

拉下帽檐挡丑遮羞

喊一嗓子"良心贱卖喽
谁给乌纱谁拿走"

不知他是怎么想的
生财之道勤劳就富有
为什么偏往官场里挤
清官是公仆更难得享受……

风呵，你好大的威力

白云哟——总是随着风飘，
浓烟哟——总是随着风冒；
小草哟——总是顺着风摇，
舟帆哟——总是顺着风跑……

白云，为什么没有自己的方向？
浓烟，为什么没有自己的头脑？
小草，为什么没有自己的主见？
舟帆，为什么没有自己的航道？

风呵，你好大的威力！
似乎能把一切吹倒、动摇。
那些没有根基的浮萍，
怎能不被你牵着鼻子奔跑？！

它们只有肩膀，没有脑袋，
像个又美丽又空虚的肥皂泡；
忽东忽西，时大时小……
唱什么曲子全凭风定调。

风呵，你好大的威力！

古今多少智者在你脚下拜倒！

而我——一个普通的青年人，

却要把没有根基的风标嘲笑！

1956 年 8 月于沈阳

他这个人真会拍马

他这个人真会拍马屁，
见了当官的磕头又作揖，
他把天下的语言分成三等，
按需要送给部下、同事和上级。

领导若是听觉有毛病，
他说用鼻子感受声音最清晰。
领导若是视觉有问题，
他说眼睛本来就可以用耳朵代替。

领导说辣椒是"甜的"，
他说刚买了一筒"辣椒蜜"。
领导说鸡蛋结在树上，
他说昨天我还见个带"把"的。

新中国诞生在旧中国的废墟，
有这样的人本不为奇。
奇怪的是有个别领导同志，
一日三餐离不开"辣椒蜜"。

1956 年 3 月 6 日写
1956 年 4 月 10 日改

给官僚主义者

唉，叹息吧！
你患了一种病
那是从"西安"传染上的一种疾症。
病因是您忘记了群众，
丢掉了批评与自我批评，
捡起来的是言过其实的奉承。

你想请位医生？
他们不敢接近你的身影。
医生说你不喜欢苦口良药，
也惧怕注射的一刹那疼痛。
世界上哪有不苦的仙丹，
即使有也未必能够治病。

叹息吧，你患了一种病！
眼看着一天比一天严重。
劝你忍耐一下服药的苦味，
动手术也是为了排除脓肿。
不要医生只有死神高兴，
珍惜呀，珍惜那血染的光荣！

唉，叹息吧！

叹息只能带来无穷尽的痛苦。

在哪里能洗净你两腿泥巴?

什么时候能以清醒代替糊涂?

社会主义国度诸事都有光明前途,

唯有那——"官僚主义"却只有坟墓!

1956 年 3—5 月于沈阳

封建主义

有人认为你已经死亡
确实看见那紫红色的棺木
在一片厮杀声誓言声里
被抬到荒野并深深埋葬

其实那只是吓昏了的龙袍
从沉迷中苏醒过来便改穿了洋装
就像从娘胎里又爬出一回
口音变了台词儿与从前几乎一样

只是胆子变得越来越小了
不似官样文章那么随意张扬
走小胡同儿戴隐身帽儿不高声喧哗
因为体积缩水也就无孔不入

关于我的民族

我没有

在我的民族的身上

找到乡土的痕迹

也许我的民族

早已抛弃了

童年的幼稚和愚昧

也许我的民族

在捣毁一切偶像时

也损伤了自己

她失去了舌尖

失去了故土

失去了羽毛

失去了记忆和符号

于是有人说我的民族

是没有语言的民族

没有摇篮的民族

没有服饰的民族

没有文字的民族

没有艺术的民族

没有母亲的民族

不论这众多说法

是出于善意还是恶意

不论这些结论

究竟有多少可信的根据

有一点谁也无法推翻

我的民族有虔诚的信仰

有和平善良自由平静的心境

有友爱互助的传统

因此她才有不朽的生命

你会在一首歌谣里

找到她的信念和斗争

我的民族啊

走过长满荆棘的道路

留下深深的苦难的脚印

长出机敏智慧的大树

才牢牢相信了

远山有一个美丽的童话时

她终于长成了大人

然而她的才气

从没有超越她的骨气

她的聪明

总不及她的真诚

历史是天才的教科书

除了教育我的民族

团结勤劳奋斗

也教会了男人和女人

对污辱和不平

怎样表示一个民族的愤怒

旅途

如一日三餐

伴随我的兄弟姊妹

攀登比到达更给她们

乐趣和满足

在那崎岖的两山之间的

狭窄的小路上

行走着我的先辈

在那海洋般的沙漠深处

在那干涸的河岸

和那不毛的巉岩之间

行走着

我疲倦的长着络腮胡的弟兄

行走着行走着

仿佛人生就是一场无穷尽的跋涉

不是微笑着到达终点

就是含泪于中途丧生

在历史的浪尖上

涌现过一大批

民族的骄子和人类的贤者

郑和

一位远见卓识的航海家

打开过神州紧闭的历史铁门

突破了遥遥万里的长城封锁

终于让世界知道了东方

认识了东方

东方有一个古老的强大的龙的中国

也带回许多

洋人的观念洋人的科学

那是一次

对半个地球有所促进的航海

也是对炎黄子孙的莫大鞭策

历史

有我的民族一席之地

我的民族是

历史舞台不可缺少的角色

尽管我的民族

有欢乐和活泼的本性

尽管我的弟兄

不屈不挠地追求光明

尽管我的姊妹

怀着强烈的春天般的爱情

他们谨慎地做人

勤劳地谋生

他们机智地行事

诚实地对待亲朋

可是生活回报给我的民族的

常常是

狡猾欺骗残酷多于公正

于是他们

四海为家离乡背井

于是他们

藏头隐身化整为零

于是他们学会了

随机应变以蛮横回敬蛮横

于是他们

懂得了反抗

在拼搏中求生

靠三把刀推动命运把握命运①

靠无数个小小群体

维系一个弱小而又强大的民族的平衡

孕育已久的花蕾

在岁月的摇篮里成熟了

当阳光钻出密云时终于开放

男人们对三把刀的生活

过够了过够了

女人们走出五尺盖头走出一个世纪

像一出童话戏那般神奇美妙

我的民族重新在历史的舞台上登场

我的兄弟姊妹们

又充满了好奇心和活跃的幻想

五百万六百万七百万……

---

① "三把刀"指卖切糕、卖牛肉和厨子用的刀，俗称回族旧社会过的是"三把刀的生活"。

似乎《古兰经》抽象的教训

顿时化为具体生动的形象

真理和正义

美德和信仰

幸福和天堂

都在美好的憧憬中

有了十指能触摸到的方向

一个古老的民族

终于从沉梦中醒来

艰难地跨过愚昧的束缚

一步步走向理性的时代

我们不仅有一部

指引天堂的经典

还有一部教我们

认识自己和认识世界的《宣言》

我的民族

懂得了只有恪守自己的信念

才能把握属于自己的自由

没有神仙皇帝

全靠自己救自己

于是，我的民族

唤醒了自觉的意识

找回了丢失太久的民族尊严

于是天地加速了旋转

一页新的历史啊

被时代的风暴掀开

每颗心灵都找到应有的位置
谁也不再祈祷后世希望就在今天

诚然道路
还很坎坷还很漫长
像生活本身那样
还将充满无数个意外
但是我的民族
毕竟是告别了童年告别了洪荒
走出了阴暗的海底世界
找到那颗
先辈们寻觅千年万年的太阳
凭着我们过于机敏的感觉
凭着我们丰富的经验和目光
凭着我们曾经流过的鲜血和眼泪
凭着我们对历史的记忆和想象

我的民族已是我的祖国的主人
我的兄弟姊妹们
一个个将生出腾飞的翅膀
即使他们还要
击碎头顶上浓重的云块
却充满信念充满热情充满豪爽
假如我的子孙
再来歌唱我光荣的民族
那将是光辉灿烂的第二乐章

1987 年 5 月 27 日改于辽西

独酌

——给一位县委书记

天漏了——

大雨瓢泼

他从长山子①归来

一迈进门槛

就喊叫要酒喝——

"炒两个鸡蛋

捞块腌萝卜"

一个人喝酒

自斟自酌

雨在屋檐下

弹奏不成曲调的歌

是辣？是甜？

品不出滋味

饮着一盅盅思索

书记沉思

女儿猜得破——

"爸爸饮酒

一半忧愁

一半欢乐

---

① 长山子是米泉县的一个公社。

稻秧盼晴日

小麦正干渴……"

女儿一句话

字字敲心窝

书记心坎上

流着一条翻浪的河

回顾这大半生

哪一年哪一天

不是在半忧半喜中度过

1983 年 8 月 26 日—30 日

米泉—石河子

题马骏墓①

你睡在祭日的地方
睡在万花丛中
睡在你战斗过的地方
像秋天一样满足
像湖水一样平静

你并没有睡
屏住呼吸倾听
倾听历史的足音
倾听生活的笑声
寻觅你当年的梦

你不仅是回族的骄傲
也是整个中华的光荣
你推倒一堵蒙昧的墙
光明的河啊
注入一个古老民族的心中

红领巾献上一束束鲜花
献上五十六个民族的崇敬

---

① 马骏，回族最早的无产阶级革命家之一，一九二七年任中共北京市委书记，一九二八年二月十五日被反动军阀杀害，其墓现在北京日坛公园内。

没有无益的眼泪

没有空洞的悲痛

只有能够点燃的激情

你举过的那面旗帜

有一角系在孩子的胸前

飘摆着，是心在跳动

墓碑是闪光的生活课本

指引一个民族继续长征

1981 年 4 月初稿于中国作协文学讲习所

1983 年 11 月在宁夏银川改定

洱海渔家

一条月牙似的木船
同黎明一起出发
像一支箭——
被弯弓似的海岸
射向远在雾里的天边

桨拍醒梦中的海水
舵把握生活的航线
失望从网孔中流去
捞起的是祖国的明天
像生活一样生动丰满

一条月牙似的小船
一个飞驰的社会细胞
一个活跃的生产单元
带着白族渔家的渴望和梦想
把风浪远远地甩在后面……

1982 年 10 月 15 日写于大理喜洲

长城

世界是因为长城才爱中国
还是因为中国才爱长城

创造你的人们早已长眠
子孙享受祖先智慧的光荣

你何止象征一个民族的古老
也激励着一个巨人的振兴

帝王梦想凭一道边墙割断外患
外患未绝却封锁了科学进程

今天，你成为一道友谊的彩虹
牵动着整个地球的眼睛

万众一心筑成我们新的长城
你已是一个民族的信念的象征

让我们都作为你身躯的一块砖吧
由你来衡量每颗心的轻重

谁要是只躺在祖宗的荣耀上沉睡
只能在历史和后辈的心中留下骂名

给老清洁工

(扫啊、扫啊、扫啊……)
头顶着星星，脚踏碎晨露，
当朝阳染红道旁的沙枣树时，
你才伸伸腰，抹掉满脸汗珠。

(扫啊、扫啊、扫啊……)
你的手磨细了多少扫把，
你的扫帚清除了多少垃圾，
如今你已经扫白了一头黑发。

(扫啊、扫啊、扫啊……)
在这个城市里你最先看见黎明。
你虽然披着满身尘土，
你的生命却永远年轻。

(扫啊、扫啊、扫啊……)
老清洁工热爱自己的道路，
"条条道路通向麦加"，
路上的行人默默地给老人祝福。

1963 年 11 月 23 日于银川

巍峨长白山　滔滔鸭绿江
——为"九·三"抗日战争胜利纪念日而作

东北义勇军是一九三一年"九·一八"事变后、东北沦陷初期，以部分东北军旧部和爱国民众自发组成的抗日武装力量，活动地区几乎遍布于东北全境。辽西义勇军是最早兴起的义勇军之一。《义勇军进行曲》就是为这支抗日队伍而作。

——题记

趁着夜幕，趁着夜幕的黑色，
队伍在两山之间的谷底，悄悄行进……

地图上出现一个红色箭头——
指向钢屯镇！
歼灭古贺中佐的骑兵团，跟鬼子算这年冬季的总账。
辽西抗日义勇军像一支天兵天将，
又像一群雄鹰，静静地超低空翱翔。

落日的余晖依然在流血……
从锦州出发，在一座古庙集结。
老队长传达总部的命令；
还有一首从上海传来的歌曲：
《义勇军进行曲》
为这次不同寻常的出征壮行。

起来!

不愿做奴隶的人们!

把我们的血肉,

筑成我们新的长城!

中华民族到了最危险的时候,

每个人被迫着发出最后的吼声。

起来! 起来! 起来!

我们万众一心,

冒着敌人的炮火,

前进!

冒着敌人的炮火,

前进! 前进! 前进! 进!

这是电影《风云儿女》的主题曲。

田汉在狱中写的歌词。

每个字振奋了聂耳的每根神经,

在那风雨之夜,曲谱与沉沉的雷鸣同时发声!

那是一首每个音符都是一发炮弹的歌曲,

为共和国播下一粒不会屈服的火种!

踏着积雪与雪下的落叶出发,

松鼠,上蹿下跳似乎受了悄悄的惊动……

小半个太阳已躲进山后,那些像鬼子哨所似的树影,

慢慢地伸长　伸长　伸长——

长过了古贺中佐的记性。

已经跋涉了几座山峰。有人

在荆棘中倒下,睡着了,

做一个梦……

头上有日本人的飞机拉屎拉尿,

脚下有埋伏，有雷区，有陷阱，

死人的鞋子重新穿在活人的脚上，鞋底鞋帮绑着几道麻绳。

获悉古贺又一次杀人放火，几个村落

烧得一片焦灼……

一个六岁的男孩被丢进枯井，

遭遇轮奸的两个少女一起投了大凌河，

让两匹烈马挣断男青年的臂膀，

强迫一对夫妻对打嘴巴。给一群野兽取乐……

没有休整。

没有宿营。

随便啃个玉米面饼子，揣两个烤焦的土豆，

低哼着还不甚熟悉的歌声……

穿林海，走小路，奔向钢屯，

给古贺搞一回"以鬼治鬼"的别动。

枪带换了麻绳。麻绳也断了。是战士脊背上的汗渍

浸断的，是肩头磨断的，

一些没有火枪的新兵，背着锋利的大刀片，

拴着一尺长的红缨。红缨上染着斑斑血迹，

心头已筑起一座新的长城！

最严酷的日子降临了，西风凛冽，

落叶树　摇落了最后的败叶。森林里的歌手

不忍同东北军一起逃离，一遍一遍唱那亡国的悲切。

没有人行商，

没有人狩猎……
死气沉沉的孤城伴着毫无生机的荒野

曾经美丽富庶的辽西，再无处寻觅，
哪里还有
医巫闾山的古松古刹？
哪里还有
大凌河两岸的高粱玉米？
"九·一八"，从那个屈辱的时刻，
辽西
处处裸露着贫血与饥饿，
山山水水、五谷六畜……统统被倭寇践踏掠夺！

谁愿意受人欺凌？
谁愿意当马做牛？
死亡已经沉重地窒息胸口，
如果抗争是生命的本能，义勇军是最早觉醒的一群
民族精英！

醒来！起来！站出来！
生长五谷的土地不可以灌溉鲜血，
义勇军的血凝固了铸成钢铁
长白山　医巫闾山就是中华民族的气节
用血和脚印书写
每一块石头　每一条山泉　每一棵树木都是载入史册的
英雄！豪杰！

走吧！走吧！

吃一个黑乎乎的烤土豆。

前方又传来零星的枪声……

胃里有食，

心头有恨，

腿上有劲，

碰上鬼子，就拼个你死我活。

最便宜他们的，也要一命抵一命！

巡逻队像幽灵突现山口，

他们拥有最新式武器，

他们有军犬，他们有汉奸带路，

他们在山腰和山巅设下几道埋伏。

可是，老天爷不保佑侵略者，

谁是敌人，大刀片已经红了眼睛！

短兵相接，

正义必胜，

一场恶战，

遍地血红……

月牙儿勾住红螺山上的塔松，

松树干上留下一排弹洞，

战士们揩干汗水，缠好绷带，

走过一片炮火烧焦的灌木丛。

又有几个战友流着鲜血倒下，他们的枪

背在另外几个新兵的肩头。

通向前方的道路遥远而艰难，

战士们渴望某种意想不到的奇迹：

譬如松树上结出玉米土豆；

漫天飞飘的雪片竟是温暖的棉花，

那些倒下再没有站起来的弟兄，

胜利到来时，也能同活着的人一起绽放出

幸福的笑容！

辽西在流血……

中国在流血……

义勇军夺过敌人手中的机关枪，把枪膛里的子弹

再还给敌人。

小鬼子每天要运回日本本土上百具尸体，

岛国有多少农田易为坟墓？

一夜风雪，像机关枪的子弹

打在狗皮帽子的前脸上。

一辆熄了火的鬼子的卡车，驾驶员的脑袋挪了窝。

可惜队伍里没有会开车的师傅，无可奈何！

十几个战士喊着："一、二、三——"

把个庞然大物推下山坡……

从队伍前面传来口令：原地坐下，

稍事休整。

数数子弹带，还有多少子弹，

缴获的手雷，大家公平分用，

受伤的人，在伤口上涂些碘酒，

彼此报一次姓名，数数人头，有没有掉队的弟兄？

在一棵歪脖树下，
躺着两个被击毙的日本军官。
一个趴在雪里撅着屁股屁眼儿朝天，
另一个嘴上叼着香烟，"王八盒子"还挎在腰间，
义勇军收缴了鬼子武器，也没忘记搜索其他战利品：
一块怀表，
八十六发子弹，
两包"花道"牌香烟……

"继续前进！"传来一个低低的声音。
坐下来比走路更感到寒冷。上了路，
又觉着两条腿越发沉重。
休息过的地上留下了七八个烟蒂
还有两个喝空了的"老龙口"酒瓶……

只剩下一个烤焦的土豆了，一会儿就冻成冰蛋。
老队长用胸口把土豆焐暖，让给受伤的新兵。
凭着老队长的经验：天放亮时，
将面临一场浴血奋战……
隐约地听见了战马嘶鸣，钢屯镇已在朦胧中时隐时现。

老队长在张作霖手下当过团副，
少帅还派他训练过侦察兵，
偷袭、捉"舌头"、夜战……全都是小菜一碟儿，
老队长有个绰号叫"刘无情"。

日本人听见这个名字胆战心惊：

胆小的鬼子尿过裤子，

古贺的副官也从坐骑上跌下马镫。

只有不抵抗的政府，没有不抵抗的民众。

有多少热血男儿揭竿而起！

有多少仁人志士为国捐躯！

他们倒下了，以一腔热血浇灌家乡的草木，

死不瞑目的眼睛，凝望未来，

老队长从死者手里接过旗帜，

中华民族不屈的秉性在义勇军手中传递……

冬日的医巫闾山千树万树梨花灿灿，勾勒出

气壮山河的辽西画卷。

黑山、大虎山、北镇、义县……

歼灭古贺骑兵团的消息不胫而走，

各路抗日武装像雨后的高粱苗子，一拨儿一拨儿

钻出地面。

"歼灭古贺！"一声嘹亮的集结号！

各路人马仿佛同时听到召唤。

唤醒先辈遗传基因中的粗犷，召唤脉管里流淌的剽悍。

没有告诉母亲，没有吻别妻子，

却揣着那个代代相传的盛烈酒的陶罐。

没有谁规定集结的时辰，

义勇军的队伍，在黎明前赶到了钢屯。

十几路人马站领了东、南、西、北，

钢屯还在一片灰蒙蒙的梦中沉睡……

鬼子只看见了政府的软弱

没看见不屈服的人民的胆略智慧。

古贺的骑兵团被彻底包了饺子，连一只老鼠也休想逃遁。

迫击炮弹像密集的冰雹，手雷的火光

映红了兵营与马棚。许多岗哨被捉了"舌头"，

骑兵团只听见枪声却不了解真情。

古贺提着裤子找不着裤带。此人并不像

传说的那么老成稳重。

骑兵团混乱得成了一锅粥，

翻译官让古贺骂个狗血喷头。

不可战胜的神话化作泡影。义勇军却成了

民间传说的天将神兵！

一个个挺直的脊梁迎风傲雪，会武功的汉子

纵身跃上屋顶！

钻出一个，干掉一个，一个不漏，

又是"包饺子"，又是"关门打狗"！

有一队鬼子仿佛从地缝里钻了出来，

两挺歪把子机枪如虎似狼。装甲车给鬼子壮胆，

横冲直撞。

一个"仁丹胡"哇哇叫，好似狼嗥……

义勇军没有重武器，没有大炮，没有掩体，也没有战壕，

默默地承受着流血，承受着死亡……

"刘无情"眼看战士一个个倒下去，

心在滴血，燃起复仇的火焰。

飞鸟中　有雄鹰，

大海里　有巨鲸，

深山丛林　有猛虎，

被压迫被污辱的人群　出英雄！

"刘无情"背起一包炸药，

在装甲车经过的前方埋下陷阱，

任鬼子皮靴踏过去，任摩托车轮子轧过去，

他不哼一声。

只看见一团火焰，只听见一声轰鸣，

装甲车的尸骨再没了踪影……

战友们听见了老队长大喊一声：

"别让古贺溜掉！"

这是他留下的最后一句话。

山谷深处远远地传来回声：

——"别让古贺溜掉！"

——"别让古贺溜掉……"

——"别让古贺溜掉……"

仿佛四面八方的义勇军都在回应！

用什么语言来形容人们的愤怒？

用什么声势来表现这天的战斗？

铺天盖地的冰雹，席卷大地的飙风，

倾泻如瓢泼的骤雨，震惊高山大海的雷霆……
千万名壮士敲击天鼓地鼓，
凶神恶煞也胆战心惊。

在一座沉淀了阴暗的房屋角落，
古贺贫血的嘴唇不停颤抖，
为了掩饰内心的虚弱胆怯，为了不给天皇陛下丢丑，
他刮过胡子，挎上战刀，
想表现表现武士道的骄狂与困兽犹斗。
先是把翻译官
推出门去试探，
房上的暗哨，有意放过了这只哈巴狗。

古贺误以为真的平安无事，便一股风地
蹿出门口。房顶上的战士们，
仇人相见，格外眼红。
五六支准星同时对准古贺的狗头，
没容他惨叫，没容他悲鸣
这家伙来不及呻吟一声，已经呜呼丧命。

战斗结束了，
人们这才意识到天在下雪，
一片美丽而冷冽的山野。
像梨花一样的雪……
像柳絮一样的雪……
似蒲公英带着绒毛的种子舞在风中……
山上的塔松为老队长披上孝衫，

洁白的灵魂表现了中国军人的忠诚！
不论是战死的或活着的，都不愧为民族英雄！

这仅仅是一次战斗的小结，以后还会有
无数次无数次刀光血影。
这个胜仗，给人们一个深刻的信念：
黑暗的尽头，一定要诞生黎明！

《义勇军进行曲》铿锵的旋律，
鼓舞着抗日民众。一直萦绕在
千万老兵的心头。
一个美丽的梦想，那就是中华民族的伟大复兴！

九月三日——
在这个值得子孙们纪念的日子，怎能忘记这支义勇军！
是他们向日寇开了第一枪，
是他们举起第一面不屈的旗帜！
也忘不了那首唤醒亿万儿女
冒着敌人炮火前进的歌曲——

起来！
不愿做奴隶的人们！
把我们的血肉，
筑成我们新的长城！
中华民族到了最危险的时候，
每个人被迫着发出最后的吼声。
起来！起来！起来！
我们万众一心，

冒着敌人的炮火，

前进！

冒着敌人的炮火，

前进！前进！前进！进！

无论是国家兴旺，还是民族危亡，

五十年、一百年、一千年……

在长长的时空隧道里，一支

《义勇军进行曲》，将被子孙万代骄傲地传唱。

在每一个灾难或生死关头，

在最危险的时候，当强盗闯入边疆，

只要心中的长城不倒，

只要血管里还流着热血，

总会的，让中华民族变成一块铁！一块钢！

2014 年 5 月三稿于北京

一曲不寻常的战争的壮歌
——回顾辽沈战役

一曲不寻常的战争的壮歌

推出一座震惊中外的名城

那个遥远的冬天啊

中国那么苍白

辽西的大气骤然凝重

急促的呼吸聚集于锦州郊外

解放军的炮群愤怒了

敲响了一个王朝的丧钟

寒风在炸雷中痛苦地抽泣

一座英雄城市在胎盘里躁动

松辽大地震颤了

震颤了东北三省

历史于硝烟中找到

平衡的支撑支撑的平衡

辽西人民

还记着那个遥远的冬天

雪特别大风特别凶

穿着胶皮袜子的团长

紧握三八大盖的士兵

在一尺深的雪地里

趴了两天两夜不吭一声

手指冻肿了脚趾冻掉了

青紫的嘴唇结一层霜冰

只有血还没有凝固

缓缓地在枪管里蠕动

忍耐最后一刻黑暗

等待准星跳出一轮火红的黎明

在沈山铁路桥西侧

敌军地堡像个喝醉的无赖

临死前耍着绝望的酒疯

凭那两挺机枪也能

封锁住太阳的辐射？

二纵队有千万个梁士英

有千万个董存瑞的弟兄……

轰然巨响

炸碎一片旧世界的坚冰

满目废墟播种下解放的光明

新华社以大势所趋的口吻

播送一条预料之中的新闻

于是范汉杰举起了白旗

辽西从严峻的火光中

如期向一个新生的共和国挺进

一曲不寻常的战争的壮歌

推出一座震惊中外的名城

这城市的子子孙孙子子孙孙

忘不了那个遥远的冬天

忘不了那个冬天的早晨

1987 年 2 月于锦州

决战之前的雪夜

战争同黑暗相处亲睦

死神穿一身黑色礼服

雪地里卧着肩枪的农民

带满脸分得土地的笑容

踏上战场一群年轻的士兵

一支手卷的关东旱烟

在冻僵的手指间传递

一支没有点燃的关东烟

从战士传到连长手中

战前他收缴了全连的火柴

去点燃决战引爆黎明

夜太寒冷了

夜太漫长了

有二两老白干多好

让将士的灵魂陶醉

再给战斗添几分激烈

再给生命抹一笔悲壮

然而只有大雪

在黑夜里纷纷扬扬

等待冲锋等待巷战

等待胜利的官兵

彼此看不见脸庞

却看得见心看得见希望

假如谁活着

就希望有一天成为将军

假如谁战死

希望给历史留下一个故事

希望医巫闾山的松柏

有一片属于我们……

那支烟又传了回来

只剩下一个纸筒

留下它吧留下它吧

让后人讲这个故事的时候

就从这支烟开头

1988 年 11 月于锦州

塑像

你的瞳孔里蓄满阳光蓄满火光
衣襟还裹着那场恶战的风暴的乐章
向来这里的游人讲述战争故事
讲述那个冬天从战士血管里迸出的朝阳

脊背上落满硝烟驮负着一个时代的期望
谁献的一束鲜花飘溢着令人回忆的芬芳
你的人生最后一段生命最后一缕目光
走进孩子的梦境走进太阳的辉煌……

暴风雪无声地远远逝去枪声已经衰老
留下嘴角上的微笑在春天的暖风里闪亮
也许这就是一代人追求了一生的幸福吧
颗颗心织成鲜红的衣衫穿在共和国的身上

你的弟弟妹妹们已长成即将退休的老人
战士的青春却不曾被北方的大雪埋葬
这座城市不老这片土地不老北方不老
你披挂全副武装守卫着共和国不老的晨光

1988 年 11 月于锦州

雨花台前

这里

倒下过一群一群

热爱生活的人

值得记忆的人

不相信厄运的人

懂得生命价值的人

一片落花似雨的土地

种下的仇恨

生长出一种精神

他们

用鲜血耕耘

埋下一条不死的根

临倒下的一瞬

仍握紧手中的责任

给世界留下美梦

带走一颗完整的灵魂

这里掩埋着

怒号的狂风

和雷电的妊娠

是雨花台吗

还是泪花台

雨花石浸着血迹和泪痕

我没有勇气

写一首《雨花赋》

害怕我灵魂深处

隐藏着疚愧和悔恨

掩蔽的心能瞒过世人

怎能瞒过先烈的眼睛

朱瑞将军

他骑一匹并不高大的战马

马蹄踏碎恐惧的寒风

飞雪落在将军的身后

炮群跟在将军的身后

冷峻的眼神尖锐的寒光

穿透腐朽的冬天

射向久病呻吟的锦州

永不入鞘的剑

永不卷刃的剑

那是成千上万炮手的期待

那是炮群翘首渴望的命令

凝聚着五万万民众的仇恨

凝聚着民众对光明的疾呼

凝聚着西柏坡由衷的信赖

凝聚着毛泽东的叮咛

共和国炮兵之父

坐骑四蹄生风

把敌堡踏成粉末

把敌营踏成血河

在辽西沉睡的土地上

在亘古深深苦难的岁月里
划出一道穿透乌云的闪电
踏响了万钧雷霆!

朱瑞将军和他并不高大的战马
一起倒下了
倒在贫瘠而又富饶的黑土地上
于是辽西走出颤抖的冬天
轰然矗立一座英雄城市
城市倚着丰碑

一位将军英勇悲壮的灵魂
深刻在那块碑石上
刻着那场战争的神圣
刻着一代炮兵的使命
刻着一个军人的威名

1988 年秋于将军牺牲地义县

抗日亡魂向我默默地走过来

抗日亡魂向我默默地走过来
当那个笑声泪声交汇的日子
五十年后再一次从挂历上走进生活的时候

于是一场最残酷的战争
和无数盘战争影片的拷贝
一瞬间在我的思维中错乱地复现

抗日亡魂们像云像雾像烟
在高耸的英雄纪念碑周围集会
他们来自吕梁太行长白和黄河两岸

有送鸡毛信的海娃有放牛郎王二小
有吃完草根阵亡后被剖腹的司令员
还有宁为玉碎不为瓦全的马本斋母子
那个以号音推醒穿灰军装战士的吹号者
也走出《艾青诗选》

草根在军博向中外游客讲解战争
海娃和王二小告诉红领巾什么叫和平
吹号者很想再吹一曲冲锋号冲向贫穷

他们的脸色很苍白五星旗很红
他们的笑没有声音喜庆的锣鼓咚咚
他们真想再唱一回《我们在太行山上》
又怕当今的人们嫌那曲调太不流行

抗日亡魂向我默默地走过来
我不知道该用哪个颜色的鲜花欢迎
我拿不定该向他讲些什么事情

我只记得他们是杰出的英雄无上光荣
我的心上深刻着对英雄们永恒的爱情
一百年一千年不变否则灵魂会下地狱
生不敢正看后辈死无颜叩拜祖宗

娄山关

"娄山关"
刻在一块很坚硬的石头上
深刻在一个民族的心坎上
一段染血的历史
一册沉默的教科书
为昨天和明天
立一座碑

默立碑前
涛声炮声号声马蹄声
中国命运的合声
注满耳鼓
最最悲壮的是劲烈的西风
和长空的雁鸣

这里有太多脚印
分不清哪些是今人的造访
哪些是当年的征程
那些矮脚马踏出的蹄迹
在共和国的法典上
留下不灭的记忆

碑

无语

不讲述那些战斗细节

故事在阳光里

故事在雨丝里

故事在血管里

每个很平凡的情节

都让人心热

三个大字

给后人留下万千追念

苦难在这里走过

死亡在这里走过

希望在这里走过

胜利在这里走过

一出动人的大戏从这里

进入高潮

一个恒久的主题从这里

获得认同

三个字

不仅仅标明一段地界

还永永远远地

把一段辉煌的历史

诉说……

他战死在那个遥远的冬天

他战死在那个遥远的冬天
他战死在我的身边

天沉重得像个巨大铅块
压抑风雪压抑呼吸
很大的雪片静静地落在辽西
掩埋了他年轻的尸体
从太阳穴流出殷红的血
流出他对生活最后的热爱
我捧起他高昂的头
没有眼泪没有哭泣没有……

他不是叱咤风云的英雄
不是梁士英不是董存瑞
他是千万个士兵的一个
普普通通的一个
父亲是位翻了身的农民
手捧土地证送子参军
他在唢呐声里肩起钢枪
肩起翻身后的责任

他只在这个世界生活了十九岁

还没有来得及品尝

人生的许多滋味——

他没有进过都市没有进过校门

没有跟女人亲过嘴儿

没下过饭馆没照过相

没过过生日没碰过杯

临牺牲的那天傍晚

还与我同吃一块

冻成石头硬的黑面锅盔

他死了死在那个冬天

死在共和国黎明之前

战斗打响时

他想到过可能阵亡

想到再过七十天就是新年

又长了一岁

可是他何曾想过

战死了得多少抚恤金

是否与英雄们一起走进烈士陵园?

他战死在那个遥远的冬天

距离今天已四十多年

那天是我战死还是他战死

或许完全是一种命运的偶然

我回到染着战友鲜血的城市

心头揣着隐隐的不安

这座城市不会记着一个普通战士

年轻人也许不知道

历史上有过那么一个

遥远的冬天

1989 年改旧作

永远的长征

长征

不是一条标语

不是一篇演讲词

长征

是生死存亡的抉择

是改变命运的万里跋涉

许多细节清晰而遥远

主题将永久凝重

永久鲜活

杀出一条血路

杀出一条生路

北上救国!

长征

革命尚处于幼小年龄

距红船起航

和南昌的第一声枪响不久

前有层层堵截

后有重重追兵

一株先天不足的幼树

毅然抗击

八面来风

长征

一部史诗用双脚写成

夹金山，生命的零度

爬过去

就翻越了死亡之岭

若尔盖，生存的绝境

走过去

就走进了黎明

长征

是一座大厦的基石

用血用肉用脊梁筑成

仅一个小小的兴国县

就有一万二千儿女

英勇地倒在漫漫途中

长征路上的每一公里

长眠一位兴国英雄

长征

沿途响彻号音和歌声

英勇的号音写进了历史

奋进的歌声融入了记忆

播下一路民族自救的真理

撒下一路火种

唤醒亿万民众的

是烈士的鲜血，是炮声隆隆

长征
是一条绝处逢生的路
那些生于苦难的泥腿子
那些死于梦想的红军将士
走出了人民军队的神圣骁勇
走出了一种精神
成为经典成为旗帜
成为中华民族的尊严与光荣
死者为之含笑
生者为之动容

长征
给后人留下无尽的财富
也留下无尽的思考……
后来人啊
不要仅仅享用先辈打下的江山
要传承"英特纳雄耐尔"的初衷！

长征
马蹄声声并没有远去
大渡桥横铁索犹寒
前仆后继未下鞍！
看前路，大大小小的雪山
梦笔山长板山昌德山达古山
虹桥山……

正挑战后来者登攀

长征
活在有良知的人心中
夹金山顶掩埋着先烈尸骨
那是人类最高耸的坟墓
烈士们睁大眼睛
看他们洒过热血的土地
播种的是芬芳的玫瑰
还是迷人的罂粟?

长征
从没有结束的长征
当你接过那面旗帜
就是承传了一种使命
当你坦言是人民的公仆
就是对先辈许下神圣的诺言
向着新世纪扬起征帆
"不到长城非好汉!"

长征
不是一条标语
不是一篇演讲词
是一种伟大的精神!

在柏林，我寻找贝多芬

在柏林
我寻找一个人
他在音乐中召唤
全世界的朋友

我寻找贝多芬
他说破了人类和民族的命运
十个勇士般的指头
弹出生命的风烟流云

他谱写理想的爱情
自己保持了终生童贞
咽下那么多甜蜜的欺骗
咽下那么多求索的苦闷
一生很道德很情操
与忏悔无缘
于是做了世俗和自私的牺牲品

雨滴淋湿了熙熙攘攘的柏林
淋湿了匆匆过往的游人
没有真正的持久
铭刻这个生过许多天才的国度

唯独贝多芬的
英雄！
命运！

这世界没给过他欢乐
没给过他爱情的诚信
他用痛苦酿制一种精神
属于祖国属于母亲

马克没有推动道德前进
鄙俗的金币或许污染灵魂
德国有过非常明净的早晨
在柏林，我寻找贝多芬

1991 年 6 月 9 日晨于柏林

柏林墙呢？

这个地方
曾经筑过一堵高墙
令人战栗的城市
令人眩晕的城市
找不见一片完整的阳光

它不是长城
隔断了手足亲情
那时候柏林彻夜不眠
凝视大墙两边的种种不幸

一道很厚的墙
一把很钝的刀子
没有割断歌德
没有割断贝多芬

有一天早晨
柏林墙轰然倒塌了
不知道是不是历史的进步
德意志的梦毕竟圆了

1991 年 6 月 7 日于柏林

假如从亚洲飞来一只麻雀

我只知道
欧洲的鸽子不害怕人类
把人看作朋友

在普林一家豪华旅馆的
室外餐厅
麻雀也成了人类的知己
大模大样光临你的餐桌
等待面包屑
为你唱进餐曲子

假如有一天
突然从亚洲某地飞来一只麻雀
看见同类与人这等亲近
它将怎样吃惊得不能自已
会不会讲述许多可怕的故事
劝告伙伴不要轻信人的友谊

伙伴们或许笑它做了噩梦
或许引起一场鸟族的动乱
一场亘古的恐惧

1991 年 6 月 18 日于德国南部山城普林

给一位漂泊者

你们这些漂泊者
远离故土
远离母亲
远离了龙

生你的土地很贫瘠
那里曾经是废墟
分裂战争封闭
格杀了华夏的美丽

这里确实很富有
却不属于你
不是自己创造的
靠恩赐度日
不会有真正的自由

当你的人格
遭受马克的嘲弄
当你仰视洋人的鼻尖
挤出一丝笑容
可感觉到痛苦

谁也不允许亵渎祖国的尊严

先烈为尊严而流血

姿态不能只是一种姿态

我相信你梦见过母亲

你很孤独你很凄凉

不然为什么讨我一支"大中华"

舍不得点燃

悄悄地揣进怀里……

1991 年 6 月 21 日途中

第一千零二个故事

你讲罢了第一千零一个故事
在第一千零二个早晨
升起暖洋洋的太阳时
我来到你和国王的身边

昨夜还是一场令人心颤的噩梦
街道上没有早起的行人
渔夫聪明了也懒惰了
你很疲倦却闪烁着幸福的眼神

还有第一千零二个故事吗
那该是篇泪水书写的散文
也许是一个很古老的真理
也许是一条很年轻的新闻

故事里有血有箭有战车
有受伤的将士沉沉的呻吟
有母亲呼唤儿女妻子呼唤丈夫
有一个个升天和升不了天的灵魂

曾经荡起过天才的浪花
语言的魅力感化了石头之心

对话比对抗更有力量吗

所有的呼吸都渴望生存

美丽的姑娘善良的姑娘

再讲一个动听的故事吧

讲一个恬静的夜月和婴儿的笑靥

献给这第一千零二个早晨

参观伊拉克国家博物馆

被时间深深埋藏的王朝

在这里奇迹般的复活

被历史远远抛弃的故事

在这里顽固地向游人诉说

从苏米尔到阿拉伯

惊人的时间浓缩历史的概括

埋在地层深处的辉煌

保存下一个民族的聪明

许多创造酿制许多战争

人类在血泊中培植生命

每个民族都有殷红色的家谱

每一次旅行的终点

不是选择战场就是选择贫穷

令人晕眩的记载

有时也能令人清醒

虔诚的信徒从不到这里朝圣

这里的编年史涂着颜色

有真实的豪杰

也确有扯谎的英雄

用血泊书写历史的民众

为什么把功劳统统记在

历代君王的名下要不就送给神灵?

思念

远离养育我的土地的日子
是多梦的日子

多少次
我向遥远的乡土呼唤
向着黑土地爬去
仿佛爬了一千年一万年
在思念的碎片中苦苦期待
却抓不住那飘起的衣襟

发生过什么误解吗？
曾有过什么伤害吗？
人间流过许多真诚的眼泪
泪水可以洗掉痛苦
也能熄灭心中火焰
却改变不了思恋无限……

我是永远长不大的孩子
长不大便思念母亲
看见巴士拉的无际荒原
看见了你龟裂焦渴的心
宁愿归去做一滴大凌河水

去把干渴的心田滋润

我属于你
树木只能属于森林
在你身边的日日夜夜
也许并不觉得特别快乐
一朝离开了那片黑土地
才尝到了丢魂的滋味

思念之蚕抽出万丈长丝
扯不断理还乱
梦尽情没尽
彩云命定四海为家漂泊流浪
树木只安于土壤里生根

巴格达也升起故乡的明月
总不及心底埋藏的那轮
归心似箭
记忆牵魂
我再次坚信一切都是命运

1988 年 12 月 2 日

诗歌

诗歌不是从大人物口袋里掏出的嘱咐
也不是真主上帝老天爷赐给的祝福

诗歌不是美元马克卢布可以购买的珍珠
也不是黑市上倒买倒卖的白面儿或烟土

诗歌不是聪明机智才华栽培出来的花圃
也不是红墨水蓝墨水炮制的丽词艳赋

诗歌是自由的儿子人民的儿子是精神财富
是人类的呼吸命运的呐喊民族的战鼓

她从诗人的目光里渗入诗人的灵魂深处
又从诗人的伤口溢出长成历史的插图

诗歌是生活的慈母
诗歌是人生的严父

艾青，苦难和爱造就的诗人

再没有第二位这样的诗人了
谁能把诗写到人的心尖上
他的诗是诗歌的寿星
诗人走了吗?
怎么到处都回荡大堰河的声音

吹号者早已仙逝
号音活在永远年轻的军营
那个黑人姑娘的歌唱
让黑孩子白孩子
手挽着手走进早晨
于是地球上所有的城市乡村
都收到了那份
印着烫金字的黎明的通知

假如诺贝尔先生健在
不会拒绝你
不会拒绝写给人民的诗歌
可是诺贝尔在天上
只能遥看大地叹息
于是缪斯流泪
诗歌也流泪

当这一代诗人都成为古人

当这一代诗歌都成为历史

许多灵魂远远地注视你

怀里装着万国护照

在全世界旅行

随处遇见熟悉的面孔

随处听见熟悉的声音

你的诗向全人类问好

成为读者最亲切的友人

有一天

（一定会有那么一天）

斯德哥尔摩

终于不无遗憾地追悔莫及地

用烫金大字发表一篇论文：

偏见疏忽了一位诗人

一位苦难和爱造就的伟大的诗人

我的诗（之一）

我的诗

已经脱落了几颗牙齿

那些曾经活泼的汉字

如今已是激动的灾区

透明的霞光在哪里

隆重的庆典在哪里

不是节日

不是风景

如果偶尔迸出火花

也是一支将要熄灭的烟蒂

这就是我的诗吗？

这就是我的诗！

我的诗

是年长者的泪滴

是受伤老兵手中

倒下又扶起的旗帜

凤毛麟角是词语中难得的新意

每一笔都如铅如铝

有时还掺杂若干繁体

有时是杯很浓很浓的酽茶

有时又是杯忘记加糖的咖啡

这就是我的诗吗？
这就是我的诗！

我的诗
是一出很古典的悲剧
那颗善良的心
悄悄增补一笔笑的情趣
借来的哲学家
隐于不露声色的伏笔
写作大多选择早晨
早晨很少人云亦云
或许就因为如此
才讨不到花店老板的赞许

这就是我的诗吗？
这就是我的诗！

我的诗（之二）

年龄让许多事物趋于成熟
唯独我的诗永远半生不熟

我的生活才露出尖尖角般稚嫩
我的诗已经绽开满脸的皱纹

我的诗说过大话空话梦话
只缘于对一种理论的敬仰和迷信

我的诗像一棵棵雷雨后的老树
总有一些长不出绿叶的枯枝

我的诗像存放得太久的甘蔗
回味中多少总带着些许苦涩

我的诗不乏道貌岸然的理性
陈旧真理的残骸或许也掺杂其中

我的诗越老越生长一些童心
诗评家批评我的诗作冒充杂文

我的诗已经很少颂词和赞语了

太爱使用责备有时又多是浪费

我的诗有过不分皂白的同情
直至垂老才掺进几成选择的清醒

我的诗只唱给生我养我的母亲
不论牡丹刺玫都凭着一颗赤子之心

致诗人

诗人啊，历史需要激动人心的诗句，
时代有太多值得讴歌的教训和业绩。
A 弦和 D 弦都须蘸着深情异工同曲，
让在握的光大，把丢弃的重新拾起。

我们从不会只哼一己的苦恼和欢乐，
也不曾凭着个人的脉搏歌唱或沉默；
否则人民要说：民族不要这样的歌者，
生活、才华、灵感，都将对诗人吝啬。

我们命定的主题和目标从不是衰败，
人民的歌手对前途充满豪情和信赖，
勇敢地探索吧！辛勤地开拓吧！
让人民抱着英雄气概去展望未来。

当你凝视母亲的创痛时也不必哀伤，
从苦难中站起来的巨人会格外坚强；
诗人已抱定必胜决心和不变的信仰，
把每个细胞都化作音符献给太阳。

1979 年 10 月 1 日于银川

诗人和春

在春天的身后，追随着一位痴情的诗人，
他亲吻着一行行湿漉漉的春天的脚印。
春在田埂上小憩，同麦苗儿促膝谈心，
忠实的诗人把每个字都采入他的诗韵。
春路过古渠，把岸柳染得绿叶成荫，
诗人摘一片嫩绿，向农民报告春讯……

诗人啊，不要把春之歌唱得过于圆润，
春天至今还有不可原谅的偷懒和粗心，
那些沙漠、荒岭，她多年不曾问津，
人们问：诗人，你有没有提醒春天的责任？

1977 年 3 月 13 日

一个诗人的自白

1

我是个蹩脚的诗人

不以梦幻编织花环

没有心灵的秘密

向善良的读者揭示

便用不着什么巧语花言

我经历的是暴风雨的时代

亲身体验过许多悲伤的故事

但还是在多彩多姿的生活里

一次再一次发现人生的乐趣

也许信念是诗歌的最佳营养

诗人才握住了歌唱的命运

2

我的命运不只属于自己

我和民族共享荣辱

我同父母一起呼吸

没有命运以外的权益

没有离开群体的独立

这一生中我的吟诵歌唱

都是母亲唱过的摇篮曲

我不是我自己

我就是我自己

3

我在我的诗的音韵旋律中

倾听母亲的叮嘱

倾听阳光的歌唱

倾听呼唤幸福的父老乡亲

我的诗一旦丢失这些声音

便失掉了生命的意义

你们——我叩拜的读者

有理由剥夺我做诗人的权利

4

种子义无反顾投入黑土地

追求根须追求旺盛的生命

嫩芽不可阻挡拱出黑土地

寻找阳光寻找勃勃生机

我走下十七层楼梯

走向红高粱的故土

不是平衡利害得失

不是采集花环寻觅赞语

执意沉入生活的底层

并为这生活饮泪歌唱

5

我的诗是一株树

只有站立时才活着

树干长着许多眼睛

树枝举起许多旗帜

汲取大滴大滴的春雨

收获大片大片的阳光

于是我的诗噙着每一天颤抖的开始

眼睛明亮

旗帜飘扬

6

我的诗不是吃蜂蜜长大的

我的诗不是吃苦胆长大的

在人物和事物的中间巡行

在光明和黑暗的边缘激动

捕捉实质捕捉幻象

焊接理论和实践的链条

让千千万万读者咀嚼

社会的价值人生的真谛

7

当我的心

从诗的韵脚放飞出来

带一团烈火和尖锐的鸽哨

那是祝福共和国

那是祝福乡亲父老

我的诗巡视 960 万平方公里

为每一颗美好心灵

为每一寸壮丽山河

虔诚地奉献出大红大紫的花篮

同时把那些丑陋的灵魂

押上审美法庭

8

我的诗

告诫善良的读者提防诱惑

感情不要屈服世俗

以艺术的超凡魅力

以智慧的无比尊严

以诗艺的美好机智

给人们通俗的哲学思考

给人们生动的形象创造

拨开浓浓淡淡的云雾

握住阳光的温暖

握住星光的明亮

9

尽管哲学与经验

早已为人类历史拨云见天

我仍然一千遍一万遍

凭着经历凭着胆识凭着责任

呼唤诗的创见呼唤诗的预言

扫除模糊和昏暗

启助真理放射光焰

诗是很具体的哲学

诗是很情感的经验

10

我总是面对着阳光

心中充满了光明温暖

我冷静而不冷漠

我热情而不狂热

同我的时代手挽着手

同我的人民心连着心

却不是时代的宠儿

却不是人民的先生

于是我把清醒的理智

我把纯洁的情感

我把活跃的思想

我把坚定的信念

恭恭敬敬地献给亲爱的读者

像儿子把一腔挚爱献给父母

1990 年春写于从事文学创作 40 周年之际

散文随笔

童年在关东

沈阳：井边一张"绵羊票"

沈阳的冬天来得早，穷人的冬天来得就更早，棉衣还没备齐，大地就结冰了，挂着霜花的树木仿佛是用结晶的白糖做的。

我四岁到七岁，是在沈阳度过的。

我家在小西关清真北寺旁边，实际上和清真寺就隔着一道墙。东面是第一商场，当时是伪满洲国，沈阳叫奉天，第一商场叫奉天第一商场。我家的门洞对着商场的西大门，大门里有一口"洋井"，一年四季井边总汪着水，夏天常有小鸭子嬉戏，冬天便结成冰。

第一商场分室内室外两部分，室内有一家电影院，几家小人书铺，其余大多是卖服装布匹百货的摊位。室外是餐饮娱乐场所，餐饮一律是小饭馆，凡是沈阳有名的小吃应有尽有。

娱乐场所五方杂处，整天闹哄哄的，光唱大鼓的就有好几种，像什么奉天大鼓、西河大鼓、乐亭大鼓、京韵大鼓等，还有唱莲花落的，唱蹦蹦的（就是今天的二人转）。有说评书的，说相声的，有变戏法的，拉洋片的。最闹腾的数练把式卖大力丸的，一个粗壮的汉子，耍过一套拳脚，练过一阵石杠后，两腿一叉，大声地吆喝道："您是抬胳膊疼，您是背膀子痛，只要吃了我的大力丸，管保让您一身都轻松。"

各个杂耍场子之间，还夹杂着一些卖雪花膏、卖虱子药、卖牙粉、卖仁丹的。卖牙粉的最逗，他自己长着一嘴大黄牙，却一本正经地喊着："有黄牙根、黑牙锈的，一刷就白。"那情形那场景很像老北京的天桥。

第一商场是我儿时的快乐天堂，只要一放下饭碗就往商场跑，肚子饿了也去商场解闷找乐，有时看小人书听相声真就忘了饿。

小时候挨饿是常有的事。那时我父亲出门在外做泥水匠，母亲给有钱人家做针线活，二叔替一家岫岩老乡打零工，老叔蹬三轮儿，只有奶奶、我和比我大一岁的堂兄小庆吃闲饭。一家四口终年辛苦，却常常饥一顿饱一顿。

那年月穷人家没有午饭。有时奶奶见我和小庆饿得打蔫儿，就抓一把小米，熬半锅米汤，让我们俩灌个水饱。很小我就尝过"家无隔夜粮"的滋味。我们每天的晚饭须等到二叔老叔回来，他们带回一二斤高粱米或棒子面，晚饭才算有了着落。奶奶总说我和小庆是饿死鬼投胎，太能吃。

一天，邻居金奶奶给我和小庆一人一根水萝卜，奶奶看见后一把夺了过去，说："小孩子不要吃萝卜，萝卜消食，越吃越饿。"我牢牢记着奶奶的话，直到多年以后，仍不敢多吃萝卜。记得"低标准"那几年，我在省报跑农业口，有一回下乡采访，生产队长把我领到萝卜田里说："粮食金贵，款待不了你，萝卜还多，拔几根吃吧。"我刚刚弯下腰想拔，猛然想起奶奶关于"吃萝卜消食"的训诫，立马直起腰，连连摆手。队长还以为我有顾虑，紧说"没关系的，吃个萝卜算不上犯纪律"，他哪里知道我有一个"饥饿情结"呢？

六岁那年，是个多雪的冬天，积雪的街道刮起一阵阵寒风，太阳也无精打采，藏到清真寺邦克楼的后面了，既没生火又没点灯的屋子变得更加阴冷。我和小庆坐在窗台前，不时朝外张望，不见二叔和老叔的身影。我们并不挂念叔叔们，只是挂念叔叔手里提的面口袋。那口袋里装着我们全家当天的晚饭哪。

从小我就非常熟悉那只面口袋，老盼着它鼓鼓的，好让我放开肚子大吃一顿，可它总是瘪瘪的，害得我的肚子也总是瘪瘪的。小庆也饿得前胸贴后背，只是不像我老缠着奶奶要吃的，他像只懒猫，蹲在锅台边打盹儿。

奶奶确实什么吃的也没了，吵得她心烦就往外撵我们：

"你俩就死猫在家里，去商场玩一会儿，打打岔就忘了饿。戴上皮帽子，烟囱不冒烟不许回来。"

皮帽子是老叔戴过十几年的破帽子，狗毛都掉光了，头油把帽里子熏得像打了蜡，有一股难闻的味道，我才不戴呢。

我朝打盹儿的小庆喊了声："哥，走吧，五爷还没倒班，让他给咱借两本小人书看。"

五爷在商场里看水楼子，全商场吃甜水（自来水）的人家，都得到水楼子打水。接一桶水交一个水牌子，五爷专管收水牌子。他跟几家小人书铺很熟，常给我们借小人书看，东家不收钱。

街上比屋里亮堂，家雀还没有进窝，金奶奶家的鸽子还落在清真寺的北墙头上，东张西望。小庆拦着我："走这么快干啥，又不是去捡金子。"走到大门洞，他不走了，说走不动。其实我也不想走，可奶奶说了，打打岔就熬过去了。我把小庆硬拉起来："快走吧，过一会儿五爷就下班了。"

那天出奇地寒冷，商场大院那口洋井结成一个圆锥形的冰堆。天刚麻麻黑，亮晶晶的冰堆反射出路灯的光，像镜子似的晃眼睛。我磨磨蹭蹭走到井边，一眼就看见冰面下有一张大票子，我不敢相信，使劲揉眼睛，又凑到近前瞅，真的，真是一张票子。我的眼睛睁得老大，心突突跳，"哥，哥，你快来呀！这里冻着一张钱。"由于激动，我的声调都变了。

小庆将信将疑走过来，他比我懂得多，一眼就认出："真的，还是一张绵羊票。"绵羊票是伪满洲国面额最大的纸币，能买好几袋上等的白面！

像从大梦中醒来，我们一下子都来了精神，围着冰堆左看右看，那张票子上面已经冻了一层薄冰。咋把钱拿出来呢？用手抠，用砖头凿，都会把钱弄破。最好是用热水把冰化开，可没有现成的热水（那时普通百姓还没见过暖水瓶），现烧水怕是来不及了。别人来压水，一定会把钱捡走的。

小庆绕着那张票子打转转，像驴拉磨，一圈又一圈。

"别光转圈圈呀，你比我招儿多，快拿主意。"我着急得不行，生怕那张票子飞掉了。

小庆虽说只比我大一岁，却好充大人，总替我拿主意，不论做游戏还是干家务活，他都比我机灵。平时我有什么事求他，他要么拿五做六地拖着，要么讲条件，要我的烟盒、珠子，连我心爱的弹弓他也打过主意。不过小庆今天挺爽快，不等我把话说完，就扯着我蹲在票子前："来，用手焐，咱俩轮着焐。"

手是热的，用手焐肯定能行。我没等小庆蹲下，抢先把手焐上去。哎呀妈呀！手立马粘到冰上了，我使劲一拔，手掌心粘掉了一块皮。小庆蹲下来试试，也觉得不行。但他一点也不灰心："再想想，你也想个招。"我想呀想，突然大喊："哥，有了……"说时迟那时快，我掏出小鸡鸡便对着那张票子撒尿。天寒地冻，热乎乎的一泡尿撒到薄冰上，冒出一股热气，冰一点一点化开了。可是票子下面还粘着冰，拿不下来。小庆二话没说，也对着票子撒了一大泡尿，撒完了，还使劲抖抖裤子。

绵羊大票终于揭下来了。小庆捧着票子没命地往家跑，我也跟着跑，一头撞进门，险些撞倒了奶奶。奶奶一脸不高兴："这俩冒失鬼，烟囱还没冒烟，这么早回来干啥？"

我们叫奶奶快开灯，把绵羊票捧到奶奶眼前，奶奶满脸疑惑，我们就一五一十把捡钱的事说了一遍，我还骄傲地告诉奶奶，撒尿是我出的主意。听说冻在冰里的钱都被我们捡到了，奶奶右手捂着胸，连连念赞："主啊，万能的主，感谢你的慈悯。"奶奶转过脸对我们说："钱上结了一层冰，说明已经有人打过水，那个打水的人光压水看不见钱，你俩一走一过就看见了，这是主的点化。"奶奶也十分高兴，又说："还不是我把你们赶到商场的，要不怎么捡得着绵羊票？"

一张绵羊票，让一家老小惊喜万分，比过年还像过年。它意味着会有很多的白面馒头、饺子、烙饼，让我们放开肚皮尽量吃。

一张绵羊票，让一个穷人家的孩子睡梦里都在笑……

牡丹江：八岁的"大老爷们"

八岁那年阳历年刚过，父亲就把母亲和我接到冰天雪地的牡丹江市。

在北满这座城市的一个大建筑工地上，父亲找到了一份悬在高空中绑脚手架的活儿。这种活儿很危险，几乎没有任何安全设施，为了一家人糊口，父亲顾不上这些，待工作相对稳定后，就把我们母子从沈阳接到牡丹江。

牡丹江有一条铁路穿城而过，以铁路为界，将城市划分为铁道南北。铁道南面有机关、学校、车站，铁道北面多是商业、居民区。我们一家就栖息在铁道北的一个大杂院里。

大杂院分前后两进，有十几间房，每间房住一户人家，空间很小，房租便宜，左邻右舍都是穷人，对我们的入住，邻居们都很友善。我家对面屋是武叔家，武叔戴着个眼镜，是个有学问的人。武叔叫什么名字，很少有人知道，只听大人们背后都管他叫"武大鼻子"。我仔细看过，他的鼻子肉肉的，确实很大。他家有个男孩叫武伯元，小我一岁，伯元是我到牡丹江后的第一个小伙伴。

武叔人很和气，常给伯元和我讲故事。大约在我家搬进去两个月的光景，一天，我同伯元在院子里学巷口孩子们唱的一段儿歌：

"哇哩哇哩哇，新京来电话，叫我去当兵，先学日本话：吃饭叫'咪西'，骂人叫'八嘎'。"

武叔听见了就喊我们过去，问我们："为啥学日本话？"我说："好玩儿呗！"他又问："日本人才说日本话，你们是哪国人？"我和伯元一齐说："满洲国人呀。"武叔回头望望窗外，压低声音说："不对，咱们是中国人，是炎黄子孙。"

"炎黄是谁？是新京的皇帝吗？"我奇怪地问武叔。

武叔叹了一口气说："炎黄是咱中国人的老祖宗呀。新京是日本人改的名，日本人侵占了东北三省，建立满洲国，把新京定为满洲国的都城，可在咱中国人的心里，它永远叫长春。"

"中国呢？中国亡了吗？"我不解地追问。

"中国大着呢，中国有五千年的历史，哪那么容易亡呢？"武叔悄悄地说："除非山倒石头烂，中国是亡不了的。"武叔对我们解释"'山'是孙中山，'石'是蒋介石。听说陕北又出了朱德、毛泽东。"武叔用手拍拍心口，"记住，这些话只能藏在这里，不敢对外人说，说了要蹲班房。"

"中国人"，武叔将这三个字深深刻在一个身在"满洲国"的八岁孩子的心底。

这年深秋，树上的叶子渐渐掉光的时候，母亲给我生了个小弟弟。弟弟的到来，给贫寒的家又多添了一张嘴，加上那是羊年，母亲说属羊的命不好，得避开它，以后对外人就说弟弟是转年生的，属猴。父亲可不信这些，说管他属啥呢，母子平安就好。怀着祈愿，父亲给弟弟起名"双安"。

难道真的是信啥有啥吗？母亲还没出月子，父亲就被抓劳工抓走了。那天，天阴沉沉的，下午飘起了雪花，比往日黑得早。我和母亲守在屋里，等着下工回来的父亲一起吃晚饭。左等不来，右等不来，直到前街后巷的邻居都吃过晚饭了，还不见父亲回来。母亲隐隐有些担心，怕父亲绑脚手架出啥危险，也听说过架子工从半空中摔下来的事，她坐立不安，找了一条围巾包着头，想去胡同口迎父亲。就在这时，门外有人喊：

"老高家在这儿住吗？"

母亲应声赶到门口，只听那人压低嗓音对母亲嘀咕了几句，又安慰道："别着急，明天我再去打听打听，也许没什么事。"

母亲失神地回到屋里，眼含泪水对我说："你先吃吧，你爸今天回不来了。"当时我还不清楚究竟发生了什么事，但已经预感到了灾难，不然母亲是不会掉泪的。

那天夜里，我怎么也睡不着，身子在炕上翻烧饼。我想母亲没有说错，这个属羊的弟弟命不好，他给俺家带来晦气，还害得父亲跟着倒霉。母亲也辗转反侧，不断唉声叹气。她知道我没睡，一遍遍安慰我，又像是安慰自己："别胡思乱想，你爸不会有什么大事，快睡吧！快睡吧，明天到韩叔叔那打听打听。"

韩叔叔在一所优级小学教书，是父亲的生死之交。据说父亲曾经救过他的命，不知怎么救的，只听他常说："你爸对我有救命之恩。"我家有啥困难，他都当作自家的事，有钱出钱，有力出力。我把一切希望都寄托在韩叔叔身上。

第二天不等我出门，韩叔叔就来家了。他撂下背来的几斤高粱米，二话不说，搂着我就哭起来。他说，他求一个学生家长到警察局打听到，昨天牡丹江突击抓了一百二十多名劳工，连夜押上闷罐车，运往长白山了。听说这次抓捕不同寻常，是宪兵队和警察局联合的突击行动，边抓边往车站押送，很秘密，也很特别，连警察局的人也不知道人都抓到哪儿去，干什么。韩叔叔焦虑万分，忧心忡忡地对母亲说：

"高大哥性子暴躁，千万不能干啥冒险的事，但愿他能忍一忍，别……"韩叔叔没再说下去，环顾这个四壁萧然的家，他唏嘘不已，连忙在衣兜里掏了一阵，掏出几张毛票，放在炕桌上，"看来高大哥一时半会儿回不来，大嫂在月子里，不便出门，我再求人打听大哥的下落，过几天再来看你们。"

正在坐月子的母亲，受到如此沉重的打击，一夜之间衰老了，精神也委顿了。一筹莫展的她，把所有的委屈、所有的悲愤都归咎于出生不满一个月的弟弟身上，以为这个家的全部不幸都是他带来的。可怜的弟弟饿得直哭，声音都哭哑了，母亲也不想给他喂奶。其实母亲这两天没吃什么东西，也挤不出几滴奶水。

半个月过去了，父亲的消息一点也打听不到。母亲除了对我哭诉"今后的日子可咋过呀"，几乎束手无策。

面对整天以泪洗面的母亲，面对襁褓中嗷嗷待哺的弟弟，我突然觉得自己应当替代父亲，挑起家庭的担子。

从天而降的灾难，突然间过早地结束了我那苦涩的童年。

我决计背着母亲到街上找活儿干，挣钱养活母亲和弟弟。可是打问了许多店铺，央求了好些掌柜的，却没有人肯雇用一个年仅八岁的童工。实在走投无路了，我又去找韩叔叔，求他给找个干活的地方。听了我的话，韩叔叔犯难了，他从头到脚又打量了我一番：

"你几岁？"

"八岁。"

"个头倒不矮。"韩叔叔背着手在堂屋走来走去，"你回去听信儿吧，我试试看。"

三天后，韩叔叔带我到西郊一家叫"东亚株式会社"的日本工厂，日本掌柜想雇一个杂役，名义上叫学徒，实际上是给掌柜家里干杂活。

日本掌柜叫高桥一郎，他把我领进一间屋子，像审问犯人似的，问我今年几岁，家住哪里，家里都有什么人，在牡丹江住多少年了？我一一按韩叔叔事先叮嘱的回答他，比如年龄我没说八岁，虚报了两岁。最后，说一口半生不熟汉语的高桥又问：

"你的，愿意干，这个活计？"

我愣了一下，想了想说："给钱就干。"

高桥用拇指和食指捏着仁丹胡子冷笑道：

"吆西，活的干了，钱大大的有。"

其实高桥说的是假话，这里的学徒工根本不发薪金，只发实物。一个月发十斤高粱米，五斤棒子面，两捆板皮，五斤煤球，两条香烟，一条"花道"牌的，一条"千山"牌的。

第二天，我早早起来上工，从家走到株式会社至少得四十分钟。天上的星星还没落尽，郊外也没有路灯，我一边走一边哼着小曲，给自己壮胆儿。

做工全是些琐碎的家务活，因为在家帮母亲做过，虽有点力不从心，却不生疏，有时太累了，就偷着歇一会儿，只要不被高桥发现就没事儿。自从进了东亚株式会社，我突然成熟稳重了很多，往日那些稚嫩气、调皮劲，似乎被一阵风刮走了。

最高兴也最累人的，是"发薪"的日子。我就像燕子衔泥，一点一点把发的东西背回家。十斤高粱米背一次，五斤棒子面、五斤煤球跑一趟，两捆板皮要分两次背。当然最主要最先拿的是两条香烟，香烟并不往家里拿，下了班直奔菜市场。菜市场白天卖菜，晚上就成了闹市，一条长长的巷子，两边是小饭馆杂货店，像"山东煎饼铺""山西老陈醋""湖北理发店"，一家挨一家。巷子深处是"窑子街"，越到夜深越热闹。整条巷子，沿街叫卖的都是卖香烟的，卖炒货的，卖朝鲜烤鱼片的，还有卖女人画片的。

我第一次上市场去卖烟，先打听别人一盒烟卖多少钱，再在心里默默学别人的吆喝。然后才取出香烟，大声学着别人那样吆喝：

"花道烟卷花道的，千山烟卷千山的。"吆喝了很久，总算把烟换成了钱，我攥着钱高兴地颠儿颠儿往家跑，快到家了，忽然想起母亲奶水少，又折回头跑进菜市场，买了几两羊杂碎。母亲早就等在胡同口，见我远远走来，三步两步赶上前，又着急又心疼地说：

"我的儿呀，你咋才回来，妈都惦记死了。"

"妈，我发薪了。我把两条烟都换了钱，你看，这是给你下奶的，羊肝羊肚都是熟的。"

母亲一手接过羊杂碎，一手捂着我的头顶："儿呀，小小年纪，真难为你了。"

昏暗的路灯把我和母亲的影子投在地上，拖得长长的，看见我和母亲的影子差不多一般高，我说："妈，我长大了，人家都说我像十来岁的人。"

第一次发薪水的那天，母亲没有因儿子能挣钱了而高兴，她一边嚼着羊杂碎一边掉泪，弟弟也在母亲怀里哭啼。只有我喜不自禁，以为能挣钱就算大人了，我长大了，很快就可以当个"大老爷们儿"了。

然而"大老爷们儿"却害怕走夜路。那天我准备把最后一捆板皮背回去（板皮是原木周边一锯不成材的边脚料，有的还带一层没脱落的树皮，可用它烧火煮饭）。下工了，我正要走，高桥叫住我，让我把浴池里的一大池子水放掉，刷干净再回家。天已经黑了，我怕走夜路，不情愿去做，便噘着嘴僵在那儿不动。他看看我，我看看他。高桥是这里说一不二的人，他的命令谁也不敢违抗。他见我没马上服从他的命令，便勃然大怒：

"小孩，你的良心大大的坏了。我的，大日本的会长，你的，满洲国的小小的仆役。我的命令不执行，死了死了的有。"

"什么满洲国？我是中国人！"

"库拉！"愤怒的高桥抡圆了胳膊打了我一个嘴巴，"你的……你的，笆篱子干活，笆篱子……"

"笆篱子"就是监狱。武叔告诫过我，不能说自己是中国人，说了要坐牢的。我意识到自己一气之下说漏了嘴。这时有两个中国工人赶来为我说情，说小孩子不懂事，劝高桥别跟毛孩子一般见识。一个绰号叫彪子的青年，连推带搡把我推进浴池去放水。

放完水回家时，月亮已经爬上树梢。一捆板皮有十几斤，我背不动，走几步就放下来歇一歇。进城要经过一个挺大的坟圈子，西北风打着呼哨，在一个个坟头上打旋，落叶也在风中沙沙作响，很像脚步声。不大信鬼神的我，这时也毛骨悚然，头发根发直，心咚咚跳得像打鼓。越害怕越觉得背后有脚步声，又不敢回头看，又累又怕，大冬天里竟冒出一身冷汗。

"小家伙。"

听到身后有人喊我，真是又惊又喜，明明知道是人，内心却涌上一种无名的恐惧，我腿一软，一屁股跌坐在地上。

"别怕，我是彪子。"

彪子怕吓着我，报过字号就过来帮我扛板皮，说我还没有板皮沉，怎么扛得动呢，彪子要送我回家。

"还痛不？"

"脸不痛了，这儿痛。"我指了指心窝。

彪子说我是好样的，敢顶撞日本人，有种。他问我念过书没，我说没念过。他说我没念过书却知道不少事情。沉默了一会儿，他又安慰我：

"今天你受了委屈，吃了苦头，别在意，君子报仇，三年不晚，彪哥一定替你出这口气。"

我的心口一直堵得慌，听了彪子这番话，像吞了一粒顺气丸，心里顿时舒坦了。彪子真是个好人，我要有他这么个哥哥该多福气。那天，彪子一直把我送到家门口。

快过年了，吃过早饭，我和伯元到街口看热闹，有钱人家的孩子喜洋洋地放鞭炮，等人家放完了一挂小鞭，我俩就拾捡没爆炸的漏儿。正捂着耳朵，突然有人在我背上拍了一下，回头一看，原来是穿着一身干净衣服的彪子。彪子拉着我往北街走，告诉我高桥带着一家人和会社的几个亲信，在北街澡堂子洗澡。我说会社不是有浴池吗？他说昨天就停了水，别说洗澡，连喝的水都靠车拉。我还是很纳闷，高桥洗澡拉着我去干啥？彪子不理会我，只是一阵风似的拉着我跑。离浴池还有几十步远，就见澡堂门口一群人议论纷纷。近前一听，原来不知是什么人在池子里撒了一把摁钉，摁钉冒重朝下，尖尖朝上，扎得一伙日本人吱哇乱叫。

"有个胖女人，屁股坐在摁钉上，疼得呼天喊地。"

"还有个叫高桥的，一只脚扎了两个摁钉，气得要砸澡堂子……"

彪子拉着我走出人群，两只眼睛眯成一条缝，头一点一点，对我拱拱嘴："咋样，有点意思吧？"

瞧彪子那个神秘兮兮的样子，我脑子里一闪，悄悄问彪子："彪哥，这事儿是你干的吧？"

"高桥害的人太多，总要有报应的。"彪子没承认也没否认，"管他谁干的，反正也给你出了口气。"

于家屯：亲近自然的日子

四个多月了，我用羸弱的肩头挑起家庭的担子，父亲仍然杳无音信。

冰封大地，在频频的警车尖叫声中，在宪兵队嘎嘎的马靴声中，牡丹江度过了苦难的一九四三年。暴风雪的席卷，使牡丹江变得越来越不安宁了，大街小巷不断传说抓人、杀人、抢劫和偷盗一类的事，到处风声鹤唳。武叔每听到这类传闻，总要自言自语地感叹一番："苟且性命于乱世"，"暗无天日"，"官逼民反哪"。

日本人有些六神无主了，宪兵队和日本要员的住宅都加了岗哨，夜晚刚过 9 点就盘查行人。日本人怕闹事，就把城市里无业的穷人，编成若干个"开拓团"，迁赶到地多人少的偏远乡村，拨给一些荒地、闲地，让这些人老老实实种庄稼。

我们家也上了"开拓榜"。没有人听你的哭诉分辩，不由分说，一辆胶轮大马车，连夜把我们母子三人拉到了宁安县于家屯。

于家屯是个有近二百户人家的大屯子。屯长郭仓满有点同情心，将我们安顿在北山根于寡妇家一间看山用的旧房里，没有荒地，给我家拨了三垧远地。

于家屯离县城有五六十里路，有山有水，有大片的草甸子，有一条浅浅的小河。北山根原有两户人家，都是给大户人家看山的老光棍儿，他们无儿无女，一个六十多了，另一个将近七十岁。

我家住的这间房子挨着道边，门前是一条东西走向的土路，路南有一棵几个人都围抱不过来的老榆树。老榆树被于家屯的人看作神树，树下修了个比佛龛大一些的"小庙"，常有人来这儿进香。好心的于寡妇怕我们孤儿寡母住在山下害怕，打发她家的猪倌牵来一条大黄狗，让它为我们壮胆做伴。

农谚说："清明种小麦，谷雨种大田。"北方的节气晚，谷雨才选种备耕，开犁还得十天半个月。

那是我头一次到农村，九岁的我就是家里的主要劳动力，弟弟还不满周岁，母亲身体不好，又从没干过庄稼活，分来的三垧地咋种呀？于家屯的人非常淳朴善良，帮助我家解难，由屯里出面，让家里有雇工的人来代耕那三垧地，农忙时，我和母亲也下田锄地、薅草。并说好秋后给我家十斗（六百斤）玉米，二斗黄豆，一斗黄米和二十斤苏籽。这样一来，我们母子三人一年的口粮算是有了着落。其余油盐酱醋钱出在哪呢？住在我家房后的满爷爷说：开春挖野菜，夏天采黄花、捡蘑菇，秋天打榛子，冬天砍柴。小子，只要你手脚勤快，这山里到处都生钱。

听了满爷爷的话，我心想农村有这么多有趣的事情，自由自在不受欺负，比在牡丹江给日本人干杂役好多了。那时我幼小的心灵没有太高的奢望，能吃饱穿暖，能跟一般大的孩子一起玩耍，就很满足了。

南风随同四月一起刮过了大草甸子，虽然真正意义上的春天还没有到来，可是冰雪已经开始融化，大地上的表土变得松软，一种叶子像小葱，根茎似独头蒜的"小根菜"冒出尖来。这是于家屯一带生长的第一茬野菜，它可以炒了吃，也可以蘸大酱生吃。紧随之后的便是苦麻菜、鸭爪子、蒿子菜等，一茬接一茬，数不清的野菜。这些散发着泥土清香的野菜，自然成了我们母子的盘中餐，挖得多了，还能拿些到集镇上换回一点买盐的钱。

入夏，雨季一到，前山后山，漫山遍野都变成了蘑菇和金针菜的王国。雨后初晴，碧空如洗，天格外蓝，山更翠绿。远远望去，金针菜开着黄灿灿的花，随风起伏，宛如绿色波涛中荡起一层层金色的浪。

下雨天是烦人的天，而采蘑菇的人却总是盼着连雨天。雨把地浇透了，待地温稍微升高，蘑菇便破土而出。一般来说，采蘑菇多在午后，雨渐渐小了，我就披一条破旧的麻袋，跟着满爷爷冒着牛毛细雨进山。林子里，挂满雨滴的嫩草和鲜蘑，飘出一股股浓烈的馨香。蘑菇的种类很多，满爷爷一肚子"蘑菇经"，他认识各种蘑菇圈，跟他走，每次都能发现大片大片的蘑菇。听满爷爷说，"花脸蘑"最为珍贵，五斤鲜蘑能换一斤白砂糖。遗憾的是，最终我也没能采到五斤花脸蘑。

秋风起，山杏黄了，山梨黄了，榛子也熟了。我也开始忙碌起来，上午摘榛子，下午采榛蘑。榛蘑虽不名贵，但漫山遍野都长遍了，一上午就能采十几斤。新鲜的榛蘑，又嫩又滑溜，吃面条用它打卤最棒了，可惜那年头庄稼人很少见到白面。

北方的冬天长，一过中秋，天气渐渐变凉，不多久，等不得人收拾完庄稼，雪花就倏忽从天而降。雪花提醒了我，我得赶紧上山砍柴，准备好一冬烧饭烧炕的柴火。

我找出镰刀，下力气在磨刀石上反复磨，镰刀不但没磨锋利，反倒磨老了锋口。见我满头大汗，满爷爷呵呵笑："愣小子，磨刀犁地，三年学艺，这是技术活，不是力气活，蛮干不行。"说着他接过镰刀，噌噌几下，用左手拇指试试刀刃，"好了，别再瞎磨了。"握着镰刀，我又带上扦子、绳子上山打柴去了。临行时，我没有忘记带上特意准备的一个锄板。

这个锄板是用来吓唬狼的武器。于家屯地处荒僻，狼多，经常听到狼吃人或赶走牲畜的事。毛驴虽然比狼的个头大许多，可是驴一见了狼就屁滚尿流。据说狼叼着驴的长耳朵，用尾巴赶驴屁股，偌大的毛驴便乖乖跟着狼走。但狼也有害怕的，狼怕铁器声。我每割一捆柴，就停下来，用镰刀头敲一阵锄板，铁器的撞击声，响彻在回声很大的山谷里，野狼便会闻声逃走。

我还听说狼也怕火光。一个马倌说，大屯里有个绰号叫于老歪的人，一天进城买东西，因为看变戏法的贪了黑，回家时太阳已经压山。出城不远就碰上一只狼，他走快，狼也快走，他走慢，狼也慢走，狡猾的狼总是在离他十几步远的地方尾随着他。于老歪急中生智，记得老人们说狼怕火光，就取出在县城买的一大包火柴，走几步就划一根火柴，走一路划一路，等回到家时，一大包火柴已经划光了。

狼也怕狗。我家养的那只大黄狗，高大得像头牛犊子。它忠心耿耿，即使饿着肚子出外寻食，还回来守着家门。每天夜里它都趴在门前，生人和其他牲畜休想靠近我家。一个冬天的夜里，一只大狼带着一窝狼崽子，围着我家对过那棵老榆树打转转，一边转一边嗥，嗥声一会儿短促，一会儿拖长，像小孩子的哭声。凄厉的狼嗥，吓得我和母亲偎成一团，大气儿不敢出。只有勇敢的大黄狗毫不畏惧，它汪汪大叫，不停地吠了一个多钟头，直到狼群走开，它才安静了。

那年冬天，多雪奇寒，气温常在零下三十度以下。旧历年前一连落了两天两夜的大雪，凛冽的老北风呼吼着，搅动起漫天雪花。我家朝东的低窗户用两条旧麻袋遮挡着，风停了，厚厚的积雪已经把整个窗子掩埋住了。

母亲要我打水，准备做饭。我一步一滑地来到井边，顿时傻了眼，那口没有辘轳的井，井眼已经冻严了，水桶怎么也放不下去。我蹲在井台上急得哭起来，雪花飘到脸上，化成小水珠，经风一吹，刀子割一般疼。这一疼也疼得脑子清醒了，井冻严了不是还有雪吗？雪不就是水嘛！我高兴地一口气跑到山坡上，扒开表层的雪，把中间的雪一桶一桶提回家，放进大锅里化成水。就这样，大约吃了半个月的雪水，井眼才慢慢化开了。

漫长的冬天过去了，一年的日子总算熬到了头，父亲仍然没有一点音讯。母亲央人给牡丹江的韩叔叔写过一封信，不知是地址错了，还是韩叔叔也遭遇了不测，信发出去几个月也不见回音。

于寡妇倒是挺关心我们母子的，经常打发她家的猪倌送些酸菜、黏豆包、粉条子给我们。转年开春，大草甸子绿了的时候，于寡妇还亲自来过我家一趟。进门后，她就把我支到外边玩去，单独跟母亲絮絮地谈了好一阵子。我觉得她来得有些蹊跷，就悄悄蹲在窗外偷听她们的谈话。原来于寡妇见我父亲一直没有回来，就鼓动母亲找个搭伙的，或者干脆改嫁。我一听就火冒三丈，好在母亲婉言回绝了她，我才没有闯进屋。

母亲那年三十八岁，看上去虽然有些憔悴，却不显老。母亲年轻时长得很秀气，修长的身材，一口雪白的糯米牙，浓密的黑发里夹着有几分金黄色的秀发。母亲学过裁剪，她的衣服总是穿得很合体，即使是打了补丁的旧衣裳，也洗得干干净净。就连生病或是在月子里，也要硬挺着爬起来，梳头盥洗，任何时候都给人清清爽爽的感觉。母亲有一双很传神的眼睛，又大又明亮，眼窝深深的，像波斯人那样。母亲的眼睛是我一生中见到过的最动人的眼睛。那双眼睛给母亲增添了许多光彩，却没有照亮她的生活，给她带来好运。

于寡妇走后，我像受了屈辱似的对母亲说："妈，我已经长大了，我能养活你和弟弟。你看我这一年，采了那么多山货，打了那么多柴，我学会了许多本领，锄地、薅草、割豆子，今年我就去学犁地，不然就去给大户人家放马。无论如何，不会让你和弟弟饿着冻着。"

母亲见我情绪不对头，猜着我准是偷听了于寡妇的谈话，含着泪水对我说："儿呀，你放心，妈不会丢下你们，你爸会回来的，真主保佑他，他不会遭大难。妈昨天夜里还梦见你爸，骑着一匹白马，从后山上下来，说接我们回牡丹江。梦见马可能要有信来，说不定这几天你韩叔叔就能有信，报告你爸的消息。"

听了母亲这一番话，我心头的阴霾全都消散了。打那一天起，我把自己当作真正的大老爷们儿，干什么事情都更认真、更卖力气。我家的柴垛高了，一秋天采回的榛子、蘑菇、金针菜，全都背到集镇上卖了。卖了钱，我给妈买了一块阴丹士林布，给弟弟买了一斤用红纸包着的灶糖。

端午节近在眼前。

于家屯人很看重这个节，家家户户插艾蒿，再穷的人家，也要包一锅粽子。包不起糯米的就包黄米的，我家有现成的黄米。提前几天，我就早早下湖打芦苇叶子，上草甸子割马莲。芦苇叶子作粽叶，马莲作粽绳，准备包一大锅粽子。

端午节那天，我把艾蒿晒在门前，选了几棵插在门框上。母亲正忙着给我和弟弟每人煮两个鸡蛋。大黄狗也仿佛知道今天过节，不停地摇着尾巴，跟在我身后撒欢儿。

这天偏晌时，从河南面风风火火地跑来一辆"斗车"，一匹红鬃马跑得浑身是汗，赶车的是一个穿军服的年轻人。斗车过了河后，直奔我家门前。先从车上跳下来的是屯长，跟着下车的是位挎着一支盒子枪年纪较大的军人。乡下消息虽不灵通，但也听说过，日本投降后，开进宁安县城的是八路军，这两个军人八成就是八路军。

屯长直冲我走来："小运子（我的乳名），你看谁来啦？"

我仔细瞧了瞧那个年长些的军人，认出来了，是父亲。可是他怎么成了军人呢？我有点困惑，迟疑片刻，怯生生地喊了一声："爸。"然后扬起声朝屋里喊："妈，爸爸回来了。"

不等母亲出来，屯长径直把父亲引进屋，边走边反复说："我们关照不周，关照不周，真对不起长官，真对不起……"

父亲见到久别的母亲，本来有好些话要说，因为屯长在身边，话到嘴边又咽下去了。

"这是双安吧？"看见扯着母亲衣襟的弟弟，父亲俯身去抱，弟弟吓得连忙往母亲身后躲。从未见过父亲的弟弟，一点也不敢靠近生人，只是不安地偷看着父亲挎的那支盒子枪。

父亲无暇跟屯长寒暄，他掏出怀表看了看，对母亲说："时间不多了，你赶紧收拾一下，今天我们就要赶回县上。"

母亲很有些为难，"家里还有好些粮食、柴火咋办？"母亲心疼那些粮食，也心疼那些柴火，那都是我一捆一捆从山上背下来的呀。父亲想也没想，就以命令的口吻对屯长说："明后天你弄个车，把粮食送到县政府。"父亲指了指赶车的军人，"找这位小刘同志。柴火和其他东西，谁家困难就分给谁。"

就这样，父亲匆匆忙忙把我们接到了宁安县城。告别了于家屯，从此我再也没有回去过。

小兵：转战辽吉黑

父亲在牡丹江被日本人抓到深山老林里，方圆几十里不见人烟。

大约有几百个劳工，分别在两个地方给日军挖山洞。这些山洞是干什么用的，不太清楚。只知道有个翻译给父亲讲过一个秦始皇修墓的故事，说在秦王墓建成的那天，七十万民工一齐得暴病死了。念过几年书的父亲，听出了翻译的弦外之音，是在暗示几百名劳工的命运，毕竟都是中国人啦，心领神会的父亲只道了声"谢谢"，便佯装解手离去。

父亲紧急和几个可靠的难友商量，怎样才能逃出这个鬼门关。这个山洞的四周全部拉上了密密匝匝的电网，还有全副武装的哨兵昼夜看守。日本人经常警告说："你们谁也别去冒险，连蚊子也休想飞出去。"

"我们决不能束手待毙！"一向很有主见的父亲说，"与其坐着等死，不如冒险逃跑，逃出去也许还有一线希望。"十多个难友跟父亲很铁，也很信赖他，请他设法带大家逃跑。

强烈的求生愿望，激发了人的生存智慧。经过好多天地形地貌的观察分析，大家都认为只有挖地道才能越过电网，避开哨兵。这件事要慎之又慎，考虑再三，父亲他们选择了从茅房下面挖地道口。茅房下面作地道口，最容易隐蔽，因为日本人从不进劳工的茅房，劳工们从茅房进进出出，也不太引人注意。

每当夜深人静，别人都熟睡了，父亲他们就悄无声息地下茅房，一铲铲、一锹锹，都怀着求生的渴望。先在茅房下面挖开一个小地道口，一直往下挖，挖到好几米深，直到上面的人听不见地下挖土的动静，然后才横向挖，挖一个仅能容一人钻的小洞，十多个人轮流挖，每次只能去一个人，神不知，鬼不觉，挖了几个月，终于挖通了一条长长的地道。在一个漆黑的风雨交加的夜晚，十多个难友通过这条地道，总算逃出了日军的魔爪。

死里逃生的十多个难友，有的回了老家，有的远走他乡，深受迫害的父亲为了报仇雪恨，同四个年轻人一起投奔了东北抗日联军。

光复后，出关的八路军与抗联合编，成立了东北民主联军。原八路军中有一支队伍是渤海回民支队，合编后番号改为"东北民主联军回民支队"。我家是回族，父亲就调到回民支队去了。

一九四六年春，部队派出回民工作队到宁安，父亲也在端午节那天辗转找到了我们。宁安是革命先辈马骏烈士的老家，父亲委托回民联合会，将母亲和弟弟安置在马骏家。眼瞅着个头蹿起来的我，游游荡荡一时也上不了学，父亲决定把我带到部队上去。就这样，我便随父亲去了哈尔滨。

当时，东北民主联军回民支队的司令部、政治部，驻扎在哈尔滨南岗区日军留下的一座旧军营里。

初来回民支队，见到的都是一列列排队出操的军人，我有些不习惯，很想念母亲，更加怀念于家屯漫山遍野乱跑，跟满爷爷上山采蘑菇的日子。当然，部队上让我最开心的是能吃饱穿暖。高粱米、窝窝头，管够吃，有时还能吃上面条、白面馒头。我穿军装，吃军粮，却没有军籍，只能算个"随军家属"。混了几个月，直到一九四六年"八一"建军节那天。

"八一"联欢会上，司令员刘震寰一眼瞥见了我，问父亲："小鬼几岁了？"

父亲没回答，却让我回答："告诉首长，多大了？"

我眨巴眨巴眼，想多报两岁，看见司令员挺威严的，没敢多报，只好实打实地说："周岁十一，虚岁十二。"

我个头猛，长相大，十三四岁的人也没我长得高。刘司令员大概以为我报小了岁数，又问我："属什么的？"

"属猪的。"我不假思索地回答。

听了我的回答，司令员哈哈大笑："好嘛，你爸爸是大猪，你是小猪。"（我父亲整比我大两轮，二十四岁，本命年生的我）司令员回头对父亲说："小鬼个头不小，也还机灵，让他到宣传队去吧！"

从这一天起，我正式有了军籍，算一名真正的军人了。

以后，每逢"八一"建军节，我都会想起自己参军的那一天。

宣传队算得上藏龙卧虎之地，宣传队员的文化程度普遍比较高，有不少"大知识分子"，不光有"国高"，还有几名大学生，唯独我没上过学。排戏时，我不是演儿子，就是扮孙子，台词虽然不多，可全凭死记硬背也很难。宣传队队长马文忠是个小个子，比我高不了多少，队员们背地都管他叫马小个子。别看他人矮，本事可大，不但能编剧，会导演，还能吹拉弹唱，摆弄七八种乐器。

有一天，马队长把我叫到他屋里，问我："上过学没？"我告诉他："没有。"

他又问："识多少字？"我说："斗大的字，能识几口袋。"马队长笑了："嗨，没念过书，俏皮话倒学得不少。"

马队长在一个木箱子里倒腾了半天，翻出一本书，用手掂了掂说："这是半部《水浒》，是你的识字课本，一天最少要认五个生字，戏剧队的都是你的老师，你要勤学勤问，一年之后，要把这本书全都给我认下来。"

字我倒是认识一点。在牡丹江时，我和武伯元作邻居，伯元一放学就教我认字。家里穷，买不起纸笔，我就捡烟卷盒，用烟盒里包的白纸钉成写字本，捡别人用剩下的铅笔头。刚开始时用铅笔头写，后来羡慕人家写钢笔字，就买来一块黑墨，砸碎了泡成黑墨水，再买一个蘸水笔尖，插在秫秸秆上，做成"蘸水笔"。虽然没上过学，但我已经会用"蘸水笔"写字了。

过去的书，都是竖排本，一行很长。《水浒》又是古书，生僻字忒多。起初一行字要啃两三天，慢慢我就学得快了，几个月以后，一天就能学一行字了，越往后生字越少，我学习的劲头也越来越高，逢人便问，一年后，有时一天竟能认一页字。就这样，刻苦学了一年半的光景，常用字全认识了，读书、写信、看报，也难不倒我了。教我的"老师们"打心眼儿里为我高兴，他们跟马队长汇报："小高初中毕业了。"

半部《水浒》，不单单是我的识字课本，也在一个童稚的心灵，埋藏了一颗文学的种子。

一边演戏，一边读书，日子过得真快，转眼就到了岁末，哈尔滨下起了鹅毛大雪，纷纷扬扬的雪把军营装扮成一个洁白的世界。

回民支队有个老规矩，每到年终，各部门都要召开一次民主大会。按照惯例，我们政治部所属单位在一起开民主会。那天来的人很多，政委、政治部主任、科长、队长、协理员、司务长，凡是有官衔的领导，全都衣冠整齐地端坐在会场一角，每个人都表情严肃地拿个笔记本，刷刷记下战士和下级对自己的批评。那一天，差不多每个人都发了言，有些平时上下级关系很不错的，在这次民主会上却当众提出了尖锐的批评，指名道姓，直截了当。

这是我参军后第一次参加民主大会，很新奇，也很受鼓舞。总觉得上自政委、主任，下至科长、队长，对我都特别关心，倍加呵护，想不出他们还有什么缺点错误。可这是民主会呀，人人都得发言，我总不能像个哑巴似的干坐着。想来想去，猛然想到了我父亲，父亲不也是"领导"吗！对他，我倒有一肚子意见呢。于是我举起了手：

"我发言。我给我父亲高龙波同志提个意见，他有非常严重的家长作风，说话像个军阀，见了面就训斥我，态度生硬，还说'老子跟儿子讲什么民主？'再说他在司令部，我在政治部，他也管不着我呀！"

一开始大家吃了一惊，等仔细听完我的发言之后，满屋子的人都哄堂大笑起来。一个挺严肃的大会，硬让我给搅成个"娱乐晚会"了。听见大伙儿笑，我脸上微微有些泛红，也偷偷跟着乐了。不过，政治部主任李子华没有笑，他很重视我的发言，肯定了我勇于批评的精神，还当场表示，一定把我的批评如实转达给司令部的高龙波同志。

"小高给老高提意见"的佳话，顿时传遍了全支队。司令员听说后，笑着夸我"小家伙倒敢于斗争"。马队长说我读了《水浒》"很有点造反精神"。父亲得知我在民主大会上出了他的"洋相"，气得早饭也没吃，还扬言要好好教训教训"这愣小子"。

那时部队有一条铁的纪律，战士和下级在民主大会上提的批评意见，不论有没有出入，干部都必须虚心接受，有则改之，无则加勉。听说父亲要教训我，政治部李主任半开玩笑半认真地对父亲说："老高同志，你这话有打击报复之嫌哪，就为这句话，你也要向小高检讨道歉呢。"

带兵打仗的父亲，多多少少总有些长官意识，有些"大父亲主义"，他一时拉不下面子给我道歉。过了几天，父亲带着他的通讯员上政治部办事，特地到宣传队来看我。不知父亲找我有什么事，想到前两天，我冒冒失失提意见，弄得父亲挺尴尬的，心里更加忐忑不安。父亲好像看透了我的心事，故作轻松地说："没啥事，小刘想跟你一起照一张相，我来作陪，我请客。"一听说照相，我高兴得手舞足蹈，上照相馆用玻璃底版照相，那是件多么奢侈的事呀。我很感动，父亲以这种婉转的方式，表示了他的歉意。

我一直保存着那张一九四六年末拍的照片。里面最小的那个是我，背着一支演戏用的枪，站着的我还没有坐着的父亲高，中间坐着的是我父亲，另一位是父亲的通讯员小刘。三个人都打着绑腿，也许是过于紧张，我和通讯员都绷着脸，气嘟嘟的，只有父亲面带微笑。

一张老照片，留下了一个永恒的纪念。

我的记忆总是和冬天，和雪花结伴。一九四七年严冬，松花江畔，吉林市郊外一位满族老乡家，两个娃娃兵和四个女兵挤在一铺炕上睡。

吉林刚解放不久，我们部队就从哈尔滨开到了吉林。每到一个新解放区，我们都要给老百姓演几场歌剧《白毛女》。一天，我们到一个正在进行土地改革的大屯子演戏，演出归来已是深夜，又冷又饿。那时候可没有军营，部队走到哪儿都是住在老乡家里。政治部的管理员叫老张，是个挺抠门的老头，号房子总是紧打紧算，唯恐多占了老乡的房子，每次遇上房子紧张时，就把我和一个叫沙金的娃娃兵安排在女队员房里。他还振振有词，说四个女的住一间屋浪费，又说两个小鬼跟大姐姐住一起，还有个照顾。

那年我十二岁，好多事情，好些道理，都似懂非懂。宣传队演黄世仁娘的演员叫韩凤兰，是女队员中年纪最大的，人很善良，把我当作亲弟弟一般，我的衣服脏了她给洗，破了她给补，还教我认字、识简谱，我有啥话都先跟她说。韩凤兰有个七岁的儿子，一直寄养在姥姥家，她总把儿子的照片装在上衣兜里，有空就拿出来看一看，还让我看，说她儿子又漂亮又聪明。可是，自从她扮演了黄世仁娘之后，她那刁恶凶狠的形象，她对喜儿的迫害，伤害了我对她的好感，一个恶毒的地主婆影子总在我脑海里闪现，挥之不去，我再也跟她亲近不起来了，连衣服也不想让她洗，心里话再也不跟她说了。

演出归来那晚，西北风像小刀子割脸，冻得我浑身颤抖。我的被子很薄（怕行军背着太沉，拿掉了一层棉花），棉大衣又借给老乡的小儿子穿着打猎去了。那天夜里我蜷缩成一团，真的当了一回"团长"。后半夜我醒了，觉得有个东西搭在我的脖子上，我慢慢摸过去，是一只手，再向身边一摸，摸着一把毛茸茸的头发，这是怎么一回事呀？我迷迷糊糊，连大气也不敢出，我使劲想呀想，突然明白过来，原来我是被别人搂着睡的，我霍地从被窝里跳起来，又惊恐又害臊地大声喊叫："地主婆，地主婆，你真坏……"把一屋子人都喊醒了，闹得大家很不愉快，韩凤兰也十分尴尬。

事后，别的队员告诉我："你那天晚上感冒发烧，躺下就做梦说胡话，还喊救命什么的。韩凤兰觉得你这么小就离开家，离开母亲，她想到自己的孩子也远离母亲，就更同情可怜你。出于善良和母爱的天性，她把她的被子给你压上，自己盖棉大衣睡，后来冻得扛不住，就和你合盖两床被子，用自己的体温温暖着你。"

很久以来，这件事一直沉甸甸地压在我的心头，我为自己的鲁莽感到羞愧，总想寻个机会向韩凤兰道歉，可是我永远失去了这个机会，不久她便在解放九台的战役中牺牲了。那天她在战壕里给战士唱鼓舞士气的歌曲，正当她引吭高歌时，一颗罪恶的流弹夺去了她年轻的生命，离开这个世界时她仅三十岁。解放后，韩凤兰的墓迁至当地烈士陵园，二十世纪七十年代中期，一次出差途经吉林，我专程去烈士陵园为韩大姐扫墓，在她的墓前敬献了一束鲜花，并以忏悔的心情请求她的宽恕。

辽沈战役期间，宣传队到一个团去作庆功演出，一辆刚缴获的美国十轮大卡车，拉着演员和道具，奔驰在一条积雪很深的公路上。

我们穿着关东军的大衣，乘着美国的汽车，一路高歌"没有吃没有穿，自有那敌人送上前；没有枪没有炮，敌人给我们造"。天气也怪，打仗的时候总是冷飕飕的，下雪之后就更冷了。我和沙金还有几个女队员，被男队员们裹挟在中间，男队员用自己的身体为我们挡风寒。

汽车很快开上了一座石桥，正在桥上行驶着，一架敌机迎头俯冲而来，毫无经验的驾驶员，心里一慌，车的前轮滑到桥下，乱了方寸的司机，慌忙中紧往外手打轮，结果后轮也掉了腔，整个汽车失衡，一下子从桥上翻到桥下。那座石桥很高，车子正好翻了个360度，一车人全部翻到河里，河上结了冰，我摔在沙金的身上，连摔带吓，晕了过去。

缓缓地，像是从一场噩梦中醒来，仍然晕头转向，不知身在何处。又过了片刻，我彻底清醒了，发现沙金的头正摔在一块凸出冰面的大石头上，他的太阳穴还在流血，人已经断了气。我忘了浑身疼痛，发疯似的抱起沙金鲜血和脑浆四溢的头，紧贴着他血肉模糊的脸，泪水和他的血迹融汇在一起。我哭得死去活来，痛不欲生，沙金是那么热爱生命，那么渴望和平，他还盼着革命胜利后去学校念书呢！

十六岁的沙金死了，死在胜利的前夜。

沙金喜欢松树，他的墓地就选在三棵松树的脚下。他生前正在学习拉胡琴，马队长将一把崭新的二胡放进他的墓穴，陪伴他。部队按照回族的习俗安葬了他，头朝西脚朝东，全体队员轮流为他培土。我从人群背后挤到了最前面，想最后再看一眼战友，看一眼比哥哥还亲的人，马队长用大衣把我裹在他怀里，轻声说："别看了，你年纪小，晚上会做噩梦的。"

活蹦乱跳的沙金，就在我的眼前牺牲了，战友的血，时时让我感到窒息，感到战争的残酷。

一九四八年冬，震惊中外的辽沈战役已全线告捷，喜讯传来，部队上下一片欢腾。严冬时节，队伍在义县、阜新、樟武一线休整。我也随着宣传队回到了离别五年的辽宁老家。宣传队又陆续补充了一些新队员，这些队员大多是学生兵，演战士不像战士，演老乡不像老乡。战士看了很不满意，连队意见也不小。听到各团反映，政治部李主任找到马队长研究了一项措施：利用部队休整的机会，派一部分宣传队员下连队体验生活。

部队首长考虑我只有十三岁，没让我到战斗部队去，我去的是警卫连。警卫连张连长是个山东大汉，一脸大胡子，说话粗声大气，脾气倔，打仗勇敢，还立过功，警卫战士对他十分敬佩。

张连长见我劈头就是一句："欢迎欢迎，欢迎给老高提意见的小高同志！"真是哪壶不开提哪壶呀。像是早就知道我要来，张连长已经安顿好我的住处，还给我安排了任务："小高，听说你自学文化，已经'初中'毕业了，我们连的战士多是文盲，正开展识字竞赛，你就负责教一个排。"

警卫连按识字多少，把全连划成三拨儿，叫三个排。那时每个连都有一名文化教员，他们让文化教员教"高小"，指导员教"初小"，我这个自学的教"文盲"。

文化教员帮助我编了一个八百字的识字课本，多是连队常用字，还给我找来一本学生字典，先让我听他讲一课，然后照猫画虎，我再去讲一遍。

没上过学却当起了"小先生"，我很起劲，哪知开课头一天，就遇到了"刺儿头"。我总共教二十六个战士，其中一个叫陈大成的，是警卫连的射击能手，无依托立射，他十枪打了九十六环，卧射打了九十八环。打仗是响当当的，就是不爱学文化。他说，当兵的手是拿枪的手，拿笔那是知识分子的事。上课时，他脸朝外坐在门槛上，给我一个背影。我点他的名，他不搭理我，我叫他坐进教室，他故意气我，说门口空气新鲜。我忍不住批评他几句，他反唇相讥："你能把反动派讲投降吗？能，我就学，不能，我还是练射击有用。"

第一堂课，就弄得我下不了台，他毫不留情，当着其他学员的面，伤害了我的自尊心。满肚子委屈的我，下课后就去找连长告状，说着说着就流下了眼泪。张连长听了直笑，说这个陈大成什么都好，就是不爱学习。他想了一会儿说："别抹眼泪儿，军人要像个军人样，陈大成不对，我保证让他明天给你作检讨。"

我心里想，这样的战士，就得让他蹲几天禁闭。作检讨？他能那么听你的？说来也怪，第二天中午，陈大成像个孩子似的，涨红着脸站在我面前，声音很低地说："我错了，我向你作检讨，你去跟连长帮我讲讲情吧，我错了。"

后来我才知道，原来是张连长略施小计。

头天下午，陈大成在司令部门口站岗，有个他不认识的人要外出，交给他一张条子。陈大成装模作样地看了又看，见条子上还盖着章子，就放行了。不多时，连长来查哨，惊慌地问陈大成："有个开小差的，你见了没？"陈大成说没有啊，凡是出去的人，都有准出的条子。连长要过条子，一一看了，挑出其中的一张说："我替你站岗，你去找个识字的人看看这张条子。"

陈大成满不在乎，拿了条子就走，不到几分钟，却耷拉着脑袋站在连长面前，一句话也说不出来。原来那张条子是炊事班买酱油开的发票。连长这下不饶人了："你陈大成是射击能手呀，怎么把酱油发票当路条呀？学文化有啥用？"

"有用，有用。"陈大成连连认错。

"你把开小差的放走了，怎么处理你？"

"我错了，连长别吓唬我了。"陈大成苦着脸。

张连长仍然板着脸："你去向小高同志作检讨，他原谅了你，这事儿就算拉倒，他不原谅，这事儿没完。"

张连长真有办法，一句大道理没讲，就把个陈大成治得服服帖帖。

陈大成确实是好样的，思想通了，学文化比谁都上心，他一遍遍反复读写，不懂就问，一天消灭十多个生字，一个多月就认识了六百多个字，射击能手变成了识字能手。

功夫不负有心人，我教的二十六个战士，从大字不识到能给家里写个简单的书信，我真替他们高兴。我在警卫连待了一个多月，跟几个年轻的战士结下了很深的情谊，回队时，大家都依依不舍。临行，警卫连给我作了一个很棒的鉴定。

一九四九年元旦，《人民日报》发表"元旦献辞"《将革命进行到底》。激情洋溢的"元旦献辞"，如一股扑面的春风，吹拂着军旗猎猎，极大地鼓舞着全军将士的士气。这时我们部队已改编为中国人民解放军铁道兵团第二师。

春节刚过，大军挥师南下。我们沿铁路线紧追着中央军的屁股，中央军撤退一处，就把那里的铁路桥梁炸毁，我们便昼夜抢修，大多用枕木搭建临时应急的桥垛，保障军队给养，及时南下。

十四岁的我，走在浩浩荡荡的南下大军中，但行军时还受到照顾，领导让我和女队员乘坐拉道具的汽车。我谢绝了领导的好意，非要下连队跟战士们一起行军。战士们背着武器和背包，我却空着两只手，觉得不好看，就学那些连排长的样子，抢着给身体不好的战士背点东西。

沿途我教战士们唱《下江南》：

> 下江南下江南下江南，
> 取津沪，夺武汉，
> 打到两广和福建，
> 解放同胞两万万……

队伍出了山海关，头一站唐山，第二站天津，第三站沧州，第四站德州，第五站济南，第六站郑州……一直跨过长江，直指广西镇南关（友谊关）。

一出山海关，我也结束了在关东的童年。

（原载《中国作家》2009 年第 8 期）

小兵下江南

下江南，下江南，下江南，
取津沪，夺武汉，
打到两广和福建，
解放同胞两万万……

一

一九四九年，春节爆竹的烟火还在空气中弥漫，解放了东北全境的东北野战军，正待命南下。

我们铁道纵队二师（后为中国人民解放军铁道兵团第二师）也接到入关南下的命令。师部和各团分别在辽宁义县、清河门、大虎山一线待命出发。

师司令部、政治部驻扎在义县。一天早晨，平时很少见面的父亲，突然来到宣传队把我叫出来。我随父亲步出县城，沿着大凌河南岸向东走去。

春天的河水，湍急而浑浊。河面浮游着杂草、羊粪和冬季搭浮桥用的高粱秸，大凌河夹带着这些漂浮物，匆匆向渤海湾流去。

大凌河，当时只有一座铁路桥。人们夏秋两季靠木船渡河，冬春则用木船、木桩、高粱秸搭临时浮桥，供行人马车渡河。每到河水开化、拆除浮桥时，两岸的居民沿河打捞高粱秸，俗称"捞浮柴"，用来烧火做饭。

大凌河的两岸，地下潮水已开始返浆，走在上面像踩在面包上，颤颤悠悠，留下的脚印，很快渗出水来。乍暖还寒的春风，扑面吹来，风中夹着一股潮湿气和干草腐烂的味道。

穿一身新洗过的军装的父亲，抚着我的肩头，问我"冷不"，又问"想妈没"。在我的记忆中，父亲很少像今天这么和蔼可亲。他的这般体贴关爱，让我感到有些不习惯。我仰脸看父亲一眼，果然是一脸慈祥，眼神也特别温和。我猜想父亲是有什么话要跟我说，也许还是挺重要的话。

我猜得果然不错。父亲沉默片刻，便讲述了一段我从没听过的家史：

清朝咸丰年间，黄河泛滥成灾，民不聊生。靠开小点心铺度日的高家，被决口的黄河冲得房倒屋塌，谋生无计，做出了闯关东的决定。我的祖先是挑着两个柳条筐闯关东的。一只筐里装着一套做各种点心的模具和一些简单的锅碗瓢盆，另一只筐子躺着不到一岁的祖太爷。

临行前，山东老家的亲朋好友、左邻右舍，都劝阻老祖宗不要去那犯人流放的荒蛮之地。也有人断言：关东天寒地冻，胡子（土匪）多，善人少，过不上几年，不把一家人的性命搭上，也得扒一层皮逃回来。可是老祖宗铁了心，不听任何人的劝说，变卖了全部家当，一心要到关外闯一条生路。据说，老祖宗从济南府上路，走了半个多月，才走到山海关。过山海关时，他老人家在关里这边砍下一截柳树干，栽在关外那边的水塘边上，表示要像这根柳枝一样，让高家在关外扎下根来，生存繁衍。他还打着"伊玛尼"对真主明誓：今生今世，不混出个人样来，永不进关。

光阴荏苒，祖先"进关"的诺言一辈传一辈，直到我父亲这一代，果然没一个长辈进过山海关。

父亲讲完这段家史，心情显得十分沉重。

我和父亲沿着河岸默默走了一段路。我想，父亲为什么突然跟我谈起了家史，他好像还有什么话要跟我说。经过一艘旧木船时，父亲停下来，上下打量着我。我穿的是一套小号军装，袖口往上挽了两道，上衣的下摆靠近了膝盖，差不多快挨着"绑腿"了。我还不满十四岁，一向是穿这样不合体的军装，父亲今天是怎么了？好像第一次见到我这身打扮。

他突然对我说："部队就要南下了。"

"我昨天就知道了，正清理背包呢。"

父亲没理我这个茬儿，接着说："这次下江南可非同一般，这一'下'，就可能是几千里路，有好多仗打，说不定要一直打到海南岛去。沿途的铁路、桥梁全被国民党军队破坏了，我们的汽车又很少，行军就全靠两条腿了……"

"我们现在是铁道兵，轮不到我们打仗吧？"我觉得父亲是故意吓唬我。

听了我的话，父亲的脸色变得严肃起来："不管什么兵，只要是军人，就得时时有参战的思想准备。国民党军队破坏铁路桥梁，我们要保护，要抢修，这还不是战斗？"

我不想跟父亲犟嘴，便岔开话题："爸，我和你参加了解放全东北的战斗，又乘胜下江南去解放全中国，我们'进关'是很体面的，也算给老祖宗争了面子了。"

父亲还是不理我的茬儿，仍然按照他的思路说下去：

"大约部队过了长江就得徒步行军，没日没夜，大路走不成，还得走稻田埂，在稻田埂上走夜路，泥一脚，水一脚，苦得很呀！"

父亲说到这里，我听出了几分弦外之音，八成要动员我离开部队回地方吧？那可不行，我不等父亲把他的想法全说出来，抢先一步说：

"走田埂不用穿鞋子，光脚丫子走，又快又省劲儿。"

"别跟我打岔。"父亲有些不耐烦，"我今天一半是父亲，一半是代表组织找你谈话。刘司令员说，你年纪小，体质弱，怕你到南方不服水土，经受不住，再说你妈也想你，你也想家……"

"谁说我想家了？我不想家！"

"听我把话说完。回到地方，你可以上学，不愿意上学，也可以分配工作。这对你今后的成长有好处，也能照顾照顾你妈。"

"不，我不回地方。上什么学？马队长说我初中都毕业了。"

父亲还要说什么，我不听，给他撂了一句"打死我也不走"，就扭头跑了。

一连几天，我猫在屋里看书，不见任何人。出操吃饭，凡是在别人面前时，我就故意大声唱那首《将革命进行到底》。那首歌的歌词是：

> 将革命进行到底，
> 将革命进行到底，
> 中国要全部解放，
> 人民要彻底胜利，彻底胜利。
>
> 三十年的经验在心里，
> 打垮反动派的缓兵计。
> 假如敌人不投降，
> 我们就坚决打到底！

我不能被动地坐等，就给师政治部主任写了个"状子"，状告父亲阻拦我下江南，想让我当"半截子革命"。我也表示不怕苦、不怕行军，要将革命进行到底。

递上"状子"后，我暗地里观察马队长们的动静，也留意其他队员的动向，看看是不是有什么"通知"背着我了，有没有不让我"进关"的迹象。结果什么也没发现。有个小队头头还嘱咐我："用处不大的东西一律轻装，累赘越少越好。"听了他的嘱咐，我一直悬着的心踏实了一些。

直到第四天，马队长正式告诉我："你胜利了。政委和主任都帮了你的忙。他们看了你的'状子'，很欣赏，说你写得挺'文学'的，说不定将来会出息成个人才。"马队长亲切地拍了我肩头一下，"别再天天唱'进行到底'了，抓紧做好出发前的准备工作。"

我当时的兴奋那才叫"心花怒放"呢，立马给马队长打了个立正礼："是！小高明白。"

出发那天夜里，铁路沿线下了大雾，浓重的雾霭，把路标和沿线的信号灯都遮蔽了，能见度极低，火车不能开了。

车停靠在一个小站上。闷罐车厢里空气污浊。我从睡梦中醒来，不知是谁拉开了车门，一股夹杂着春天青草气味的浓雾涌进车厢，闷罐车不那么"闷"了。有几个熟睡的队员，鼾声此起彼伏，有人说梦话，有人磨牙齿，大家睡得很实沉。

我问坐在门口的人："到哪儿了？"

"雾大，看不清楚，快到山海关了吧？"坐在车门口的马洁说。

"到山海关了？"我自言自语，很快想到我家老祖宗栽的那棵柳树，会不会就在这一带？怕是长得很高了。我问马洁："你说清朝咸丰年间栽的柳树，现在能长多高？"

马洁读了十几年书，有学问，听了我的问话，笑了："咸丰到现在有一百多年了，一般的柳树没有这么长的寿命，就算还活着，怕也只剩个枯壳了。"

我原来打算车过山海关时，下车找找那棵老柳树。听马洁这么一说，就泄了气。这个拉小提琴的不是一般人，他说话，就像他拉琴一样有板有眼，从来不说没有谱的话。

没有表，不知过了多久，列车"咣当"一声开动了。

天已放亮，雾渐渐消散。我凑到车门处，坐在马洁的身边，悄声问他："听说我们到唐山就下车，不是下江南吗？"

"只是马队长他们下车，"马洁神秘地说，"他们去开滦高中招兵，队里要补充新队员。我们不下。"

到唐山后，果然马队长、曲指导员和另外几个队员下了车。战争年代，许多行动都属于军事行动，一般战士养成了不闻不问的习惯。马队长他们离队，谁也不问什么。

唐山的烧鸡远近闻名，站台上卖烧鸡的小贩提篓挎筐，吆喝声很是诱人。

不一会儿，从站台的一头拥过来一大群讨饭的，都是七八岁的孩子。他们一个个衣衫褴褛，伸着一双双又黑又瘦的小手，向战士们乞讨："老总，行行好，可怜可怜我们吧。"他们大多是战争中失去父母的孤儿。解放不久，地方政府还来不及收容救助，这些孩子只能靠乞讨求生。可是他们哪里知道，我们都是些身无分文的兵，爱莫能助。若是有钱，我还不去买只烧鸡吃？

行军途中，最有经济实力的是司务长，菜金、粮食都由他掌控。就在这时，司务长带着炊事员，抬来一筐窝头，还有一盆咸萝卜干和腌黄瓜。他让孩子们排好队，不许哄抢，一人一份：两个窝头，一份咸菜。孩子们都很听话，乖乖地排成一溜长队，喜出望外。

我是尝过饥饿滋味的，最能体会这群孩子此时的兴奋。

那时，非战斗部队的军用列车跟货车一个待遇，见站就停，给客车让路。不记得在唐山站停了多久，列车终于缓缓开出了站台。那群吃了一顿饱饭的孩子，欢蹦乱跳，追赶着开动的列车，与车上的战士不停地挥手……

天麻麻黑时，列车徐徐开进天津站。

部队在天津是临时停留。途中炊事班没有起伙条件，司务长把面粉、菜金发放给各部门，让大家当晚自办伙食。宣传队住在恒大烟厂院内，各小队领了面粉、菜金，分头到街上自找门路吃晚饭。我们戏剧队趁机逛了逛夜天津。这座刚刚解放的城市，像个大病初愈的患者，没有一丝生气，路灯昏暗，马路脏乱。海河像一条死水，失去了动感。一向很讲究夜生活的天津人，仿佛改变了多年的习惯，街上没有几个行人，不似想象的那么"灯红酒绿"，路两旁的店铺大多关着门板。

我们跑了两条街，想找一家回民饭铺，但所有饭铺都闭店了。我们穿过一条横街，在一条小巷路口，有一家清真面馆，虽然关了门面，室内却亮着灯光。我们抱着一线希望叫开了店门，老板却说，什么吃的都没有了。这时最懂得回族礼俗的杨占江抢到人前说：

"艾色俩目昆（问候语）。我们是解放军的回民支队，都是朵斯蒂（弟兄），到现在还没有吃晚饭，请掌柜行个方便，帮帮忙。"

老板回了一个"色俩目"，显得无限惊喜："啊？老总里也有朵斯蒂？快请进，快请进。"老板看我们有十几个人，想了想说，"上车饺子下车面，我给老总们接风。"说着就吩咐小伙计去压面条。我们说自己带着面哪，老板一摆手，"你说嘛呀？这顿饭，我请了。"

我一边狼吞虎咽地吃着打卤面，一边对老板说："掌柜的，我们是人民解放军，不兴叫'老总'，叫同志，人民军队和人民是一家人。"

不料我这句话，倒让老板找到了不收饭费的理由，他说："您还说嘛？既然咱们都是一家人，还收嘛钱哪？"

不管老板怎么说，我们硬是把带去的面粉和菜金给他留下了。

二

部队在天津休整一天，继续向山东德州进发。因津浦铁路遭到国民党军队破坏，火车停运，我们只能徒步行军，计划走两天到达德州，头一天在沧州宿营，每天大约走九十华里。

这是我参军以来第一次徒步行军。队长考虑我年纪小，把我的背包放到运道具的车上了。空着手行军，我总感觉不好意思。比我大不了几岁的金玉廷，走到我身边撇了撇嘴："你这也叫行军？"

我头一扬："不叫行军叫啥？"

"叫啥？最多叫走路。"他故意用腰部往上颠了颠背包，"不背步枪，不背子弹袋，已经不是战士了，你连背包也不背，算哪一路军人？"

"也不是我不想背，是马队长硬把背包扔到车上的。"

"像你这样行军，太没面子，人家也会笑话你。"

运道具的汽车早开远了，想取下背包已经来不及了，我求助似的问金玉廷："那咋办？变也变不出个背包来。"

看我无可奈何的样子，金玉廷觉得他的目的达到了，便幸灾乐祸地说："将来你向后辈讲起下江南来，你咋说呀？说当年下江南，我是空着手走的？"

金玉廷的话非常刻薄，让我大伤自尊，于是我不顾一切地往前跑去，一口气追上了队伍前面的警卫连。我选择了一个瘦小的战士，对他说："你累了，我来帮你背枪。"不等他同意，我就抓住枪背带往下拽。他不但不领我的情，反倒说："别开玩笑了，你还没有枪高呢。"他背一支日式"三八大盖"，这是步枪中最长的一种。他指了指走在队伍外面的连长，俏皮地说："你还是去替连长背盒子枪吧！"

"你这小子，狗咬吕洞宾，不识好人心。"张连长骂了那个战士，算是替我出气解了围。他对我说："文化教员背两个书包，都是歌本和书，你帮他背一个吧，背那个小的。"

张连长真好。我得意地瞅一眼小战士，昂着头从他身边走过去。文化教员把一个小书包递给我，那书包还没子弹袋沉呢。

太阳压山时，我们进了沧州城。沧州是刘震寰师长的老家，乡亲们提着装满鸡蛋、花生、红枣的篮子，在街道两旁夹道欢迎我们入城，连六十多岁的老阿訇也出来迎接部队。

这支队伍，当年就是在沧州、孟村这一带创建的，番号是"渤海回民支队"，八年抗战，一直活动在这一带，与当地回、汉族群众建立了血肉般的关系。抗战胜利后，渤海回民支队奉命开赴东北，今日凯旋，万人空巷，受到家乡父老的热烈欢迎。

是夜，当地政府召开了"欢迎家乡子弟兵载誉归来"的联欢晚会，军地互赠锦旗，我们宣传队演出了秧歌剧《拥政爱民》，地方上表演了河北梆子《穆桂英挂帅》。联欢活动持续到很晚都没有结束，马队长把我和几个女队员叫出来，说明天还要走一百来里路，让我们早点回去休息。其实我们早就困了。

我刚躺到炕上，还没睡着，炊事班张班长端来一盆热水，让我泡脚。我又困又乏，不想爬起来。张班长说："起来小子，泡泡脚，解乏，睡得也香，要不明天你就走不动了。"张班长的儿子是突击连的司号员，一九四五年第一次占领长春时，在攻占飞机场战斗中牺牲了。从此，他把所有的年轻人都当成自己的儿子，年轻人也像尊敬父亲一样爱戴他。我乖乖地爬起来，泡了脚。

"舒服不？"张班长问我。

"舒服。"我眯着眼笑了。

他把我两只脚搬起来看了看："你小子还行，脚没打泡。"

那天，我是带着张班长父亲般的关爱沉沉入睡的。

次日，我们行军十个多小时，开进德州城已是掌灯时分。

德州位于山东的西北部，自古就有"神京门户"之称。大禹治水疏浚九河，德州就疏浚了五条。唐代大书法家颜真卿书写的《东方朔画赞碑》，一直珍藏于德州陵县。宋人修建的文庙，是德州夏津县的标志性建筑。这些古老的文化象征着德州悠久的历史。

打前站的提前到了德州，找好了房子，宣传队全住在老乡家里。我和金玉廷、小杨住的这户人家只有祖孙二人，奶奶快七十岁了，孙子十二岁，叫门栓子。他家一明两暗三间房，祖孙俩住东边一间，腾出西间给我们住，中间是厅堂。

几天以后我们得知，门栓子爹前年死于痨病，去年他娘改了嫁，丢下孤苦伶仃的祖孙俩，无依无靠。我们把门栓子喊过来，问他："你和奶奶靠什么过日子？"

门栓子说："拾粪，一天拾两粪箕子，用粪换地瓜，换小米。"

"能换多少小米？"

"小米换得少，满满两粪箕子只换一斤小米，地瓜换得多，一粪箕子，就能换三斤地瓜。"

听了门栓子的话，我心里很不是滋味。快开午饭时，我突然萌生了一个念头，就找来小杨和小金商量："房东家太苦了，咱们得帮一帮。"

"你能帮啥？"金玉廷不解地问。

"我有个想法，咱们每次打饭多打些，他家就不用做饭了。"

我们三人中，小杨最大，伪满时读过"优二"，人很善良，他赞成我的想法，可也担心："炊事班的人可鬼了，尤其是张班长，多打一点饭都看得出来，咱们天天多打，能行吗？"

我说："我去打饭。张班长总说我'个子高，吃得少'，这回我就告诉他，我饭量长了，多给打点。他还会高兴呢。"

他俩表示赞成："那好，就看你的'戏'演得咋样了。"

头几次打饭我提醒张班长，后来他就习惯了，有时别的炊事员掌勺，他还叮嘱人家："小鬼长身体，能吃，多打两勺子。"

起初，门栓子不好意思同我们一起吃饭，特别是夹菜，总趁人不注意时，抽冷子夹一大口菜，放在嘴里，嚼半天才咽下去。没过几天，他就习惯了，有时吃荤菜，他专拣肉夹，还说"我的筷子长了眼睛，一夹一块肉"。头两天，门栓子比我吃的还多，小杨担心他撑出毛病来，到第三天，吃不动了。金玉廷逗他："吃饱了吗？别装假。"

门栓子知道是逗他，故意说："今天是周末，下午有牛肉，我得留点肚子。"

老奶奶吃饭慢，一个人在屋里细嚼慢咽，她总夸炊事班的手艺好，炒的菜有滋味。有一天吃炸酱面，老奶奶吃得特别高兴，把我叫到她跟前，说："你们跟大师傅说说，酱里要多放些葱，俺们小时候吃面，酱从来不炸，小葱蘸生酱，面可好吃呢！"我瞎答应着，心想：跟大师傅说了，不就等于我自己去"投案自首"！

我们在德州城住了三个多月，门栓子家没起过伙，有两次是老奶奶特意给我们煮地瓜，让我们吃个稀罕，才算开了灶。

这三个多月，我没少给炊事班打溜须，发的"耕牛"烟卷都孝敬了张班长。宣传队排戏，一般不让观摩，有两次彩排，我悄悄给炊事班透了风。马队长还纳闷："张班长消息好灵通啊！"

马队长从唐山开滦中学招了三十多名高中生，有特长的留在宣传队，其余的由政治部统一分到连队当文化教员。就在他们集中学习时发生了一件事，可是让人紧张了一阵子。

唐山是华北重镇，解放前城市繁华，情况也复杂。据说国民党撤退时，还潜伏下一批特务。这批小知识分子到部队后，要例行政治审查。学习班开班不几天，队部发现了一张纸条，上面写着四行十二个怪怪的字，像个天书，谁也读不懂什么意思。

第一行头一个是倒着写的"天"字，第二个是三个"更"字叠在一起，第三个是繁体"开"字的一半。第二行头一个写的是很小的"奴"字，第二个是倒写的"等"字，第三个是卧倒的"月"字。第三行头一个是"山"字，中间一竖高出一截，第二个是"路"字，"足"与"各"中间有距离，第三个是"信"字，但漏掉了"口"。第四行头一个是"哭"字，"双口"与"犬"断开了，第二个是"肝"字，"干"的一竖拉得很长，最后一个是"木"字，一撇一捺都写得靠下。

马队长、曲指导员、刘队副，三个人横看竖瞧，怎么也看不懂，便产生了怀疑：莫非是特务分子的联络暗号？后来又找来两个学历高的党员，他们反复揣摩，也看不出其中的意思来。于是学习班的空气骤然紧张起来。曲指导员把我们几个年纪小的队员找了去，很神秘地说：

"给你们分配一个任务，从明天起，到学习班参加学习，跟唐山新兵们编在一起。学习时长点心眼，看看班里有没有反常现象，有没有不正常接触的，例如鬼鬼祟祟，不正大光明的。"

马队长很郑重地补充说："你们都小，就装作没事儿似的，不要还没发现别人不正常，倒让人先发现你们不正常了。这是政治任务，一定要保密。"

开始我们都蒙在鼓里，不知究竟发生了什么事情。一天过去后，什么也没发现，倒觉得这些学生兵都挺"革命"的，控诉国民党反动派的罪行时，比老兵讲得更具体、更生动，有的还参加过地下党领导的学生运动。他们都是二十岁左右的学生，跟特务能有什么瓜葛？晚上汇报时，小金坐在后面不发言，我傻乎乎地实话实说。

刘队副问我："什么问题也没发现？"

我说："不是没发现，我觉得他们革命热情很高，根本就没有问题。"

我们正汇报着，马队长兴冲冲地走进来，笑着说："好了，弄明白了，是两个情人谈对象的'情书'。"

经保卫部门识别，那十二个字，是一首"谜字"又"谐音"的七言打油诗。马队长把破译的"谜底"读给大家听：

"天到三更半门开，小奴等到月芽歪；山高路远无口信，哭断肝肠无人来。"

原来"天"字倒着写，就读"天到"，三个"更"字叠在一起，就读"三更"，半个繁体"开"字，就读"半门开"，连起就成了"天到三更半门开"。

大家对照一下纸条，恍然大悟。一场虚惊以喜剧形式收场。

德州至济南段的铁路已经修复，通车那天，宣传队带着赶排的节目参加通车典礼。我参加的是秧歌队，扭秧歌的一律化装成工人、农民、士兵。工人手持木制的铁锤，农民举着个像"？"的木制镰刀，士兵却背着真枪。我本想扮解放军，不知为什么，秧歌队的队长一定要我扮农民。我不高兴，化装时跟人家耍赖。秧歌队队长说："工农兵是一对一的，不能两个士兵一个工人，没有了农民。"

"我不愿意当农民，拿把镰刀有啥意思？我想扮成战士。"

站在我身后，听我讨价还价的马队长忍不住了，拍了我一下："农民怎么了？没有农民你吃什么？你是喝西北风长这么大的？"

我冲马队长眨巴眨巴眼睛，没敢搭腔，乖乖地化装。

通车后，部队继续南下。下一个驻地，可能是郑州，也可能是漯河，有人说是信阳，反正是沿着京广线往南去。

我做好继续南下的准备，把仅有的一件参军时留下来的便服，送给了门栓子。那是一件青夹袄，里子是用几块不同颜色的布拼成的，面子是用我母亲的旧棉袄改的。一九四六年夏天，我临离开家时，母亲连夜为我缝制的。那天夜里，母亲坐在昏暗的灯光下，一边缝衣一边叮咛我："虽说你爸也在部队，可他不会天天在你身边，自己要学会照顾自己。一早一晚天凉，多穿件衣服。夜里睡觉别总蹬被子。在家里，妈给你披被，到部队就都靠你自己了。还有别吃凉东西，小心伤了胃。"那天夜里，母亲絮絮叨叨，仿佛把普天下娘要叮嘱儿的话全说了一遍。

母亲缝完最后一针，鸡已经打鸣，见我还没睡，就让我爬起来穿上试试。我穿上夹袄，觉得有一股暖流，一直暖到心窝。这夹袄长短、肥瘦、袖子、领口，都特别合身。我连连说谢谢妈妈。母亲好像流泪了，哽咽着说："到部队会发给你军衣，可是冬天冷，你把夹袄贴身穿着，妈缝的袄，会保佑你平安的。"

我参军快三年了，几次轻装都没舍得丢掉这件夹袄，一直打在背包里。同志们知道这件夹袄的"身世"后，都说这夹袄不能"轻装"。有秀才之称的马洁说："这就是'慈母手中线，游子身上衣。临行密密缝，意恐迟迟归'。小高，你得好好保存这件夹袄。"

门栓子家穷，一老一小，没吃没穿。冬小麦返青，已经长到一尺多高；燕子早就从南方飞了回来，在门栓子家的房梁上垒了新窝；有钱人家的孩子，上个月就换了单衣，可门栓子还穿着多处露着棉絮的破棉袄。看门栓子的可怜样子，我就想起了自己苦难的童年。母亲倘若知道我把夹袄送给了这样的穷人，也会赞成的，她会为儿子有一颗怜悯的心感到高兴。

门栓子一点也不推辞，接过夹袄就穿上了。他掂了掂换下来的破棉袄："这破袄死沉死沉的，有好几斤重。"他忘了谢谢我，却想着去告诉奶奶："你等等，我告诉奶奶去，我也过夏天了。"

目送门栓子连蹦带跳跑进奶奶房里，我有一种说不出的幸福感，觉得自己做了一件很伟大的事情。那一瞬间，我仿佛又看见母亲在灯下为我缝制夹袄……

第二天，宣传队接到了继续南下的命令，大家一面把服装道具打包装箱，一面打点个人的行装。我的任务是把驻地打扫干净，帮助门栓子拉两车垫茅房的黄土。

出发的头天下午，刘春跑来通知我，说他和我，明天跟马队长一起返回天津，给队里买乐器和演出服装。他向我透露：全队都将配合戏剧队排话戏《李闯王》和歌剧《血泪仇》。

刘春身材短小，精明能干，参军前学过木匠，做过泥瓦工，心灵手巧。因为他在歌剧《白毛女》里演过穆仁智，从此，大家再也不叫他的名字，都叫他"穆管家"。穆管家也确实是个名副其实的"管家"，他在队里又当"保管员"，又当"修理工"，还是"理发员"。

重返天津的消息使我兴奋，天津卫是我儿时就听说过的城市，水旱码头，南来北往，好不热闹，感谢马队长给我一个好好逛逛天津的机会。我把不常用的行李，都打进南下的箱子里，身边只留下牙具和一个挎包。

三

在天津，我们住进建设路上的一家军人招待所，白天东跑西颠地采购，只有吃过晚饭才有空逛街。

天津人似乎又恢复了正常的生活秩序，夜生活透露出人心已经安定了。除了"租界"外，凡热闹市区，都呈现出一派繁华热闹的景象。

一天晚上，我们在一家茶馆喝茶，马队长突然问我："小高，在德州时，炊事班告了你的状，知道不？"

这突如其来的问话，搞得我一头雾水："告我的状？不会吧，我没违反什么纪律！"

"你还敢说没违反纪律？你天天多打饭菜，搞到哪儿去了？"

原来我们给门栓子祖孙俩打饭的事，被炊事班发觉了，张班长不知这件事做得对不对，就汇报给了司务长。司务长是个"死抠"，只讲原则不讲情面，断言这件事违反了纪律，当即找到马队长，把他收拾了一顿，并要他严肃处理我们三个。

当马队长了解了门栓子祖孙的身世后，便压下了此事，没找我们谈，却找了司务长的顶头上司协理员，请他让司务长别管这件事。可是今天说起这事儿，马队长还是严肃地批评了我：

"遇到这类情况要汇报给组织，可以由组织出面救济，你们擅自行动，仍然属于违反纪律。"

我不但没感谢马队长保护了我们，反而不服气地说：

"《三大纪律八项注意》说，不拿群众一针一线，也没说不许给困难群众打饭菜呀！"

"你这是强词夺理。你呀你呀，就得告诉你爸爸收拾你。"

"别，别，千万不能叫我爸知道这事儿，他比司务长还不讲道理。"

我们大约在天津逗留了五天，买了六件乐器和几十套戏装。有些乐器我还是第一次见到，像萨克斯管，过去连听都没听过。戏装是准备排《李闯王》用的，有龙袍，有武士装，都是些古代服饰。

南去的客车班次很少，票也难买。我们跟天津站的军代表联系，同意我们搭乘一列给铁道兵运送枕木、道钉的货车。我们在道钉上铺了几条草袋子，还搞来两块防雨的"水龙布"，晴天遮阳，雨天当伞。马队长心细，还从药店买了防中暑的仁丹，治拉肚子的"斯拉发宽宁""斯拉发代剂"，这两种药现在都属于"磺胺"一类的药物，当时使用的是拉丁文。

傍晚时分，军用货车开出天津站。五月初的天气，温度渐渐升高，车刚走起来时还觉着挺凉爽，车速加快以后，冷风刺脸，穿透了刚刚换上的单军装，浑身哆嗦，直起鸡皮疙瘩。刘春像早有准备似的，解开背包，取出一条棉毯，我们三个人披在背上，暖和多了。

没到沧州，我的肚子突然疼了起来。马队长以为我闹肚子，让我吃了两片药，还问我："是不是想解手？"我说不想，就是疼得厉害。车进沧州后，马队长说："要不你同小刘下车吧，到医院看看。"我不肯下车，就假意说见轻了，不那么疼了。马队长相信了我的话，没再坚持。

火车开出沧州时，天色大黑了。我们在沧州车站买了锅盔，还有几个茶叶蛋，准备当晚饭。这时我肚子疼得越发厉害，额头冒出豆大的汗珠子。本来我还想隐瞒，可实在忍不住了，就躺在铺了草袋的道钉上直打滚，嘴里还爹呀妈呀喊个不停。马队长摸摸我的头，又摸摸腋窝，说：

"滚烫的，发高烧了。刘春，你准备准备，到德州下车吧。"

"下车？"刘春一愣。

"四师接替我们驻德州，下车，赶紧把小高送到四师卫生处去。"

"你呢？"

马队长犹豫了一会儿，从上衣口袋里掏出钱包，拿出几张票子递给刘春：

"车上有这么多东西，我不能下车，你把小高护送到卫生处，安排好，坐客车能追上我。"

刘春把我送到四师卫生处时，已是深更半夜，值班军医问了问情况，还不能确诊，就让护士去请一个叫吉田的大夫。吉田是日本人，给我做过详细检查，又问了刘春一些情况，然后把值班军医叫到里间屋，两人交换了意见，出来时吉田对刘春说："是急性阑尾炎，必须手术。"

刘春还不大懂什么叫阑尾炎，值班军医给他解释道：

"阑尾炎就是俗话说的'盲肠炎'，急性的，除了做手术，没有别的办法。"

刘春配合护士把我安排在病房后，嘱咐我听医生的话，好好治疗，然后又告诉护士长，说我是回族，不吃猪肉，吃饭时操点心。一切都安顿好了，他紧紧握住我的手说：

"四师跟二师是一家人，你在这安心治病，早治好早归队。"

他临走时我嘱咐他："先别告诉我爸。"一来我怕我爸惦记，二来我也怕他再动员我转业。

说是病房，实际就是腾空了的民房，一铺土炕，炕梢有个不大的窗户，没有玻璃，窗框上糊着麻嘟嘟的窗户纸，被褥倒都是新的，屋里刚喷过来苏水，一股"医院味道"直往鼻子里钻。

护士让我服了几片止痛镇静药，又在耳朵上采了血，说是化验什么，叫我安静地躺好，等待手术。

天已经放亮。我好像迷迷糊糊睡了一觉，一睁开眼就感到肚子仍然剧烈地疼痛。我咬紧牙齿，尽量不哼出声来。我知道这是在兄弟部队，不能让人家笑话俺二师的人是孬种，再小也是军人了，军人自然是坚强的。

后来我被一架医疗车子推到手术室去，手术室也是民房，只是顶棚下面又罩了一层白布。吉田一面洗手，一面叮咛助手做各种手术的准备工作。听吉田一口流利的中国话，我心里暗自嘀咕：四师怎么还有日本大夫？日本人做手术，能安好心吗？肚子一阵剧痛，打断了我的胡思乱想。后来我才知道，吉田是日军中一位反对侵略战争的军医，一九四三年在华北作战时被我军俘房，很快就加入了"反战同盟"，抗战结束后，他自愿留在中国人民解放军中服役。他医术高明，在解放战争中，抢救过不少解放军伤员，还加入了中国共产党。

我躺在手术床上。手术开始时，只给我做了局部麻醉，切口时没有感到痛，等到寻找和割除盲肠时，像掏心抓肺似的疼痛，再也忍耐不住了，我大喊大叫，怀疑吉田没安好心，骂了一些日后想起来都脸红的话。像什么"日本鬼子没安好良心"呀，"要害死中国人"呀，等等。

这时，护士在我嘴上扣了一个纱罩，罩上垫着一块纱布，然后吉田对我说："跟着我数数，一——"

我跟数"一——"

"二——"

"三——"

数着数着我便失去了知觉。

不知又过了多久，我才清醒过来，脑子里一片空白，什么都不记得了，仿佛我刚才逃离了手术室，去了哪里呢？为什么又跑了回来？我想，既然可以离开，何不找个理由再逃开？于是我又喊："我要上茅房，我要撒尿！"谁也不理我这个茬儿，过了一会儿吉田说："别喊了，手术就做完了。"

这时我隐约听见站在窗外的人七嘴八舌：

"数到十一个数就不数了。"

"要不，还得骂吉田。"

"小孩子，不抽烟，不喝酒，麻醉得快。"

听了这些话，我渐渐记起来了，刚才是叫我数数来着，我并没有逃到哪里去，只是麻醉过去了。

手术还算成功。对外科大夫来说，如今做阑尾手术，只是小菜一碟，往往由实习医生主刀，可那时的条件差，医务人员缺乏，临床经验少，加之又处在战争环境，切除阑尾也算"大手术"了。

医疗条件简陋，术后很容易感染。不打点滴，手术后只给我服些消炎药。可以进食后，先是喝炼乳，长这么大还是第一次喝这洋玩意儿，据说那些炼乳还是战场上缴获的美国货。

拆线后吃流食，头一顿是面条。开饭前我再三嘱咐护士：我是回族，不吃猪肉猪油。护士心不在焉地答应着。不大一会儿，护士端来一碗热面。不知是心存疑虑，还是对味道的敏感，喝一口面汤就觉得味儿不对，便用筷子把面条翻了个底朝上，果然挑出一块肉片。这既在意料之中，也在意料之外，让我又怒又恼，血一下子涌上来，冲着护士质问道：

"我不是对你说过吗，我是回族，不吃猪肉。"

站在门框边上的护士，后退了一步说：

"那不是猪肉，是驴肉。"

"你还骗人。"我气不打一处来，觉得受了污辱，连碗带面一齐撇过去。幸好护士急忙闪进门框后，躲过饭碗，只是身上溅了一些面汤。

这件事情惊动了四师卫生处，先是护士长带着小护士给我赔礼道歉。午饭前，何处长在司务长、护士长的陪同下，也到病房看望我。何处长是老资格，抗日战争时在白求恩大夫手下当过护士，还认识我们师的模范护士向明。他说那个小护士刚参军不久，长期生活在汉族地区，不了解回族的生活习惯，就在有肉的大锅里挑了一碗面，以为没有肉就行了，不是有意的。何处长拉着我的手说：

"不知者不怪嘛，小高同志就原谅她这一次，我已经跟炊事班说了，专门刷一个干净的锅，以后给你单做。"

我本来一肚子意见，经过处长、护士长三番两次道歉，反倒让我有点下不来台。当时我咋那么冲动？要不是小护士躲得快，那碗要是砸到脸上，后果很难设想。我又羞又愧，又有些后怕，挣扎着坐起来："我太浑，护士同志别记恨我，我给她赔礼，向她检讨也行，千万别再提起这件事了。"

我真怕传到二师去，要是让宣传队知道我拿饭碗砸一个女护士，肯定要给我处分。还好，四师知道二师的前身是回民支队，理解我当时的心情，不但不计较，护士长事后还特意嘱咐我，"别跟二师的同志说这件不愉快的事情。"

又过了几天，我搬进了大病房，六七个病员在一起，整天里有说有笑，再不那么寂寞了。尤其是那个锯掉了两个脚趾头的李老头，为人乐观诙谐，装着一肚子笑话，讲"三国"，说"水浒"，往往把其他病房的病友招一屋子来，听他津津有味地神聊，有时笑声传到院子里，半个医院的人都跟着我们一起乐。

说是李老头，其实他四十刚出头，只是面相老些。同他相处一个多月，让我学到了不少东西，当时并不自觉，后来回忆起这位老兵，他的坦荡胸怀，真的影响了我的一生。

李老头叫李志成，抗日战争时投身革命，最高的职务当到副连长，"百团大战"被俘，后经地方游击队营救归队，却有半年时间被误认当了"叛徒"，划入另册。解放战争时，他降职当排长，在攻打四平战役中，他带领一个尖刀班插入敌后，穿插中获取了敌人的一个重要情报，必须立刻汇报给师指挥部。当时没有通信设备，必须派一个人穿过封锁线去送情报。这是九死一生的事儿，他怕别人送不到，又怕牺牲战士，就安排班长带领战士原地潜伏，自己承担了这个危险的任务。穿越封锁线时，他肚子负了伤，硬是捂着伤口忍着剧烈的疼痛，及时将情报送到师指挥部。按说应该给他记功的，可是战役结束后，团里竟然以他"贪生怕死，临阵脱逃"的罪名撤了他的职。忍辱负重的他，当了近一年的炊事员，直到部队"三查三整"时，才得以昭雪。

李老头多次遭受误解，受到不公正对待，提职也好，撤职也罢，他宠辱不惊，上下淡然。他讲罢自己大半生经历后，以饱经风霜的口吻对病友们说：

"人的一辈子，不可能总是吉星高照，也不可能总是狂风暴雨，关键要有一个平和的心态，最重要的是上对天，下对地，自己要问心无愧。"

我当时只有十四岁，还不能完全理解他这些话的含义，只是记住了他坎坷的一生，记住了他对生活的豁达态度，这些东西在我的生命中潜移默化。在我头戴荆冠的那些岁月，这个老兵的话，一直支撑着我，像一根拐杖伴我在泥泞中跋涉。

一个月后，我完全恢复了健康。出院那天，我特意找到吉田大夫，感谢他为我做的成功手术，并向他表示歉意：

"我年幼无知，以为日本人都是坏人，其实中国人里也有汉奸。您是中国人的朋友，现在又是我们的战友，为中国人民的解放事业做出贡献，功不可没。我再次请您原谅我的无知和鲁莽。"我给日本大夫深深鞠了一躬。

你别以为我那么懂礼貌会讲话，那全是李老头教的。他给我讲了鉴真和尚东渡的故事，早在唐朝中日两国人民就友好往来，以后应该成为好邻居。李老头像父亲似的命令我：

"临走时必须给吉田大夫道歉，就按我教你的说，要大大方方的，表现出中国人的风度，别吞吞吐吐的没诚意。"

吉田大夫接受了我的道歉，还说了一句让我很感动的话：

"我有个女儿，比你大两岁，她来信对我说：'爸爸，你好好给中国人治病，我和妈妈都爱你，支持你。'战争结束了，你们这一代，将来会成为朋友。"

四

六月初，我回到宣传队。

师部驻扎在长江北岸的河南信阳。信阳是一座有八千年悠久历史的古城，是华夏文明的发祥地之一，是中原地区一个非常富庶的城市。

信阳有一条横跨淮河的铁路桥，国民党撤退时炸毁了桥梁，还在桥两侧埋下地雷。南下大军的大批军用物资亟待南运，桥梁团接受任务后，首先排雷清理工地，动员全团精锐，实行三班倒，以枕木搭建临时桥桩，夜以继日地抢修桥梁。打桩的战士要把桥桩打到水下几米深，二三十个人握着绳索，放声唱着夯歌，一起一落，一寸一寸地往下夯。那夯歌生动有趣：

大军要过江啊／咳——哟咳呀，
快快架桥梁／哎咳哟啊。
英雄铁道兵啊／咳——哟咳呀，
修桥不打仗／哎咳哟啊。
为了新中国啊／咳——哟咳呀，
吃苦赛蜜糖／哎咳哟啊。
一夯千斤重啊／咳——哟咳呀，
砸烂蒋匪帮／哎咳哟啊。
今日多流汗啊／咳——哟咳呀，
明天把福享／哎咳哟啊。
革命成功后啊／咳——哟咳呀，
咱坐上火车逛苏杭／哎咳哟啊……

宣传队正在排练的两出大戏，角色都已经分完，我被分派下工地做宣传鼓动。热火朝天的劳动场景，使我深受感染，我又是唱歌，又是说快板，很快活跃了工地的气氛，鼓舞了士气。

这天下午，整个桥梁工地人声鼎沸，车水马龙。运枕木的战士，个个像下山的猛虎，扛的扛，抬的抬，一路小跑。抡大锤的战士，清一色光着膀子，汗珠从脊背上滚到腰间，裤腰都湿透了。抡锤的战士运足了气，脖子、手臂上一根根青筋凸露。今天打最后一座桥桩，士气高昂，夯歌唱得格外嘹亮。远处运输的小火车，吐着黑乎乎的浓烟，汽笛不停地尖声呼叫，穿梭于货场与工地之间，把修桥用的各种材料，源源不断地送到工地。

大约下午四时左右，太阳仍然很毒，没有风，树叶一动不动。我和金玉廷正在工地给战士们说对口快板《夸夸新兵连》，就听见轰隆一声巨响，夹着泥沙的水柱冲向空中。人们不知道发生了什么事情，顿时人心慌乱。这时，有线广播传出紧急喊话，命令全体指战员迅速撤离现场，听候指挥，不要惊慌，不要乱跑。

那一声巨响，是没有排净的地雷，被运送材料的战士踩着了。指挥部很快清理了现场，发现这次爆炸共有一人牺牲，十二人受伤，二人重伤。我距爆炸点较远，但也未能幸免，一小块弹片，正崩到我阑尾手术的刀口处，流了不少血。起初我一点感觉也没有，直到金玉廷喊"血！血"！我低头一看，眼前一阵眩晕，马上感到疼痛了，虽然还不知伤势轻重，却本能地哭喊：

"我受伤了！疼死我了！疼……"

人们急忙把我抬到卫生队，医生仔细检查，用镊子夹出一小块弹片，连连宽慰我：

"没事，没事，弹片取出来就好了。"医生拍拍我，"不过你也算是光荣负伤了，上些药，小心别感染，想着到卫生处填张登记表，好好休息几天。"

说老实话，我还是很感激这次"负伤"的，它给了我军旅生涯一个安慰。当了几年兵，没上过前线打仗，总觉着是军人的一个缺憾。这次负伤，好歹也算流过血，挂过彩，做过几天伤兵。将来谈起这段少年从军记来，总有点"光荣历史"可以回顾了。

就在正式通车的前一天，上午十一时许，从郑州方向驶来一辆单机，车头后面只挂了一节车厢，前后车门各站着一个身穿蓝制服、挎着盒子枪的人。

这天碧空如洗，已经竣工的工地显得格外宁静，远处传来的一阵阵鸟鸣，让战士们感受到一种惬意的和平心境。

师首长一个不少，全体到车厢门前迎接。来者一行十几人，下车后与师首长一一握手，师首长们伸出手之前，都把右手举到帽檐边虔敬地敬礼。然后陪同客人径直走进苏联专家的驻勤车厢。大家猜测，可能是郑州铁路局的领导来验收工程，并没有在意这伙人的来头。

大约两个小时后，单机返回郑州方向。火车刚刚开走，有线广播先播放了一曲欢庆的鼓乐，然后以极其兴奋的口吻播报：

"全体指战员注意，报告大家一件喜讯，刚才野战军林总、刘亚楼及郑州铁路局的首长，到工地看望大家，慰问我师全体指战员。野战军首长接见了师领导、苏联专家和英模代表。首长对我师提前完成桥梁抢修任务，表示热烈祝贺，并给予嘉奖，慰问每一名指战员一条毛巾、一只搪瓷缸子、一斤豆瓣酱。野战军首长鼓励全师将士乘胜前进，跨过长江，夺取更大的胜利！"

从工地到营房，到处是一片沸腾的声浪。人们情不自禁地呼起口号，放声歌唱《将革命进行到底》，还有那首四野战士最熟悉的歌曲："……总司令命令往下传／红旗一展大军冲向前／人民解放军像猛虎下了山／猛打（那个）猛冲一个劲地猛追赶……"

"钟山风雨起苍黄，百万雄师过大江"。四月二十一日，毛主席发布《向全国进军的命令》："奋勇前进，坚决、彻底、干净、全部地歼灭中国境内一切敢于抵抗的国民党反动派，解放全国人民，保卫中国领土主权的独立和完整。"当天早晨，人民解放军百万雄师在西起九江东北的湖口，东至江阴，长达千里的战线上，强渡长江。四月二十三日，一举攻克南京，红旗插上了伪总统府，宣告蒋家王朝的彻底覆灭。

随后，上海、武汉解放，我们师即将横渡长江，开始真正意义上的"下江南"。

五

宣传队先在汉口小住，然后转移到武昌。

进汉口，这是我们部队南下后第一次在大城市驻扎。进城前，师部宣布了若干条纪律，保护城市建筑，讲求文明礼貌，保障人民安宁，尤其对驻地的各种设施不许有任何损坏。

我们的驻地是一座三层楼房，敞亮的大房子里有沙发，温馨的小房子里有转椅，地上铺了木地板，那才是"楼上楼下，电灯电话"，地道的一座小洋楼。我这个"土包子"，头一天就出了个洋相。

上厕所解手，人家告诉我，便后别忘了放水冲洗，拉一下身后那根绳就行了。我解完手，拉绳放水，粪便冲净了，松开绳子，水还不停地冲，再拉再松开，水仍然流个不停。糟糕，我也没乱动什么，它怎么就坏了？想不到，进城第一天我就违犯了纪律。不敢怠慢，我赶紧去报告马队长：我把便所冲水的那玩意儿弄坏了。

马队长皱皱眉头："你怎么总是毛手毛脚的？"他跟我走进便所，奇怪，水怎么停住了！马队长一看笑了："你这个'土包子'，哪里是坏了，你搬把椅子上去看看嘛。"

马队长的话，让我放心了。我搬把椅子爬上去看个究竟，原来水箱里有一个球体，堵住水口，一拉绳子，球体浮起，水流下来。刚松开绳索时，球体仍浮在水面上，水继续往下流。只有水箱的水流尽了，球体落下重新堵住水口，水箱就不再哗哗流水了。

头一次使这种东西，它就跟我开了个玩笑，害得我傻乎乎做了一顿检讨。不过这事也给我敲了警钟：进了大城市，好多东西都很新鲜，千万别乱鼓捣。

半个月后，我们进驻武昌，那时长江江面没有桥，只有大大小小的船只，人和汽车过江靠轮渡，连火车过江也要靠轮渡。我们宣传队就住在江岸边。大部队南下，天气热了，再一次轻装，武昌江岸，沿途卸下的军大衣、棉袄、棉被足有一里路长。师供给处没有库房，只好临时堆放在江岸。

在武昌小住几日，宣传队排了几天戏，又继续向湖南岳阳进发。我因为腹部中弹感染化脓，暂留在武昌治疗。留在武昌的还有师政委的老婆杨洁茹和她不到一岁的儿子。

　　我除了每天换一次药，再没有别的事情可做，就到江岸去看过往船只，享受江风的凉爽。一条条鼓满风的帆船，南来北往，船工们弓着腰，迈着沉重的脚步，奋力拉着长长的纤绳。船工号子回荡在宽阔的江面上，给人一种苦难感。

　　有时也同杨洁茹的勤务员一起读书看报。勤务员崔谷雨比我大一岁，可他识字没有我多。我俩天天读《长江日报》上马铁丁写的"思想杂谈"。他不认识的字，我教他。我俩都不认识的字，就去请教杨洁茹。马铁丁的思想杂谈常常引经据典，引马列的，引古典文学的，也引鲁迅的。记得马铁丁写过一篇关于说服教育的杂谈，文章大意是：

　　苏联十月革命胜利后，成千上万的农民拥进莫斯科，他们恨透了沙皇，一定要烧掉沙皇住过的皇宫。有人把这事报告了列宁，列宁说不要强迫命令，要向农民说服教育。但是一连进行三次教育，农民都不听，非烧掉不可。最后列宁亲自接见农民。列宁说："你们先听我讲两句话，然后再烧行不？"农民说："可以。"这时列宁问大家："沙皇的房子是谁造的？"农民回答："我们造的。"列宁又问："我们自己造的房子，不让沙皇住了，让我们的代表住好不？"农民回答："好。"列宁最后问："那么房子还要不要烧？"农民觉得列宁说的道理对，同意不烧房子了。文章最后说：列宁没有下什么命令，也没有强迫农民不许烧沙皇的房子，而是用道理说服农民，不仅保住了建筑，还使农民从这件事情中明白了一个道理。

　　马铁丁的文章，我感到很亲切，它思辨的锋芒，平和朴实的风格，对我后来五十多年的文字生涯不无裨益。

　　我住处的隔壁，是一家理发店。湖北人理发的手艺是数一数二的，在东北，不论沈阳、哈尔滨，凡是理发店，一律打"湖北理发馆"的招牌。我隔壁这家理发店，老板见人三分笑，是个"笑面虎"，还有两个师傅带一个徒弟，小徒弟年龄跟我差不多，人长得又瘦又矮。他每天除了手指夹一根筷了当作剃刀，练习手腕，练手劲，再就是拉"土风扇"，从没见他剃过头。

"土风扇"就是吊在屋棚下的布帘子，一条一尺多长、两米多宽，固定在一根木板条上，拴着两根绳子，绳子穿在滑轮上。小徒弟两手交替着拉那两根绳，布帘就在空中来回移动，像大扇子似的送下阵阵凉风。我给它起名叫"土风扇"。

当时南方的许多小店铺，都有类似的"土风扇"。我看那布帘子飘过来飞过去，甚是有趣儿，有时也替小徒弟拉绳。理发的顾客见一个穿军装的少年干这活，都用好奇的目光瞧我，我却越拉越起劲，直拉得满头大汗，才让小徒弟接手。我从中体会到学剃头也挺不容易。

有一天夜里，崔谷雨跑来跟我闲聊。他说白天有个鬼鬼祟祟的人，跟理发店老板在一起喝酒，他们叽里咕噜说湖北话，他也听不懂，可是有一句话他听懂了，老板交给那人一封信，然后说："亲自交给联络员。"他怀疑理发店老板是特务。我很天真，觉得崔谷雨有些疑神疑鬼：

"哪有那么多特务？老板总是笑呵呵挺进步的，昨天还贴出告示：'本店拥军，军人理发免费'。"

"可不能大意，前几天马铁丁的文章不是还说，解放了，却不可刀枪入库，马放南山，要睁大警惕的眼睛嘛。"

"你别听风就是雨，对谁都不相信，好人是大多数。"

"我打小受过骗，那你说，老板的事要不要向上级报告？"

"你啥证据也没有，报告啥？"

我这里正好为人师地"教育"小崔呢，猛然从江北岸传来轰隆隆的爆炸声，不到一分钟，又是一声巨响，火光把屋内照得如同白昼。我俩跑出去观看，是停泊在江北的一艘装满汽油桶的大船失火了，汽油桶一个接一个地爆炸，大火熊熊，江面已成一片火海。

就这样每隔一会儿一声炸响，江面上火势不断蔓延，顺流而下，映得两岸一片红光，长江几乎成了流火的长江。一直到深夜，大约所有的汽油桶全爆炸了，才慢慢平息下来。

这是武汉解放初期，货运码头发生的一次震惊全国的事件，有人说是责任事故，也有人说是特务蓄意破坏，众说纷纭。我天天看

《长江日报》，不知是我漏看了，还是报纸压根儿没报道。

不管爆炸原因如何，这件事还是教育了我。第二天一早，我爬起来就把小崔叫到屋里，悄悄对他说：

"谷雨呀，我想了半宿，觉着你说得对，要提高革命警惕，你还是去报告吧。"

小崔问："报告谁？我也没拿到证据。"

"就报告给政委老婆，她知道该汇报给谁。"

我本来想检讨自己，可话到嘴边又改口说：

"谷雨，你虽然还是个新兵蛋子，可警惕性很高。"我还以老大自居地嘱咐他，"记住，再不要跟别人说了。"

这个理发店老板果然有问题，第三天傍晚，武昌市军管会开来一辆吉普车，下来几个全副武装的军人，在老板房子里搜查，翻出几件可疑的东西，连人带东西一起带走了。

第二天，杨洁茹他们被转移到东湖，说那里条件好些，也安全。我的伤口恢复得差不多了，就跟政治部的一个干事去追赶大部队。

六

政治部在岳阳没住多久，就开进了衡阳。我赶到衡阳时，宣传队正在抓紧《李闯王》和《血泪仇》两剧的最后排练。其间我们师又接收了国民党军队的一个京剧团，经过一周的改编教育，他们已经投入了新戏排练，准备在衡阳上演《逼上梁山》。

衡阳地处"南北要冲"，"扼两广，锁荆吴"，是江南主要商品集散地之一。衡阳历史悠久，是造纸术发明家蔡伦、大思想家王船山的故里，也是我们四野政委罗荣桓的家乡。

《血泪仇》有个小角色，是王仁厚的"孙子"，原来的演员岁数偏大，个子也显得高。我归队后，队里决定改由我扮演。又是演"孙子"，真没劲。去年演《抓壮丁》，我演那个偷吃猫食的小孙子，过了半年多，连队的干部、战士见了我，还取笑说："你不就是那个在王保长家偷猫食的嘛！"

没劲归没劲，还得乐呵呵参加排练。上午是演员自己体会角色、背台词，或是几个角色一起对台词。下午集体排练。我是最后一个进剧组的，要比别人更抓紧些。在剧中我的"爷爷"王仁厚，由叶勃扮演，我的"父亲"王东才，由马桂林扮演。用当今时尚的话说，叶勃、马桂林都是戏剧队的大腕儿，跟他们同台演出，可以学到许多东西。我的毛病是喜欢"独立思考"，在别人习以为常或不容置疑的地方，也想有一点自己的发现，有时别人就觉得你"拧"。就说王仁厚的一段唱词吧：

"王仁厚走遍了前后村没有人烟，几辈子没碰上这样的荒旱……"

我问叶勃："你不觉得这句唱词有毛病吗？"

"有什么毛病？觉不出来。"叶勃不以为然，"这是大手笔写的剧本，能有啥毛病？"

我说："大手笔咋的？大手笔也不是圣人。"

"那你说说有啥错？"

"'几辈子没碰上这样的荒旱'，王仁厚只能活一辈子，怎么能是'几辈子'？该改成'一辈子'。"

后来我们请示了导演，还真的把"几"字改成了"一"字，那句唱词便成了"一辈子没碰上这样的荒旱。"

初到南方，一是不服水土，最常见的是拉肚子；二是十有八九都发过疟疾，当地叫"打摆子"。我可好，一"劫"也没逃过去，先拉肚子，后打摆子。打摆子特难过，先发冷，后发烧。冷起来，盖两床厚被还打哆嗦；烧起来，恨不得跳进冰窖里。打摆子挺规律，每天都准时发作，我发作的时间是下午四点钟，戏排到下午三点五十分，我就悄悄走到导演身边，低声说："我到点了。"然后赶忙跑回宿舍，蒙上两床厚被，等待发作，先冷后热，前后要折腾两三个小时，才能过去。天天如此，一折腾就是一个多月，把人害苦了。

治疗疟疾的特效药是奎宁，当时这种药有限，只有重病号才有保障。我年纪小，受优待，刚患上疟疾就服奎宁，几天后脸黄得像涂了蜡，尿也是黄的，简直像患了黄疸病。

我们即将上演的《李闯王》《血泪仇》，已经在衡阳大戏院挂了牌，没想到突然接到命令，全师进军广东。为了不失信于衡阳百姓，师领导让我们送票不售票，为衡阳军民义演两场，然后入粤。

说是入粤，其实只是刚刚跨入广东省界。宣传队、卫生队、供给处，全驻扎在与湖南交界的坪石镇。宣传队和卫生队住在镇背后的一个小山坡上。这仿佛是一座蛇山，到处可见春天时蜕掉的蛇皮，平时在山上散步，也随处可见蛇的出没。当地老乡说，这山上没有毒蛇，不要怕，也别惹它们。

宣传队与卫生队，全师两个女兵最多的单位住在一起，自然事情也就多。卫生队有个护士小金，十八九岁，喝松花江水长大的，皮肤白皙，特别漂亮。听说护士长正忙着给她介绍对象，对方是个团长，胶东人，四十多了，打仗勇敢，为人善良却有些粗鲁。小金不同意，说团长跟她爸一般大，找老公又不是找老叔。护士长可能受了上级的托付，死乞白赖地动员小金，还用"这是组织对你的考验"给小金施加压力。小金一肚子委屈，经常背地里一个人暗自落泪。

我和金玉廷知道这件事后，都愤愤不平，恨那个护士长，她自己嫁了一个比她大许多的副参谋长，还想逼着小金也找个老丈夫。

我跟金玉廷说："一笔写不出两个'金'，得帮帮你一家子出出这口气。"

金玉廷说："我有啥法子？一个是护士长，一个是团长。"

"什么长也不能包办婚姻，强迫人家嫁给他。"

一天，护士长洗了衣服，晾在操场的单杠上。我突然想出一个恶作剧："小金子，那是护士长晒的衣服，机会来了。"

"什么机会？"

"你跟我来。"我把金玉廷带到蛇洞前，"捉一条小蛇弄死，然后包一张报纸，放在护士长的衣兜里……"

他赞成我的主意，我们当即就行动起来。

傍晚，夕阳给山坡洒下一片橘红，卫生队那一排白房子，隐没在晚霞的余晖中。我们无心观景，远远瞄着护士长收衣服，我们就躲在卫生队宿舍旁边听动静。

过了一阵子，只听房子里一声尖叫，片刻整个卫生队乱作一团，又是急救，又是呼喊，可能出大事了。原来护士长把衣服抱进宿舍，一件件叠好，发现衣兜里有什么东西，打开一看，原来是条蛇，这突如其来的恐惧，把她吓昏了过去。一大帮医生护士，又掐人中，又做人工呼吸，总算把人救过来了。

当年全军的模范护士、现在卫生队的协理员向明，一改平素沉稳的作风，高声呵斥：

"这是谁干的？哪个坏小子干的？自己赶紧坦白！谁知道这事儿，站出来揭发！"

我和金玉廷都害怕了，知道这个玩笑开大了。怎么办？坦白了准要挨批评，甚至受处分，不坦白那就是个人品质问题。两个人思来想去，决定去自首。

向明没想到是宣传队的人干的。我们坦白了，没敢说恨护士长，只说想开个玩笑，连连向躺在床上的护士长赔礼道歉。

因为不是卫生队的人干的，向明一时不知怎么处理，走到我们面前，狠歹歹地问："说，谁出的坏主意？"

我说："是我。"

金玉廷眨巴眨巴眼睛，说："不。是我。"

本来非常气愤的向明，看我们两人争着认错，态度反而缓和了："瞧瞧，他俩还以为是立了功呢，都抢着'领赏'。"

我说："不是他，真的是我出的点子。要批评就批评我，与他无关。"

向明是我父亲在牡丹江招的兵，参军前是个童养媳，受尽了公婆的打骂、丈夫的欺凌。参军后以部队为家，待伤病员如亲人，年年当模范。今天，她不知道怎样才解气，想了想，想到一张王牌：

"小高，我不但要向宣传队反映这件事，而且要告诉你父亲，让他好好教训教训你。"

宣传队马队长曾经说我，"小高是'天不怕，地不怕，就怕状告他爸爸'。"听了向明的话，我急赤白脸地说："我是宣传队的人，告诉我爸干啥？这是革命部队，还搞家长制呀？你告到简科长那儿也行，给什么处分我也认了。"

向明虽然样子很生气，实际上已经放过我们，她说："好了好了，你们回去吧，如果护士长没啥事儿，就算拉倒；若是有个三长两短，轻饶不了你俩。"

再不敢开这类玩笑，这教训，够我记一辈子了。

还好，向明采取了"大事化小，小事化了"的处理方式，过了好些天，向明开会遇见马队长，随意地谈起这事儿，并尽量地轻描淡写，最后还叮嘱马队长：

"小高还是个孩子，个别批评他几句就行了，别在大会上点名。"

两个月后，师司令部、政治部又返回衡阳，各团则开进广西，驻扎在柳州一带，准备修来宾至镇南关（友谊关）那段铁路。

九月的衡阳，天高气爽，一连几天，宣传队仿佛掉进了"欢乐谷"，大家放下手头上所有的事情，集中精力排练一批欢快喜庆的节目，迎接一个不寻常的日子——十月一日。据来自北京的可靠消息，十月一日这天，毛主席将在天安门城楼，向全世界庄严宣告：中华人民共和国成立。

宣传队夜以继日排练节目，准备"十一"这天与全师官兵、衡阳市的广大军民，共同庆祝新中国的诞生。我当时还不大懂什么叫诗，只因为心潮难平，激动万分，挥笔写下：

> 心潮像海涛般无法平静，
> 笑脸像朝阳似的绯红，
> 中国人伸直弯弓样的脊背，
> 铁锤与镰刀发出铿锵之声。

一位用兵如神的伟人，

以很重的湖南口音向世界宣告：

中华人民共和国诞生！

从此四万万人民是主人，

一切权利属于老百姓。

农民挑起五谷丰登的重担，

工人把牵引共和国的机器开动，

保卫祖国边疆海疆和天空的，

是走过万里长征的子弟兵……

马队长在会上表扬了我，说我学习努力，诗写得充满革命激情。这是我第一次享受"大会表扬"，也在我心中播下了一粒"诗人"的种子。特别是政治部油印的《南进报》，以显要的位置发表了这首诗之后，我立志：一定要做个诗人！还梦想过，诗歌将会给我带来桂冠，带来名望和声誉。可是我怎么也不曾料到，一九五七年，诗歌给我带来的却是一顶荆冠。

随着共和国的成立，一些干部战士认为革命成功了，想回家过"三十亩地一头牛，老婆孩子热炕头"的和平日子。部队始终不放松思想教育，经常抓一些典型事例警醒大家。

也该着倒霉。一个星期天，我和金玉廷、小杨请假上街买信纸，打算写封家信。在一家照相馆门前，我们萌生了一个念头：照张相片一起寄回去。三个人兴冲冲进了照相馆，每人照了一张二寸小照。付钱时，老板说"优待军人，照相半费"，钱有了剩余，我提议再照张合影。照相馆有便服，金玉廷说来一张穿便服的。我们觉得好玩，小金挑了一套背带工装，我选了一套米色学生服，小杨换了一件中山装。没想到那张合影照得最神气，我像个大学生，金玉廷像个铁路工人，小杨俨然一个地方干部。我们都庆幸那天的别出心裁，便装照给了我们意外的惊喜。

约莫一个月后，我们正准备下连队演出，临出发前，宣传科的刘副科长突然赶来，指着杨光、金玉廷和我说："你们三个不要去了，马上到宣传科，简科长找你们。"这么急，是什么要紧的事儿？看看刘副科长那张板着的脸，我们预感到没什么好事。

宣传科长简群，为人一向随和，往日见面就逗我："诗人，又写什么诗了？"今天不然，我们推门进屋，他严厉地责问："为什么不报告就进来？"

部队进行正规化教育后，规定进门要先报告，经允许后再进屋。我们三个赶紧退到门外，大喊一声："报告！"过半分钟，简科长才应道："进来！"

我们灰溜溜地站在门口，不敢往前走，更不敢坐下。

简科长不说话，上下打量我们，看看头看看脚，最后目光落在我们的军装上："你们的干部制服、学生装怎么不穿了？"

我们有些明白了，一定是穿便装照相惹了麻烦。我们的相片没敢给任何人看，科长怎么知道的？

"当兵当腻了，是不是？"简科长把军帽摘下来，往桌子上一摔，没好气地说，"不想再穿这套'二尺半'了，是不是？你们成了全师'和平观念'的典型。你们演戏，批评'船到码头车到站'的思想，这回你们自己可成了被批判的对象！"

没想到一张便装相，竟闯了这么大的祸。这是怎么回事呢？后来才弄清，是照相馆老板"出卖"了我们，他看那张照片照得好，就放大了一张，显著地挂在橱窗里。二师有几个不认识"偷猫食的小孙子"？那不一下就传开了！

简科长站起身来，在屋里烦躁地走来走去，不无嘲笑地说：

"那么大的相片，挂在闹市的橱窗里，让全市的人观瞻，真出风头呀！好，这回就叫你们在全师出足风头！"

开始，我们谁也不敢申辩，乖乖地挨训。可是我越听越不服气，我们本来没那么想过，为啥偏偏抓我们当典型？

我壮着胆子问："简科长，我可以说明一下情况不？"

"谁说不允许你们说话了？"

"事情没您说得那么严重，"我尽量压低嗓音，"那天，我们都想给家里寄张相片，后来发现照相馆还有便服，觉得穿便服照相怪新鲜，就照了一张。当时老板并没说要挂在橱窗里，要是说了，我们说啥也不会让他挂。这事要找照相馆算账去！"

简科长没打断我的辩白，耐着性子听完话，才说："谁让你们撞到枪口上了？"他把军帽又戴在头上，"你们先回去，一人写一份检查，老老实实把情况说清楚，别隐瞒，也别乱给自己扣'大帽子'，实事求是。"

简科长最后那句话，让我们听出点弦外之音，看样子他也不希望我们三个当"反面教员"。我们合计了一阵，就分头去写检查了。

简科长挺好，向师首长汇报情况时，只说三个小鬼出于好奇，觉着新鲜，没想到这件事情的影响及后果，不自觉地做了一件糊涂事。简科长是老燕京大学的高材生，学问高，口才好，很得师首长的赏识，很容易就说服了首长，给我们解了围。

我们三个难兄难弟，像得到"大赦"似的，麻溜地打起背包，赶到柳州，还好，没耽误宣传队的演出。

七

一九五〇年六月二十五日，朝鲜爆发内战，美国随即打着联合国的旗号，公然出兵干涉。

我所在的部队有一个"朝鲜营"，全部由朝鲜人组成，朝鲜战争爆发不久，这个营就全副武装开赴朝鲜，与朝鲜人民军并肩作战。

十月，美韩已将战火烧到鸭绿江边，战争的阴影笼罩着我国东北边境。我国政府毅然做出出兵决定：组建中国人民志愿军。铁道兵团二师，刚刚建成"来镇段"铁路，便接到命令：赴朝参战（抗美援朝）。兵部要求，入朝部队必须精锐，老弱病残，一律转业到衡阳铁路管理局。只有十五岁的我，因水土不服，常常闹病，虽不情愿，却也被列入转业名单。部队考虑我年龄小，又不适宜南方的生活，准许我回原籍参加地方建设，或进速成中学学习。就这样，眼睁睁着全师将士"雄赳赳，气昂昂，跨过鸭绿江"，我却恋恋不舍地结束了五年的军旅生涯，离开了曾经生死与共的战友，回到沈阳。

告别父亲，告别我与父亲并肩战斗过的部队。一向严厉的父亲，我多么希望他赴朝参战之前，再敲打敲打我，然而，他却一脸慈蔼，第一次对我说了那么多安慰和鼓励的话……

从北方到南方，又从南方回到北方。

脱下那身略显肥大的军装，我开始了一段新的人生里程。不知等待我的，将会是怎样的命运。

（原载《中国作家》2009 年第 8 期）

西海固的后代

西海固是回族聚居的地方。

西海固的山全是黄土山。山有多高，土有多厚，几乎没有什么植被。远远看去，就像望不到边的黄土的大海。

旧日的西海固不光土地瘠薄，靠天吃饭，而且人穷，文化也低，没有几个读书人，文盲的比例很高。

改革开放对西海固是个极大的冲击，也是非常大的挑战，生活迫使人们改变了某些观念，感受到文化的意义及后代的命运了，也远望着一个民族的明天。

1979：马六十的无字碑

马六十"无常"了。

马六十是村里年纪最大、手艺最好的泥水匠。他没有妻子儿女，打了一辈子光棍儿。凭着那把通明锃亮的瓦刀，他一生盖了无数间房。上岭村谁家的房没有马六十垒的坯？谁家的屋顶没有马六十上的房泥？

马六十生前少言寡语，沉默得像一座黄土山。他大字不识，了解上岭村以外的世界，全凭着那个砖头大的"半导体"。他一生辛勤劳苦，日出而作，日落而息，临终也没留下一声呻吟，就像黄土高坡上的一蓬蒿草，无声无息，揣着山里人的痛苦，揣着儿时的梦，走了。

埋葬马六十那天，下着毛毛雨，浇湿了干旱的黄土地，也浇湿了上岭村的人心。乡亲们要给马六十立一块碑，可是没有会写碑文的人，就立了一块无字的碑，这种无奈，倒是对应了亡人生前的沉默。

上岭村有二十九户人家，没有一个读书人。那座象征信仰、象征尊严的清真寺，老阿訇只懂得些许阿文。山大沟深，隔绝了村人与外界的往来，也割断了娃儿们上学的路。马六十省吃俭用，积攒下几十年的血汗钱，一分五分，两角一元，塞满了一个个泥罐罐，装满了无数个纸盒子。他本来想用这些钱，亲手给上岭村盖两间教室，办一座村学。他要用瓦刀为上岭村的后代打开知识的大门，让那琅琅的读书声成为上岭村最动人的声音。可是真主没给他时间，没等他把那些钱派上用场，就满怀遗憾地离开了人世。

一个老泥水匠一辈子的心愿，一辈子的梦，终于感动了全村的老人。这些老人都是一家之主，是各家各户的主事者。他们中有的捐出了准备盖新房的木料，有的献出了给孙子成亲的彩礼钱，还有的卖掉老伴的银首饰买砖买瓦……上岭村要改写没有人会写碑文的历史，要让后代成为识文断字的穆民。他们要让九泉之下的马六十，看见孩子们背上了书包，听见孩子们琅琅的读书声。

县上给上岭村派来一位语文、数学、音乐等"全天候"的老师。老人们嘱咐孩子，好好学习，一定要成才，将来你们给马六十爷爷写一篇顶好的碑文。

开学第一天，放学后，一群戴着小白帽的孩子，恭恭敬敬地站在马六十的坟前，齐声朗读第一篇课文，一连朗读了三遍。孩子们排得整整齐齐，非常庄重，非常虔诚，像举行一个民族仪式。他们相信，马六十爷爷一定听见了，看见了……

1986：哈麦得上学了

他不愿意再提起那件让人脸红的事情，就因为目不识丁，让大大服错了药，险些送掉性命。"不识字"如一团乌云遮住了他家几代人的光明。在面对文字读不出声音的世界里生活，长着眼睛，有时却与双目失明没有多大差别。

他几十年固有的观念动摇了，那个祖辈传下来的遗训轰然坍塌，"再不能让下一代只会念经！"他说，"没有文化比黑夜更黑暗！"回望自己这一生走过的路，脊背渗出冷汗，他调整了思维方式，要让儿孙后代跟上太阳的脚步，走出愚昧的阴影。

当他扯完这年最后一页日历时，也扯完了这一生中的悲戚。他毕恭毕敬地立在父亲面前，口气坚定地说："大大，让穆萨上学读书吧！"儿子听了这话，顿时手舞足蹈起来，那天夜里，哈麦得两次从梦中笑醒。

第二天一大早，他爬了几十里山路，从县城百货商店买回一个草绿色书包。回来的路上，他自言自语："这小小的包包，能装进天下的学问，真是个无价之宝！听人家说，学问能让麦子长出两个穗头，能把黄土变成黄金。难怪一个小小的包包，比几瓢麦子还值钱。"

学校的钟声敲得山响，传出很远很远。他背着九岁才上学的儿子哈麦得，背着山里人吃饱了饭才有的聪明与奢望，翻过一道道放羊娃走过的沟谷，翻过一大片挖过甘草的沙荒地，翻过一条条开着马莲花的山峁，仿佛翻过了一个愚钝的世纪。他一点也不觉得累。

远远传来清脆的上课钟声。哈麦得紧紧搂住大大的脖子，瞪大了眼睛望着前方，看见了校门前那片青青的草地。草地上的孩子唱着歌，向他们举起一双双欢迎的小手。他和哈麦得都很感动。

他背着哈麦得走进校门的一刹那，仿佛走进了一座金碧辉煌的殿堂。

"青青的草地，洁白的羊群……"

"花儿"沿着沟沟峁峁流淌着，流淌着……

2006：马哈卖的大学通知书

马哈卖忘记了全世界，也忘不了村前那棵老树，那棵横在沟壑上的老树，横在母亲心上的老树。你细数过它的年轮。

那一年的九月，母亲牵着你的小手走过老树，走过童年的沟壑，送你到那座没有几个女生的学校，走进你生命中的第一个驿站。从此，每当你随放学的铃声飞出来时，总看见母亲微笑着立在老树桥边。一只粗糙的手紧紧攥着一只细嫩的手，母亲攥着一个农家的明天。

母亲的童年，最美丽的梦就是背着书包上学。不论是传统风习，或是经济条件，西海固的大多数女娃很难圆这个梦。母亲也不例外。她总是用巴望的目光，远远看着那一排涂着白石灰的小学教室。

以前，西海固的女娃命运大同小异，五六岁洗碗喂鸡，七八岁上山铲草皮，八九岁在阴坡上放羊，十几岁就下田干农活了，有的女娃还不到结婚的年龄，就吹吹打打被婆家娶走了。

马哈卖早几年就死了父亲，母亲怕女儿有后爹不开心，没有改嫁，娘儿俩相依为命。她变卖了所有的家底，省吃俭用，供马哈卖上学。她养了七八只母鸡，除了每天给马哈卖吃一个鸡蛋，其余的都换了钱，一年当中，她只在自己生日那天才舍得吃一个鸡蛋。她把自己没圆的梦，转移到女儿的身上。

有一回，马哈卖忍受不住先生的教鞭，便逃出教室，把作业本抛进沟壑里，让母亲的希望也顺着溪流一起漂走。马哈卖躺在不长草的黄土坡上，任热乎乎的阳光晒着，土坡也像土炕似的暖着后背。有一只大蝴蝶带着一只小蝴蝶在马哈卖头上飞来飞去，这使她想起了立在沟边的母亲。那天晚上，母亲的脸色很难看，还流了眼泪，浑身都颤抖着，她从来没有那么发怒过，给马哈卖留下了一个终生难忘的可怕的细节。

课堂上的时间，再不是一分一秒地挨过。学习成了一种享受与乐趣；母亲说，还是义务与责任。父亲留下的那个小榆木箱子，终于装满了马哈卖用过的各种课本和作业本。那面被烟熏黑了的山墙，几乎贴满了各种花花绿绿的奖状，从小学到中学，从语文、数学、英语到体育，这些奖状，母亲最看重的是"爱的奉献"那张。

在乡亲们羡慕的目光中，马哈卖长成了一个大女孩。这年夏天，绿衣使者送来一封沉甸甸的信，信封里装着中央民族大学的入学通知书。

"马哈卖考上北京的大学啦！"

此起彼伏，像伏天伴着雨声的一个炸雷，响遍山前山后。大人和娃娃，尤其那些女娃，扯着绿色的盖头当旗帜，示威一般，从这一家跑到那一家，从这座山跑到那座山。

"黄土山也长出了女大学生！"

就在这年九月，母亲最后一次送马哈卖走过树桥，到更遥远的地方去读书。母亲哭了，她也哭了。眼泪掉进溪流里，溪流清清如许，流向远方，伴着一个女娃对横在沟壑上的老树的永恒回忆。

（原载《人民日报》2010 年 1 月 13 日）

别了，大西北

我从黑土地里被扔到黄土地上，在贺兰山下，一眨眼就是二十八年。

幸运的是，原回民支队的许多战友、首长当时都转业到宁夏回族自治区，他们说我父亲是个老同志，我十一岁就被父亲带到部队参了军，是吃革命的奶长大的，怎么可能是反党反社会主义的右派分子？父亲的一个战友在自治区人事局当局长，见我档案中记载，一九五六年出席了全国青年文学创作者大会，发表过若干文学作品，就把我留在自治区首府，在一家报社上班。

在机关里虽有在机关的幸运，可也有在机关里的烦恼。二十多年，我经历了好几场政治"沙尘暴"，由于头上那顶帽子的缘故，在历次风暴中，我总是"横扫"或"席卷"的重点对象。运动后期落实政策时，我又因为出身和历史等原因，总是作为"区别对待"的对象。

人群中自然有形形色色的人，为了生存、自救、求平安及种种可以理解或难以理解的理由，有些人说几句或言不由衷或捕风捉影甚至无中生有的话，在所难免；加之个人性格上的缺憾，那些日子过得艰难，波澜起伏。可是，一旦要离开这块土地，却是百感交集，一言难尽其情。

还记得我起程的那天早晨，黄河浑浊，朔风凛冽，天空低而阴沉，心上像吊着个几斤重的铅块，泪水在眼眶里打转儿。我咬住嘴唇，视线尽力上移，不愿让那些说不清是悲是喜的泪水流出来。

我舍不得那片富饶又有几分荒凉的土地，我舍不得那里瓦蓝的天空和牧草稀薄的草原，我舍不得那里的人民和雪白的滩羊群。我像一株植入草滩的红柳，在贫瘠缺水的土壤中，伸展条条坚韧的根须，往泥土里挣扎，劲风抽打时不动摇，严霜封杀时不叹息。我感激连泪水也没有几滴的黄土地，把她少得可怜的奶汁也分给我一份，养育着一个外乡人，养育着一个头戴荆冠、被打入另册的人。

山有多高，土有多厚，西北的黄土很丰足，很肥沃，不论天南海北的植物，只管移来，有水就能发芽扎根，就能成活生长，就能结出丰硕的果实。只是这里的水，有时比金子还稀罕。

喝黄河水长大的西北人，有时说话比较粗鲁，少一点委婉与温情。但是西北人心直，心肠热，多数人不会拐弯抹角，也不会作秀。他们只看你流了多少汗水，只看你的汗水滋润了何物，只看你劳作与汗水的收获，一般百姓对你的政治色彩，乃至头上戴着的是桂冠或荆冠，并不是很在意的。

有一件说来让人辛酸也很有趣儿的事情，天津日报社有个叫江汉青的编辑，一九五七年也被打成右派分子。他爱人是位医务工作者，"文革"期间上山下乡到基层医疗单位。江汉青作为家属随妻下放，到宁夏回族自治区西吉县沙沟大队劳动。这个沙沟大队恰是固原地区原行署专员、后来被打成"极右分子"马震武的老家。马震武曾是一个教派的掌门人，当地穆民都以"爷"尊称他，从不直呼其名。

江汉青安分守己地在沙沟劳动了一年多以后，有一天几位老者在劳动间隙与江汉青聊天，其中一位辈分较大的老汉问老江："看你为人老实巴交的，不像是坏人，你到底犯了什么法？"说实在话，这一年多，当地群众不曾歧视老江，他很害怕大家知道他是右派分子后把他打入另册，可又不敢说谎，便吞吞吐吐地说："我是……右派……分子。"想不到这话一出口，在场的几位老人肃然起敬，那位长者拉着老江的手虔诚地说："原来你同我们爷是一样的人！"当时马震武已经过世，穆民有个宗教习惯，凡是有好吃的想让亡人也能尝到，就把吃的东西"出散"给或年龄或命运类似亡人的人。自此，谁家但凡做点稍好的饭菜，或是伊斯兰教的节日，总要把平日难得一见的油香、肉菜等出散给江汉青一份，老江成了沙沟很受敬重的人了。

贺兰山像一道天然屏障，隔断了来自腾格里大量的扬沙天气，遮挡住了如虎啸狼嗥般的狂风。黄河以不知疲倦的奔流，以它百折不回的韧性，向东流进大海，沿途浇灌了干渴的土地，洗净了几多不洁的肌肤、不洁的灵魂。我没有罪，却有这样或那样的过失与遗憾，在粗犷宽容的自然空间，在质朴善良的西北人群里，潜移默化地不知不觉地净化了灵魂、纯洁了良心。

在那个时代，大西北收留了许多无辜的人。他们背负着种种不幸，承受着莫须有的罪名，有些人九死一生，几乎失去了生存的勇气与信心。但是在那片富饶而又贫瘠的黄土地上，在那些虔诚而宽容的西北人群中，他们最终还是找到了生存的理由：生命既是自己的，又不完全是自己的；生命理应跟民族命运、跟社会责任联系在一起，一个有信仰的人，应当是一株生命力极强的滩柳，栽下去就活，不论在狂风或暴雪的环境中，都要挺立得住。六盘山的"花儿"，在风风雨雨中也不会变调儿；陕甘宁的"信天游"，在酷暑高寒里没走过板；它们向世人传递的是一种精神，是艺术也是生命。

离开西北二十多年了，每逢没有噪声的静夜，我都仿佛听到那遥远的高亢的旋律。

人生总是充满传奇，时世总有诸多不料，摘掉那顶"帽子"以后，年龄已临近半百，想到了落叶归根，想到了魂牵梦萦的故乡。不论大漠的雄浑烟尘，渲染过多少大西北的岁月，三十年前那捧医巫闾山的热土，总时时烫着记忆。哪一个日子才是真实的归期，让双足沿着心向往的方向，踏上给过我生命给过我尊严也给过我不公平的黑土地？

我惊奇地发现，医巫闾山肩头的弯月，再也钩不住沉重的思念了。我向贺兰山深深地鞠躬，向黄河水深深地鞠躬，道一声"大西北，再见！"为了信念而爱，为了爱再一次离乡背井。告别孤烟长河的诗意，捧回粗犷苍凉陶冶的成熟。去亦五千里，归亦五千里。

离别与回归都是人生的拐点，不论是悲泪或喜泪，都可能让情绪陡然掉进深渊。任何情绪都是暂时的，恒久的是信仰，是命运的归宿。我将在黑土地上度过晚年，再一次根植成熟。

（原载《文艺报》2011 年 11 月 9 日）

春天的旗手

黄河伸出冰冷的舌尖，舔羊皮筏子的腹部。羊皮筏子在大河解冻的激情中震颤，顺流而下，一泻千里，波涛与波涛之间涌出巨大的浪花，涌出一个个弧形。

摆筏子的男人在惊险的水面上，在生死的夹缝里，捧出西北人的豪气，捧出黄河水手的胆量。两条腿是两个矗立的桥墩，两只胳膊酷似会打弯的树干。他是沿河第一批远行的筏子工，第一个看见黄河两岸柳枝吐出嫩绿的水手。如期而至的春天向他招手，他也向春天表现出一个勇敢的水手的敬意。

恶浪张扬刚刚复活的野性，冰块撞击冰块，也撞击软弱和怯懦，九死一生才尝到生活的甘甜。朝阳终于在黄河的前方升起了，正在举行最隆重的庆典，欢呼第一批羊皮筏子出征。

他忍耐了一个冬季，忍耐滋养信念，没有忍耐的眼睛看不到春天。黄河给过他多少幸福就给过他多少不幸。他不诅咒命运。他说"命"可能前生注定，"运"要靠人去奋争。自己要成为命运的设计师，自己要做自己的真主。

他扑在时间的波涛上，无畏地冲刺突围，飞越人生一大片凄戚的荒原。于是大西北的三月遵从地向他走来，他驾驶生命的筏子，投进生存的搏斗，水手自有水手的欢乐。

炊烟。果园。温室。它们在春天的早晨苏醒，从水手的视线中一幕幕掠过，生气十足。唯独被砍伐的树木在流泪，企盼着一年一度的植树节，把树苗植入土里，把树苗植入更多人的心中。

春风搅起一河收拢不住的春意，溅起千万颗音符般会唱歌的汗珠。皮筏子飞在黄河的舌尖上，捧起一束束报春报喜的花朵。禁锢和痛楚都已经过去，黄河上传来一声声船工号子，召唤黄土高原，召唤沉沉的峡谷。

羊皮筏子是黄河举起的第一面旗帜，摆筏子的硬汉是黄河春天的旗手！

（原载《诗刊》2005 年第 2 期）

唱"花儿"的女人

戴一顶洁白的帽子，戴一顶亮洁的满月，映不明深沉的目光，映不明楚楚动人的嘴角。她盘膝坐在盛开马莲花的四月的草原上，一遍又一遍唱那首古老的"花儿"。像忧郁的流水，让老牧人掉泪。

已经走得很远了，那支拴着绳索的驼队。驼铃悠悠，步履悠悠，向着遥远而不可知的财富行进，朝拜鄙视富贵又不保护贫穷的真主。"花儿"追逐驼铃，驼铃在风沙的呼号中品尝离愁，品尝一个女人同男人的离愁。

拉骆驼的汉子，也头戴一顶白帽，像一只放飞的鸽子，在茫茫瀚海深处欲飞欲落。他仿佛听见了牵挂的旋律，听见了亲人的祈祷。那首感情凝重的"花儿"，让人肝肠寸断，让人苦同黄连。不知那"花儿"是唱给她的男人，还是唱给她的相好。

听不清"花儿"的词句，只感到风中有阵阵缠绵幽怨的曲调，像述说离别后的思念，像为远行的亲人祝酒。女人尽情倾吐内心的孤零，似乎吐尽了五脏六腑。她终于掏出那方大红头巾，向草原深处、向遥远的驼铃声挥舞，那头巾是拉骆驼的汉子送给她的信物。

"花儿"只有两句歌词，两句歌词在大草原上空反复跌宕。一首悲悲切切的叮嘱，一首古老苍凉的西部歌谣。多少辈女人唱过它，感动过多少辈男人。母亲传给女儿，一辈传给一辈，那低沉的旋律总是回忆一个残梦，回忆一生中那次刻骨铭心的心跳。

（原载《黄河文学》2004 年第 3 期）

黄土高原没有泪

西海固，是西吉、海原、固原三地的简称，那里，山有多高土有多厚，是典型的西部黄土高原。

有人说那里没有河流，有人说那里没有湖泊。一座座黄土山不长树不长草，甚至连眼泪水也没有，像是要永久地保持黄土的本色。踏遍大山小山，找不到树的影子和草的青葱，只有三月野性的雄风，戏弄那隆起的干燥的没有情感的荒坡苦土。

到处都是龟裂的肌肤，到处都是没有血色的山，没有血色的羊肠路。干旱的爪子，紧紧地扼住黄土高原的咽喉。仿佛永远是七月，仿佛人间只有一种颜色。比阳光还干燥的黄土，记不住四季，分不清春夏秋冬，只有一个梦中的回忆，只有一个半信半疑的传说，男人们用它解闷儿，女人们用它解渴。

三十丈深的水井干涸了，干旱的手臂比井绳还长。打井队打出一把湿土，没有打出水来，却打出一线光明。热土上长出一丛丛芨芨草，长出一棵矮榆树。一棵榆树结满榆钱，结满了黄土高原的希望。隆起的黄土山凝聚成西北人心中的金字塔，看见希望的人也看见了自身的潜能。黄土里挤不出一滴水，挤不出一滴泪，也挤不出一声叹息一声气馁。

有人说西海固没有河流，有人说西海固没有湖泊，有人说西海固的泪也哭干了。说没有河流湖泊是一种无知，是一种偏见，其实西海固只是没有眼泪。

或许没有眼泪正是一种征服贫穷的力量。

（原载《诗刊》2005 年第 2 期）

我的几位维族朋友

我有几位维吾尔族朋友。他们待人真挚，非常看重友情，语言风趣幽默，有时人们面对不易应付的难题，或令人尴尬的场面，他们善于用阿凡提的方式，机智地消融与化解。这个天生幽默而又勤劳乐观的民族，像天山上的雪莲给我留下了高洁友爱的印象。我的第一代维吾尔族朋友是铁依甫江·艾里耶夫、克里木·霍加等，第二代维吾尔族朋友是麦买提明·吾守尔、祖尔东·沙比尔、乌斯满江、艾克拜尔·吾拉木等。

我与铁依甫江、克里木·霍加是一九五六年春在全国第一次"青创会"上结识的。因为饮食习惯，会议期间经常同桌进餐，我们几个回族代表也跟着维族兄弟喝起奶茶，吃手抓饭、烤包子，胃口大开。那时我们的着装最高档的是中山装，有的就是便服。铁依甫江他们，却是西装革履，相形之下，我们显得有些老土。开始我有点拘谨，不多主动接触。老铁善解人意，总是半开玩笑地对我说："你是又高又深的诗人，我们很喜欢和你在一起。"打消了我与他们相处的顾虑。

会后，国务院委托中国作家协会组织少数民族青年作家参观团，铁依甫江是团长。参观团在一起生活了近一个月，先后参观了沈阳铁西工业区、鞍钢、抚顺煤矿、长春汽车制造厂、长春电影制片厂和延边朝鲜族自治州。这一个月来大家相处得像亲兄弟似的，老铁没有团长的架子，一路上讲了不少幽默笑话，逗得大家很开心。参观团的领队是著名汉族诗人蔡其矫，老铁郑重地告诉大家："我们要照顾好蔡诗人，他在这个参观团里是'少数民族'。"

从参观团分手后，第二年就是反右，接着反右倾、四清、"文革"，运动一个接一个，再没见到老铁，可是不断地有各种各样的坏消息传来，真假难辨。直到"文革"结束才了解到真实的信息，我于一九七九年七月二日写了一首给铁依甫江的诗《为了诗和幸福而生》，发表在《新疆文学》上："我听过你对山一般的民族的歌唱／也听过你对花一般的爱情的歌唱／朋友带来过诗人种种不幸的传闻／可是，我始终坚信你心中充满阳光／／我们相逢在你讴歌过的天安门广场／从前门车站一直歌唱到海兰江旁／八达岭留下了回维两族歌手的脚印／你我情感的火焰也曾一起投入炉火熊熊的鞍钢／／从天山、六盘山，到长白山……／我们感觉到母亲的胸脯无限宽广／从怀仁堂、宝塔山，到万里海疆／我们看见了母亲不可战胜的力量……／／诗人啊，你已经战胜了诽谤与中伤／我听见你踏过冰山的脚步飒飒作响……"改革开放以后，我们差不多一两年就见一次面，每次见面都有说不完的话题。可惜他英年早逝，我深信他在天堂里会有更美好的诗作。

克里木·霍加是位非常机智的诗人，与朋友相处时也常常在玩笑中表达很严肃的思想。"文革"中他吃了不少苦头，同样苦中作乐，并凭着自己的智慧与幽默，同极左思潮周旋，每每都能化险为夷。有一次他特别开心地告诉我，"文革"时他进了"五七干校"（或是什么学习班），有一天军宣队宰羊，让霍加给剥羊皮，收拾羊下水。霍加已经三个多月没吃着羊肉了，闻着新鲜的生羊肉味儿都觉着很香。收拾完羊内脏，他想留下点什么解解馋，可是整羊不敢切下一块来，心肝肺肠子肚子也都一样不能少，他思来想去，只有羊腰子不显眼，有的人也不知道什么是羊腰子，霍加就留下羊腰子，悄悄地烤熟就酒吃了。他把收拾好的一只大肥羊送给军宣队时，军宣队还夸他，收拾的羊很干净，比他的诗写得好。

半个多月以后，军宣队又宰了一只羊，是由另一个人收拾和剥皮的，那个人胆子小，什么也没敢留。军宣队发现他收拾的羊比上次多了一个羊腰子，料到狡猾的霍加做了手脚，偷吃了羊腰子，当即把他叫来，让他坦白收拾羊时犯了什么错误。霍加假装糊涂，他说：在军宣队面前我怎么敢犯错误？军宣队把羊腰子拿出来，质问霍加："你收拾的羊，羊腰子哪去了？"霍加愣了两秒钟，然后哈哈大笑。军宣队问他笑什么，他说上次宰的是什么羊？军宣队说是山羊。霍加又问：这次宰的是什么羊？军宣队说是绵羊。霍加笑得更响亮了："山羊没有羊腰子，绵羊才有羊腰子。你们总说'臭老九'没有知识，原来你们的知识也很有限。"几个军宣队员都常年生活在城市，以为自己确实欠缺这方面的知识，还向霍加表示了歉意。待后来他们真的弄懂了绵羊和山羊都长腰子时，又怕丢了面子，不愿意再提起此事。他还讲过几件类似的故事。

麦买提明·吾守尔是小说家，看外貌朴实得像个肩扛坎土曼的老农，只要你读过他的小说，肯定说他是当代的阿凡提。二十世纪八十年代，我们一起去贵州花溪参加笔会，在成都换车，我们一来想观光成都市容，二来想找一家清真饭店吃午饭。可是逛了一个多小时也没看见一家清真饭店。天已正午，又累又饿，我提议回旅店泡一包方便面算了。吾守尔执着得很，不听我劝，非要找到清真饭店不可。他说："一个作家连饭店也找不到，还写什么小说？"我实在是累了，只好抱歉地表示不再奉陪，一个人回旅店吃方便面去了。

吾守尔直到下午 5 点才回到旅店，我问他找到清真饭店了吗？他不无骄傲地说："找到了！"我问他怎么找到的。他说："我走到一个很大很大的广场，广场中央有一座毛主席挥手的塑像，他老人家挥手的方向分明是告诉我：'清真饭店就在那面嘛！'我顺着毛主席指的方向，果然找到了清真饭店。"

吾守尔的幽默是随时随地的，触景生情，随便说句话，就能把人群中的气氛调解了。有一次在某地开会，伙食很糟，鱼净是头尾，鸡有爪子没腿，有人说："这里的鱼光长嘴，这里的鸡不长腿，米饭有沙子，喝酒如喝水。"大家显然情绪低落，怪话连篇。吾守尔一句话则把大家全逗乐了。他夹起银耳汤中的一朵银耳，风趣地说："这里的人不够意思，怎么让我们吃'塑料花'？"一桌子人全都开怀大笑起来，气氛好多了。

一九八一年，我在中国作协文学讲习所学习一年，同窗中有两位维吾尔族，一位是小说家祖尔东·萨比尔，另一位是诗人乌斯满江。祖尔东用维文写作，是维吾尔族最著名的小说家之一。他给我最初的印象是爱喝酒，好唱歌。每逢他从外面拎回一瓶酒、一包花生米或别的下酒小菜时，他的房间总会有个把小时鸦雀无声，再过一会儿，就会从他房间里传出悠长而略带忧郁的维族民歌。有时他是为了排解心中的孤独与寂寞，有时是为了进入一种写作状态，营造一种氛围。他的长篇小说《阿布拉力风云》《父亲》和中篇小说集《露珠》《无头无尾的信》及短篇小说集《沙枣树在窃窃私语》等，都拥有广泛的读者，多次获奖。

我当时正蠢蠢欲动，想从诗歌转向小说，并已经在《人民文学》发表了《雁南飞》，在《民族文学》发表了《土地啊土地……》等。于是便经常与祖尔东切磋写小说的诀窍。他很坦诚地对我说："应该让读者从你的小说里读出气味，读出颜色，读出情调，读出人物的内心世界。"他不满意一些小说，写了二三十万字，读者却看不出那里的风土人情，甚至不知道当地的山川风貌和人们的吃喝穿戴。作品反映的应是一种"再创造的生活"。他对小说的理解即是对生活的体验，简单却极为深刻，对我的小说写作影响至深，差不多每写一篇小说时，我都下意识地想起他的这些珍贵的创作体验。

祖尔东有不少汉族朋友，著名作家王蒙下放新疆十六年，就是一位与他过从甚密的友人，常与祖尔东一起交流创作技巧，王蒙颇欣赏祖尔东小说的艺术诗性。可惜天才命短，祖尔东只活了六十岁。王蒙为失去这位维族文友十分悲伤，并以一首五言律诗寄托哀思：

当年有巧遇，相会伊犁桥。

歌哭肠欲断，醉笑魂应销？

泼洒边关色，行吟塞上桥。

忽然传噩讯，涕泪满衣袍。

谈起这些维吾尔族朋友，使我不能不想起那些把维文译成汉文的翻译家。他们是汉维文化交流不可或缺的纽带与桥梁。像老翻译家王一之，一九五一年从江西考入北京大学东语系（后东语系转入中央民大），王先生不仅精通维译汉，也通晓汉译维。清瘦的他无数次从北京远赴新疆，从伊犁到喀什，踏遍天山南北，以毕生的精力孜孜不倦地从事翻译工作，是维汉文化交流杰出的使者。像艾克拜尔·吾拉木，他不仅是一位责任心很强的编辑，也是一位翻译了大量维文诗歌与小说的翻译家，为丰富中华民族大家庭的文化做出过骄人的贡献。因为他在《民族文学》杂志工作，便和各民族作家保持着密切的交往与友谊。他多次做过我的作品的责任编辑，却没有喝过我一杯茶，倒是我至今还保留着他送给我的一件绣着花边的维族上衣和一顶小花帽。

（原载《文艺报》2010 年 7 月 5 日）

生存

——题一位拓荒者的墓

　　不要说已经非常遥远，许多情景仍近在眼前：妻子深情的嗔怪，女儿依依不舍的惜别，邻里的叮咛，同学的规劝，还有门前那条溪水，像一条相思带，系着你对故乡对亲人的挂牵。

　　你爬上一列西去的货车，汽笛声把饥饿的人带向远方。在寸草难生的戈壁，在冰天雪地的天山，你结识了半个中国的逃难者，他们都是你雷打不散的垦荒伙伴。那时候，没有红砖亮瓦的工房，没有充足的饮用淡水，也没有烤羊肉串和手抓饭。下工后抖掉一身黄沙，用湿毛巾擦一擦身子；几块硬馍，一把小葱，半碟咸酱，已经算丰盛的晚餐了。

　　转年春天，妻子寄来一包草籽，一粒草籽是一句语言，千言万语是牵挂，千言万语是体贴，有七分赞许，也有三分抱怨。拓荒人像雪山般冷峻，像漠风般强悍，可是当你捧起那包草籽的瞬间，心头一阵酸楚，一阵剧烈的震颤。

　　种子忍不住焦渴，生命经受着奇寒奇热，你带领来自大半个中国的拓荒人，一锹一锹地挖，一车一车地运，坎儿井有半个长城那么长，平一亩耕地，要运走几百方石头，垫几百车黄土。你一声呐喊，急令冰峰化作跳跃的飞泉。

　　驼铃声远去了，大漠里的旱风湿润了，在炽热的烈日下，沙荒苍白的脸有了血色，渠水流着酝酿绿洲的全盘规划，金灿灿的稻谷，蓝宝石般的葡萄，都是成熟了的拓荒人的夙愿。香喷喷的烤羊肉手抓饭，比糖还甜的哈密瓜，使远方的客人流连忘返。

　　快把妻子儿女接来吧！拓荒的单身汉期盼有个家，期盼一家人团圆。就在那个金色的秋季，在那个送完公粮、剪罢羊毛的夜里，天空骤然坠落下一颗星斗，大漠发出一声让人落泪的哀叹，你那颗顽强的不向困难妥协的生命，顿时化作一块墓碑，戈壁滩竖起了又一座天山。为了生存，你西出阳关苦战荒原，为了生存，你微笑着离开了人间。

那闪光的水库，是你透明的永不干涸的思想；那攀附雪山的条条水渠，是你热血沸腾的脉管；良种繁殖场收获了你爱情的种子，葡萄园结满你一串串汗殊；伊犁马像你的生命在垦区奔驰，红元帅像你初来时那样腼腆。为了生存，为了一个民族的生存，拓荒人给后辈写了一篇精彩的新闻导语，谁来续写后面的文章？

（原载《中国作家》2004 年第 4 期）

海之角天之涯

在海瑞墓前

我来看你，不仅仅因为你是回回，也不是怀着普通的敬意。

我翻阅了一大摞厚厚的史书，唐宋元明清，历朝历代，你海瑞给回回民族留下了为官的清白。

我来看你，不仅仅因为你是清官，也不只是怀着一般的崇拜。

我回眸上下五千年的足迹，从五帝夏商，到两周两汉，你海瑞是最值得中华民族信赖的为民请命的好官。

我从北方的黑土地远道而来，千里迢迢飞渡南海，不仅仅为了在你墓前作一次虔诚的祈祷默哀，也不只是平常意义上的后人对先辈的缅怀。

我为我的民族感到骄傲，我为我的民族由衷地自豪，我的民族虽然很小，却有一副铮铮铁骨。从郑和到海瑞，从马骏到马本斋，他们蘸着赤热的鲜血，在史册上写下，做人和为官的正派。

鹿回头

一个久远的传说，一个让许多人落泪的故事。

一位神奇年轻的猎人，他的弓箭百步穿杨，百发百中。

"飞射嘴，立射腿"。没有能逃过他利箭的飞禽走兽。

一天，他正在猎杀一头牝鹿，牝鹿以逃生的本能，飞也似的奔跑，不料眼前一片汪洋大海，前无去路，后有追杀。无可奈何之下，它转身变成一个美丽的少女，千娇百媚，同猎人拜了堂，成了亲。

这是一个美丽的传说吗？

人们大凡都是站在强者的立场，歌颂猎人的勇敢，赞美猎人执著的追求，让强者如愿以偿。假如人们换一个角度，改变一下思维方式，站在弱者的立场，重新审视这个传说呢？

可怜无助的牝鹿，已经被猎人追逐得走投无路，追逐到生命的绝处。

为什么不跳入大海？是什么念头，让你在最后一刻放弃反抗，一变而为美丽的少女？是什么信念，让你嫁给本想置你于死地的仇人？

生与死怎么轻易就转化为恩爱？猎人和猎物本是生死对抗，怎么毫无情理地结成了夫妇？我甚至怀疑，这个穿着美丽外衣的故事，是刻意美化弱者对强暴的屈服。

五指山

是谁，曾经让你攥成铁一般的拳头？扮演一个拳师，与暴力为伍？

今天的五指山，五指伸向蓝天，向苍天招手，向苍天呼唤——从白色的云朵间汲取甘露，从太阳的辉煌中索取温暖，向闪烁的繁星讨一线光明，向手握利剑的雷公要一道闪电。让人间尽享七情六欲，让普天下人寿年丰。

五指山，伸展开五个指头。懂得感恩的大山，要与老天爷握一握手——感谢雨露滋润了挺拔直立的森林，感谢阳光晒红了向往爱情的红豆，感谢星光照亮了黎族的茅舍，感谢霹雳惊醒了久久沉睡的绿洲。

五指山，五指伸向云端，但愿握过祥云的手，永远不再攥成拳头。

贝

你从何处漂来，护送你漂流的，是疾风还是恶浪？是欺瞒还是信赖？

你将继续漂流到何方，是大海抛弃了你，还是你背叛了大海？

大海给了你生命，尽管是极其渺小的生命。渺小不是过错。

大海教会你奔腾咆哮，教会你追波逐浪，教会你静静地谛听，谛听大海的涛声。大海把整个世界都给了你，你才有了生命的彩虹，你才有了生命的激情。

今夜，你静静地躺在沙滩上，沉浸在银色的月光中。

回首往日的辛劳奔波，憧憬未来的生活命运：或许一位闲适的内地游人，怀着珍藏的心情，将你永远带到远离大海的城市或乡村。或许一位天真的孩童，带着好奇，将你装进书包，永远搁在他的书桌上。

然而，只有我懂你，你真正的渴望，是祈盼来一次特大的涨潮，让潮水领你回归大海。

海底森林

大海边，生长着一种四季常青的乔木。

涨潮时，它们被海水吞食，沦为海底森林；退潮后，它们被大海吐到岸上，又成为陆地森林。

它们像一列忠诚卫士，在海底甘于寂寞，忍受默默无闻，在海岸忠于职守，尽终生值勤的责任。

多么可贵而又可敬的乔木，听任大海规律性的吞吐。

沉浮也罢，荣辱也罢，都是命运的一部分，都是生命的一种旋律。生长不可或缺。成熟不可或缺。

吞吐出没，都不妨碍海底森林对使命的坚贞：升降起落，也不曾扭曲海底森林不屈的精神。坚贞和不屈，都是力量和自信的一种象征。

向你们致敬，大海的守护神！

神秘的小岛

在我住的这间木屋的对面，有一个神秘的小岛。

夜里，忽闪忽闪的灯光，可是小岛的眼睛，注视我的窗口，总也不睡。

小岛忽而离我很近，小岛忽而离我很远，那是标尺测量不出的距离，是计程表掐算不了的里程。

思念有多远，它就有多远，心房有多近，它就有多近。

我曾经梦见小岛，它比想象的更为迷人。那是一个长长的梦，它一走进梦里，便不愿离去。我说小岛多情，小岛亦笑我多情，差不多整整一夜，我守望着小岛不眠的目光，小岛一定是看见了我的梦，才守护我的梦不愿离去。

如果不曾梦见，或许比梦见更好。

渔 港

你是渔船朝思暮想的家，你是渔民们无时不牵挂的娘。

你在晨曦中祝福打鱼人一路平安，你在夕阳里祈祷风平浪静。

归来了，一条条沉甸甸的船驶来，你伸出浪的嘴唇，舔去船老大的汗珠，舔去渔民一路的辛劳。

归来了，渔船平平安安回家了，你忧虑的皱纹渐渐舒展开来，夕阳抖动起欢庆凯旋的红绸舞。

月夜，你伸开双臂，拥抱渔船，抚摸船舷，默默倾听它的叙说，怎样顶着狂风暴雨，怎样闯过惊涛险滩，才领略了无限风光，才换来鱼虾满仓。

你为渔船低吟了一整夜的催眠曲，像母亲舍不得孩子离开，但当黎明来临，你又鼓励它们远征，去搏击风浪，去捕捞鱼虾，去追赶旭日……

浪　花

你可是闪电的化身？你可是昙花的姊妹？

冲过千重山万道岭，跨越无数暗礁险滩。闯过去，冲过去，怀着不可动摇的意志，抱定宁死不屈的决心。追求是永恒的动力，是你绵绵不断、生生不息的力量之源。

就为了那一秒钟的自由，就为了那一瞬间的怒放，多么不屈的生命，多么勇敢的消亡！

你绽放的每一片珍珠般的花瓣，紧紧地抱住了太阳。

水　手

一万个水手的汗水，一万个水手的泪水，腌咸了海水。

水手的脚印是浪花，是波涛捧出的祝福。水手用梦编织渔网，渔网从深海里打捞渔家的梦。

海风贴着水手的耳根，悄悄重复着母亲的叮咛。水手挂起风帆，长风破浪。船舱里盛满大海的馈赠，盛满水手爽朗的笑声。

大海的脾气很像水手的秉性。水手一生走过的路，铺满梨花，铺满贝壳，铺满彩虹。海鸥蘸着海水，在波涛上谱写一首《海魂》曲。

帆

披头散发的大海，狂啸惊呼的大海，蔑视一切生命的大海，唯独亲近帆，与帆一往情深。

大海用浪花装点帆，用波涛护送帆，嘱咐帆去乘风破浪。

　　帆以自己阔大的胸襟，把风和阳光一起揽入怀抱。帆用自己的充实饱满，让沉重的船只身轻如燕。

　　黎明时分，帆引领起锚的船只远航，日落之际，帆带着满载的船只回港。

　　海，像北方辽阔的草原，草原再大，也载不下帆无边的遐想……

　　帆，是大海的骄子，是一面水手心中永不言败的旗帜。

（原载《民族文学》2005 年第 6 期）

远山深情

　　那汉子咬掉瓶塞儿，一仰脸喝下一大口高粱酒，喝下了几千年烈日与火焰的馈赠，然后在朦胧中默视远山，那远山苍茫如烟如黛，那远山是几代人艰辛的旅途。

　　远山的路，过早地丈量完父亲的人生。

　　他像所有的父亲一样，望子成龙。他梦想中的"龙"即是一条长长的林带，他的儿子便是那林带的种植者和守护者。他要把葱绿的远山和几十公里的林带，作为一份重要的遗产传给儿子、赠给后代。他的一生同绿色结下了不解之缘。为了保护一棵树，他得罪了村主任父子俩；为了搜出一盒火柴，他被几个浑小子连打带骂，腿和脊背都受了伤。不论刮风下雨，不论冰天雪地，他都要按照规定的路线，一寸不少地巡查一遍。有一次他感冒了，发烧三十八度五，一家人都劝阻他进山，他背着看护他的儿媳，拄着一根胳膊粗的树枝，还是趔趔趄趄地上了路。他负责巡查的路段长达二十华里，羊肠小路，路上杂草荆棘丛生。他咬紧牙关，忍着炸裂一般的头痛，每迈出一步，都要拿出巨大的艰辛和忍耐。途中他发现了一个烟头，马上警惕起来："有人带火进山了！"他寻找脚印，跟踪搜索，一个盗伐林木的家伙被老人当场擒获。

　　他七十四岁那年与世长辞，临终时要求政府允许将他的尸体埋葬在远山，死后还要守护山林。他嘱咐儿子，别嫌弃大山太闷、太孤，千万千万子承父业，接好巡护远山的班。儿子答应了父亲，老人才放心地合上眼睛。

　　在那个世界里，透过寒冷的夜色，父亲凝望着儿子：是否步履艰难地向远山走来？雪野不时滚动白色火焰，像高粱酒般诱人。儿子的生命也将在每一棵树梢上吹起口哨，在那条羊肠小道上洒下汗水，在绿色海洋里寻觅欢乐，最终也将走成一抔黄土，肥沃远山，父辈们不会寂寞。

汉子用剽悍的温柔同女人告别，他接过女人怀中的孩子，接过骨血和延续的生命。为了不期的远山之旅不会失落，应该让儿子学会山民的古歌。汉子呷了一口烈酒，然后喂给儿子，细看他怎样痛苦地慢慢舔干父亲的体温。汉子欣慰地笑了，无限感激地亲了一口流泪的女人。

汉子这次要在远山里生活几个月。林学院从国外引进的抗旱树种，要在远山试验栽培。这一带十年九旱，栽活一棵树、一片林，必须付出九牛二虎的力气，要担水浇苗，要拦住少得可怜的雨水养林。栽活一棵树的辛苦，不亚于抚养一个孩子。据说这种抗旱能力很强的树，树根扎得深，一株三年生的幼树，根能扎到三米深的地下。这种树苗一旦栽活，即使碰上特大干旱也不会死亡，汉子是按照父亲的遗嘱接受这个任务的，老人生前曾给儿子讲过一个故事，实际上是老人的一个梦想，是他杜撰的一个童话：远山在很早以前没有树木，绿色比金子还珍贵。那时候天上有九个太阳，一年也落不下几个雨点，人们栽了几十年的树，最后却只活了一棵，别的都旱成了烧火用的木柴。后来牛郎织女生了一个男孩（有时父亲讲成嫦娥生了一个男孩），没几年就长成一个力大无比的壮士，这孩子造了弓箭，射掉了八个太阳，然后又从月亮上射下一棵树苗，那树落地生根，不用浇水，不用上肥，没几年根须串着根须，长成一大片森林。汉子一直记着这个神奇的故事，记着父亲一辈子的梦想。汉子觉得要试种的树种，正是父亲梦想从月亮上射下来的树，他苦口婆心地说服了妻子，请求下这个很苦可也很荣耀的差事。

汉子默默地饮尽一瓶白酒，把山峰般的爱情留给了妻子，把所有的家事和农活也都留给了妻子。他转过身，又转回来，深情地看一眼妻子和她怀里的儿子，便毅然地走向远山，走进父亲走过的生命之旅，踏上那永远属于山里人的道路。

　　远山啊，苍茫的岁月……

　　远山啊，伟岸的背影……

（原载《辽宁日报》2004 年 3 月 1 日 ）

苦菊

菊花村是个偏僻的小山村，山势险峻，山路盘桓曲折，不通班车。

小山村民风淳朴，也透着几分保守封闭，他们与外面的大千世界隔膜得很，只凭半导体收音机了解国家大事。

小山村的水土好，养出的女孩儿个个像金灿灿的野菊花。

那一年春天，苦菊娘生了她。因为头一年大旱，庄稼歉收，菊花村的日子过得很艰难，她爹说，这孩子命苦，就叫苦菊吧。

那天，天刚蒙蒙亮，苦菊赤裸裸地来到这个贫富不均的世界，来到这个贫瘠的小山村。苦菊一声很长的哭啼，像金鸡报晓，呼出一轮冉冉升起的红日。

在父亲的唉声叹气中，在母亲的泪水中，月份牌撕了一张又一张，换了一个又一个，苦菊叼着母亲干瘪的乳头，在饥饿中长成了小姑娘。她梳着两条小辫儿，像两个不会顶人的犄角。很小很小，苦菊就尝到了贫寒的滋味，一双忧郁的眼睛，总看着房梁上那只盛着窝头的篮子。

邻居家的男孩子，七八岁就背着书包上学了，放学回家，就坐在门前树阴下琅琅读书。苦菊都九岁了，还跟着母亲学做针线，剪窗花，有时也割草喂鹅，到村头放奶羊。她没有抱怨，把所有的愤愤不平全装进肚子。父母亲只知道她不开心，脸上从无笑容，却不知道苦菊的心事。

苦菊九岁那年，父亲破例地带她去过一趟县城，卖了一口袋一年来采的山货，卖的价钱好，父亲很高兴。在县百货公司，父亲让苦菊挑一块自己喜欢的花布，苦菊只是摇头，好像一个花色也看不上。父亲不高兴了："你这丫头，好怪，这么多好看的花布，一种也看不中？"苦菊拉着父亲走到另一个柜台，指着货架上的帆布书包："我要这个。"

父亲恍然大悟。他在柜台前站了一刻钟，不说买，也不说不买，一会儿手伸进口袋里摸摸钱，一会儿又盯盯货架上的书包，然后他抚摸着苦菊的头，还薅了薅她的"羊犄角"，大声对营业员说："买个书包。"

回来的路上，父亲迈着大步，苦菊跟不上，父亲就背着她走了好几里路，苦菊长这么大，还是第一次享受父亲的脊背。

到家见了母亲，苦菊把书包举到她面前，不说话，只是笑，笑得那么甜，那么快活。母亲也想笑，却笑不出来，她扭过脸去用衣襟擦着眼睛。

第二天，父亲送苦菊上学去。在这个封闭的小山村，女孩子上学很稀罕。

女大十八变，苦菊越长越俊，长到二十岁，出息成大姑娘，高中也毕业了。她揣着山里人家女孩的梦，走进县上的考场，那张准考证，或许就是改变她后半生命运的"路条"。

考场死一般寂静，听得见喘息，听得见心跳，空气凝重得让人窒息。苦菊承受着巨大的精神压力，一不小心按折了笔尖，那声音不亚于一声炸雷。苦菊太紧张了，紧张得心慌意乱，脑子里一片空白。

希望的种子终没有长出嫩芽，十几年的梦想破灭于恐慌之中。痛苦和悔恨伸出十二只爪子，抓住这个想飞出山村的女人。

大喜的日子，常有一辆辆胶轮大车，一伙伙吹吹打打的吹鼓班子，陆续摘走了小山村一朵朵菊花，伴着唢呐的旋律，无数个女人走上一条陌生的不可知的人生之路。

苦菊也逃脱不掉山村女孩共同面临的命运，在高考落榜的那年深秋，她也被一辆胶轮大车接走了，而且走得很远。谁也预料不到，等待她的是铺满鲜花的春天呢，还是白雪皑皑的严冬？

在山村时，苦菊爱上了一个比她大四岁的青年。他是个心灵手巧的木匠，会打家具会盖房，只是在山沟里没多少用武之地。他没念完初中，却能写会算，还能绘图纸。就因为他父亲得了肺痨，挣多少钱也不够买药的，他家一贫如洗。尽管小木匠有一颗善良的心、一双勤劳的手，可是，那双手在穷山沟里抠不出人民币；那颗善良的心，感动不了世俗的婚姻观念。苦菊父亲拒绝了他的求婚，并决心把苦菊嫁得远远的。

小木匠的自尊心受到很深的伤害，觉得这个世界冷酷无情。

苦菊出嫁那天，他躲在村头那片榆树林里，绝望地看着胶轮大车载走了他的梦。他久久地目送那辆大车，直到大车没了踪影，才失声地喊着苦菊，朝大车留下的一股烟尘跑去……

苦菊走了，也把小木匠的魂儿带走了。每到黄昏时候，他必定要到那片榆树林子看一看，转一转，失神地望着远方，望着夕阳落下去的那个山头。

转眼间已过去了九年。

苦菊老了。她的面貌比她的实际年龄老。眼角织出几道鱼尾纹，额头的沟壑同母亲的差不多一样深，目光里再没有九年前的纯真。她领着一个瘦弱的小男孩，回到小山村。路过村头那片榆树林时（榆树已经长得又粗又高），她像突然回到了儿时的岁月，隐隐地找到了一丝童心……

小男孩七岁，傻傻地看着溪水里的倒影：嘿，妈妈头上插着一朵野菊花。

"妈妈真好看。妈妈今天很漂亮。"

苦菊扭过脸去笑着，怕孩子看破她心中的秘密。

苦菊回到村里四五天了，父亲母亲、左邻右舍，没有一个人提起过小木匠，谈到的种种事情、各类故事，也没有一件涉及他，好像这个村子从来就没有过这个人。苦菊没有勇气到他家去，也没有勇气打听他的近况。

苦菊起早去井边担水，故意从他家门前走过，还故意高声地唤儿子的乳名，为的是让小木匠听见她的声音。但是，她失望了。她没有得到回应。难道漫长的九年，他还没有理解她的苦衷？他还没有淡漠心中的悲愤？他还没有从痛苦的失恋中走出来？

苦菊走了，带着难以诉说的惆怅，带着更加绝望的忧郁。她像在人生的途中丢失了一个永远也找不回来的梦。

田野里静悄悄的，只有苦菊和小男孩的脚步声。漫山坡的野菊花，在微风中向他们招手。她再没有心情去摘一朵插在头上。

多熟悉的山坡，十几年前，苦菊扎两个羊角辫，在这里打发掉多少忧郁的日子，快活的日子。苦菊失魂落魄地走着，眼前突然一愣，一个长着高高的蒿草、堆得矮矮的坟头，立着一块未经雕琢的石碑，写着八年前的一个日子，和她梦见过无数次的人名……她双腿颤抖不已，眼前一片金星，天昏地暗。苦菊心中的最后一闪火花，骤然熄灭，永久地熄灭了。

苦菊松开儿子的手，半滚半爬地扑向坟头。她后悔死了，后悔当初没把他的话当真，以为时间会冲淡一切，以为只要有缘分，今生还有机会。她认定，是怯懦使自己失去了希望和幸福；是自己的屈服，害死了一个有血性有尊严的男人。她欲哭无泪。

小男孩傻傻地采来一束金灿灿的野菊花，选两朵最鲜艳的插在妈妈头上，还咯咯地笑个不停。他觉得这山坡很好玩，很开心。苦菊取下菊花，整理一下衣襟，很庄重，很肃穆，把一束野菊花放到长满蒿草的坟头上。

小小的山村，生活的节奏仍然不紧不慢。广袤的世界，好像什么都没有发生过，千千万万或尊贵或卑微的人群，依然品尝着人世间的五味。

山坡上的野菊花，仍然微笑着向路人招手。小溪里的流水，仍然不慌不忙地流向远方。

（原载《北京文学》2007 年第 4 期）

看山老爹

太阳醒了。看山老爹醒了。

他从炕上爬起来，不吃不喝，头一件事是撕掉一页日历，然后揣两个冷馍，背上水壶，踏上那条山间小路。当他经过山涧流下来的那股泉水时，猫下腰，洗几把脸，再掬几捧清凉的泉水，咕咕喝下，顿时觉得一阵透心的爽快。

同一万个昨天一样，一成不变，再量一次生活的周长。孤零的身影，叠进脚下那些松柏和杨槐的日影里，相伴山风，铺就生命的四季。

并非孤身独旅，风、雨、雪，都是他形影不离的旅伴。

春风如酒，扑面微寒；夏风如茶，香飘山峦；秋风如烟，落叶飞天。雨很珍贵，说来就来，说走就走，小似喷雾，大如瓢泼。

温则为雨，寒则为雪。山上冷得早，有时旧历八月就飘起雪花，九十月就可能大雪封山，只跋涉几步，便大汗淋漓。他相伴这些阴晴不定、随时变换性格的伙伴，走过了几个地球的周长。没有视线不及的远方，没有步履不及的山峰。他那双千针细纳的布鞋，不知踏落了多少个夕阳。他的牙齿掉光了，不用着意去咀嚼生活，也隐隐地感觉到了它的苦辣酸甜……

走啊走啊，黎明的起点就是看山老爹的家，落日的尽头就是看山老爹的家。

自从那些贪婪的锯齿和远远近近的灶膛，一天天伐尽烧光了山体浓密的毛发，大山就再也遮掩不住贫瘠与荒漠。看山老爹呼天喊地，天地不应。他像个孩子似的抱着树墩子大哭。从此，那些没有月色没有星光的夜晚，再也听不见北方的狼嗥了。

无量的绿色无量的财富，曾经给看山老爹无量的满足无量的欣慰。他不甘心这个曾经的梦想就此破灭，于是老爹吃在山里，睡在山里，像个淘金人，捡拾一粒一粒树种，栽下一棵一棵树苗。一个脚印即是明天的一株参天大树。

跋涉了一天的看山老爹，席地盘坐在松树下，不眠的目光于皎洁的宁静中，寻觅少得可怜的树影。他一点也不灰心丧气。他相信人心，也坚信自己的双手。他用落叶擦去手上的泥土，牵起衣衫揩脸上的汗水。晚风习习，他抬起身，提了提大半口袋树籽儿，沉甸甸地满装着看山老爹的希冀与喜悦。

从来没有人说过，看山老爹命定要与大山厮守一生，也不是没有人接他看山的班。可是多年以后，当他种下的一粒粒树种，栽下的一棵棵幼苗，终于长成山的血脉，山的灵魂，看山老爹就以终生放逐林海为福气，以每天梳理绿色阳光为乐趣，为享受。他的心很广阔，装得下整座大山和那些松柏杨槐。他的心又很窄小，只装着绿色，只装着染着绿色的阳光。

看山老爹又一次面对大山，面对自己以毕生汗水养育的山林，量一次生命的周长，呵护四季绿荫。夕阳西下，他默默饮尽几许孤独，望穿夜幕下山的梦境，倾听林海中不尽的涛声。明天，像一只看不见的手，无时不在召唤一位老人。透过淡淡的月光，老人仿佛看见了一个更加郁郁葱葱的绿色王国。

太阳醒了。

大山绿了。

看山老爹笑了。

（原载《人民日报》2006 年 6 月 27 日）

读大漠

出了中卫城，没多远就是腾格里沙漠。

沙坡头治沙研究所坐落在腾格里沙漠边缘。这个五十多年前组建在沙漠里的科研机构，如今已经是树木成荫、鲜花似锦、瓜果飘香的绿洲，经营得像个"世外桃源"。

治沙所的西南方向是黄河，河道在这里拐成一个急转弯，水流舒缓了许多，是羊皮筏子下水的天然码头。东北方向是一条钢铁大动脉，两条铁轨像架在腾格里膝上的两根琴弦，不时演奏出铿锵的乐章。

一列长龙似的火车通过铺在沙漠上的铁路，仿佛是一册摊开的《人类与沙漠聊天》的竹简，记录着几代人的奋斗与自豪。二十一世纪的一个深秋，我坐在鸣沙山上，在夕阳的余晖里，倾听那人与自然的神秘对话。

我访问了一位退休的老人，他毕业于一所闻名世界的高等学府，是位在沙坡头工作了五十多年的专家。我问他，为什么在沙坡头一待就是半个世纪？他告诉我，他的心丢在沙坡头了，所以早就忘了长安大街的繁华和王府井的热闹。他诙谐地说："如果你在腾格里拾到了这颗心，别忘了归还给我。"

他说，他在腾格里寻找幸福，寻到的却是一个一个的挫折。他在大漠里挖掘艰辛，想不到挖出的竟然是爱情和乐趣。他和一个女技术员在沙坡头相识、相恋、相爱，三年后结了婚，生了一个女儿，女儿把沙漠当作摇篮，在沙海里长大，大学毕业后又回到了沙坡头，接了爸爸、妈妈的班。

是啊，他们把赤诚而又持久的爱，把科学家崇高的牺牲精神，把奋斗的汗水，生活的苦乐，乃至生命中的一切，都伴着信仰和慷慨交给了腾格里，交给了他们钟爱的事业。他们是包兰铁路的保护神。

五十年前，风华正茂的他和他的同事们，怀着历史的使命，怀着科学家的良心，就像怀着慈母的叮咛，在大漠里扎下根，风餐露宿。他不曾死守着实验室那块方寸之地，一有空就往试验基地跑，高高地举起锄头，抡起铁锹，同治沙工人一起汗流浃背；常常在风雨里采集标本，记载下一厚本一厚本的实验档案；有时整天整天在冰雪中观察，比较几种植物的耐寒能力。他珍惜每一个锻炼意志、磨砺秉性的机会，不断地纯洁科学工作者的灵魂，陶冶品格与情操。

他以神秘的语气告诉我，他少年的梦想，是做一个诗人。上初中的书包里，除了装着语文和数理化课本以外，还装着两本诗集，一本是艾青的《大堰河，我的保姆》，另一本是惠特曼的《草叶集》。各种课本每个学期都要更换，而那两本诗集却始终珍藏在书包里，一直伴随他走进暮年。

我从他的谈话里已经感觉到了他那科学家兼诗人的双重气质。他说他们初到腾格里时，没有鲜花，没有掌声，没有手舞足蹈、唱着"花儿"的欢迎人群，也没有热情洋溢的欢迎词，只是腾格里演奏了一章《迎宾曲》。

他点燃一支"金骆驼"香烟，深深地吸了一口，若有所思地回忆着：

"我说那是一章《迎宾曲》并不牵强，它以飞沙走石作词，又用一天一夜的暴风谱曲，那是非同一般的迎宾曲，是一支极其严峻的考验之歌，简直就是一个下马威。"

他喊来女儿，叫她找出当年的一本日记。他说这本日记暴露了他"诗心不死"。他像朗诵家似的朗诵着：

我们谁也没有谦让，

心安理得地接受了腾格里的欢迎，

做好了迎接一切考验的准备。

我们以科学工作者特有的感悟，

读懂了那支《迎宾曲》：

节奏，孕育着创造。

旋律，潜伏着挫折。

音色，充满了坎坷。

腾格里施展出十八般武艺，

演绎了它所有的看家绝活，

把一切丑话都说在前面了：

允许意志薄弱的人另作选择。

他不认为腾格里过于冷酷，也不以为它寡情薄意。他说它很有耐心，很宽容，也很有人情味儿。他称赞腾格里："容忍了探求者的牢骚，理解人们追求成就的紧迫感，也就宽容善待了一些人的盲目冒进。"

他对腾格里的爱憎，腾格里的大度，都分析得很经典："这个性格粗暴的漠野，欢迎一切包含积极因素的不满，却憎恶对生活没有热情的冷漠。"

啊！腾格里是一册横贯天地的古典巨卷，几百年几千年没有谁真正读懂过它，唯有沙坡头治沙所的老先生们，用毕生的学识与实践读懂了。

有人在腾格里读到恐怖，有人在腾格里读到寂寞；有人在腾格里读到冷酷，有人在腾格里读到绝情；有人读腾格里一辈子，读出的是"死亡"，有人读腾格里大半生，读出的是"不宜生存"。只有他们这些与冰川、戈壁、荒漠结下终生情缘的科学家，目光像一团炬火，透过"恐怖"读到严厉，透过"寂寞"读到沉着，透过"冷静"读到热烈，透过"绝情"读到法则，透过"死亡"读到再生，透过"不宜生存"读到生命的选择。于是他们振奋精神，充满信心，大声地呼唤腾格里：

"春天的使者来了，我们来了！我们代表一个时代，代表一个民族，代表一个民族的知识精英，我们要为千古大漠谱一曲生命之歌。"

说到这里，他浑身的血液沸腾了，忘记了职业，忘记了年龄，像艾青像惠特曼，一跃跳到椅子上，高声朗诵：

> 这是一支多么雄浑的交响乐曲，
> 将滋润颜色的饥饿，
> 打碎死亡和不宜生存的枷锁，
> 把干旱恐怖留给冷静的历史，
> 把无所作为的失望留给懒惰。
>
> 你的明天也是我们的明天，
> 我们的选择也是你必然的选择！
> 腾格里啊，我们深深地爱着你，
> 在你的脊背上撰写《草叶集》。

治沙的人啊，我读不懂你们治理腾格里的经典科技，可是我读懂了你们这一代人的赤子之心。

腾格里啊，我读不懂你生存和沿革的深奥，可是我读懂了你并不与人类为敌，只是需要人类了解你的丰富与深邃。

古人云："登山则情满于山，观海则意溢于海。"我读大漠，则陶醉于培植大漠绿洲的大写的人。

（原载《宁夏日报》2008 年 10 月 24 日）

母亲的嘱咐

"母亲，是人类社会一切称谓中最深情的称呼。母亲，像宇宙一样伟大，像大地一样慈蔼。母爱，比阳光还要温暖，比海洋还要深广。"

这是吴官正同志为《中国母亲》这本书写的序言中的一段话。我的友人王琼，从自己母亲的身上，深深感受到母亲的无私与伟大。

七年前，家住锦州的友人要去一个离家六十多公里的城市担任"一把手"，临行时他坐在年过八旬的母亲床前，心情沉重地说："妈，儿子的担子很重，以后不可能经常回来，不能在床前尽孝了。"

母亲叫李发荣，那年已经八十三岁，从前也是一个干部，一九七七年退了休。她抓住儿子的手，语重心长地说："自古忠孝不能两全。只要你为老百姓多做好事，就是对妈最大的孝顺。"

"妈，儿子记住了。"母亲的深明大义，让友人心中涌动一股热流。

母亲听说儿子去当"一把手"，心头喜忧参半，她用一双多皱的手抚摸着儿子的额头："你孝顺妈一个人，只能是个好儿子，算不上个好官；孝顺老百姓，做人民的孝子，妈才高兴。"

"做人民的孝子"。友人就是带着母亲这个郑重的嘱咐上任的。

他差不多每天夜里都要给母亲拨一个电话，除了问安以外，总是简短地把这一天的作为报告给母亲，听听母亲的"点评"。有时回家，也习惯地把当地报纸带回去，让母亲从新闻报道中了解他所在城市的脚步声。

友人任职的这个市，是一座资源枯竭的煤城，煤层大多已挖空，大批矿工下岗，塌陷区居民随时可能遭遇陷落的危险，整个城市面临着艰难的"转型"。在搬迁塌陷区居民，动员和安置广大矿工转业时，他时刻记住临上任时母亲的叮咛。有一次，他走访塌陷区群众，一位白发苍苍的老妈妈攥着他的手，含泪告诉他："书记，我一家就剩下我和孙子了，每天晚上睡觉，我都用一根麻绳，一头绑着我自己，另一头绑着五岁的孙子，要活一起活，要陷下去也一起走。"

这分明就是母亲无奈的倾诉，也是充满信赖的求助。友人的眼睛湿润了，泪水在眼眶里含着。晚上，他把在塌陷区的见闻，如实地报告给电话那一头的母亲。李发荣老人沉默好一会儿才说出话来："儿呀，她就是你妈，你要把妈从担惊受怕的日子里搭救出来！"

友人把城市的真实情况，原原本本地向省委、国务院作了汇报，国务院为此召集专门会议，研究解决该市的转型问题，除了给予必要的政策，还下拨了一笔救助资金。

在上级党委的支持下，这个市将大批下岗矿工向农业产业化转移，荒地上长出一片生机勃勃的大棚；民营企业受到极大的关注与支持；塌陷区的居民陆续搬进了鲜花与绿树掩映的居民小区……母亲从新闻报道与儿子的汇报中得知了这桩桩喜讯，心情愉悦而满足。

有一天，母亲突然向儿子提出一个请求，要去儿子工作的城市看看。她不是信不过这些报道，只是没有亲眼看一看那座城市的变化，没听听市民的评价，心里不踏实。

那是二〇〇二年夏天的事情，母亲已是八十五岁高龄，她做出的这个出人意料的决定，着实震惊了全家，儿孙们大多反对她的动议，唯恐发生什么不测。可是我的友人理解母亲的心情，力排众议，毅然答应了母亲的要求。

家住四楼、已经几年没出过门儿的母亲，乘小车来到儿子工作的城市。五十多公里路的颠簸，并不使母亲感到疲惫，她兴致勃勃地看大棚给荒地带来的绿色世界，饶有兴趣地观赏城市与小区的绿化，时不时地向居民们打听一些情况。有一位女医生，是民主党派的成员，她告诉母亲："有一次我到市委参加一个座谈会，有事出来晚了些，恐怕迟到，就再三催促出租车司机快点开。司机问我是啥会，我说是王书记召集的。司机说那一定是要紧的会。他加快车速，使我准时到达了。下车时他说啥也不肯收费，还连连说，送您参加王书记的会，这是我应该做的。"女医生并不知道，眼前的这位老太太就是市委书记的妈妈。

百闻不如一见，一天的观光下来，母亲得到了极大的安慰，她在这座曾经困难重重的转型城市里，听到见到的是一派安宁祥和。母亲临回去时对儿子说："别总挂念我，好好干，妈相信你。"

今年，母亲已经整整九十岁了，身体依然硬朗，只是语言表达稍逊于先前。当去年有人告诉母亲："您儿子又高升了。"母亲并没有表现出多少欣喜，反而在电话里对儿子说："琼儿，妈并不奢望你升官发财，你能多为百姓做些实事，妈比什么都高兴，妈就能长寿。"

（原载《解放日报》2007 年 6 月 30 日）

泪眼问花花不语

　　明代贤人洪应明说："宠辱不惊，闲看庭前花开花落；去留无意，漫随天外云卷云舒。"这位老先生可能是对仕途者的忠告：对于一时的荣耀屈辱要心无所动，像悠闲自在地观看庭院中的花开花落；对于在位或离职亦应无动于衷，似漫不经心地浏览天边浮云随风聚散。

　　宦海沉浮有时是由不得个人心愿的。我国改革开放的总设计师邓小平，对革命忠诚，有坚贞的信仰，德才兼备，可是他一生几起几落，这说明一个坚持真理的人，其仕途上是否一帆风顺，并不完全决定于自己的思想行为正确与否，努力与否，在特定的时空里，有时环境与气候则是决定性的因素。

　　仕途上的潮起潮落与大自然中的花开花谢，旁观者不一定看得出其中的奥秘，大多情况下，人们只能听任其"起落"与"开谢"。北宋的晏殊似乎从中看出了一点点门道："无可奈何花落去，似曾相识燕归来。"而欧阳修却与晏殊用了完全不同的笔调："雨横风狂三月暮。门掩黄昏，无计留春住。泪眼问花花不语，乱红飞过秋千去。"他看出的门道似与晏殊的不同，他们之间的本质区别是什么，恐没有几人真正说得清楚。

　　总设计师无愧于人们对他的崇敬，他是一位真正宠辱已经无足惊喜的人，潮起也罢，潮落也罢，他都不曾大惊大喜，都像是看庭花流云，任其翻卷舒展或吐艳坠英，听其自然。之所以如此，是因为他心中有一个不可撼动的信念，那信念就像花儿坚信春天一定会到来，并一定在春光中怒放。

　　世间能做到这一点的人不多，也不容易。有时自以为心静如一湖春水，无所谓走运与背运。其实不然。自己看重自己，在人群中在别人的心目中，把自己塑造成一个更佳的自我，这几乎是所有人的潜在意识。智者可能很看重群众和朋友，有时觉得别人比自己更有作为，但是在心的最深处，人们十有八九会不自觉地以为"我比别人强"。这也是上进的一种动力，它会使你为了事业，为达到一个目标，超常地发挥，显得突出与优秀。

但是出头的椽子先烂，这话你不信也不行。凭邓小平的资历、能力、魄力，他若是像某些人那样，做一个"委曲求全"的小媳妇，或是"文革"重新出山后不再大刀阔斧地搞什么"整顿"，而是唯命是听，宁可"不作为"，也不再做"出头的椽子"；一个古稀老人了，举举手，鼓鼓掌，本可以"安度晚岁"的。不行，小平是个革命人，社会批判的立场是革命人的基本立场。他再度出山时，伟人本是抱着极大希望的，并以"三七开""政治强""绵里藏针"等美言高度赞誉他，回答了某些反对派的声音，支持了周总理的鼎力推荐。可是邓小平的骨子里有一种天生的革命人的"不安分"，他说他像维吾尔族姑娘，有许多辫子被人抓，但是他不会因此就不革命了。他最后一次复出后，同胡耀邦等中央领导人一起否定了文化大革命运动、变"以阶级斗争为纲"为"以经济建设为中心"、取消了"政社合一"的人民公社体制、支持农村推行"包产到户"、平反冤假错案、批判"两个凡是"、实行改革开放、建立经济特区、实行"一国两制"、确立社会主义市场经济等一系列重大历史性的突破。这一系列的伟大创举与改革对改变我国面貌所起的作用，国人瞩目，世人瞩目。

最令我钦佩的是邓小平的胆识。我多次想过，假如伟人是针对别的什么人说过："说是不翻案，我看靠不住。翻案不得人心。"那么这个人可能要时刻小心翼翼，如履薄冰，每迈一步都要警告自己：老人家生前就说我会翻案，并说翻案不得人心。恐怕每遇到涉嫌"翻案"这个幽灵时，都要退避三舍。小平是革命人，敢于实事求是，翻了许多大案要案，非不得人心，而是大得人心。

这主要与一个革命人的使命感有关，但那种"宠辱不惊，闲看庭前花开花落；去留无意，漫随天外云卷云舒"的淡定心态也是至关重要的。

"花开花落"，造物主的初衷是什么意思，人们无从知晓。不过人类对这种自然现象总要产生诸多象征性意义。一般的欣赏者可以惊叹其绚烂，回味其韵致而不及其他。诗人可以从中开掘新的意境。而哲人呢，可以悟出点什么？古人有见桃花悟道的，他从中悟出了什么？连黑格尔这样的精神殿堂建筑师，居然也这样说过：一朵瞬间开放的小花，也胜过亘古不坏的长城。可见世人对于花，有多少偏爱之情！

（原载《人民日报》2012 年 2 月 4 日）

水本无形

上行下效的典故，几乎历朝历代都有一些记载，如皇帝喜爱细腰，喜欢女人着男装，偏爱紫色的服饰，等等，于是朝中便成为时尚，乃至整个社会都受到广泛影响，风靡一时。但是这些典故都不及明太祖时的一桩事，它更让人感到深刻，更具教益。

朱元璋建都南京后，打算在郊外狮子山造一座"阅江楼"，以记载他统一天下的功绩，昭示后人。当时正处于洪武政权建立之初，天下还不稳定，四野荒芜，老百姓的日子大多过得凄苦。若在此时大兴土木，显然不是明智之举，很难收到预期效果。朱元璋想到此处，反问自己：我能这样想，那么满朝文武会不会也这样想？他想以此事考核一下，看百官中有多少关心国家和百姓的忠臣，以备日后重用。

没有想到，朱元璋把兴建"阅江楼"的圣旨发下后，送上来的奏章，清一色全是称赞造楼的颂歌，没一个提出反对意见的人。朱元璋对群臣大失所望，气急败坏地大呼："我朝没人才呀！没人才呀！"

马娘娘听丈夫大发牢骚，急忙走近劝解："大明朝已平定天下，忠臣如云，勇将如星，怎么能说没有人才！"

朱元璋把事情的缘由细说与马娘娘，马娘娘不以为然地笑了笑，随即命宫女取来一个方形的茶壶和一个圆口的茶杯，并亲自给朱元璋斟了一杯热茶，然后说："这水在方形壶里形状是方的，斟入圆口的茶杯里，却变成圆的形状。"朱元璋不知马娘娘葫芦里卖的什么药，一头雾水。马娘娘便进而告知：水自身本没有形状，盛进哪一种容器里，就变成哪一种形状。

朱元璋听到这里，恍然大悟："你是不是说，有什么样的皇帝，就会有什么样的臣民？"

马娘娘点头说："正是此意。皇上有心听取群臣的批评，真是万民的福气，国家的幸运。但是只有皇上真心实意地听取批评，属下才可能敢于说出真心话来。"

朱元璋本来想考察一下文武百官，不料想，竟然考察了自己。

不论这个记载有多少真实性，但故事本身终归对人有所启迪。上对下也罢，长对幼也罢，尊对卑也罢，言传不如身教，有时十句、百句宣言或号召，抵不上一个实际行动。表率和榜样是无声的召唤与命令。其身正，不令则行；身不正，虽令则不从。做领导的在会上讲一百次廉洁，不如身体力行地做一件拒腐蚀或惩治贪官的实事。所谓人格魅力，往往表现在自身的高尚与清廉。

据说有那么一座城市，某一届地委书记喜爱京戏，这个地区的京剧团就备受偏爱，京剧票友也成为时尚。某一届地委书记爱好书法，这个地区的书法艺术便受到特殊的重视，书法家的住房就比作家、音乐家宽敞。某一届地委书记重视有真才实学的人，于是一些有个性、有专长、不善交际应酬、以前不被重用的知识分子，都一一被安排重用了。

由此我想，假如某一届地委书记好大喜功，爱听赞歌，却听不得批评与不同意见，那么这个地方将会出现怎样的局面？

不论个人喜好或是人性弱点，存在于一般人的身上，产生或好或坏的影响，都将有限；假若是存在某一级领导者的身上，就可能形成一种风气，造成一种势头，产生相当大的影响。

有的人走上领导岗位以后，讲话做事甚至衣食住行都谨小慎微，总给人一种自我拘束的感觉。一般说，只要不走向极端，领导者适当地有些"自我拘束"，未必不是好事。有敬畏心的人，往往谨言慎行，一步一个脚印。反之就可能老子天下第一，为所欲为。

（原载《中国文化报》2010 年 1 月 10 日）

改正后写的第一篇报道

人们普遍感觉到，一九七九年的春天来得比往年早，东风带着暖意刮过黄河，唐徕渠的阳坡上拱出星星点点的嫩绿的草芽，岸柳随风摇曳，那才叫"远看柳绿近却无"。那年的春天，好像人人心里都藏有一股喜庆气，家家户户都有不同的好消息。我刚刚从沈阳返回宁夏银川，卸下背负了二十三年的"十字架"，"右派"问题得到了改正，亲朋好友在大庭广众中敢于大声地喊我一声"同志"了，真有一种"解放"了的感觉。

当时我在宁夏日报社农村部搞编采。过去我采写的稿子见报时，若署我的名字，前面就不能署"本报记者"，若署"本报记者"，后面就不能我的名字。现在好了，我采写的消息、通讯，都可以堂堂正正地署上"本报记者高深"了。

我在银川市郊区红花公社（当时的公社相当于现在的乡镇）采访，了解到一些大队、生产队正在积极筹划脱贫致富的门路，有的连夜开会，请老农献计，有的悄悄从外地聘来能人、把式，办起"地下作坊"。像扩大经济作物种植，搞短途运输，把自产的辣椒、西红柿加工成辣酱，开油坊、毡坊、豆腐坊（当时还没有"深加工"和"提高农副产品附加值"的说法），恢复了一些传统的手工业加工等，总之穷日子大家过够了，想出许多力所能及的增加收入的门路。

应该说绝大多数农民是赞成这样做的。反对的声音不多，却有些来头，且相当强烈。有人说这是"不务正业"，"投机倒把"，"弃农经商"。有人说得更干脆，"这就是搞资本主义！"也有人背地里劝队干部，出头的椽子先烂，别忙着搞，看看左邻右舍再说。

我做了一些访问调查，觉得绝大多数农民和基层干部都一心盼望富裕，盼望丰衣足食，不甘心再过穷日子。最后我写了一篇《富了才觉着社会主义甜》，从理论与实践两个方面说明"干社会主义就是让人民共同富裕。越富裕人民才越觉得社会主义有奔头，走社会主义道路越坚定。"这是我"改正"后写的第一篇报道。

我感觉到，农村部对这篇稿子也是有两种反应，但不论赞成或不赞成的，都没有公开表态。看得出来，农村部比较了解农村实际的副主任李维涤、徐世祥等人是支持这篇报道的，但也很谨慎。一般稿子打出小样都交给总编室值班主任或值班的副总编辑审阅。这一次部里直接把小样送给总编辑张源了。张源是延安时期的老报人，先在陕北公学当教师，后来接替诗人李季办《三边日报》。解放后先后在甘肃日报社、宁夏日报社任副总编辑、总编辑，还兼任宁夏回族自治区党委宣传部副部长。

大约过了两天，部领导通知我张源同志让我去他的办公室。我预感到是那篇稿子的事情，可是猜不出是祸还是福。我虽然对自己的稿子挺自信，可是内心里总像有一种说不出的忐忑。心想：刚刚改正，可不敢再惹祸呀！推开总编辑办公室那扇门时，我的脑子一片空白。

张源同志很客气，还给我倒了一杯茶水，问了我几句平常的话题后，便拿出那篇稿子的小样，直截了当地问我："为什么要写这样一篇文章？"

张源同志待人一向很严肃，他这天较为亲和的态度给我壮了胆子，我用最简洁最清晰的语言表达了我写这篇稿子的想法和认识。他一边听一边点头，这对我是很大的鼓励，便又大胆地说："干社会主义，富是理所当然的，穷，是不正常的现象。"

张源听完我的话，什么也没说，拉开抽屉，从里面拿出一份材料，递到我眼前："这是小平同志的讲话，你看看。"

那份铅印材料是小平同志关于社会主义问题的几次讲话，其中一九七八年九月在东北三省视察时讲的几段话最令人振奋，也最值得深思。他说："外国人议论中国人究竟能够忍耐多久。我们要注意这个话。我们要想一想，我们给人民究竟做了多少事情呢？……我们太穷了，太落后了，老实说对不起人民。……社会主义要表现出它的优越性，哪能像现在这样，搞了二十年还这么穷，那要社会主义干什么？"

张源同志说："重要的话可以记下来，不用记谁讲的，心里知道就行了。"

看了小平同志的谈话，我又修改充实了那篇稿子，很快就在一版见了报。后来我做了农村部的副主任，张源同志还破例较早地让我看过小平同志关于鼓励一部分人靠辛勤劳动先富起来的讲话。小平同志的讲话，对我们搞新闻、搞文学的人有很大启发，干社会主义这么多年了，我们得很好地向全国人民回答：

"什么是社会主义？"

"怎样建设社会主义？"

民富国强，才是真正的社会主义；国穷家也穷，那是假社会主义。

（原载《文艺报》2008 年 10 月 16 日）

无能于巧语花言的人

——怀陈企霞

　　今年是陈企霞先生逝世二十周年。作为企霞先生的学生，又因与他有过一段相似的命运（企霞先生生前曾多次告诫我：没有命运，不要相信命运。这里我还是借用了这两个字），这些天思绪万千，想说的话很多，一时竟不知从何说起。

　　企霞老是位资深作家，一九三三年在上海参加左联，同年加入共青团，一九三六年加入共产党。一九四〇年到延安，在社长博古的领导下，协助丁玲编《解放日报》文艺副刊。抗日胜利后，他到华北联大文学系担任系主任兼党支部书记。一九四九年北京和平解放，随部队进京，先是在周扬和沙可夫领导下筹备全国文代会，会后马上投入了筹办《文艺报》，《文艺报》创刊后担任副主编。因为主持编务及日常工作，他经常忙得废寝忘食，虽说累些，倒也心情舒畅。可是做梦都不曾想到，因为工作上的某些分歧，到一九五五年十二月竟被打成"丁（玲）陈（企霞）反党集团"。他不服，又是抗议，又是上《陈述书》，一九五六年六月中宣部终于宣布"'丁、陈反党集团'不能成立，给丁、陈摘去'反党集团'帽子"。天真的陈企霞以为一切都雨过天晴了，还自责不该一度有那么大的委屈情绪。可是不到一年，他又成了右派分子。右派问题改正后，一些跟他资历能力不相上下的人，都比他地位高，他被分配到《民族文学》担任主编。有人说他的职务安排低了，他听了冷冷一笑："陈企霞有什么了不起？把持一个刊物，权力够大了。"知道底细的人则揭他的老底："谁叫他爱抗上？"

　　人们说的"抗上"，实际上也就是爱"较真"。企霞先生为人耿直，襟怀坦荡，遇事从不考虑个人得失，敢于直截了当地表明自己的观点，有时与领导人意见相左，也敢于摆实事讲道理。建国之初第一次文代会刚开完，大会党组开会总结工作，企霞是党组秘书。不知周扬听了谁的汇报，说从河北调来的马少波住房没安排好，因此就给陈企霞扣上一顶"故意违抗命令"的帽子。当时文艺界调进京的人不少，一时很难都安排得周全。企霞讲了实际情况，解释了几句，周扬就拍着桌子嚷道："你这算什么共产党员！"要是别人，领导发火了，不再言语也就罢了。企霞不行，他觉得那么大的领导，怎么一点修养也没有？便针锋相对地责问周扬："你这算什么领导？"所谓的抗上，不外乎就是这一类的"较真"。

有人说，陈企霞脾气大，不好接触，其实不然。一九八一年我到文学讲习所学习，陈企霞是我的校外导师，我每两周去他家一趟，请他辅导。这一年跟他接触最多了。我也是个直肠子，他说了我不赞同的话，有时就冒犯他几句，老头从不生气。比如他生病了，单位的同事买点水果看望他，他不但不接受，还把人家轰出去。我说他："太不近人情了！"他疑惑道："有那么严重吗？"他要求编辑部对作者来稿必须做到"每稿必复"。我说他这是"捡了芝麻，丢了西瓜"。他故作吃惊状地一笑："要是那样，今后还是先抱西瓜吧。"

那时，陈企霞刚从杭州调回北京不到一年，家住在团结湖中国作协家属宿舍，居住条件不好，他总是在一间不足十平方米、无人打扰的小屋接待我。两根"烟囱"，你递一支，我递一支，吞云吐雾，把屋子的氛围倒也熏染得很是融洽。

他几乎不看我的作品，也不大听我谈读书体会，告诉我少听课，多逛街，多聊天。既然学习上没多少谈的，有时我就扯到反右后发配到大西北的一些事儿，他总是摆手："不说那些事情，过去的就让它过去好了，再说有什么意思？"

我说："过去了，也得有个是非，你陈企霞搞'独立王国'了吗？搞'反党小集团'了吗？"

他说："周扬同志已经认错了，他在四届文代会上当众讲的，你们都听见了的：'陈企霞同志有什么问题？只不过他与我有不同意见，我就把他打成了反党集团、右派分子。我现在诚恳地向他赔礼道歉。'人家认错了，你不能得理不让人啊。"

何等豁达！这是一种胸怀。我知道企霞老打成右派后，很快被送到农场劳动改造，从行政十级的工资骤降到只发二十六元钱的生活费，夫人郑重被开除党籍，带着儿女下放到福建乡下的水利工地，子女们受尽了歧视与污辱，弟弟及一些学生、朋友都受到株连。那么多苦难，只一句"赔礼道歉"就统统宽容了。这个一向"较真"的人，在个人得失上，又一点也不"较真"了。

陈企霞从杭州回到北京时已经六十八岁，身体瘦弱，行动迟缓，看上去比实际年龄要苍老些。有一天我见他心情很好，就劝他："你的经历见证了我国文坛两代人的坎坷遭遇，应该写点东西留给后人。"

他不以为然地说："有什么可写的？你不是也经历了吗！"

他不愿意多谈自己，尤其不愿意谈论个人的冤屈，对我说"别总舔自己的伤口"。但是他对中国文坛上的三个人却念念不忘，几次说想为他们写点东西，替他们述说当年受到的不公正待遇，记述一些鲜为人知的历史真相。他们是王实味、丁玲、萧军。王实味的《野百合花》，丁玲的《三八节有感》，都是经陈企霞之手在《解放日报》文艺副刊上发表的。后来批判这些文章时，要追究责任，多亏博古同志挡驾，他说："文章都是我签发的，要追究责任，首先是我的责任。"博古同志挺身而出，使陈企霞免遭了一场劫难。听企霞老说了这件事，使我对博古的人品也有了新的认识。

卸下了心灵的重负，重新回到工作岗位，企霞老本想把憋了二十多年的劲头都拿出来，可是时代变了，他的身体也不给他做主，往往力不从心，加之他的思维方式和工作方法，也常有不适应之处，单位上的事情也不省心，所以"不如意事常八九"，晚年的心境并不舒畅。他离开这个世界时，仍然有所彷徨，这正像他在一首诗中所吟咏的：

我曾向大海谈论小溪

大海对我咆哮

怒斥我"看它不起"

我曾向小溪描述海洋

小溪对我讪笑

嘲弄我"荒诞夸张"

这一个要讳言自己来历

那一个不想知自己去处

我彷徨无地，自认是笨拙糊涂

愿你日日夜夜怒涛汹涌

愿你年年月月细水长流

（原载《文汇报》2008 年 4 月 14 日）

歌者无悔

秋天。收获的季节。战争年代也不例外。

一片一片的稻谷，全低垂下头，感恩大地；树上大个头的橙子熟了，染一树金黄；小不点的枣子也熟了，抹一树紫红。然而这个秋天最大的收获却不是这些。

那是一九四九年九月下旬，我们铁道兵团二师（其前身为东北民主联军回民支队，再前身系抗战时期的渤海回民支队），奉命从广东坪石返回离开不到半年的湖南衡阳。司令部、政治部和宣传队又进驻了衡阳铁路局大院，各团则开拔广西，驻扎在柳州一带，准备抢修来宾至镇南关一段的"来镇段铁路"（镇南关现为友谊关）。

一住下来，宣传队继续投入大型话剧《李闯王》的排练，同时还演练一些喜庆欢快的小型节目，都是为迎接即将诞生的人民共和国。

九月二十七日那天排练结束时，马文忠队长宣布，宣传队要出一期壁报，主题是庆祝中华人民共和国诞生，写诗、写散文、回忆都可以，谁写就到韩干事那儿领稿纸。

在这之前，部队已经得到消息：十月一日，北京将举行隆重的庆祝大会，并有海陆空三军阅兵式，届时毛主席将在天安门城楼向全世界宣告：中华人民共和国诞生！中央人民政府成立！

那年我十四岁，已经参军三年多了。虽然参军前我没跨进过学校的门槛，可是宣传队成了我学习的课堂，队长马文忠找到半部《水浒》，叫我拿它当"课本"，请全队识字的人当老师。一年半以后，我认识了三千多个汉字，读了一些诗歌、小说、民间故事。宣传队的几个"大知识分子"，看了我给母亲写的信，都说："小高'初中毕业了'。"这句话对我鼓励很大，壮了我写作的胆子。那天我也跑到韩干事那儿领稿纸，想写一首歌颂共和国的诗。

韩干事见我也来领稿纸，很不理解："你领稿纸干啥？"那时候白纸都很稀罕，稿纸就更难得一见了。

我怕别人听见，贴近他耳边小声说："我想写一首诗。"

"什么、什么……？"韩干事一口气连说了几个"什么"，翻起眼珠瞅了我好一会儿："你不是说梦话吧？那诗歌，是谁都能写的？乱弹琴！"

我一腔热情，被韩干事兜头泼了一盆冷水。

诗也是人写的，我为什么就不能写？我不服气，攥着小拳头跟韩干事争辩："你太小瞧人了，凭什么我就写不了诗？我读过那么多的诗，艾青的、田间的、李季的、马凡陀的、毕革飞的，怎么不能写？"

韩干事没料到我还有这一手，有点蒙了，不过他很快就清醒过来，考问似的问我："你读过李季的什么诗？马凡陀？我咋没听说有这么个诗人？"

我扬扬得意地告诉他："我读过李季的《王贵与李香香》。马凡陀嘛，那是他写'山歌'骂国民党用的假名，真名叫袁水拍，是当代有名的诗人。"我心里说，你不知道的诗人还多着呢！

韩干事无可奈何，很不情愿地数了十张稿纸，并警告我："先找废纸打底稿，写好了再往稿纸上抄。写不出来，就别硬憋，把稿纸交回来，不许拿去写信。"

韩干事太门缝里瞧人了。临走时我不冷不热地给他撂下一句："您放心好了，没有金刚钻儿，我也不敢揽那瓷器活。"

其实说完这话我就后悔了。在广东坪石时我借到一本《唐诗三百首》，虽然大部分字都能认下来，可是诗中的意思不太懂，有些字还认不全。

不过我有一股子犟劲儿，不管干啥，越是别人瞧不起我的，我偏要做出个样来给他看看。韩干事的话，无疑伤了我的自尊心，可也"激将"了我。

那两天我悄悄翻遍了能看到的军、地各种报纸，想找点参考材料。可是还没到"十一"，既没有关于国庆的新闻，更没有欢庆建国的诗文。

宣传科长简群，老燕京大学毕业，学生时代就发表过新诗。他听说我要写《共和国颂》，就把我叫了去，一见面拍着我的光头，说："有出息，大胆写。不用看别人怎么写，你就把自己心里想的写出来；把回民支队战士对新中国的情感、心里话，都说出来，就是诗。"

于是，"表达自己的心声"就成了我最初的"诗歌理论"。

太多的感受，太多的激情：想到了家乡、母亲、牡丹江（参军的地方）、天安门广场，也想到了土地改革（一九四七年我在回族地区搞过土改，当儿童团长）、辽沈战役、南下抢修淮河大桥（我被漏排的地雷炸伤），还想到了牺牲的战友沙金学、韩大姐……万千思绪，不知从何处落笔。直到"十一"当天，听到收音机里传来毛主席的声音："中央人民政府成立了！"才灵光一闪，一下子找到了兴奋点，马上在椅子上铺开稿纸，蹲在地上写起来：

> 心潮像海涛不能平静，
> 笑脸像朝阳似的绯红；
> 中国人伸直弯弓一般的脊背，
> 铁锤与镰刀唱出铿锵的歌声。
> 一位用兵如神的伟人，
> 以很重的湖南口音向世界宣告：
> 中华人民共和国诞生！
>
> 从此四万万各族人民做了主人，
> 所有的权利都属于百姓。

农民挑起丰衣足食的重担，

工人开足马力机声隆隆；

保卫共和国边疆海疆和蓝天的，

是走过万里长征的子弟兵！

我这首诗，不仅上了宣传队的壁报，还登到师政治部办的油印小报《南进报（号外）》上。从此，韩干事对我刮目相看。简群科长一见我就笑呵呵地喊"小诗人"。他还郑重地报告给我的父亲："你们司令部知道不？咱们二师宣传队，有个回族小诗人与共和国同一天诞生了！"

真的，自共和国诞生的那天，一颗"诗人"的种子就埋在我的心头。若干年后，我真的成了一名诗人，一九五六年出席了中国作家协会和共青团中央联合召开的全国青年文学创作者大会，至今已出版了七部诗集和六部长、中、短篇小说与杂文随笔集，《中国少数民族新文学大系·诗歌卷》《建国五十年诗选》《二十世纪新诗词典》《二十世纪中国新诗分类鉴赏大系》《与史同在》《诗刊五十年诗选》等多部新诗选集都选了我的诗；先后四次获得由中国作家协会和国家民委联合颁发的"骏马奖"。

一九八一年我写过一首《我默立在海瑞墓前》：

不是因为你是回回／我才对你特别敬爱／因为你给回回民族／留下了为官的清白／／不是因为你是清官／我才对你特别崇拜／因为你给中华民族／留下了由衷的信赖／／我千里迢迢跨过南海／不是只为了一次默哀／要向回回民族的历史／借鉴一些做人的正派。

这首诗被"九叶派"老诗人辛笛编入《二十世纪中国新诗辞典》，并有如下评语："此作是对做人的深沉思考和探究，显示了诗人对人生底蕴的深刻理解和豁达态度……"又说："因为你给中华民族／留下了由衷的信赖'，这是诗人精神境界的逐级升华，从种族、从为官清白而提高到华夏民族的高度对海瑞表示由衷的崇敬。"

我的诗记录了共和国六十年的足迹，也记录了一个回族诗人的成长历程与命运。这六十年，是中华民族的一个伟大复兴的时代，有灿烂的阳光，也有风雨阴霾；有华夏崛起的欣喜，也有众所周知的隐痛。我曾为这个时代歌哭，祖国没有亏待一个曾是胸无点墨的"红小鬼"，"小鬼"也不曾辜负祖国的栽培。我写下的每一行诗，不论是激情的赞美，如《中国，是一座高山》，或是辛辣的鞭笞，如《给官僚主义者》，都是一个回族诗人献给共和国的一颗赤诚的心，也是为祖国六十年艰辛步履立下的路碑。

六十年，人生的一个甲子，不论诗歌给我戴过荆冠或是桂冠，我都无怨无悔。正如著名诗人雷抒雁在《旗帜上的风——读高深的诗》中所说：

今天，当我重读高深的诗歌时，喉咙里有一种灼热感。我们骄傲，在需要勇气呐喊的时期，我们不曾逃避。

那旗帜上拂过的风，是呼唤他永不放弃的诗情，是激励他永不沉沦的人格，是支撑他永不堕落的正直……依然是战士的品质。

孕育着新中国的解放战争，是参与者毕生的记忆。新的征途、新的使命在召唤，作为一名老兵，"不负满头苍白发"，只要一息尚存，我的诗还将"是受伤老兵手中／倒下又扶起的旗帜"！

（原载《中国诗人》2009 年第 3 期）

劝夫

西北风嗖嗖地刮着，街上的行人稀稀落落。我走了半个多小时，打听了几个人才找到了青年车工赵英岐的家。

这是一间矮小的平房，坐北朝南，阳光充足，屋子不大，倒很清洁。房中央放着一台崭新的缝纫机，墙上挂着照片和一些宣传画。屋里没有大人，只是炕上熟睡着一个白胖的娃娃，大概这就是赵英岐常向人夸耀的那个又灵又乖的"大女儿"。

不多时，一个年约二十四五岁的妇女和一个小孩抬着一桶水进来了。她把水倒在缸里以后，朝我打量着，还没等我向她介绍，她倒先猜透了。原来昨天赵英岐已经把今天有人来访的事儿向他的爱人罗敏讲了。

"听说赵英岐干得不坏？"我问。

"是。比过去好多了。"她慢条斯理地说。

"这是由于你的帮助吧？"

"人家自己进步了，有我啥！"她腼腆地笑了。

"厂里的同志都这么说呀！"

"他们愿意那么说呗！"她把头发往后撩了撩说，"其实咱一个家庭妇女能懂个啥呀！"

我们沉默了几分钟，屋子显得特别静，静得使人发窘，只有那马蹄表在清晰地"嗒——嗒"地响着。于是我找到了话题。

"听说买这台表你们还吵过架，那是因为啥呀？"

罗敏见我又谈起家常事来，比刚才自然得多了。她回答得不慌不忙，很有条理。

"那是一九五五年秋天的事。那时候我们结婚还不到一年。他每半个月只能发十六七块钱，日子过得挺紧，就是省吃俭用，每个月也总是不够花……有一次发了薪金，我提出买台表，他死活不同意。"

"你怎么想起买表来呢？"我问。

"还不是因为他早晨爱睡懒觉，你要召唤他就跟你喊，'忙什么？离上班还早着呢！'可是我偷着向邻居打听，人家都说他每天迟到。我问他，他还瞒我说'很少迟到'。再不，就拿没有钟表作借口。我寻思要是有个表，到时催着他上班不是好一些吗？谁知道他就是死活不同意买。"

"那么，后来怎样了呢？"

"后来我一想他说得也有道理，半个月才发那么点钱，要是买了表，日子还过不过呀！这样我就下决心零攒。"她喘了口气说，"从那以后，明明家里没有买菜，我也说买了二斤土豆，或是买了几块豆腐。这么每天一角、两角或者几分，攒了六七个月就攒了十来元，正好又赶上发薪金，我就又凑了两元，到街上买了这台旧表……英岐回家一看桌上添了台表，把他吓了一跳，冲着我说：'看你，到底买了这玩意儿，我看这半个月的生活怎么过！'我一看他真急了，赶快把实话告诉他，他一听乐了，把表放到耳朵底下听，拿到灯下看，一个劲地说：'太好啦！太好啦！'"

"有了这表以后他还迟到不？"

"不了，从那以后再也没迟到过。"

"再也没有迟到过？"我心里有些怀疑，因为在一九五四年以前赵英岐还是一个专心跳舞、不爱生产、常常违反劳动纪律的青年工人。那时候，差不多有三分之一的夜晚，他是伴着通宵的舞曲在舞场里度过的；往往当太阳快要升起来的时候，别人随着汽笛声朝气勃勃地阔步走向工厂，然而赵英岐却懒洋洋地拖着沉重的步子，低头看着脚背迈进了家门；或是正站在机器前打着瞌睡。上班迟到、早退甚至旷工，在当时，赵英岐已经成了习惯。

车间的领导人不知道对赵英岐进行了多少次的教育都没有效，

一台马蹄表能改变他迟到的习惯吗？可是罗敏几句话就打消了我心里的怀疑。她说："起初他倒没理会我买表的意思，人家邻居们都跟他说，'赵英岐呀，你要是再迟到可对不起你媳妇了，她省吃俭用攒下钱买了这台表，为了什么？不就是为了有个钟点，你上班好不迟到吗！'人家都这么说他，他就是石头心肠，还不开开缝呀！有一天他跟我说：'罗敏，你瞧着吧，从今天起我保证再也不迟到了。'真不错，第二天早上，人家没等我召唤就起来了。不怕您笑话，这还是我和他结婚一年多来他头一次起得早呢！哪知道过了几天又不行了，起一回床也得看十次八次表，早一点也不起来，非磨到再不起就迟到了的时刻才起来。我看他这样，就想了个办法骗他，每天都把表往快拨三十分钟，这样他靠到点起来，到厂子还余三十分钟。时间长了，等他知道了这事，也养成了早起的习惯了。"

谈到她对赵英岐的帮助，罗敏接着说："从前我有时也和他讲些学来的道理，可是他不听。我要是一说让他争取做个先进生产者啥的，他总是有十句八句话等着我。可是我有一次给他织了一件背心，说了他几句，他眼圈都红了。第二天就对我说：'罗敏，你瞧着吧，从今天起你一定能有一个先进生产者的丈夫。'"

我问："这究竟又是因为什么呢？"

"是这么回事儿，前年六月，我看他挺热的，就给他织了个背心，人家买的背心上面都有字，我也想钩几个字在上面，可是钩啥字呢？我琢磨好几天决定钩'青年'这两个字。那天他下班回来，我没等他吃饭就把背心拿给他看，他连看也没看，接过去就套在身上，试一试挺合身，美滋滋地说：'太好啦！太好啦！'我说：'你别嫌字钩得不好看就行。'他低下头仔细看了看背心上的字：'唉！你干啥费这么大劲钩两个字呢！'我说：'我本来还想再钩上"先进"两个字呢，可惜穿它的人还不是先进青年。'我本想他一定还会像以前一样，半开玩笑地说：'我不是先进生产者不也挣三十多元嘛！'哪想他倒发了脾气，把背心脱下来，使劲往炕上一摔，说：'告诉你，今后少拿疙瘩话堵我！'结果那天他连晚饭都没有吃就躺下了。

"这一闹我也怪不好受的，心里又气他又疼他，气他不知道好歹，人家希望他走好道他还跟人家火了；疼他白天干了一天活，回家来又闹了个不痛快，还没吃饭，要是急病了……怎么办呢？我惹的还得由我劝说呀！

"那天晚上我把心里话都跟他说了，我说：'我跟你结婚抱着很大希望，倒不是希望你多挣些钱，而是希望你能够好好工作，让人家背后都说咱个好。可是你不争气，人家谁提起你来都说你不好好工作，爱跳舞，完不成任务。听了这些话我真脸红。你想，如果别人当着你的面说我不会过日子，泼米撒面，你能不着急吗？可是不管别人怎么说你，我从来都是对你一个样，总寻思你不会老这样，从前自己一个人的时候没人疼你也没人管你，免不了任性；现在有家了，岁数也大了，慢慢会好的……咱们挣钱少不够花，我从来不跟你提这些；有时咱们生活越紧，我在你面前越特别高兴，怕你挂着家，干活不称心。有困难我自己背地里掉眼泪，也不向你提一个字儿，为你上班干活能吃饱，家里怎么没钱也想法给你弄点好菜。可是我在家，除了星期天，成年也不吃一顿菜。为什么别人计件都能超额，偏偏咱们就完不成任务呢？都是一样的人，咱不兴卖卖力气干出个样子来！……'我说呀说的，足足说了两个钟点，说得他眼圈红了，掉下几颗泪珠，看样子那天他真难过了。可是他什么也没说，只是紧紧地握着我的手……

"第二天一下班他就回来了，进门冲我说：'罗敏，你瞧着吧，从今天起，你一定会有一个先进生产者的丈夫！'他说完笑了。我心里说不出是高兴还是难过，挺快乐却又要掉眼泪。他看着我说：'罗敏，我说的是真话。今天俺们党支部书记跟我谈了一次话……他没跟我讲大道理，可是我觉着句句都是理。'"

"那么，赵英岐到底当上先进生产者没有？"

"当上了。去年四月就当上了车间的先进生产者。听说这回又评上全厂的先进生产者啦！"说着，罗敏又有点腼腆起来。

时间已经不早了，夕阳西下，这时小屋渐渐有些寒意，我随便地问了一句："这屋里晚上冷吧？"

"冷点儿。可也不算太冷。"

"为什么不生煤炉子呢？"

"想生，可是没有通过。"

"谁没通过？"

"英岐不同意，我也不同意，我不同意是为了省钱，人家不同意说是为了给国家节约用煤。"

"好呀！你们想得还挺全面哩！"说到这里，我忽然又想起了一件事，"现在生活怎么样？"

"好多了。"罗敏的眼里闪着光，"他工作好了，工资也多了，你看，家里买上了新缝纫机，他骑上了自行车；除了这些还有棉衣、被子……都是里面三新。"罗敏越说越高兴，她那多少有些苍白的脸，也高兴得红润起来。

在归来的路上，我不住地思念着：在社会主义建设中，人人都在作贡献，其中也有那些朝夕从事家务劳动的家庭妇女。

（原载《人民日报》1957 年 3 月 5 日）

润物细无声

　　作为鲁迅文学院第二届高级研讨班（主编班）班主任，我翻阅着学员们一篇篇洋溢激情和数点收获的学习总结，喜悦之情油然而生。往日那些虔敬听课的神态，那些聚精会神研讨的场面，那些渴望知情和求是的社会考察活动，一幕幕掠过眼前，再现了鲁院生活的五光十色。

　　这一届学员普遍认为：鲁院一以贯之地邀请在各个学科堪称"经典"的教授学者为学生授课的做法，是中国任何一所大学无法企及的。鲁院所设课程为学生打开的思想视野除了广阔之外，它还是一种文化胸襟和人文品格的熏陶，它是一面卓尔不群的教学旗帜。它让学生从各个领域汲取养分，从各个学科获得改革开放之后前进的中国感性和理性的认识。这一届高研班除了有文学和办刊课程外，还开设了政治、经济、军事、法制、气象、音乐、舞蹈、美术、影视等各领域各门类课程。鲁院强调现代姿态，倡导理论与实践相结合。刘元举说："我喜欢鲁院不拘一格的课程安排。"《天涯》副主编王雁翎写道："坐在宽敞的教室上课，'百科全书'般的知识源源而来，注入心中，不时还有窗外阵阵鸽哨掠过，我深感自己幸福得几近奢侈。"《西南军事文学》副主编王曼玲在总结中说："大师自有大师的魅力，他们不仅给我们传递了最新的学术信息，还有助于我们与时俱进地树立新的观念和理念。"现代社会越来越趋向于学习型社会。全民学习，终生学习，是我们飞速发展的时代对每一个人的要求。学员们深感来院学习三个多月，是一次极好的充电机会，是充实后半生事业的加油站。难怪有那么多学员克服种种困难而实现了全勤，有那么多学员在结业离院之际依依不舍。

这一届高研班另一个突出成果是以该班为主体、邀请部分全国知名文学期刊参加，成功地高质量地承办了"全国文学报刊改革与发展"研讨会。许多同学早在去年九月就着手调研、学习文件、查看资料，举行小型座谈，准备撰写论文。《山东文学》主编许晨概括了这一过程："经过学习思考讨论，最后成功地召开了全国文学报刊改革与发展研讨会。我深深感到收获巨大，观念得到了全面更新，从一个原来只想依赖政府资助，到坚定地认为文学期刊最终应该面向市场、面向大众，才有出路。虽然文学期刊具备一定的公益性事业单位的性质，应该得到社会的某些关照，但改革是大势所趋。"《人民文学》编辑程绍武在总结中评价了关于文学期刊改革方面的课程："张胜友先生讲的《文学与市场》，从文化体制改革的大背景、必然趋势、文学存在的理由和文学期刊的生存状况与发展前景等，为我们理清了思路，使大家认识到改革的必要性和迫切性。"来自云贵高原的禄琴在谈到听课体会时说："转型期，研究市场把握市场是一门学问；文学期刊缺乏的是有经济头脑的经纪人，在市场竞争中，我们需要的智慧是善于发现市场的空当，拾遗补缺，亮出自己的特色，不重复别人。"文学期刊改革的先行者、《小小说选刊》主编杨晓敏说："以我国加入世贸组织为标志，国外的文化产品将随着他们文化产业的开发而涌进国门。面对这种形势，我们无须胆怯，而是要出色地打造自己的品牌，使自己的文化产品在瞬息万变的文化市场中，占有一席之地。"杨晓敏从自身的改革实践中体会到："要培植有效的发行渠道，《小小说选刊》在全国建立了数百个发行销售网点，星罗棋布，从刊物印出到发至读者手中，最早的是当天，最迟的也不过一周。"应该说，鲁院这一届的教学安排是紧密地围绕着党的十六届三中全会提出的要加快文化体制改革步伐进行的，"全国文学报刊改革与发展研讨会"的召开，是这一届高研班教学的重要成果，它还形成了良好的严谨的学术风气，研讨会是理论联系实际的成功懿范。

　　听课使人充实，研讨使人机敏。结业之际，学员们最后一次小坐于聚雅亭；最后一次走进专家学者传道授业的教室；人们开始收拾行装，数点硕果；彼此含泪拥抱。我这个早已习惯了常来常往的过来人，也不由得一阵心酸，依依惜别。

　　"再见了，朝夕相处的兄弟姐妹！再见了，为我们付出了辛勤劳动的师长！再见了，我们永远的精神家园——鲁院！"《创作评谭》主编梁琴道出了四十八位学员的心声。

（原载《文艺报》2004 年 2 月 1 日）

唐宋诗话（四则）

数枝不为"早"

古往今来，"一字师"的美谈不胜枚举。唐代一段改诗佳话，今日读来，仍获益匪浅。

诗人齐己写了一首《早梅》：

> 万木冻欲折，孤根暖独回。
> 前村深雪里，昨夜数枝开。
> 风递幽香出，禽窥素艳来。
> 明年如应律，先发望春台。

这首诗语言清丽，笔意含蓄，刻画出梅花迎风斗雪的品格和素雅清润的姿色。诗人很是得意，觉得是咏梅诗作中的上品。一日，他带着这首《早梅》去拜会当时的著名诗人郑谷。郑谷吟诵再三，连连叫好，最后却说："只需改动一字，便是不可多得的好诗。"

齐己好奇地问道："改哪个字？"

郑谷笑答："既是《早梅》，全诗就要突出这个'早'字。你写'前村深雪里，昨夜数枝开。''数枝'显然已花满枝头，与'早梅'不大相符。如将'数'字改为'一'字，'昨夜一枝开'，岂不显出众花未发，一枝独放，足见其'早'。如此才不失为《早梅》。"

齐己听罢郑谷的精辟见解，顿开茅塞，佩服得无以复加，拱手拜道："一字师，一字师。"

古代文人中相互切磋，虚心求教者尤多。北宋著名诗人范仲淹写过一篇《严先生祠堂记》，其中有句赞美严先生品格的词句："云山苍苍，江水泱泱，先生之德，山高水长"。范仲淹对这四句很是有几分自鸣得意，不料一个叫李秦伯的人却提出异议，他认为"先生之德"的"德"字，过于直白，与上句的"云山""江水"也不匹配，不如改成"先生之风"更为妥切。范仲淹觉得"风"字确比"德"字更有蕴涵，更具神采，欣然接受。

元代回族大诗人萨都剌，诗风清丽幽婉，他在一首诗中写下这样两句："地湿厌闻天竺雨，月明来听景阳钟。"一时成为佳句，人们争相传抄吟诵。此诗传到山东，一位齐鲁才子却不以为然。他以为："地湿而闻雨，月明而听钟，钟可听雨则以不闻为好，'闻'与'听'，其意雷同，也略显俗气。"他建议把"闻"字改成"看"字，即"地湿厌看天竺雨"。他还找到出处，唐人诗中就有"林下老僧来看雨"。萨都剌点头称是，心悦诚服。

俗眼不识君

宋之问是唐中宗李显时的修文馆学士，也是当时诗坛的风云人物。他先谄事武则天宠臣张易之，后趋附武三思，终因主持贡举受贿，贬为越州（今为浙江绍兴）长史。赦免后，以诗为乐，以酒为友，浪迹天涯。

一个天高云淡的秋日，他来到素有"天堂"之誉的杭州，信步走进灵隐寺。这座寺院颇有一些来历，当年印度僧人慧理，游览西湖西北面的武林山时曾惊叹："此天竺国灵鹫山之小岭，不知何年飞来？佛在世日，多为仙灵所隐……"于是就在此处修建了灵隐寺，"飞来峰"也由此得名。这灵隐寺的地理位置得天独厚，登楼可见沧海，出门即听江湖，加之寺内典雅的建筑风格、如诗如画的自然风光，使宋之问流连忘返，决定在寺内小住几日。

是日入夜，如水般的月光荡漾在山林溪流之上，朦朦胧胧的景色，像披着一方薄纱的下凡仙女，半含半露，妖媚妖娆。宋之问闲庭信步，如入梦中。

在苍松翠竹之中，他踏着清澈的月辉，呼吸着满院花香，于略有凉意的夜风中，信口吟道："岭边树色含风冷……"

这是触景生情偶得的诗句，诗人虽自觉颇有韵味儿，却因缺少整体构思，后面的句子苦苦接不下去。他边思考边行走，竟然步到大雄宝殿门前。宋之问借着微弱的烛光，但见殿内的蒲团上端坐着一位和尚。和尚见了宋之问，不无挖苦地说："信口吟诗，风光就在嘴边，何苦搜肠刮肚？"

宋之问听了吃惊不已：当下诗坛，除了王勃、杨炯、卢照邻、骆宾王之外，我宋某也算个才子，这和尚怎敢取笑于我？他又一转念，压下了火气：这和尚或许是一位高僧，或许听了我的上句，他已经续好了下句，我何不上前领教。

宋之问礼下于人地问道："莫非师父也是诗家？"

老和尚笑答："贫僧虽非诗家，倒也略晓音韵。"

宋之问半信半疑："晚生愿听教诲。"

和尚说："你诗的上句是'岭边树色含风冷'，我为你续上'石上泉声带雨秋'，你看如何？"宋之问赞不绝口，心想：此老僧绝非等闲之辈。

他白日见灵隐寺山势高峻，树木葱茏，背山面水，想题一首诗留念。不料一时灵感短路，只想出开头两句："鹫岭郁岧峣，龙宫锁寂寥。"往后就写不下去了。今夜幸遇高人，如鱼得水，便鞠躬求教。

和尚听罢他的开篇两句后，稍作酝酿便说：

"楼观沧海日，门听浙江潮。"

宋之问问中获佳句，拍手叫绝，连连赞叹高僧独具慧眼的发现和有声有色的描写。于是他灵感闸门大开，当夜续就全篇：

鹫岭郁岧峣，龙宫锁寂寥。

楼现沧海日，门对浙江潮。

桂子月中落，天香云外飘。
扪萝登塔远，刳木取泉遥。
霜薄花更发，冰轻叶未凋。
夙龄尚遐异，搜对涤烦嚣。
待入天台路，看余度石桥。

这就是宋之问留给后人的名篇《灵隐寺》。诗人在高人指点下，把一个寺院描绘得气宇轩昂，雄伟壮观；同时也刻画了它的幽雅野趣与临霜愈艳的奇丽。次日，宋之问想留在高僧身边，拜为师，朝夕请教，不料高人已不知去向。经打问，方知那高僧正是"王、杨、卢、骆"中的骆宾王，因兵败于灵隐寺削发出家。宋之问为自己未能与老诗人深谈而遗憾，悔恨中仰天长叹："仙人在眼前，俗眼不识君。"

意尽不续貂

祖咏是王维的诗友，一生未仕。他的诗多写山水自然，与韦应物的诗歌风格相近。据宋人计有功的《唐诗纪事》记载，他所以"一生未仕"，与诗有关。

唐玄宗的某一年，朝廷考试举子，主试官出的诗题是《终南望余雪》。前来应试的知名诗人祖咏拿到卷子后，仔细揣摩了诗题的画面和意境：一场雪后，天霁云开，长安城里和城外的平野，雪已融化，只有长安对面的终南山尚有积雪。终南山距长安三十公里，人们在城中可遥望余雪。长安位于终南山之北，望山只望见北坡，即终南山的阴面。

祖咏推敲再三，对《终南望余雪》已胸有成竹，便秉笔疾书：

终南阴岭秀，积雪浮云端。
林表明霁色，城中增暮寒。

祖咏写罢这四句后，觉得已经意尽，再写便是多余。

当时朝廷的试帖诗有规定格式，且只许用官韵，一般试卷必须写满四韵（八句）方成篇。主试官见祖咏只写了两韵（四句），不符合殿试规定，要求他写满。祖咏再三审视自己的答卷，觉得四句诗已经把诗题的意思表达完美，再加一字即是累赘，仍坚持搁笔交卷。

祖咏这次应试，破坏了殿试规矩，自然是榜上无名。但是，他的《终南望余雪》，却为历史所肯定。那些被考试官视为"合乎规格"的"佳作"，不曾在诗坛留下任何痕迹，没有人能记得一句，而祖咏不合"规矩"的《终南望余雪》，虽仅四句，却成为传世之作，流传千古，至今仍被人们咏诵。

一字见功力

宋时有个陈舍人（"舍人"系官名），偶得一册《杜甫诗稿》，如获至宝，只是书已破旧，有的诗墨迹脱落，个别字已经很难辨认。有一首《送蔡都尉》，其中"身轻一鸟'□'，枪急万人呼"。鸟后面的字看不清楚，他想补上这个字，思考良久，却想不出补什么字合适。

有一天，几位诗友来他家喝酒，陈舍人说起"补诗"一事，几位友人都挺有兴趣，你填一字，他补一字，八仙过海，各显神通。有的填"身轻一鸟疾"，有的补"身轻一鸟度"，也有的填"一鸟落"，也有的补"一鸟起"。一伙人，推敲过来，比较过去，众说纷纭，觉得都不太合适，没有一个字是大家认同的。杜工部这首诗的原字到底是个什么字呢？

过了许久，陈舍人终于借到一部完好的《杜工部集》，翻到《送蔡都尉》这首诗，原来鸟字后是个"过"字，"身轻一鸟过，枪急万人呼"。这个"过"字活灵活现地表现了蔡都尉行动机敏，动作快捷，就像一只鸟从人们眼前闪电般飞过。

在我国诗史中，类似典故不少，像贾岛的"僧'敲'月下门"，王安石的"春风又'绿'江南岸"等。宋朝苏东坡的妹妹苏小妹也给大诗人出过这类难题。

据传说，江西诗派掌门人、"苏门四学士"之一的黄庭坚，有一次到苏东坡家做客，两位大诗人饮酒论诗，兴致极浓，不一会儿苏小妹也走过来凑趣儿。她说："我这里有八个字：'轻风细柳，淡月梅花'，每节加一个字，你们看加什么字好？"

苏东坡想也不想地说："这还不容易，'轻风摇细柳，淡月映梅花。"黄庭坚听了连连叫好："这两个字添得好。"

苏小妹却不以为然："我看添得太俗，若是这两个字，还犯得上劳驾两位大诗人？"

苏东坡也觉得是这么个理儿，若是这两个字，怕是学童也添得来。他又想了几个字，都被苏小妹摇头否定了。

黄庭坚见师兄败了阵，也不敢再贸然多嘴，只好请苏小妹谈她自己的高见："解铃还得系铃人，请师妹自添吧！"

苏小妹客气地说："我添的也不见得好，说出来请二位指教；我以为添'扶'和'失'字。'轻风扶细柳，淡月失梅花'。"

二位诗人豁然开朗，连连叫绝："好！一'扶'一'失'，果真把轻风、细柳、淡月、梅花都写活了。真是一字千金。"

（原载《诗潮》2007 年第 4 期）

一个诗人与一条河流

　　我是一九九一年六月率中国作家代表团出席柏林第二届华文学研讨会时认识台湾诗人席慕蓉的。在这之前中国大陆出现了好一阵子席慕蓉热，席诗在大陆拥有众多的中青年粉丝，尤其一九八九年，说中国诗坛是"席慕蓉年"并不为过。

　　正是由于这个背景，我对素昧平生的席慕蓉怀有很好的印象与敬意。席慕蓉也很友好，送我一册她出版的第一本诗集《七里香》，并在扉页上工整地写下："高深文友赐正：慕蓉敬赠一九一一年六月九日于柏林"。有一位杂志社的编辑见了这册有作者签名的《七里香》，又见我在一些书页上写下若干阅读时的感受，就约我写一篇关于席慕蓉及其诗歌创作特色的文章。当时有关席慕蓉的文章已经不少，我不想凑热闹，就婉言谢绝了。如今席慕蓉在一些诗人与读者心中渐渐淡漠，我倒觉得有必要结合时下诗坛谈谈这位诗人及其诗作。

　　以前只知道她是学绘画的，她的诗作虽也东一首西一首地读过一些，却不曾买过她的诗集，所以对这位诗人和她的诗作没有太深刻的了解。《七里香》一书，有台湾散文家张晓风女士写的长篇序文，帮助我认识了作为诗人的席慕蓉。她是蒙古族，原名叫穆伦席连勃。"穆伦"就是大江河的意思。在柏林开会时，她半是欣慰半是抱愧地告诉我，她曾经画过一幅自画像，背景就是一条大河，遗憾的是她以前还从来没有见过作为自画像背景的这条西喇穆伦河。

　　当年席慕蓉在大陆最火的时候，我的一位写诗的朋友不无羡慕地说："没有哪个竭诚侍奉缪斯的人像席慕蓉那样于不经意中，突然得到缪斯的如此青睐与厚爱。"这话很吻合席慕蓉自己的感觉，她说她对于绘画一直是主动地去追求，热烈而又严肃地去探寻更高更深的境界，而对于诗歌，从来没有刻意地去做过什么努力。她只是安静地等待着，在灯下，在芳香的夜晚，等待它来到自己的心中。她说："这些诗一直是写给我自己看的，也由于它们，才使我看到我自己。"说得真好，只有是自我的，才可能是充满人情味的。真正的自我，总是具有征服人心的力量。这或许正是席慕蓉成功的所在。

我通读了诗集《七里香》，产生一种感觉，席慕蓉的诗不为文学，不为时尚，不为忧患，不为感动，只为向自己的心灵倾诉，只为对她爱着的生活的那份痴迷与颖悟，只为那条流淌在梦中的西喇穆伦河，只为道出很真的心很纯的情很平凡的人性。无心插柳，且赢得了广大的读者群。真正的诗人是谦卑的，他知道诗是什么，他知道诗应该从血管里流出来。今天，不少人还在为中国的新诗诊脉，也有一些高人已经开过若干药方，均收效甚微。我看不妨借鉴一下席慕蓉的创作心态及文本。

我在另一篇短文中说过："技巧已经无力举起诗歌的旗帜。"《七里香》中的许多诗都写得随意而流畅，比如只有七行的《乡愁》："故乡的歌是一支清远的笛／总在有月亮的晚上响起／／故乡的面貌却是一种模糊的怅惘／仿佛雾里的挥手别离／／离别后／乡愁是一棵没有年轮的树／永不老去"。好像看不出任何技巧，用"模糊的怅惘"，抒发一个远在他乡的诗人的感慨，而当年的旧梦，仅仅"是一支清远的笛"，乡愁是没有时间符号的，所以"永远不老"。没有技巧或许就是最优秀的技巧。

还有《狂风沙》《出塞曲》。席慕蓉的祖籍在内蒙古，她总认为风沙起处就是她的故乡，所以"风沙起时乡心就起／风沙落时乡心却无处停息／寻觅的云啊流浪的鹰／我的挥手不只是为了呼唤／请让我与你们为侣划遍长空／飞向那历历的关山"。而在《出塞曲》中，诗人梦想跨黄河，越阴山，骑马归故乡。其中有这样四行："那只有长城外才有的清香／谁说出塞歌的调子都太悲凉／如果你不爱听／那是因为歌中没有你的渴望"。对的，凡事一有了"渴望"，就来了情绪，苍茫变得坚实，悲凉变得高亢。精神力量之所以有时战胜物质力量，就在其思想和行动都受着"渴望"的鼓舞与支撑。

对人类，席慕蓉永远怀着温柔的体验和诚挚的感情，她把诗的文采与技巧都融入到爱心和热情之中。这样的真心真情与平凡的人性，唤醒了读者天性中潜藏着的许多美好的感觉，像《悲歌》《青春》《时光的河流》《命运》《隐痛》等诗篇，让读诗的人因触摸到生命的底蕴而感动得流泪。这些就是席慕蓉的诗受到社会广泛喜爱的根本原因。一个诗人，如果自己的心是贫乏的，却硬要"蔽"出成百上千的诗行，借以向读者表白自己"丰富的精神世界"，这不仅仅是一种矫情，且自欺欺人。

席慕蓉的过人之处，还在于她的诗不仅反映了她个人的心灵跌宕，而且引发了众多读者的共振，她的个体的主观感受经常扩展为共感效应。像"今生将不再见你／只为再见的／已不是你／心中的你已永不再现／再现的只是些沧桑的／日月的河流"。凡是有过类似人生经历的读者，默读这几句诗时，能无动于衷吗？她的诗不仅不玩弄技巧，也不故作朦胧。简洁明白与浅薄不是一回事。我以为，任何只在技巧上用功、只在形式上玩花样的文字，纵然像长虹一样华丽，像玻璃工艺品一样空灵，也很难成为一首有生命力的好诗。

（原载《辽沈晚报》2011 年 2 月 15 日）

琵琶妇人观念析

观念这个东西很厉害。

它无形无声无色，看不见捉不着，但是它却能以一种巨大的传统的惯性力，相当有效地支配和左右人们的思维与行为。

不论什么事物，都同人类的观念发生着直接或间接的联系。一个时代有一个时代的观念，过时的皇历会变黄，过时的观念则陈腐。凡过时的东西往往会束缚人们的头脑和手脚。观念更是如此。

唐朝大诗人白居易写过一首千古流传的《琵琶行》，那位弹琵琶的妇人，对"商人重利轻别离"很不理解，难以忍受，甚至悲哀，诗人也在笔端流露着深深的同情。可是如果商人"轻利重别离"，那还能经商跑买卖吗？唱戏有票友，经商没有票友吧？可以看出，弹琵琶的妇人（包括对她同情的白居易老先生）的"别离观"，已经很不适应商品经济发达、流通领域活跃的时代了。凡事适者生存，不适者又不及时改变，只能使自己的观念与时代产生越来越遥远的距离，只能给自己造成无法摆脱的苦恼和悲伤。

我们已走进改革开放的时代，已从计划经济走向社会主义市场经济时代。时代发展了，客观形势迫使人们必须改变或更新许多过时的观念。不改变不更新，就势必被时代甩掉乃至抛弃。如有的企业不景气，不是找市场而是找市长；对一个企业的评价不是主要看效益，而是单纯看产值；在分配上过多地强调"有难同当，有福同享"；等等，都反映了有相当多的旧观念还占领着一些人的"思想阵地"，严重地束缚着人的主观能动性和创造力，束缚着人的智慧和进取心，一句话，束缚着生产力的发展。

应当承认，当人们要改变某种从老祖宗那里接受过来的传统观念时，非常不容易，有时会很痛苦。正像病人动一次手术，必须经受剧烈的阵痛，才能丢掉疾病和死亡，赢得健康的生命。因此说，对于过时的观念，不论它已经有过多么悠久的历史，也不论人们曾经对它多么迷信和崇拜，都理当顺应时代而改革或更新，取而代之的是那些能够推动社会生产力迅速发展的新鲜观念。

观念的改变和更新，实质是思想深处的一场深刻革命。人类的每一次观念上的大变革，都将意味着人类自身的一次精神大解放，必将赢来崭新的活力和社会发展，生产力将会像冲出牢笼的鸟儿，展翅高飞。

生产力属于经济基础范畴，观念属于上层建筑范畴。人们可能还记得那个家喻户晓的"削足适履"的寓言吧。

生产力好比是脚，观念如同是鞋，如果脚大鞋小，我们只能按照脚的尺寸去换一双鞋子，而不应当按照鞋的尺寸把脚砍掉一截。那些现实生活中的"弹琵琶妇人"应该想想这个道理。

（原载《人民日报》1995 年 11 月 3 日）

戏剧变脸与变脸术

　　川剧和藏戏都有一种绝活，叫变脸。演员在舞台上不靠任何道具，只是当众把袍袖一遮，红脸就变成了白脸；腰身一转，白脸又变成了黑脸；再一撩衣襟，黑脸却变成绿脸了。作为一门艺术，变脸表演堪称一绝。

　　说起舞台表演艺术，内中大有学问。同是一种表演，由于每个演员的表演风格及台风各异，表演所产生的剧场效果也始料不及。一次在省城体育馆观看几位外地歌星演唱，其中有两位女歌星给我留下的印象最深刻。一位年纪稍轻的歌星，穿着妖冶而暴露，边唱边摇头摆尾，不时夹带一些比迪斯科还迪斯科的舞蹈动作，踏歌狂舞，把大部分在场观众的情绪都刺激起来了，于是掌声、口哨声、呼叫声、跺脚声，此起彼伏，震耳欲聋，剧场效果狂热到不能再狂热的程度。而另一位歌星，服装素朴淡雅，嗓音圆润，感情纯真，韵味动人，她把功夫全投入演唱中去，几乎没有画蛇添足的动作。也许就是因为如此，尽管主持人介绍她时报了许多头衔，还列了一长串获奖等级及名次，可是观众并没有热心地响应，不仅剧场情绪一落千丈，甚至曲终时的掌声也稀稀拉拉。

　　由艺术舞台联想到生活舞台。生活中的主流是好的，但类似现象也时有所见。有的人缺德少才，但是他们专门会研究怎样表演自己，能精心包装和粉饰自己的德性和行为，绞尽脑汁地去取悦对自己有用的人，尤其擅长取悦于决定自己命运的权贵。他们中的一些人表演的成功率相当高，十之八九可以走红一时，风光数载。而另一些默默勤劳、无私奉献的老实人，不会打扮自己，不懂迎合权势，不善于自我粉刷和装潢，因此往往很少被人认识，很少引起社会注目，尤其很少引起上司的青睐，几乎一世无声无息、默默无闻。实际上人类社会的进步和发展，主要靠这部分人的汗水。

如果人们仅仅是爱好表演，靠包装去取悦于人，那么也许还构不成什么公害。若是前面所说的那种戏剧变脸也被搬到生活舞台上来，那就很可怕了，对社会对人际关系都将是一种破坏。

生活舞台上某些人的变脸技能，有时不亚于戏剧舞台上最优秀的变脸演员。他们的变脸术可以因时因地因人制宜。当他们有求于你时，可以在你面前演出一副嘴脸，事后可能很快就变成另一副嘴脸；他们为别人服务时是一种嘴脸，当别人为他服务时则又一种嘴脸；对上是一种嘴脸，对下又是一种嘴脸；他们在车下等候乘车时是一种嘴脸，一旦上了车马上则会变脸。刮风下雨还得有个过渡，有个酝酿，可这些人变脸只是眨眼之间，神速得有时让人难以想象。

戏剧舞台上的变脸演员，不论变多少种脸，最后总要变回来，总会恢复自己的本来面目。生活舞台上的变脸表演者们，变过来变过去，最后连自己也不知道到底哪一张脸是他的本来面目了。这或许是人类一个很大的悲哀吧！

（原载《光明日报》1995 年 9 月 19 日）

让谁喜欢

一个谁都喜欢的人，是不值得你喜欢的。物以类聚，人以群分，假如一个人能被所有的人接受，那么他起码是不真实的，他没有把自己的真面目全部展现给别人；你喜欢什么，他就向你展示什么。从另一种意义上说，人的品质分三六九等，有人高尚，有人卑劣，有人善，有人恶，一个好人坏人都喜欢的人，他自己肯定不是一个正派的人。试想一个连小偷都喜欢的警察，他还能是个好警察吗？

所以说，一个人关键不在于有没有人反对你，有没有人骂你，关键在于什么人反对你，什么人骂你。一生在世，假如真的一个骂你的也没有，实际上那也是一种很大的悲哀。

说到这想起了战国晏子治理阿城的故事。齐景公派晏子治理阿城三年，听到许多关于晏子"作威作福""独断专行""放纵小人"等坏话。景公很生气，便召回晏子，表示要重重地惩罚他。晏子知道毛病出在何处，就要求景公再给他三年期限，保证让景公听到赞美的好话。景公答应了晏子的请求。三年后果然听到一片赞美晏子的颂歌。景公又要奖赏他，他却拒绝接受。景公不解，问他何故拒赏。晏子说："前三年我一上任，就抓紧管理道路，盘查户口，使坏人无法任意横行，这便遭到了车匪路恶等坏人的攻击；我关心百姓疾苦，让大户人家减租减息，又遭到豪门富户的反对；我处理案子不讲私情，秉公办事，又遭到达官贵人的咒骂；左右亲近的人找我开后门办事，合理合法的我都帮忙，不合理不合法的我一概拒绝，又遭到左右亲近的人不满。如此三年，内外夹攻，说我坏话的人能少吗？"

景公又问，为什么后三年又赞美你呢？

晏子说："后三年我改变了办法，道路不管理了，户口不盘查了，为非作歹的坏人高兴了；大户人家可以任意收租收息，豪门富户满意了；处理案子我按照达官贵人的愿望办理，达官贵人如愿了；左右亲近的人，有求必应，他们都得到了满足。所以这三年你听到的都是夸我的美言。可是你听不到老百姓的骂声呀！"

原来人们每做一件事情，一般总是不能让所有的人都满意。比如你制定一条纪律或法令，如果遵纪守法的人满意，那么违法犯纪的人注定要心怀不满。以此类推，做事情只能追求好人满意，大多数人满意，尤其要让人民群众满意。听批评，听意见，主要应该多听人民群众的批评、意见。齐景公听了晏子的介绍后大为感动地说："你真是贤明的人，请原谅我的愚昧，帮助我把齐国治理好吧！"

从此，齐景公把全部国政都交给晏子掌管，又过了三年，齐国果然强盛起来了。

"人民的声音就是上帝的声音"。广大人民群众是最公正最权威的评论家，他们的评价，他们的褒贬，是最值得重视的。但是你应努力尽量多地直接听到群众的意见。群众的喜怒哀乐，有的一经某些中间环节转达，往往会走音变调。这对决策层把握群众脉搏、掌握基层干部功过很容易失真，甚至颠倒。晏子治理阿城的故事已经很说明问题了。

（原载《解放日报》1998 年 4 月 17 日）

两个故事 异曲同工

三国时期，东吴的孙策任用吕范主管财政。孙策的弟弟孙权当时还很年轻，经常背着哥哥向吕范要钱花。吕范虽有财权，却必须请示孙策，从来没有自作主张给孙权支付过钱。为这事孙权曾对吕范表示过不满。后来孙权任阳羡县令，为花钱方便，自己私建了一个"小金库"，有时孙策来查账，功曹周谷总要为孙权造假单据和涂改账目，使孙策查不出毛病，孙权免遭了哥哥的许多责备。这时的孙权对周谷很满意。可到了孙权接替孙策统管东吴大事的时候，因为吕范忠诚有责任心，特别得到了孙权的信任。因为周谷善于欺骗，敢于私下更改账目，而始终没有得到孙权的重用。

孙权虽然对周谷的卑劣行为曾表示过好感，那是因为周谷曾满足过孙权"小我"的暂时私欲，但是孙权的是非观念并没有糊涂，对周谷到底是怎样一个人，他心里很有数，所以当他掌握"大我"命运之时，对周谷一类小人不予重用乃情理之中的事。

再说吕范，虽然因为坚持原则、秉公办事，一时得罪了孙权，但是也显示出他的人格和品质。尽管孙权当时对他不满，但他的原则性和责任心却给孙权留下了深刻印象。他后来得到孙权的信任，既是孙权的明智，也是东吴正气的光大。

有些时候有的人为达到一定的目的，可能暂时利用一下小人的伎俩，但对于聪明人来说，也仅仅是"利用"而已，不会把他们看作心腹，更不会长久地重用他们。孙权深知，周谷是可以随时去投靠任何一个"孙权"的，也可以帮助任何一个"孙权"做手脚，那时孙权不就成为被欺骗的"孙策"了吗？吕范不仅仅是对孙策负责，而是对赋予他的"财政大权"负责。若一般人胡乱支钱，他肯定会当场拒绝。因为孙权是孙策的胞弟，他才先讨一个"尚方宝剑"，然后再小心翼翼地拒绝。吕范也不失为精明，他既坚持原则，又不去硬顶硬碰，而是兜一个智慧的圈子，拉上一面大旗，给原则性上了"平安保险"再坚持。

还有一个晋国的故事，与东吴这个故事大有异曲同工之妙。

晋国的文子为躲避当朝逮捕而逃出都城，经过一个他从前任过职的县邑时，跟随他出逃的人说："这里的头儿啬夫，是你的好友，为何不在这里住一夜歇歇脚，也好等候后面的车子？"文子说："不能在这住，这个啬夫靠不住。我曾经爱好音乐，他便送我好琴；我喜欢各种佩戴之物，他便送我玉环。他很会投其所好，不惜以加重我的过失的做法讨好我。我担心他也会出卖我再去讨好别人。"文子一行没敢停留，悄悄离开了这个县邑。果然不出文子所料，那位啬夫竟扣押了文子后面的两辆车子，献给了晋国国君。

晋国的故事同样给人启迪。文子早在接受啬夫的馈赠时，可能就透过"友谊"看出了他投其所好的一面。应该说文子对此人早有警惕，礼物虽然笑纳，对他的为人也看得透彻，料到若有一天自己背运时，啬夫注定会以牺牲朋友去投他人所好，所以才没有上当。我们有的人就看不到这一点。一位新上任的局长，在听到许多赞美自己的语言同时，也听到一些贬低甚至污蔑前任的话，他很欣赏这些人，认为他们欢迎他，拥护他，亲近他，几乎看成了心腹。可是他却没有想一想，他终究也有调离的一天，他会不会在这些人的嘴里也成为他的"前任"呢？去和回来的路程是同样的。

君子认理不认人，小人认人不认理。小人认人的实质是认利益。只要有了利益，他还有什么话不敢说、什么事不敢做呢？

（原载《解放日报》1998 年 11 月 16 日）

慎尔行，将有随之

宣传群众，教育群众，一般不外乎两种魅力，一是真理的魅力，二是人格的魅力。在许多情况下，人格的魅力尤应看重。或是倡导一种作风，或是禁戒一种流弊，号召者以身作则是影响和收效的关键。打铁者本身必须是硬汉子。生活中还有一种情形，一个地区或一个单位，甲领导当政时，风气很正，纪律严明，大家都能兢兢业业地工作，而换了乙领导当政后，人还是那些人，纪律还是当初的纪律，可是风气却江河日下，单位形象也一落千丈。

这是什么道理呢？唐代宰相杨绾，素以高洁、勤俭、廉政而声名远播。他为官一身正气，生活也非常俭朴。本来有诸多不正之风的朝廷，在他当宰相两个月以后，文武百官的风气为之一变。御史中丞崔宽，家里很富有，财大气粗，在皇城南修建了一幢别墅，池馆台榭，天下一流，可是杨绾上任的那天，崔宽便悄悄打发手下人拆除了别墅。中书令郭子仪一听说杨绾在朝廷拜了相，马上把供他唱曲奏乐的专用"文工团"减员五分之四。京兆尹黎千深得当朝圣上信赖，每次出行都有百余骑相随，而杨绾到任当天，他立即削减了车骑，只留下十余骑备用。这就叫作邪不压正，正可抑邪。这就叫作其身正不令则行。

身教胜于言教，行动是无声的命令。官风正，民风则正。"求治之道，莫先于正风俗。正风俗之道，莫先于守令之知所务。"（《明史·列传第二十七》）治理国家最根本的办法，莫过于比民风纯正更为重要的了。要想民风纯正，莫过于比郡守县令这些地方官员知道自己应当做什么事情更为重要的了。身体力行，率先实践，倡导下级做的自己先做，禁止别人做的自己首先不做。这种倡导和禁止才是有力量的。焦裕禄、孔繁森、张鸣岐等领导者之所以说话有人听，有令下则行，有禁下则止，最根本的不在于他们讲的道理比别人的更深刻、更能打动人，而在于他们严于律己，以身作则。言语说教是必要的，但给人的影响可能如水过地皮湿，其成效是有限的，而行动是榜样，其影响可入木三分。虽然"言美则响美"，但毕竟不如"身长则影长"。所以古人云："慎尔言，将有和之；慎尔行，将有随之。"

有些地方和单位的领导者，每每在号召或启动一件什么事情时，不是先在自己和班子的行动上下功夫，而往往只在报告和文件上做文章，有时甚至集中当地所有秀才，点灯熬油，几易其稿，直至搞得秀才们焦头烂额，废寝忘食。岂不知"言之非难，行之为难。故贤者处实而效功，亦非徒陈空文而已。"（《盐铁论·非鞅》）育人者必先自育，责人者必先自责，成人者必先自成。权威、影响、说服力和号召力，都不是仅仅靠权力地位或"精彩演说"就能得到的东西。表率的作用是无可取代的，是一切组织者和领导者的立身立世之本。

（原载《解放日报》1998 年 1 月 14 日）

多一些"自选动作"

体操、滑冰、跳水等一些体育比赛中，总要求运动员做几项自选动作。这个规矩很好，有效地鼓励着运动员的创造性，推动了体育运动的不断发展。其实，在生活和事业上，在做好"规定动作"的前提下，也应该倡导和鼓励"自选动作"。

"自选动作"可以解开人们许多不必要的精神束缚，大大启动人们的智慧和灵性；可以浇开万紫千红的创造性的花朵，给生活带来意想不到的生机与活力。"自选动作"能够充分发挥一个地区、一个单位、一个人的优势和特长，能够激励大家披荆斩棘，独辟蹊径。

"自选动作"符合实事求是、从实际出发和扬长避短这些科学精神；它要求人们去深刻地认识客观和清醒地认识主观。没有或不允许有"自选动作"，就不会有生动活泼，生活和事业只能是一潭死水，许多事情就只能按常规、走老路，如一万块月饼同出一个模子，没有创新，只有量的增加，不会带来质的飞跃。

马克思、毛泽东等革命导师曾经给社会主义制定了若干"规定动作"，但同时也允许和倡导具体问题具体分析的"自选动作"。邓小平同志在改革开放中提出坚持四项基本原则，即是执行"规定动作"，又提出建设有中国特色的社会主义，即是从实际出发，富有创造性和发展马克思主义的"自选动作"。大事情如此，小事情亦然。"自选动作"应成为我们生活和事业的发展、创新不可或缺的重要一招。

（原载《经济日报》1996 年 2 月 25 日）

潮涨宜行船

古埃及有一条谚语，大意是说：如果把一个善于抓住机会的人丢进尼罗河里，当他浮出水面时，口中便会咬住一条鱼。

一个国家，一个地方，一个单位，乃至一个人，其事业能不能发展，追求能不能成功，很大程度要看能不能抓住机会。机会是历史长河中最佳的一刹那。我们的基本路线要管一百年。这是告诫人们要长期坚持，不要动摇，却不意味"来日方长"。一百年不算短，但是必须抓住其中的每一个机会，抓住最有利的瞬间。涨潮的时候最宜行船，打铁必须趁热，春天是播种的最好时机。可以说，一切成功者的秘诀，都少不得准确地把握机会这一条。

机会，有的时候均等，有的时候又不一定。机会有的时候很明显，人人都可以看得见，有的时候又不那么明显，若隐若现，若有若无。有的人看见机会也抓住机会，有的人则是看见却没抓住。人的慧眼、机智、敏锐、把握，对于发现和抓住机会关系很大。我们要大踏步地发展社会主义生产力，除了一贯努力外，最有意义的是善于抓住机会。抓住机会不放，我们就可能在历史发展的阶梯上，上一个台阶再上一个台阶。

机会难得而易失。我们曾经错过了不少至今还追悔莫及的机会。记得有一位洋人说过：昨天是一张作废的支票，明天是一张远水不解近渴的期票，只有今天才是你唯一拥有的现金。我们应该十分聪明地十分机智地牢牢把握住今天。泰戈尔在《飞鸟集》中说："如果错过了太阳时你流了泪，那么你也要错过群星了。"抓住好机会，就应该有十分力量不使九分九。世间最有希望的成功者，并不一定都是才干出众的人，而往往是那些不错过每一个机会的开拓进取的人。

（原载《人民日报》1992 年 4 月 28 日）

创伤也是"财一笔"

　　思想不解放的人有各种各样的原因，据说最束缚人们思维、最带普遍性的莫过于"怕"字。怕什么？不外乎是怕犯错误，怕因为犯了错误而失掉个人的某些东西。其实谁一生没犯过几个错误？只有那种什么事情都不做的人，或许才不至于犯什么错误。岂不知那恰恰是犯了一个最基本最严重而又不可原谅的错误。

　　仔细想一想，总责怪人们"怕犯错误"也失于公道。现实生活中确实存在着某种程度"犯不得错误"的现象。有些人头脑里似乎缺少点辩证唯物论，缺少甚至没有实践观点。如果你一件事情也不做，或是工作中一点创造性也没有，只会例行公事，照抄照搬照本宣科，自然不会出什么毛病、捅什么"娄子"，领导不仅不责怪、不批评其不做工作，甚至会赞扬你"老老实实""安分守己"。假如你做了十件事情或是出了十个主意，只要其中有一个错了，尽管成绩和失误是九比一，那你也逃脱不了"犯了错误"的罪名。这怎么得了！只在理论上承认"人无完人"，承认"错误总是难免的"，而实际上不论是什么情况什么性质，只要犯一点错误就扣帽子、打棍子，那谁还能敢想、敢闯、敢干？还能胆子再大一点？其结果只能是鼓励人们因循守旧，墨守成规，哪里还会有解放思想、生气勃勃、意气风发的局面？

　　牛顿有一句名言："如果你问一个溜冰的人怎样获得成功时，他会告诉你：'跌倒了，爬起来。'这就是成功。"古今中外的长跑名将，哪个不是从婴孩学步、多次跌跤中成长起来的？许多震惊人类甚至改变了历史进程的科技成果，哪个是一次试验成功的？有些是经过几十次几百次失败以后才获得成功。每一次失败都是一次向成功的靠近。人类有了今天的进步，革命有了今天的发展，是从多少次探索、失败、再探索、再失败的痛苦中走了过来的？没有失败就没有胜利。恩格斯曾经非常肯定地概括了这样的事实："伟大的阶级，正如伟大的民族一样，无论从哪方面学习都不如从自己所犯错误的后果中学习来得快。"

因为怕自己犯错误而不敢解放思想，是没出息，是很可怜的。由于某些人不允许别人犯错误，从而阻碍了解放思想，这是非常愚蠢无知的。英雄跌倒犹如太阳沉落，不是死亡而是孕育。改革者的身上或许有累累创伤，那是时代和生命给你留下的最值得纪念的光荣，一块创伤就是一笔财富，就是改革者解放思想的一个脚印。

（原载《人民日报》1992 年 6 月 29 日）

毛志成先生怎样画"句号"的

毛志成先生在三月三十一日《文汇报》上发表的《就怕不承认"句号"》一文，对时下某些"将人家那些画了句号的学问，兑了水，掺了假，以他的'独有产品'的名义去叫卖"的现象进行了批评。这种批评无疑是有益的。问题在于画句号的标准是什么，有没有永恒的句号？

毛文中引鲁迅的话说旧体好诗"唐朝已经写完了"，又引不知名的"有识之士"之语，说侯宝林先生"是中国相声事业的句号"。不知道这些句号是按照什么原则画的，其句号的内涵是什么，也不了解画了句号以后中国是不是就再没有好诗和相声了。如果按照上述逻辑，是不是还可以说，中国的杂文已由鲁迅画了句号，中国的长篇小说已由曹雪芹画了句号，中国的话剧已由曹禺画了句号……如此一直画下去，若干年后中国还有没有文学艺术了？

科学技术也罢，文学艺术也罢，总之人间的一切事物都不能永远停留在一个水平上，人类总要不断有所发现，有所进步，发展变化是永恒的。只有确切地了解认识了人类全部发展过程所创造的文化，并加以研究、发展，才能创立崭新的文化。所以不论对什么事物，画句号这种话都不可轻易脱口而出。有些很古老的形式可能发展到一定程度后便会"萎缩"，但那只是告一段落，并不等于生命画了句号。如诗经、楚辞、乐府等，它们的形体发展到一定阶段时，可能便到了停靠的"码头"，但灵魂并未泯灭，唐诗、宋词、元曲即是它们生命的延续，也是前者形体的变化。大凡一个有见识的读者，在浏览了文学艺术发展进化的全过程以后，都不难发现，不论哪个历史时期，也不论哪一种艺术，在它们的身上既留有以往低一级的痕迹，同时也显露出未来高一级形式的端倪。从整体讲，任何事物都只能有"分号"或"延长号"，一般是不会画句号的。即便是句号，也有一句话的句号，也有一个段落的句号。就是一篇文章的句号，也不意味这个题材的终结。

如今有一些人，写文章也好，讲课也好，喜好把话说得绝对，真可谓"语不惊人死不休"。不同凡响是允许的，甚至应当受到鼓励。但是不作认真分析，不讲言之有物的道理，不给别人、也不给自己留余地，这就不太好了。鲁迅先生曾在一封信中说："新的艺术，没有一种是无根无蒂，突然发生的，总承受着先前的遗产，有几位青年以为采用便是投降，那是他们将'采用'与'模仿'并为一谈了。"同样道理，将"采用"与"兑水""掺假"并为一谈也极不合适。

清人赵翼的一首诗总含有一定的真理性，那就是："李杜诗篇万口传，至今已觉不新鲜。江山代有才人出，各领风骚数百年。"

（原载《文艺报》1998 年 7 月 16 日）

说识人"有度"

怎样识别干部、选拔干部、考核干部？近读《韩非子》一书受到一些启发。该书的《有度》一节说的基本上就是怎样识别、选拔、考核、赏罚官员的事儿。

所谓"有度"即有法度。书中说，如果重用那些能审察得失、胸有法度的人，帝王就不会为伪诈所欺；重用那些能审察得失而又能权衡优劣的人，并让他们去判断那些远离身边的人和事，也不会为轻重倒置、混淆黑白的恶行所迷惑。接着书中提出一个很值得重视的见解：如果根据某些名声推举选用人才，臣僚就会背离君主而拉帮结派、朋比为奸；如果根据朋党关系推举官员，臣民就会热衷于结交拉拢而不求为君主用力。韩非进而又说，仅仅根据某些赞赏之声就决定赏赐，或仅仅根据某些诽谤之言就进行惩罚，那么下边那些好赏恶罚的人就会放弃大公而徇私枉法、攀缘附会、相互吹捧、包庇和勾结。其结果是，地位高一些的人物致力于互相攀比财富与享受，而不去干利国富民的事情，抑或致力于互相吹捧抬举，不去做尊君奉公的事情；上行下效，下边的小吏便会白拿俸禄供养私交，而不把肩上的重任当回事儿。韩非还说，君上若下去看，下面已学会了粉饰外表；君上若下去听，下面已学会了说假话报喜不报忧；君上若思考怎么办，下面也学会了夸夸其谈或欺骗。

因韩非受历史和阶级的局限，以上诸点均有不足为训之处，但是也不乏可以借鉴的东西。

比方说一个人的声誉吧，有的干部原则性强、是非分明、疾恶如仇，歪门邪道不敢近身。那么，喜欢他的人很满意，却不一定去造舆论；不喜欢他的人恨他怕他，捡鸡毛凑掸子，四处诽谤生事。而有的干部不讲原则，善施小惠，更有甚者则拉帮结伙，搞一帮铁哥们（他们在远离群众和上级的时候，说的话简直与江湖语言无别），形成一个颇有声势的拉拉队；不喜欢他们的人敢怒而不敢言，因为惧其权势。看来声誉、名声这东西，既有"天然"的，也有"人工"的。所以不能光听声誉和反映，不能把人缘好坏作为选拔干部的主要标准。人群中总是参差不齐，谁要是能讨得所有人都满意、都拥护、都喜欢，那他肯定不会是个好干部，充其量不过是个"老好人"而已。

人嘴两层皮，同样一件事，对于亲者，可以说成大优点，对于疏者，可以说成大缺点。不是有一个故事吗，说从前有一个书生屡试不第，这一年开科应试前，他做了些怪梦，梦里见墙头上孤零零地长了一棵草。疏者说，这暗示你没有根基，亲者说，这说明你高人一头。他又梦见自己戴着斗笠又打着伞。疏者说，这告诉你应试是多此一举；亲者说，这预兆你将官（冠）上加官（冠）。同一现象，由于亲疏、远近、感情不同，得出的结论、做出的评价竟然大相径庭。

一九九五年初，党中央颁布了《党政领导干部选拔任用工作暂行条例》。这是我们选人用人的"法度"。条例中规定任用干部必须坚持六条原则，其中一条是"群众公认、注重实绩的原则"，这一条可操作性很强，是看得见、摸得着的标准。所谓"群众公认"，就不是一部分人认可，更不是一两个领导人喜爱；"实绩"更是实实在在的东西。应该承认，目前在选拔任用干部中违背原则、没有严格贯彻执行条例甚至走过场的还时有所见。其中走过场是最有害的，它不但损害《条例》的严肃性，而且可能助长官僚主义说假话的习气。"群众公认"虽仅仅是四个字，但要认真做起来，不光是工作量大，还有一个真假问题。我们有没有这样的领导，表面上走了群众路线，实际上只听与自己想法看法相同的意见，对不同的意见，则找出各种理由加以排斥和否定。再说注重实绩，也有不同的注重法，下去调查审计是一种重视，只听汇报或看报表也是一种重视，前锦州市委书记张鸣岐下农村时，有的乡干部汇报粮食亩产多少多少，总产多少多少，农民人均收入多少多少。他听后笑着说，你先别说数字，咱们到村里、到农民家里看看。这个"看看"可很有学问，看看村办经济，看看农民实际生活水平，数字是真是假、有没有水分，便一目了然了。

怎样识别、选拔、任用和考核干部，现在已经有章可循。可不可以说《条例》相当于组织人事工作的一部"宪法"呢？韩非说："法不阿贵，绳不挠曲。法之所加，智者弗能辞，勇者弗敢争。"只要各级党委都能一丝不苟地按照这个"法度"办事，广大群众就会对干部更加满意。

（原载《求是》1996 年第 6 期）

也谈谁人信高洁

读吴非先生的《谁人信高洁？》一文（七月八日《朝花》）浮想联翩，也有些拙见不吐不快。

吴文中对"雅"不如"俗"，君子孤立，小人多友，为公者难于立世，谋私者左右逢源，乃至对"人缘"提出的质疑等，均非杞人忧天，生活中虽不能说类似现象已很普遍，但是确实到了人们不能不引起警觉的程度了。

上述不正风气并不是今天新生的，历代贤君名儒的著述中屡有此类记载。《汉书》中说："贤人在上位，则引其类聚之于朝。"一个单位只有在有德有才的人主持时，才可能招纳更多的德才兼备的人荟萃于他的手下。这是古今皆然的。

当今衡量一个人高洁与否，具体说可以列出若干条来，若从大方向上讲则不外乎两条，一是与党一条心，二是与民心连心。这样的干部，因为自己"两心"无愧，能够尽职尽责，就不负于事业和人民。而群众对于干部的评价，也主要看此两条。《论语·为政》有道："举直错诸枉，则民服；举枉错诸直，则民不服。"推举和提拔正直的人，人民群众就佩服拥护；推举和提拔不正直的人，人民群众就不会服从。这一条如果是真理的话，那么有些地方、有些单位群众气不顺，有令不行，有禁不止，是不是可以从中找到主要根源。

我们在考核干部方面积累了很多好经验，但是通古明今也不无益处。古人说，知人之道有七焉，其大意：一是让他在复杂环境中工作，观察他的信仰和志向；二是同他深入地辩论一个问题，观察他应变能力；三是让他出谋划策，看他分析问题的水平；四是告诉他面临的危险和困难，考验他战胜困难的勇气；五是安排酒宴，看他酒后所表现的性情；六是给他有利可图的条件，看他是否廉洁；七是和他约定好具体事情，看他是否守信。因为人有诸多两重性，如对人与对己、对上与对下、言与行、顺利时和困难时等。人又是变化的，坏可以变好，好也可能变坏。社会发展迅速，人将不进则退，识别人是最难的。当今还有一种现象，即名誉和人缘并非一概是"天然"的，有些纯属"人工培植"，铁哥们的用处之一就是当"拉拉队"，"炒作""包装"都可以使一个劣迹斑斑者声誉远播。但是也有一个识人的捷径，即："不知其子视其友，不知其君视其左右。"（《荀子·性恶》）"观其交游，则其贤不肖可察也。"（《管子·权修》）看一个人交什么朋友，看他重用什么样的人，一般来说便可以对其人了解个八九不离十了。

一九九五年初，党中央颁布了《党政领导干部选拔任用工作暂行条例》，可以说，《条例》对于选拔干部的基本点就是识高洁，任高洁，坚持德才兼备而排斥庸人俗人。在用人问题上，《条例》正是一面镜子。

（原载《解放日报》1997 年 9 月 6 日）

谁看得远

有人好名，有人贪利。近距离审视，它们之间似有清浊、高下之别。但是好名者并不能衣名、食名，只要稍拉开一段时间、空间距离，便会察觉，好名者最终总还是落脚于图利。

人自然不可能提着自己的头发让自己离开地面。但是人们观察客观世界时，可以变换一个视角，或拉开一段距离、等待一段时间。例如站得高一些，距离远一些，就可能摆脱"身在庐山不知庐山真面目"的迷雾。"欲穷千里目，更上一层楼""不畏浮云遮眼望，只缘身在最高层"，说的就是这种情形。

古人"登泰山而小天下"。这只能算登高远望时的感觉之一，而不是唯一的感觉。而今登泰山者，因年龄和职业、地位和经历不同，又都生发何种感觉呢？有没有孔老夫子那般感慨和气概？不得而知，但肯定不会千人一念的。

"高瞻远瞩"是条客观真理。但任何真理又都是相对的、有限的，不是说站得越高就看得越远。飞机把人载入八千米、一万米以上的高空，穿透了层层云雾，这时再往下看，除了一片云海以外，别的什么都很难看见了。站得太高了就可能适得其反。据说上帝、真主和老天爷都是生活在天廷之上的。他们太高了，所以对人间的事儿看得并不很清楚，于是便往往把人间的事情看错搞错，甚至弄得很糟。

千里之行，始于足下。无论站得多高，总得找到一个立足点。上不着天，下不着地，有时尽管看上去"身在高层"，却不一定就"千里目"了。老子在《道德经》中便说，"下为上之基"。没有下就没有上，没有基础哪里盖得了高楼！生活中凡高瞻远瞩者，必是深入下层、熟知民意、了解实际之人。我党深明此理，故一贯提倡和要求各级领导人要深入基层，深入群众，亲耳听到，亲眼见到，甚至亲手实践，以求对客观实际深知深解，耳聪目明。这样的人一旦登高一望，才可能对大千世界看得辽远而又深刻。

也有的同志在高瞻远瞩上闹出另一种误解，以为凡地位高的人就一定看什么都看得深远，于是对人们的见识、水平，多以其身份职务为衡量标准。只要谁的地位高，无论怎样的意见，一律尊为"高见"。同样的意见，若出于平民百姓之口，则十有八九不给予应有的评价和重视。"群众是真正的英雄"，在这些同志的心目中，最多只不过是一句口号而已。嘴上讲讲是肯的，真正拿来实行那却要看看是在什么情况下，看自己有没有这种需要。这种"上智下愚"的态度，往往使他们陷于困惑之中。孔子说："法语之言，能无从乎？"（《论语·子罕篇》）听到了严肃而又符合原则的意见，怎能不遵从呢？不论是谁讲的，"只要你说得对……我们就照你的办。"（毛泽东《为人民服务》）事实上，我们党许多有深远影响的重大决策，大多是从下面、从群众中提出来的，从工农兵的伟大实践创举中总结出来的。例如对改变我国农村面貌起着决定性作用的"联产承包责任制"等。有一位老人曾经郑重地向全党说过，中南海是不出什么经验的，经验是下面创造的，中南海只是个加工厂。

能低才能高，能下才能上，能深才能远。高低、上下和深远，都是对立的统一。凡事总有两面，鸡蛋在不改变现状的情况下叫鸡蛋，是不错的，如果说它永远叫鸡蛋，就不一定对了。因为温度可能使它变成小鸡。许多成语，许多箴言，许多哲人哲思，在一定状况下是真理或许无疑，但客观世界太庞杂了，太变化无穷了，若说它们在任何情况下都是真理，就肯定不妥当。说深入不是反对高瞻，说"下聪"并不等于"上愚"。多一点辩证法，就少一些片面性，就可能少犯一些本来可以避免的错误。

（原载《人民日报》1997 年 12 月 5 日）

诚实的真伪

　　诚实，乃做人之本，立事之根。

　　人的一切劣迹恶习，溯其源，无不与说谎欺骗发生联系的。

　　一般地说，做好事，做合理合法的事，做有利于国家和人民的事，都光明正大，磊落诚实。反之，凡是做损人损德事情的，做无颜见江东父老事情的，总见不得人，多要隐蔽，不敢诚实，于是说谎欺骗便成了他们的防空洞。

　　诚实，本来是我们的民族美德，"君子养心莫于诚""巧伪不如拙诚""以诚感人者，人亦以诚而应"。但是人们不能不痛心地看到，时下诚实已惨遭践踏，哄骗、蒙骗、诱骗、诈骗、拐骗等欺骗行为及说假话、编瞎话、欺上瞒下现象几乎随处可见、随时可闻，严重地败坏了社会风气，损害了正常的人际关系，甚至造成很坏的政治影响和经济损失。

　　诚实的核心是真，欺骗的核心是假。诚实是一种非凡的自信，是力量的象征，是把握了正义和真理的一种大度和坦诚。这类例子很多。宋真宗举行殿试，晏殊看过试题说，我十天前作过这个题目，草稿还在，请皇上换个题目吧。宋真宗很喜欢晏殊的诚实。有一年，宋真宗批准臣僚们到各游览胜地痛快地玩几天、吃几天，各级官员无不前往，唯晏殊因手头缺少银子而蹲在家里读书。宋真宗以为他不去游山玩水、大吃大喝，是对学问和事业的虔敬，便选他辅佐太子。晏殊则老老实实地告诉皇上："我并非不喜欢吃喝玩乐，只是因为没有钱，否则我也会去的。"皇上因他诚实而倍加喜爱和重用，到宋仁宗时他已做了宰相。晏殊之所以敢坦率地说"做过这个题目"，是他对自己应试的实力有充分的自信；他如实告诉真宗是因为没钱才不去游览胜地，则是他很尊重自己的本来面目和人格，不愿以假象骗取皇上和世人的崇敬。这种诚实不就是力量吗！

对诚实的人委以重任，托付大事，一般说都出不了大的偏差。汉高祖信赖周勃的诚实，便托付大事于周。齐景公敬重晏子的诚实，便委以重任。一斤重的诚实，胜过一吨重的精明。择友也罢，提干也罢，诚实太重要了，应是诸多条件中的首要条件。凡是变心的朋友，凡是变质的干部，十个有十个是从不诚实这个缺口渐变的。诚实既是道德和人格的起码标准，又是最高境界。诚实是做人的起点，也是做人的归宿。离开诚实二字，就没有资格奢谈什么情操、襟怀、气节、教养、禀赋等为人的品格和修养，自然也不会是个好朋友，更不会是个好干部。

有一种人很善于演戏，他们常常做出很诚实的样子，或是以小事情的诚实掩盖大事情的不诚实，用假象欺骗公众和舆论。这种虚伪的诚实，比赤裸的欺骗更可怕。诚实是一种心灵的开放，是一种勇于接受任何审视的坦荡。可是正像法国作家拉罗什富科在《箴言录》中说的："我们很少发现十分诚实的人，而我们通常见到的所谓诚实，不过是一种骗取别人信任的狡猾伪装。"我们特别要小心提防的就是这种伪诚实。一些政治骗子、经济骗子之所以能欺骗许多自以为很聪明的人，甚至爬上了重要岗位，大多施展的都是"伪诚实"这种伎俩。

（原载《人民日报》1998 年 11 月 13 日）

"张三"乎"李四"乎

"一朝天子一朝臣"。这本来是封建社会的专利，不曾想有些凡事不忘祖宗的人，竟然把这个并不被今人认同的东西也或明或暗地继承了下来。"天子"继承，"臣"亦继承。

例如某地只要领导人"张三"调走了，马上便会有一些人被打成是"'张三'的人"。这些人若学会了"人一走茶就凉"、翻脸大骂前任"张三"，还可能重新获得信赖；若是不忘旧情，并不说"张三"的坏话，甚至还保持一定的交往和友谊，那么此人就有被列入另册的危险，视为异己。新上任的"李四"呢，也往往把不忘旧情的人看成与自己不一条心，不可靠，不重用；那人要是原来在重要岗位上，不撤下来也得派进去一位心腹，才感到放心。

应该说明一点，这一般是发生在前任的"张三"平调或是离退的情况下；若是前任"张三"另有高就，甚至是高就于直接领导原单位的上级机关，那就又当别论了。

当然也不完全如此。"一朝天子一朝臣"毕竟是个别现象。我就知道有一个开小车的司机，他的"张三"调走后，仍时不时地去"张三"家里做客，年啦节啦还常来常往。于是便有人在新任领导"李四"面前"奏本"。幸好这位"李四"是个明白人，听了"奏本"后便问那"奏本"的人："你说这些话是什么意思，同志之间不忘旧情，人走茶不凉，不是很好吗？"那人自然无以回答，只好灰溜溜地讨个没趣儿走了。这位"李四"确实不失为聪明正派。他对小车司机说："你不因'张三'离任而冷淡他，这说明你为人真诚正直可靠。假若是'张三'在位时与他千好万好，一离任就翻脸不认人，那我倒要对你打几个问号：你今日如此对待'张三'，岂不是明天我离任时，也可以照章翻脸不认我'李四'吗！"几句通情达理的话，把小车司机的心说得热乎乎的，原来的一些顾虑也顿时烟消云散。

其实这是一个很简单的道理，凡是今天用来对待"张三"的做法，明天都可以同样用来对待"李四"。好也如此，坏也如此。即使对待同一个人也有类似情况，例如谁在捧你、赞扬你时，往往夸大其词，往往说些过头的溢美之言，那么你必须警惕，有朝一日，当他需要贬你、骂你的时候，他同样可以使用"夸大"和"过头"这个武器。褒贬有别，用心却只有一个，即为了个人的某种需要和目的。

越是简单的道理越是有人不明白。当有人为了讨好现任的"李四"而破口大骂前任"张三"时，"李四"为什么不想一想，自己会不会成为明日的"张三"。好花不会日日红，一年不可能总是春。花谢时又会如何？飘风扬雪时又将怎样？

"人事有代谢，往来成古今"，某些人的依附心理必然要导致其否定离任的"张三"，吹捧当政的"李四"。在这点上有些今人大不如古人诚实。今人既要依附权势，又遮掩主题而用"正义"和"光明"给予粉饰。古人则不然。廉颇失势，门客散去，平长之战后老将东山再起，客又盈门，廉颇非常反感："你们滚开吧！"门客却坦白地说："唉！君之见有所不通。天下人以利害得失相交，君有权势，我们从君，君无权势则去，理当如此，何必生怨？"同样是依附权贵的小人，只是今人还缺乏古人的那种坦率。

（原载《工人日报》1998 年 1 月 23 日）

问与“下问”

对我们许多人来说，市场经济还是一门相当陌生的学问。不懂就要学。既不懂又不学，就迟早有一天要撞到南墙上。

人们对学问有诸多解释，郑板桥老先生却说：“学问二字，须要拆开看。学是学，问是问，今人有学而无问，虽读书万卷，只是一条钝汉尔。”说到这个“问”字，倒让我想起一个故事。

清代学者戴东原（即戴震），十岁上学时，先生讲，《大学》是一部记载孔子言论的书，是由曾子记述；有的就是曾子说的，又由曾子学生记述。戴东原不理解则问道：“怎么知道是孔子说的、曾子记的？怎么又知道有些是曾子说的、曾子学生记的？”先生说是先儒朱熹讲的。戴仍不解又问：“朱熹是什么时代的人？”先生说是南宋人。戴再问：“孔子曾子是什么时代的人？”先生说是东周人。戴追问：“东周与南宋相隔多少年代？”先生说大约两千年。如此戴东原更加不解：“两千年后的朱熹怎么就知道《大学》是孔子和曾子的言论呢？”先生回答不出，无言以对。

有人或许会认为戴东原不尊重老师。其实不然，他能够不懂就问，恰是一种很值得赞许的治学精神。学问学问，学识和好问从来都是根与枝干和果实的关系。市场经济是一门科学，对于科学来不得半点虚伪和骄傲。不懂就问，是实事求是，是谦逊老实，是成才者绝不可缺的途径。天地之大，历史之久，谁人能是事实上的“万事通”呢？人类不了解和不知道的事情太多了。人都是学而知之。不知不懂并不可耻，不知装知，不懂装懂，不但可耻，而且有害，害人害己害国家。

不懂者不仅要问，而且应该不耻下问。有些人向上级问，向专家问，或许并不难以启齿，要是问群众问下级，那就很难说了。《东坡题跋》中记载了两件事。一件说，画家戴嵩画了一幅斗牛图，用锦囊玉轴装好，视为珍宝。可是一个牧童看了画却大笑说："牛斗力时，尾巴夹于两股之间，画上的牛却摇着尾巴，不像不像。"另一件则是：黄荃画的一幅飞鸟，颈和足都伸展着。有人指出："飞着的鸟，要么是伸颈缩足，要么是伸足缩颈，没有都伸着或都缩着的。"东坡就这两个故事感慨地说："君子是以务学而好问也。"不耻下问，把下问当作真知源泉，不论是在什么时候，对什么问题，都差不了大格。有一位革命老人曾语重心长地告诫人们："要'不耻下问'，要善于倾听下面的意见。先做学生，然后再做先生；先向下面请教，然后再下命令。"孔老夫子也说："敏而好学，不耻下问。"

有的人为了掩饰自己的知识缺陷而难以启齿，有的领导因为死要面子而耻于下问。他们宁愿以某些推测和假想去冒险，也不肯诚实地向老师、向下级、向群众问一问。这种掩饰常常弄巧成拙，死要面子却丢光了面子，经营威信反而威信扫地，更严重的是往往给事业带来难以估量的损失。

问号是标点中一个特殊重要的符号，它很像一把钥匙。那些勇于承认自己知识有限的人，总是握紧"？"这把能打开许多知识大门的钥匙，并用它去铺筑求知之路、成才之路。英国大戏剧家萧伯纳对人们彼此提问和交流思想有过一个非常深刻的比喻："倘若你有一个苹果，我也有一个苹果，而我们彼此交换这些苹果，那么，你和我仍然是各有一个苹果。但是，倘若你有一种思想，我也有一种思想，而我们彼此交流这些思想，那么，我们每个人将各有两种思想。"

当今时代，人们面临许许多多陌生的事物。陌生并不可怕。从陌生走向熟悉有一个过程，缩短这过程和过程中尽量少失误的窍门只有一个，那就是学习。问，向一切行家里手问，向一切实践者问，即是学习中最便捷、最普遍，也是最有效的方法之一。

（原载《光明日报》1998 年 2 月 12 日）

杂文：犹抱琵琶半遮面

杂文，不知从什么时候起，似乎渐渐地被排挤出文学大家庭了。当今的大多数文学期刊，几乎都是小说当家，散文搭伴，诗歌补白，评论兜底。杂文呢？鬼才知道是不是清理"阶级队伍"给清理掉了，已经很难在文学期刊上与读者谋面了。

但在各级各类报纸副刊上，杂文不仅占有一席之地，有时还待若上宾，比散文、诗歌更易登上头条宝座。像《人民日报》《解放日报》《中国青年报》等颇有影响的大报，还都在副刊中辟有专栏，几乎期期的"头道菜"都被杂文承包了。所以尽管杂文在文学期刊那儿遭到冷遇，而在全国数千种报纸上还是小有成就的。笔者没有能力进行全国性的统计，但是按现时公开发行的报纸数，按每周每报发表一篇杂文估计，大概其数量也不亚于文学的骄子小说了。

据说有人搞过一个抽样调查，杂文排名于诗歌之后，名落孙山。这个调查能反映人们阅读的真实情况吗？我看未必。我曾在某晚报上开过一个名叫"箴语人生"的杂文小专栏，每周一篇，坚持一年多，几乎每篇都得到过读者的电话或信件反响。我之所以能坚持一年多，这和读者的鼓励、支持有很大关系。那个抽样调查结果可能是真实的，问题怕是选择的调查对象有毛病，假如谁向下岗工人调查"你的文化消费是多少"，向独生子女调查"你爱弟弟还是爱妹妹"，调查结果会比阅读杂文的情况更令人惊讶不已。一般说阅读杂文多在成人层，多在关心国家大事、关心社会问题的人群中。

说到杂文本身，确有不招人喜欢的地方，一表现在内容上，二表现在形式上。

杂文一向被称为文学中的投枪或匕首，以此形容其尖锐性、批判性。当今这样的杂文已经很少见了，一九九七年也不例外。不论是坚持真理或指正错误的杂文，一般说准确性、鲜明性有余，而尖锐性、泼辣性、生动性则不足，有的甚至总是在要害处表现得吞吞吐吐，或者对问题的实质隔靴搔痒，或者说几句套话了事，就像毛泽东同志曾批评的那样："钝刀子割肉，是半天也割不出血来的。"每一种文体、每一种文艺形式，都应该有一个基本态势、基本属性，有它的主要任务。例如杂文、相声、漫画等，它们的基本态势、基本属性应该是幽默与讽刺，它们的主要任务应该是指正错误、批判流弊，而不应该跟写赞美诗一样地画漫画、说相声、写杂文。这里说的是"基本属性"和"主要任务"。不要误会，没有"一律"的意思。

杂文区别于政论、时评的重要因素之一就是它的文学性。一九九七年自然有一些既形象鲜明、文采风流，又思辨性强、推理严谨的优秀杂文。可惜为数不多。而大多数杂文，或是偏"文"或是偏"理"，尤其有些杂文多风骨，乏文采，写得与政论、时评差不了多少。这里用得着古代文论大师刘勰的一句话："若风骨乏彩，则鸷集翰林；彩乏风骨，则雉窜文囿。唯藻耀而高翔，固文章之鸣凤也。"杂文之幸亦如是矣。但愿虎年的杂文多有虎气，即虎虎生气也。

（原载《文艺报》1998 年 2 月 19 日）

麻木的背后

　　我曾在《诗刊》上发表过一首小诗，全诗只有十二行："一篇激扬文字／一曲动情歌声／一个发聋振聩的报告／一场令人落泪的电影／理应唤醒许多听觉视觉／理应撼动许多心灵／或爆发出热烈掌声／或惹一场面红耳赤的论争／可是听众和观众／比睡眠还要寂静／耳朵眼睛都在过礼拜天／——休息感情。"一位朋友读后，在来信中抄下这首诗，并用红笔写下两个字："麻木"。接着向我发问："麻木的背后是什么？"

　　说心里话，我写这首诗时，不知是哪根神经跳动了一下，并没有多想过什么，我或许是由于素常不经心地被某些"麻木"触动过甚至愤怒过，才无心插柳的。那么麻木的背后到底是何物呢？

　　所谓"麻木"，按医书解释，即由于局部长时间受压迫，接触低温或某些化学物质，或由于神经系统发生某些疾患等，身体某部分发生像蚂蚁爬那样不舒服的感觉，这种现象叫"麻"。较严重时局部感觉完全丧失，这种现象叫"木"。生活中又常将对外界事物反应迟钝，甚至漠不关心，叫作"麻木不仁"。我想朋友信中所说的"麻木"大概指的是后者，即"麻木不仁"吧。

　　人们还记得那个"狼来了"的故事吗？山下的人之所以对"狼来了"的一再呼喊漠然不理，是因为受骗过多次。如果说这即是麻木，那么这种"麻木"便是对欺骗者的一种报应。麻木也是失望替代希望后的苦果。当人们对某些事物、某种前景抱着希望时，或是他人一再向你许诺过什么美好时，实际上却是每每让你失望，这时便会有一种"麻木"在心头不知不觉地悄然而生。一些商店采用多种舆论手段，让人深信你是他们的"上帝"。但是当你遭到几次营业员的冷脸和白眼后，你对那些高悬在头上的"顾客是上帝"的口号，不会有一种丧失信赖和受了愚弄的感觉吗！当某些机关干部大谈特谈是人民群众的"公仆"时，你再回忆一下以往那些"门难进，脸难看，事难办"的遭遇，难道不会对"公仆"的尊称感到"麻木不仁"吗！

麻木也是久久无奈的恶化。例如有一些时弊，你曾与其对抗过、斗争过。但是或由于人微言轻，或由于孤军奋战，或由于积重难返，你的一切努力不仅无助于拨乱反正，甚至惹火烧身，给自己带来某些意想不到的不快或不幸。面对弊端，无可奈何，久而久之，心头便会生出麻木。正是"心不使焉，则白黑在前而目不见，雷鼓在侧而耳不闻"（《荀子·解蔽》）。

人一旦对哪些问题麻木了，便是对那些问题死了心。"哀莫大于心死"，凡事到了让人"心死"的地步，那就十分可怕了。有意见，发议论，提批评，甚至发牢骚、骂娘，这都算不得可怕，那说明人们对某件事情还关注着，还期望着，还觉得有一线曙光，并没有完全失去信心。一旦人们对某件事情好歹都没有任何反应了，如同手术刀割在打过麻药的肌肉上，再没有任何感觉，因此而漠不关心，那便是一种大悲哀了。

让我们从现在起就对"麻木"有足够的认识与警惕，找到病因，以便医治。

（原载《解放日报》1998 年 8 月 19 日）

骂钱骂喇叭骂猫

在历史上与唐诗、宋词辉煌不相上下的散曲，是金元之际兴起的重要诗歌体裁，几乎成为那个时代的文学旗帜。顾名思义，散曲以"散"见长，它虽也讲究平仄和押韵，排列有序，但又从散文的自由无羁中汲取了补养，它不拒绝口语、俚语、俗语，散文与韵文的优势兼而有之，因此许多散曲佳作清新明朗、生动活泼，比唐诗、宋词更接近平民百姓。

更值得一提的是许多著名散曲家的佳作，不少都是反映当时社会形态的，尤其是他们那种愤世嫉俗的入世情感，嬉笑怒骂，与民同声。元代著名散曲家张可久写过一首《正宫·醉太平·叹世》，把当时世道的衰朽污浊揭露无余。

"人皆嫌命窘，谁不见钱亲？水晶环入面糊盆，才沾粘便滚。文章糊了盛钱囤，门庭改做迷魂阵。清廉贬入睡馄饨，葫芦提倒稳。"

诗人把某些人温情脉脉的面纱几笔戳穿，连曾经像水晶般的人一旦见了钱，也很难不与金钱万能的信条同流合污。载道济世的文章已经用来作为囤聚孔方兄的工具；显赫的豪门世家正在以其显赫编织骗财生钱的圈套；清廉已不是令人羡慕敬仰的德性了，反而被人讥为无能无用的软蛋。什么才学，什么家声，什么德性，在那个"见钱亲"的世道里，狗屁不值。只待你把它们都变成捞钱获利的工具，才算你有了生存的资本。

终生不应举求官的明朝散曲家王磐，也是位痛砭时弊的能手，他的《中吕·朝天子·咏喇叭》就是一例：

"喇叭，唢呐，曲儿小腔儿大。官船来往乱如麻，全仗你抬声价。军听了军愁，民听了民怕。哪里去辨什么真共假？眼见得吹翻了这家，吹伤了那家，只吹得水尽鹅飞罢。"

《尧山堂外纪》说："正德间，阉寺当权，往来河下无虚日，每到辄吹号头，齐丁夫，民不堪命，西楼（系王磐号）乃作咏喇叭以嘲之。"王磐的写作年代虽已距今遥远，但曲中描绘的情景，我们似乎并不陌生。或许现代喇叭比古时喇叭更响亮些。这里尤值得一提的是，此曲写得明白如话，虽直白得不可能再直白了，却诗意盎然。这一点是不是很值得某些非把诗写得像谜语般的当代诗人思考呢？

王磐的散曲大都写得风趣开朗，有情有景，意在言外，幽默戏谑。他的另一首同曲牌的《瓶杏为鼠所啮》就写得惟妙惟肖，令人深思。

"斜插，杏花，当一幅横披画。毛诗中谁道鼠无牙，却怎生咬倒了金瓶架？水流向床头，春拖在墙下，这情理宁甘罢！哪里去告他？何处去诉他？也只索细数着猫儿骂。"

这是一首写得十分精练有趣的小叙事诗。我以为前面的若干句均属铺垫，直到"哪里去告他"以下三句，才是王磐写这首散曲的本意。主人本来养着一只猫，猫不但不捉鼠，反听任老鼠横行，视而不见，听而不闻，岂不令人愤怒。主人告无处告，诉无处诉，只能暗自骂猫，泄泄心头愤怒。其实骂有何用？猫并不懂人语。

（原载《文艺报》1998 年 8 月 11 日）

鲁迅何以小说立足文坛

今年是鲁迅逝世八十周年。提起鲁迅的文学生涯，相当多的人首先想到的是杂文，认为先生主要是个"杂文家"。其实这是个天大的误会，是对鲁迅文学成就认识的片面认知。鲁迅在中国现代文学史中位置最显赫最耀眼的绝对是小说。鲁迅对世界文学的影响也主要在于他的小说。

一九〇二年先生受派去日本留学。一九〇四年秋入仙台医学专科学校，此间受到教师藤野严九郎的关照。有一次学校放幻灯片，内容是反映日俄战争时期，一个中国人被日本人以俄国侦探的罪名而砍头示众，围观的中国人见此惨痛画面却神情麻木。这令鲁迅省悟，他在一九二三年八月出版的小说集《呐喊·自序》中说："医学并非一件紧要事，凡是愚弱的国民，即使体格如何健全，如何茁壮，也只能做毫无意义的示众材料和看客……所以我们的第一要著，是在改变他们的精神，而善于改变精神的是，我那时以为当然要推文艺，于是想提倡文艺运动了。"

一九一八年初，先生参加了以陈独秀为首的《新青年》编辑委员会。友人钱玄同鼓动鲁迅写一点文章。于是先生动笔写了《狂人日记》，刊发在《新青年》五月号上。这是中国现代白话小说的开山之作，影响深远。《狂人日记》旨在暴露"家庭制度和礼教的弊端"，一针见血地揭示了中国社会史就是"人吃人"的历史，发出"救救孩子"的呼声。从此先生陆续发表了《孔乙己》《药》《社戏》《故乡》《风波》《阿Q正传》等一系列小说。这些作品展示了破产的乡村、败落的市镇、潦倒的文人、衣食无着的贫民和被压在底层的劳苦农民，他们的挣扎与呼号，构成一幅幅当时中国社会的真实景观。鲁迅自称其作品是"遵命文学"，"与前辈者取同一步调"，而以"表现的深切和格式的特别"，显示了"'革命文学'的实绩"。其中连载于一九二一年十二月至一九二二年二月《晨报·副刊》的中篇小说《阿Q正传》，更使新文学登堂入室，在中国文学的历史画廊中得与李白、杜甫、《红楼梦》并列，"阿Q"也成为世界文学中的不朽典型。鲁迅是第一个触及"国民的弱点"这一重大社会课题的中国作家。他的阿Q，以文学形象"画出这样沉默的国民的魂灵来"（《阿Q正传》俄译本序），画出其中的历史惰性——"精神胜利法"，而"第一要著"是"改变他们的精神"（《呐喊·自序》），是迎接一场使"国人之自觉至，个性张"（《文化偏至论》）的文化变革。《阿Q正传》是一部"人学"经典，奠定了鲁迅在新文化运动中的主将地位，并使先生在世界文坛声名远播。

阿Q是有原型的，原型就是辛亥革命前几年在绍兴新台门里打短工的谢阿桂。阿桂本来是个老实人，鲁迅从日本回来时，他已经住进搭子桥头的土谷祠，搞点小偷小摸，有时揪着别人辫子打架，还当了衣服去赌博。武昌起义不久，杭州光复，消息也传到了绍兴，谢阿桂高兴地飘起来了："得得，锵锵！得锵令锵！"他唱着并高兴着走出土谷祠，来到热闹的东昌坊十字路口，还在那里情不自禁地嚷着："造反了！造反了！到明天，房子有哉，老婆也有哉！白米饭也有得吃了……"嚷罢，他又大大咧咧地在大街上走来走去，特别夺人眼球，鲁迅先生心头却特别压抑发堵，后来这个场景便成了《阿Q正传》里的精彩一幕。阿Q想造反有着与农民造反做皇帝的共性，书中写他做梦，梦到大把的元宝、女人，梦到小弟不听话就打他，说"给我干活"。说到底，就是为了女人、金钱和权力，就要这三种东西。

鲁迅的第二篇小说《孔乙己》也发表在《新青年》杂志上。孔乙己还是科举时代的人物。清末朝廷迫于国民变法图强的要求，勉强废置科举制度。可是科举余毒不散，"四书熟，秀才足""万般皆下品，惟有读书高"，或满口"子曰""诗云"等"之乎者也"不绝于文人中。他们既不能"进学""中举"往上爬，又不能从事生产劳动，势必没落。孔乙己就是科举制度的牺牲者。先生在发表《孔乙己》的同期刊物上有一附记，说这篇小说无非偶然弄弄笔墨，并不是暗中指点着什么人的，希望读者不要更多猜疑。可见当时类似孔乙己者并不鲜见，"孔乙己"是鲁迅笔下第二个典型人物。

孔乙己写得一笔好字，张嘴便之乎者也，读过的书大多记得，可见他年轻时尚且用功，好饮懒做是后来的事。他与孩子相处很好，也谈得来，还分给他们茴香豆吃。他也关心店伙计识字问题，教给他们"回"字的"四种写法"。可以说他原本是个善良人。鲁迅哀其不幸，寄予同情。

一九二四年至一九二五年，鲁迅又撰写《祝福》《在酒楼上》《孤独者》《伤逝》《离婚》等十一篇短篇小说，一九二六年八月，在"两间余一卒，荷戟独彷徨"的苦闷和寂寞中，出版了第二本短篇小说集《彷徨》，以其"揭出病苦，引起疗救的注意"（《我怎样做起小说来》）。发表于一九二四年三月号《东方杂志》的《祝福》是先生文学生涯的又一笔浓墨重彩。

《祝福》的故事主要是写祥林嫂的一生。她姓甚名谁都不知道，大家叫她"祥林嫂"，可见祥林是她丈夫的名字，她同阿Q一样，没有自己的名字。封建制度下，女人没有自主权利。所谓"三从"，在家从父，嫁人从夫，夫亡从子。她因为嫁过两个男人，被周围人视为"不祥之物"，鲁家祭祖的时候，不许她沾手。柳妈神秘兮兮地告诉她："你将来到阴司去，那两个死鬼的男人还要争，你给了谁好呢？阎罗大王只好把你锯开来，分给他们。"鲁迅先生常说：封建礼教是一把无形的杀人刀子。祥林嫂被这把"刀子"弄得活不成也死不成，她怕死后把身子锯开分给两个死鬼，又怕没有鬼，将永远也见不到她唯一心爱的阿毛。许寿裳先生曾在《我所认识的鲁迅》一文中指出：《祝福》这篇小说描写的"人世的惨事，不惨在狼吃阿毛，而惨在礼教吃祥林嫂。"这是中国现代文学最早也是最尖锐的呼号。而鲁迅一九三○年在上海时，请来一位叫王阿花的保姆照顾海婴。这个王阿花有着类似祥林嫂的命运。鲁迅和许广平拿出一百五十元赎身费，使阿花获得了自由身，帮助她建立了自己的幸福家庭。

鲁迅的第三本小说集《故事新编》，表面上看写的都是古代传说神话一类，实际革命现实主义色彩更为突出和鲜明。当时文坛各树旗帜，其说不一，甚至有人劝青年人还是拿出时间去读《庄子》与《文选》。鲁迅对此极度愤慨。先生在给萧军、萧红的一封信中说："近几时我想看看古书，再来做点什么书，把那些坏种的祖坟刨一下。"这段话道出先生的心境，说明写《故事新编》完全是因了现实生活的刺激，采用的是历史故事，针砭的却是当时社会。鲁迅在《故事新编·序言》中说："没有将古人写得更死"，既不违背神话传说的真实性，又从中照见了"五四"以后特别是二十世纪三十年代形形色色的现代人的灵魂。

鲁迅的散文在现代文学史中也居于重要地位，主要作品结集为《朝花夕拾》和《野草》。《朝花夕拾》以追忆儿时往事为主，平易晓畅，风趣生动。代表作有《从百草园到三味书屋》等。《野草》更偏向于散文诗，表达对社会、人生的批判反思，一定程度反映了先生当时迷茫的心境。先生在《野草》英译本序中说："大半是废弛的地狱边缘的惨白色小花，当然不会美丽。"面对新、旧战场，鲁迅说："我的心分外地寂寞。"但是他仍然坚信"地火在地下运行，奔突；熔岩一旦喷出，将烧尽一切野草，以及乔木"。这些中国早期的白话散文，对后来的散文发展有着较大影响。

说"鲁迅是以小说立足于文坛"的，不是一句随便的话，是以他的作品及其在国内外的影响为根据的。

大江东流去

一

宋仁宗景祐三年（1036）十二月十九日，在西南蜀地，伴着岷江与峨眉雪浪汇入长江的雷霆般咆哮声，眉山一座养花种竹的中等院落里，一个婴儿呱呱坠地，他就是北宋大文豪苏轼。

多年以后，北宋最有见识的皇帝仁宗第一次读到苏轼及苏辙的制策时，惊叹："朕今日为子孙得两宰相矣！"

后来，如众所周知的那样，苏轼既未做到宰相，亦未久立中朝。他的一生可谓患祸频频，南奔北走，周游四方，足迹到过天涯海角，而其诗文也流芳百世。

读了苏轼才华横溢的文字，我看到一位以歌唱游走人间的诗词先圣，他的每一个脚印都留有几句诗词歌赋，凡路经之地，无不踏出文学的足迹。仁宗嘉祐四年（1059），苏轼举家乘舟迁往京师。路过巴东县时，他写了一首关于寇准的诗。诗中对这位前朝重臣多年屈居巴东满怀感叹，收笔处写下"当年谁刺史，应未识三公"。好一个苏轼，当日该是伫立于船头，任长风灌耳，凭大江东去，未来之志澎湃于胸中。

然而初入中朝的苏轼，却遇到了熙宁变法。苏轼作为一个持不同政见者，外调杭州。这是他仕途的第一次低谷，又是他文学的第一次崭露头角。南国也有萧萧落木、雪洒江湖的寒霜。他到杭州，正逢冬季，但仅仅一眨眼的工夫便春光水暖，西子又变成深青浅碧的一湖秀水了。这种大自然的千变万化无处不渗透到苏轼的诗文之中。他情意满满地写道："城市不识江湖幽，如与蟪蛄语春秋。"这些人生快悦一直伴他到离杭赴密州的那个晚上。是夜，苏轼与三五方家夜游松江，置酒垂虹亭上。座中有以词美天下的张子野，一同饮酒赋诗，好不快哉。

饱览了如画江山，苏轼不禁感慨人生无常。当他写下"君不见钱塘游宦客，朝推囚，暮决狱，不因人唤何时休"之际，不料这样的命运却落到了自己头上。这一年是宋神宗元丰二年（1079），苏轼走入他仕途的第二个低谷，身陷"乌台诗案"，论罪下狱。

因苏轼对新法一直持质疑态度，故被贬湖州知州。他在给宋神宗的谢恩奏章中明为自嘲实为抱怨："伏念臣性资顽鄙……知其愚不适时，难以追陪新进；察其老不生事，或能牧养小民。"皇上放我到外地去做地方官，可谓恰逢其时，我本来就不情愿与朝中那些新贵们为伍……其实这大不了就是文人的一句牢骚话，并无诽谤之意。但李定、舒亶、何正臣等"新进"上纲上线，合伙上书指责苏轼对变法不满，诽谤朝廷，还挖空心思地搜集了苏轼的其他一些诗文添油加醋，激怒皇上。神宗感觉不大舒服，亦有怒意，便下令拘捕苏轼，立案待审。这便是史上有名的"乌台诗案"。

待审已四月余，一些为苏轼讲情的官员都先后遭贬外放。正当皇上对如何处置苏轼一时拿不定主意，却有传言：苏轼罪难赦，不日将判斩。这让已辞掉相位、身处金陵郊野的王安石坐卧不安。虽然三年前他仍在相位时，其弟王安国被人诬陷流放江宁，他不闻不问；两年前其子王雱遭人诽谤获罪，王安石忍气未语。可是这次为了曾经反对过变法的文友苏轼，他却终于给皇上写了辞相后的第一份奏表，为苏轼辩护求情。王安石不曾为亲人求助于皇上，却为曾经反对过自己的人主持公道，其人格力量打动了神宗，加之皇上一向景仰王安石的公道廉政，他的话自然更让圣上看重，还有其他一些别的原因，神宗认为苏轼没有不赦之罪，只是将其贬为黄州团练副使，结了此案。

经历了这番"梦绕云山心似鹿，魂飞汤火命如鸡"的惊心动魄之后，名满天下的苏轼文章成了人们避之不及的灾患之物，载有他诗文的书被焚烧，刻有他诗文的碑石被销毁或搬走。但是，他怎么也不曾想到，神宗皇帝常常在用膳的时候，仍读着他的文字，因文字的精彩而停箸忘食，大呼奇才！他也不会想到，那几年里，神宗几次欲起用他再入朝廷，终因当道者所阻而每每作罢。

不过，这未尝不是苏轼之福气，身在黄州的苏轼，在又一个人生低谷中，他的文学造诣却登上了巅峰。团练副使，实际上是个虚职，相当于软禁。他的好友马梦得不怕受牵连，帮苏轼申请了一块荒芜的营地，苏轼和当地百姓把它称为"东坡"。

苏轼开始在"东坡"开荒种田、写诗作文。劳作之余，他颇有顿悟：我何必要在官场里受那些"荣辱得失"的摆布，为何不过自己从容豁达的生活？于是苏轼很满足地自号"东坡居士"。他写下著名的词句："……回首向来萧瑟处，归去，也无风雨也无晴。"我回头看看走过的这一生，心很宁静，得失也就无所谓了。苏轼除躬耕于东坡，会友于"雪堂"之外，早在家乡就有交往的宝月大师也差弟子前来探望。苏轼依旧喜欢谈禅论道，因有了另类的人生经历与磨难，他对那些禅机道理似乎有了更为深刻的领悟。苏东坡不仅以居士自称，他还写出了《东坡集》中最有灵性、最为通达的文字。

二

外放的种种经历，阅读的宗宗心得，视野放飞辽远，胸襟博大宽阔，使苏轼人生丰硕，学养超群，更加了然一个学者的修身与治学态度。他讲过一句让历代人崇敬的人生箴言，那就是"厚积薄发"，激励了无数后人。令人遗憾的是，"厚积薄发"这条成语，在诸多工具书中竟然被忽略不计，包括《辞海》和《现代汉语词典》一类权威典籍。这不能不说是编纂工作的一个不大不小的失误。

我找这条成语，是因为有过一次讨论。我在鲁迅文学院做中青年作家高级研讨班的班主任时，京城一位资深教授对学员们说："你们要勤奋读书，细心观察。苏轼说过，厚积才能薄发。没有足够的阅读和积累，是写不出好文学的。"这位教授的话，我完全能够理解，其义亦无可厚非。分歧的焦点在于：是厚积"才能"薄发吗？

"厚积薄发"出自苏轼的《稼说·送张琥》。张琥是苏轼的好友，在他赴京城时，苏轼写下了这篇杂谈式的送别文字，以种庄稼作比喻，谈做学问的道理。文章最后一句是："博观而约取，厚积而薄发，吾告子止于此矣。"

"博观而约取，厚积而薄发"。这十个字概括了苏轼人文生涯的经验，前两点关系到学人心态，后两点关系到治学修养。"博观"是指视野开阔，博览广采，求知若渴，读书似命；"约取"是指眼光独到，守住底线，沉潜涵咏，去粗取精。"厚积"是指培植根茎，重视积累，完善结构，追求真理；"薄发"是指自我约束，落笔审慎，甘于寂寞，宁缺毋滥。苏轼提出的这四点，构成了完整的学术精神，只有在这些方面加强修炼，才有望成为大学问家。如果上述言论不谬，不难看出，"厚积才能薄发"是不合乎逻辑的。苏轼从两个方面提出治学的要求，引用者却把"厚积"和"薄发"误解成因果关系，似乎"厚积"成了"薄发"的条件，"薄发"成了"厚积"的结果。这显然不是苏轼的本意。如果要说条件，"厚积薄发"才是整体条件：只有"厚积薄发"，才能言人之所未言，写出人人心中所有而笔下所无……

三

苏轼说过："古之立大事者，不惟有超世之才，亦必有坚忍不拔之志。"在中国传统文化中，描绘或吟咏松、竹、梅的诗书画，数不胜数。孔子在《论语·子罕》中说："岁寒，然后知松柏之后凋也。"恶劣的环境之中，才能看出一个人真正的节操，就如松柏在寒冬中依然屹立不动，故苍松被列为岁寒三友之首。唐朝白居易的《池上竹下作》曰："水能性淡为吾友，竹节（后人误传为"解"）心虚即我师。"诗中隐喻竹茎中的空表示人要谦虚，竹节分明表示人要有节操。坚贞挺拔的竹子，被文人们喻为君子品格。在冰天雪地的严寒中，梅花则顶风披雪，寒中绽放，三者都有风雪不凋的刚毅和坚韧，被世人称为"岁寒三友"，比喻人格之高尚。松、竹、梅，"岁寒三友"。若申请"专利"，我以为应属于苏轼。

"岁寒三友"最早的"组装"者是苏轼。前面已经说过，北宋神宗年间，苏轼仕途背运，被贬至黄州任团练副使。他借好友帮忙自己开垦了一片旧营地，被当地人称为"东坡"，所以苏轼便自号为"东坡居士"，除栽种稻、麦、桑等农作物，又在田边筑起一栋小屋，取名"雪堂"。他在雪堂的四面墙上画满雪花，还在院子里遍植松、柏、竹、梅等花木。

有一天，黄州知州徐君猷特地到雪堂来探望苏轼。他见雪堂周围荒凉寂寥，雪堂内满眼都是"白雪"，就打趣地问他日常起居："您不感到太冷清、太寂寞了吗？"苏东坡却指着院内枝叶扶疏的花木，顺口吟出两句诗："风泉两部乐，松竹三益友。"意思是说，风声沥沥，泉水淙淙，是两部最优美的乐章，而四季常青的松树、枝干挺拔的绿竹、凌霜傲雪的寒梅就是严冬相伴的三位好友。徐君猷见苏轼虽身处逆境，犹能以"松、竹、梅"自勉，仍保持着正直坦荡的品德，便对他格外敬重与关照。自此以后，人们便依苏轼诗中之意，把松、竹、梅合称为"岁寒三友"，赞其坚贞高洁的品格节操。

在中国文学史上，词在苏轼的笔下一洗脂粉闺怨调，从局限于描写闺秀的相思上开拓领域，可以议道论禅，可以描绘悲欢离合，可以畅谈人生哲理和生老死病等自然法则。他四十岁出知密州时，写《江城子·密州出猎》："老夫聊发少年狂……"有意以小词写壮志，从儿女私情、香艳柔媚中解脱出来。他的一首《念奴娇·赤壁怀古》问世，和另一首《水调歌头·明月几时有》不胫而走，足以流芳百世。那时欧阳修早已名满天下，被尊为文坛泰斗。他对任何人的文章，或一字之褒，或一字之贬，即足以关乎某学人之荣辱成败。当年一位学者说过：文人可不知刑法之畏，不知晋升之喜，生不足欢，死不足惧，但怕欧阳修之贬损。欧阳修见到年轻的苏轼，回家就告诉儿子："三十年之后没有人会再记得老夫了。"此后他一直力荐苏轼，终生为苏家的良师益友。

四

王安石抄了一通佛经，忽然想起了苏轼。昨日黄昏，他在金陵驿站正与吕惠卿对弈，驿站胥吏递给他一道札子，然后低声说道："相爷，明日东坡先生要路过金陵。"

苏轼被贬到黄州一眨眼五年了。半个月前，朝廷就已经下旨，改任苏轼为汝州团练副使，想他是前往赴任的。

苏轼被贬黄州，王安石的内心是很复杂的。有时仔细想想，竟说不清楚到底是什么原因。但是，有几件小事，却让他至今还胸口发堵。王安石原是个不讲究生活小节的人，平日穿衣裳邋里邋遢。他生活上虽不讲究，可在有些事情上却又爱计较。他曾两次贬苏轼，其实都与一些鸡毛蒜皮的小事有关。苏轼在翰林院任职时，王安石喜欢找他去闲谈。起初，苏轼嘴上还有几分遮拦，慢慢地，说话也就随便起来。

王安石著了一本书，叫《字说》，对每一个字都作了一番解释。因此，王安石平日喜欢与人探讨字的渊源。有一天，王安石又与苏轼闲聊，偶尔谈到了"波"字，王安石说："'波'从水从皮，所以说，'波'乃水之皮也。"

苏轼笑笑，说："按相国的说法，'滑'应该是水的骨头了。"

王安石很认真地说："古人造字，都是有说法的，再如四马为驷，天虫为蚕等。"

苏轼也严肃起来，朝王安石拱手道："鸠字九鸟，相国可知它的出处？"

"不知，愿闻其详。"王安石真心请教。

苏轼说："《诗经》云：'鸣鸠在桑，其子七兮。'那么，加上它们的爹娘，不正是九个吗？"

王安石回到相府，脸色仍很难看。恰逢好是非的吕惠卿来访，问他："恩相有啥不顺心的事？"

王安石愤愤地说："苏轼戏耍老夫！"

吕惠卿问了缘由，又给王安石添油加醋："如此轻薄之徒，赶出京城算了。"

结果，苏轼被贬到湖州做了刺史。

湖州刺史三年任满，苏轼回东京交差另补。这期间，他已感觉到被贬湖州是因为冒犯王安石之故，所以，一到京城，他先去拜见王安石，有致歉之意。

不凑巧，王安石骑小毛驴闲逛去了。王安石的管家就引苏轼到书房用茶。

在书房，苏轼见到了王安石刚作的两句诗："西风昨夜过园林，吹落黄花满地金……"读过，苏轼笑了。"王安石闹笑话了，菊花最傲寒，岂有被秋风吹落之理。"一时手痒，苏轼捻起桌上的狼毫，依其韵和道："秋花不比春花落，说与诗人仔细吟。"和罢诗，苏轼猛然醒悟：今天是来道歉的，怎么又与宰相"对"上了。他怕同王安石见面尴尬，便匆匆告辞，想找机会再与王安石解释。

可是不久，苏轼却又被贬到黄州去了。

人世沧桑，五年过去了。想到这些，王安石心头涌过一种别样的滋味。他决定今天去秦淮河边与苏轼见上一面。他动了一个念头，倘若苏轼轻浮的毛病改掉了，仍让他回京城到翰林院去做学问。

吃过午饭，王安石身着便服，在秦淮河畔会见了苏轼。在王安石眼里，苏轼苍老了许多，两鬓似乎已有银丝飘拂。王安石一时觉得两眼有些酸涩，内心隐隐徘徊着歉意。

苏轼也卸去了官袍，一身素装，他朝王安石揖手一拜，说："轼今日以野服见大丞相，失礼了。"

王安石一笑："礼哪里是为我们设的呵！"

苏轼眼里含着泪花:"轼无德,自知相国门下用不着轼。"

王安石默然,随携了苏轼的手,说:"我们去将山碧云寺吃茶。"

进得碧云寺,即见一棵合围古松下,已摆好茶几。茶几旁还设一条长案,笔、墨、纸、砚齐备。方丈了尘禅师合掌相迎。了尘方丈素喜书法,且颇具造诣。今日两位书法大家来寺,自然要笔墨侍候了。

茶是好茶,谷雨前的碧螺春,饮了一刻钟的时分,众人就有些陶然了。王安石来了雅兴,指着案上的巨大砚台说:"集古人诗联句以赋此砚,如何?"

王安石话音一落,苏轼即应声道:"此乃雅事,我先来。"他站起身来便朗声高唱:"巧斩斫山骨。"

苏轼首句一出,满座寂静无声。

王安石沉思了好一阵子,也没有对出来,便放下茶盏,讪讪地说:"趁大好天色,我们不如一览江山胜景,对诗之事,可慢慢琢磨。"

苏轼与了尘禅师走在众人前面,不时指点江山,似乎陶醉在这山色之中了。王安石看着苏轼的背影,心底深深地叹了一口气。这一次相见怕又是不欢而散。

五

"相识满天下,知心有几人?"这或许是自古至今人们共同的感叹,而宋代大文学家"三苏"中的苏轼、苏辙兄弟,二人感情甚笃,互为灵犀相通的知音。苏轼性情豪爽,洒脱不羁,天然率真出语惊人,难免也会出语伤人。苏辙沉稳拘谨,内敛淡定,他是上天特意派来守护哥哥的使者。苏辙其实和苏轼一样聪明。他们是同科进士,监考老师给二人的评语:"皆天才!长者明敏尤可爱,然少者谨重,成就或过之。"性格决定苏轼一生坎坷,苏辙的人生则简单平静了许多,苏轼一次次外任、贬谪,苏辙留守家中替他膝下尽孝。

苏轼在不适意的官场生涯中经常与弟弟分隔异地,彼此常通过鱼雁往返,书写内心深处的感怀。苏轼二十五岁去凤翔府就任"签判"时，苏辙则留在京师任职，以陪伴鳏居的父亲。兄弟生平第一次离别，此后他们每个月按时互寄一首诗，常用同一韵脚和诗。苏辙有感于彼此各奔西东，想起过去与兄长进京考试，途经渑池住在一所寺院中，两人曾题诗于壁上；韶光荏苒，如今人事全非，感叹未来道路像一路积雪融化，泥泞不堪，难以行走！于是写下《怀渑池寄子瞻兄》："相携话别郑原上，共道长途怕雪泥。归骑还寻大梁陌，行人已度古崤西。曾为县吏民知否？旧宿僧房壁共题。遥想独游佳味少，无方骓马但鸣嘶。"苏轼的《和子由渑池怀旧》却唱道："人生到处知何似？应似飞鸿踏雪泥：泥上偶然留指爪，鸿飞那复计东西！老僧已死成新塔，坏壁无由见旧题。往日崎岖还知否？路长人困蹇驴嘶。"

苏轼在和诗中写着"人生到处知何似"，认为人生如同飞鸟在雪地上停歇，偶尔留下的指爪与飞鸟足印，转瞬间了无踪迹，又怎能辨别其方向？此次重经渑池，当年寺中那位僧人已经去世，立了新塔，壁上诗也荡然无存。不知子由是否记得以前赴考时的辛苦情形？"路长人困蹇驴嘶"，当时马死在路上，换了一只跛脚驴赴京考试；人虽疲困，路虽远长，身边只有跛脚驴，可喜的是，人生路上一直有子由相伴啊！

中秋到了，皓月银辉，清淡天和，苏轼醉了："明月几时有？把酒问青天。"亲爱的弟弟，一别七年，坎坷沉浮，羁旅漂泊，支撑我的是你的亲情。悲欢离合，阴晴圆缺，见或不见，你一定要健康、平安。你在，就是我的奇迹，我的生命中不能没有你。"但愿人长久，千里共婵娟。"《水调歌头》是苏轼送给苏辙的中秋礼物。无论岁月如何刷新，这首词总被思念者置顶。

六

宋哲宗绍圣元年（1094）十月，苏轼被贬谪到惠州。时值深秋，苏轼看见驿站边的树木依然翠绿欲滴，便问迎接他的小吏是何树，小吏回答是荔枝树，苏学士大喜道："有荔枝吃便可安居岭南。"

按常理说苏轼是四川人，应该嗜好辣食才对。但辣椒是在明朝郑和下西洋时通过海上"丝绸之路"才传到中国的，作为北宋文人的苏轼自然连辣椒是何等模样都无从知晓。然而，苏轼喜欢甜食水果却是有据可查的。

据南宋诗人陆游在《老学庵笔记卷七》记载："族伯父彦远言'少时识仲殊长老，东坡为作安州老人食蜜歌者。一日，与数客过之，所食皆蜜也。豆腐、面筋、牛乳之类，皆渍蜜食之。客多不能下箸，惟东坡性亦酷嗜蜜，能与之共饱'。"从陆游的这段描述中不难看出，苏轼不仅能食常人不能下箸的渍蜜素斋，并且能与之共饱，其喜甜食到何等程度可见一斑。

苏轼被贬谪到惠州，惠州地处岭南，气候温暖，一年到头甜瓜香果不断，其中以出产荔枝、龙眼、柑橘、杨梅等超甜果类出名。在别人眼中的岭南烟瘴之地在苏轼眼中却是洞天福地，他到此如游鱼得水，大饱口福的同时心满意足地赋诗一首："罗浮山下四时春，卢橘杨梅次第新。日啖荔枝三百颗，不妨长做岭南人。"

有人说苏轼这首诗是故意写给打击他的权贵们看的，意思是你们把我贬到这瘴气弥漫之地是希望我死，你们瞧瞧老夫日子过得滋润着呢，至少天天有新鲜荔枝吃，你们想吃也吃不着！我想苏轼的这首诗也可能是真情流露，因为我们的苏学士太爱吃甜食了，《清明上河图》里繁华的汴京六街三坊中有卖新鲜荔枝的吗？好像没有。能吃到新鲜荔枝就是神仙，可以想象苏轼将"瓤肉莹白如晶雪"的荔枝送到多髯之口中时乐不思蜀的神情。

因为有荔枝相伴，苏轼在惠州度过了甜蜜的三年，惠州给他的记忆是美好的，正如他在《定风波》里所写的那样："试问岭南应不好？却道，此心安处是吾乡。"

七

元丰八年（1085），苏轼到常州。同年宋神宗去世，哲宗即位，苏轼再度被起用。至元祐元年（1086），苏轼已升迁中书舍人。不久，再升任翰林学士。元祐二年（1087），兼任侍读。苏轼曾经留宿宫中，被召见入对便殿，宣仁太皇太后（英宗皇后，神宗时为皇太后）问："你前年是什么官？"苏轼回答："臣是常州团练副使。"再问："现在是什么官？"回答："臣现在是翰林学士。"再问："为何突然升迁至此？"答："遇到太皇太后、皇帝陛下。"太皇太后说："不是。"苏轼问："难道是大臣推荐的吗？"太皇太后说："也不是。"苏轼惊讶地说："臣虽然罪大不可言状，但不敢从其他途径进升。"宣仁太皇太后说："这是先帝（神宗）的意思啊！先帝每次诵读你的文章，必定赞叹说：'奇才，奇才！'只是还来不及进用你而已。"

苏轼听后，不禁泣不成声，宣仁后与哲宗也哭了，左右在场的人都感动流泪。

天下奇才、名垂千古的苏轼童年时，士人流传《庆历圣德诗》到蜀中（今四川中部），苏轼就列举诗中所言韩琦、富弼、杜衍、范仲淹诸位贤者去问老师，老师觉得奇怪，苏轼说："正想认识这些人。"可见他自小就有此意志，要和当代德智兼备的人同等。

苏轼奇才在很多书中都有生动的描述，如《甲申杂记》记载，天下的公论，虽是仇敌也不能改变啊！御史中丞李定审问苏轼狱案，同僚都不敢过问。一天，李定在崇政殿门口忽然对大家说："苏轼真是奇才呀！"众人不敢回答。李定又说："虽已是二三十年前所作的文字、诗句，苏轼引证经传，随问即答，无一字差错，真是天下之奇才呀！"说完叹息不已。

一〇八二年的某一天，苏东坡途中遇雨，没带雨具。常人只有狼狈二字，雨点打在竹林里发出清响，谁人能不心寒？好一个苏轼，就这样写下宋词中我的最爱："莫听穿林打叶声，何妨吟啸且徐行。"不用"不听"，而用"莫听"。

不听，那种坚决，就要运用意志力，跟雨声抗衡。莫听，是你可选择听，但声音也只是外物，你的心可以决定听得到，听不到。着一"莫"字，境界就从容自主起来。"何妨吟啸"，那何妨不也是一种优游，反正落汤鸡的现实无法改变，倒不如吟起当时的流行曲。无法改变的事情，就让它自然存在吧。

苏轼当时只拿着竹拐杖，穿着草鞋，从头到脚尽湿，没有骑马。但他说："竹杖芒鞋轻胜马，谁怕？"从负面自嘲发掘出乐趣，雨中持杖穿轻便草鞋，比骑马还轻便。

雨停了，金句来了："回首向来萧瑟处，归去，也无风雨也无晴。"境界较低的是，好了，雨停了，身干了，雨后自有晴天。苏轼却更通透无碍，雨可以不是雨，逆境中凭心境自乐，于是，晴也不是晴天，万法无常之变已与他心境无关。

苏东坡四十三岁发生"乌台诗案"后，历尽九死一生的磨难。几位友人和弟弟都为他挺身而出，子由甚至上书皇帝希望代替哥哥坐牢，无奈苏东坡仍被羁押在开封监狱。他和儿子约定，平时只送菜和肉，万一有坏消息即送鱼，以让他有心理准备，而这番约定他人不得而知。一次儿子外出，子由贴心地烹煮鲜美鱼肉送至狱中，苏东坡不知这是弟弟的心意，误为"坏消息"的暗示，一时万念俱灰，以为自己将不久于人世，因此写下万般绝望的诀别诗《狱中示子由》："是处青山可埋骨，他年夜雨独伤神。与君世世为兄弟，更结人间未了因。"

"乌台诗案"十余年之后，兄弟二人同游河南郏县，发现此处与家乡四川峨眉山相似（又称小峨眉山），于是约定以此作为终老归宿。苏东坡六十五岁卒于江苏常州，儿子遵照遗愿运父灵至郏县安葬，子由也在哥哥逝后两年老去，儿子将他们兄弟葬于一处，合称"二苏坟"。夜夜明月，这对兄弟把酒论诗，永不分离。手足情深，令人动容。

八

苏轼几乎在宋朝官场上摸爬滚打了一辈子，几起几落，极不顺利。这一生让他后悔的事情不少，唯独在亲民这个大节上，他无愧无怨无悔。苏轼性情豪爽，洒脱不羁，天然率真出语惊人，也难免出语伤人。但亲民爱民，可能亦是他不受朝廷待见和屡遭挫折的重要原因。

因为他多年在地方上任职，跟老百姓较为贴近，用今日之言即是"接地气"，能体会到朝廷的每项政令，都会牵动老百姓的生活甚至死活。他一度反对新法，说新政不便民生，朝廷且操之过急。新政推行十年，受到些许挫折，司马光以垂老之年主掌政务，随即废弃新法，苏轼又以新政已推行十年，百姓渐渐有些习惯了，如另砌炉灶，无疑是再一次折腾，苦的仍是百姓。就这样，苏轼的政治生涯中便里外不是人，因而一再遭遇贬谪。

苏轼的许多诗虽明白如话，却反而表现出深邃的意境与浓郁的感情。他的诗多有"街巷俚语"出现，看似信手拈来，实际却奇趣天然，妙不可言。这是苏轼的天赋，更是他亲民"接地气"的收获。据《竹坡诗话》记载，苏东坡在黄州时，有一位姓何的名士请他小酌。席上酒肴甚丰，其中有一盘油果，吃起来酥脆可口。苏轼很喜欢，边吃边笑着问："这东西叫什么？"主人回答道："是家妇亲手所做，无非想出个新花样，没有什么叫法。"苏东坡说：它突出在一个"酥"字，我看就叫"甚酥"好了。从此，黄州地方，一时以大做"甚酥"而出名。后来，苏轼又去一家姓潘的家里做客。主人慕其大名，殷勤地为他酿了些甜酒。苏轼连喝几杯这种糯米"错着水"的饮料，觉得醇香甜美，很是喜欢，说这种"错着水"味道很美！好客的主人见他喜欢，就装了一坛子，派人送到他府里去。一天，苏轼公事完毕，出门野游，在花前解下腰间的葫芦，独自饮酒遣兴。他忽然想起那位名士家的"甚酥"和潘家的"错着水"，于是便写成小诗一首，分别派人送去。诗是这样写的：

野饮花前百事无，腰间惟系一葫芦。

已倾潘子错着水，更觅君家为甚酥。

　　两家看了苏轼的诗，忙备上"甚酥"和"错着水"，让来人带去。故事中，苏轼爽朗、直率的性格，跃然可见。更难能可贵的是，这位名噪文坛的大诗人，与民如家人或手足，互不见外，大诗人并能以民间口语入诗，而且平易、风趣，更值得后人借鉴。

　　宋朝洛阳的牡丹天下有名。牡丹花盛开时，地方太守多要举办盛大的万花会。宴会的场所，用牡丹花作屏帐。甚至在屋的梁柱及斗拱上安装竹筒贮水，用来插花，人们一抬头，满眼都是鲜花。而扬州则盛产芍药，蔡京任淮扬知州的时候，也仿效洛阳的做法，举办万花会，且年年依循旧习，老百姓相当困扰。元祐年间，苏轼到扬州任职，刚好也遇上花季，办事的官员向苏轼报告这多年的惯例，苏轼裁夺停办。消息传出后，所有人都为这个体贴民意的决策欢欣鼓舞。苏轼写信给王定国："办一次花会要用成千上万的花朵，办事官员，借机从中谋取私利。我已将它停办了，虽有点煞风景，但也省去许多不良后果。"民众认为这是英明举措。

　　苏轼到钱塘时，有一庶民状告某人欠绫绢账款二万钱，久拖不还。东坡传来这人，问他何故。那人答道："我家以制扇为生，不幸家父刚刚过世，且今年雨水绵绵，天阴湿凉，没几人买扇子，连本钱也回不来，所以还不了债，我不是存心拖欠当老赖。"苏轼仔细看了看欠债人，觉得不像骗子，便想出一个帮助这人的招法："你将扇子拿来，我帮你把它卖掉。"那人把扇子拿来，苏轼选了二十把白色夹绢的扇子，当即挥笔书画起来，不多时，扇面上尽是草书、行书、山水、竹石等书画作品。他告诉欠债人："你快点拿去卖，卖了钱还你的债务。"那人抱着这些扇子，十分感动，致谢告辞。没想到刚出府门，就有一些消息灵通人士，争着要以一千钱一把的价钱买这些扇子，瞬间扇子卖光了。来晚的人没买到，悔之不及。这个卖扇子的人就这样还清了拖欠的债务。整个钱塘人都觉得苏轼行了一件善事，许多人感动得流下热泪。

　　苏轼爱民，也表现在勤政上面，对杭州人贡献很大，西湖上的苏堤，就是他的功绩之一，那是利用疏浚西湖后所得的无用的湿泥土建成，既省去运输的费用，又方便了交通。西湖不但是杭州的景点，更是杭人生活的活泉。但到宋代，由于人为和自然变化等原因，西湖被水生植物淤塞，湖水将有涸竭的危险，苏轼前后两次任职杭州，相距十五年，而这种淤塞情况日渐严重。他担心，若再不治理，若干年后，西湖就可能消失了。因此西湖应立即疏浚淤泥，刻不容缓。问题是这样一项工程，需要相当多的人力物力，不是地方所能负担得了的。而宋代的财权又都集中在中央，要得到这笔预算，可能需要很长的时间，缓不济急，而且也不一定能争取到。要不就只好转嫁到百姓增收税项上，或是以劳役方式代替，两者的任何一种都要增加百姓的负担。苏轼除了进行一般例行的疏浚，并将淤泥用以修筑长隄之外，还开放原来的水域供百姓租佃，以种菱角。种菱角要先清除原先的植物才可以下种，防止封塞，而在收成的时候，又可带走部分淤泥；租佃收入还可以用作下一年疏浚的经费。苏轼利用他的智慧，不向朝廷要钱，也不增加百姓的负担，却发展生产，改善了民生，也增加了地方的财源，可谓一举数得。杭州人感念苏轼的作为，历史给了这位读书人很高的评价。

英雄气概

——重读《老人与海》

发表于一九五二年的美国作家海明威的中篇小说《老人与海》，堪称世界级的小说名篇。这篇小说是海明威的收笔之作，对认识海明威这位作家是不可或缺的。

老人桑提亚哥是个打鱼人，他有一双像海水一样澄蓝的眼睛，即使在命运的冬季，那目光里也找不出丝毫沮丧的影子。他的生活很孤独，与世无争，向这个世界要求得很少。平日里显得比最平常的人还平常，但是，只要一到了海上，一有狂怒的海风吹来，一有惊涛恶浪扑到船上，他立马就张扬出渔夫性格的坚毅和韧性。

他有坚定的信念和超出一般人的意志，他的行为中有一种令人敬仰的英雄气概；他在战胜艰辛和不幸之前，总是首先战胜他自己。

老人这次遇到的不幸是八十四天没有打到鱼，唯一和他做伴的那个小男孩也在第四十天搭上另一条小船离开了他。老人面对每一个没有收获的日子，总是把希望寄托在第二天，总是满怀安慰地相信明天，相信明天太阳升起的时候会有好运。这是桑提亚哥的不可动摇的信念。

第八十五天开始了。

"八十五这是个吉利的日子。"实际上老人是表示对新的一天心存信心。他要探更深水的渔场，向更遥远的海域划去，下了三处鱼钩。这个第八十五天，幸运与更大的不幸同时降临在老人的身上。他打到了从来没有见过的一条大鱼，鱼身比船身还要长些，一场人与鱼的生死搏斗也由此开始。

这条大鱼将渔钩吞进了鱼腹，只能拖着渔船在海里无目标地游弋。老人使出平生的力气拉住钩丝，手勒出一条条血迹，一个小时一个小时，甚至一分钟一分钟咬紧牙齿坚持……这场在惊涛骇浪中与大鱼的搏斗，时间太长了，老人有时感觉到就要坚持不下去了。就是在那个一闪念的动摇中，老人想起了多年前的一件往事：那是在一个叫卡萨布兰卡的地方，他同一个力量过人的黑人掰手腕，他俩坚持了一天一夜未分胜负，打赌者建议以平局结束这场竞赛。就在这个时候，他使出最后一次努力，迫使力气很大的黑人的腕子向下低了下去，直到被按到桌面上。这个回忆帮助老人战胜了瞬间的动摇。他自言自语地对大海说："鱼啊，我到死也要跟你在一块儿。"这种誓言，已经不仅仅是一位打鱼人求生的搏斗，他要为一个渔夫的荣誉坚持到最后一分钟，要让鱼儿们知道打鱼人为了达到自己的目标什么都可以做到，什么都可以忍受与坚守。就这样老人在大海里与上钩的鱼搏斗了两天两夜，最后终于杀死了那条筋疲力尽的大鱼。

正像我们知道的一句俗语"祸不单行"，老人费了很大的周折把那条比船身还长的死鱼绑到船帮上，不料在返航途中又遭遇了鲨鱼的追逐，一条、二条、三条……乃至成群的鲨鱼掠食那条死鱼。老人拼死拼活地要保住那极不寻常、又得来不易的收获。但是好虎架不住一群狼呀，那条大鱼最终还是被鲨鱼吃光了，老人只带回来一条巨大的鱼的骨架。

老人失败了吗？不，他仍然是一位令人肃然起敬的胜利者。

老人回到岸上，在一间茅草棚里睡着了。他在睡梦中看见了一只雄狮。这个梦寓意无穷，表现了老人对力量的渴望，对自强的崇尚和向往。

这小说是一首歌颂英雄气概和大无畏斗争精神的赞歌。这种气概和精神有着巨大的感人力量。回顾中华民族走过的几千年历史，哪一步、哪一项事业不是这种气概和精神铸就的丰碑！对于一个有这种气概和精神的人，"你尽可把他消灭掉，可就是打不败他"。对于一个民族、一个国家何尝不也是如此呢！

小说的结尾是意味深长的。那个在第四十天离开过老人的小男孩，再度伴随老人出海，这既表现了老人的英雄气概正在抚育下一代，又表现了新的斗争和新的希望在召唤勇于奋斗的人们。这对正处于改革开放攻坚阶段的十三亿多中国人民，既是一个很好的榜样，又是一个巨大的鼓舞。改革大业，前无古人，深水区中，定有诸多"大鱼"和"鲨鱼"，每一段路途都注定充满艰辛和坎坷。一如既往，我们必须具有桑提亚哥老人与大鱼、鲨鱼殊死搏斗的精神——像他那样怀有英雄气概和大无畏的斗争精神，才可能把一切困难踩在脚下，从胜利走向胜利。

民族的眼睛

　　我曾经被德国、墨西哥、加拿大的作家问过一个同样的问题："你是回族诗人，你写的诗与汉族诗人有什么不同？"这个问题问得很刁钻，如果简单地从理性上寻找答案，挺不好回答。我改变了一下思路，给他们讲了一个故事。

　　我说：在我国海南岛三亚地区，有个很古老的传说，传说从前有一个神奇英俊的年轻猎人，他的弓箭百步穿杨，没有什么飞禽走兽能逃过他长着眼睛的利箭。这一天他正在捕猎一头牝鹿，牝鹿以逃生的本能，飞一般奔跑逃命，不料眼前出现一片汪洋大海，前无去路，后有追杀，在无可奈何之下，它转身变成一个美丽少女，千娇百媚，结果同猎人拜了堂，成了亲。

　　不知这个故事是不是古代就有，是口口相传的还是什么时候文人杜撰的？从二十世纪五十年代以来，它成了几乎所有到过"鹿回头"的诗人创作的题目，而且都是站在强势即猎人的立场上，赞美他执意追求的勇敢精神，认为只要保持强势态，不弃不舍，就能如愿以偿，达到目的，于是"鹿回头"便成了歌颂"美好爱情"的永恒题材。

　　一九八〇年，我随中国少数民族作家采风团去过一次三亚，听到"鹿回头"的故事后，我思考了很久。我是个回族诗人，回族在十几亿人口中属于相对弱势群体，我本能地站在鹿的立场上审视这个故事，得出了与其他诗人不同的认识与感受。过了好久，我才写了一首随笔式的短诗，诗中写道：

　　"可怜的花鹿，被追逐到生命的绝处。于是变成美丽的少女，嫁给了要置她死地的猎户。

"生与死转化成恩爱，猎人和猎物结成夫妇。这美丽动人的传说，美化了弱者的屈服。"

外国朋友听了我的叙述连连点头，并承认我是个不同于其他诗人的"回族诗人"。老诗人邵燕祥先生一九八一年读到这首诗时，觉得有新意，便抄到他的笔记本上，后来他在《文汇报·笔会》发表的《想起了"鹿回头"》一文中说："这首短诗把传说中固有的矛盾实质揭示出来了，把血腥的追杀和捕获，幻化成恩爱相许的故事，不仅美化了弱者的屈服，而且美化了大男子主义的性暴力。为文人笔下的'猎艳'一词作了形象的注释。"

我举这个例子，想说明少数民族作家，因为本民族的历史、文化渊源、社会环境、生活习俗的独特，观察事物、认识生活、家国情怀，必有与其他民族不同的视角，其感受也会有与众不同的特殊收获。少数民族作家要用自己民族的眼睛，认识生活，观察生活，把握生活，表现生活，你的个性或特殊性，就是你文学写作的特色和长处。当然由于种种条件差异，少数民族作家也有一些短板，关键在于我们要善于扬长避短。把我们的个性或特殊性充分地展示给读者，不要总跟着时尚跑，更不要学习别人把自己丢了。

许多人喜欢"从众"与"趋同"，不太喜欢个体认识与判断，因此也就常常否定个性与特殊性，其实这是违背马克思主义辩证唯物论的。没有个性就无所谓共性，任何一种个性都包含着一定的共性，共性又总是寓于个性之中。比如"作家"这个词，在世界范围讲，是共性即普遍性，而"中国作家"这个词则属于个性即特殊性；而"中国作家"与"中国少数民族作家"之间，"中国作家"已上升为共性，"中国少数民族作家"却成了个性；在"中国少数民族作家"与"回族作家"之间，"中国少数民族作家"也上升为共性，"回族作家"则为个性；同样，"回族作家"与"回族作家高深"之间，"回族作家"是共性，"回族作家高深"却是个性。共性与个性是相互转换的，你中有我，我中有你。排斥个性与排斥共性都是不符合辩证法的。

我主张"用民族的眼睛观察生活"，不是鼓吹少数民族作家远离社会、远离时代、远离中华民族，只是想远离庸俗、远离势利、远离时髦、远离模式……不论什么民族的作家，只有真的成为带有浓厚民族特点的作家了，才可能把生命交给自己，把社会责任交给自己，从而努力开掘文学的潜质，释放文学的能量，让文学的美感、爱心、意志充分而完美地绽放。

我以为没有个性就没有事物，文学更是个性行为的产物。我们少数民族作家尤其占有"个性"的优长，充分展示我们自己的长处，才能使少数民族文学当之无愧地立足于伟大的中华民族的文学之林。

沈从文与卞之琳的人格

沈从文是我喜爱的作家，卞之琳是我尊敬的诗人，因此除了读他们的作品外，还想阅读一些他们早年写的关于文学的见解和文人间交往的文字。

沈从文在二十世纪三十年代写过一篇《我的写作与水的关系》。他说他是一个与文学毫无关系的人。理由是："第一，我看不懂正在研究文学的人所作的文章；第二，我弄不明白许多作家教人作文章的方法；第三，我猜不透一些从事于文学事业的人自己登龙为人画虎的作用。"他说他虽写了一大堆小说，但算不了什么，只是生活经历与别人稍稍不同，又读了一些杂乱的书，也因日子过得"静"与"闲"，就写出了那么一些故事。后面沈先生写了檐溜、小小的河流和汪洋万顷的大海，"莫不对我有过极大的帮助"。我们暂不去考究水到底与沈先生的写作有哪些关系，仅以前面沈先生提到的三条"看不懂""弄不明白""猜不透"，对照今日的现实加以思考，也将从中受益匪浅。

卞之琳先生几乎与沈从文脚前脚后写了一篇《我的"印诗小记"》。在这篇小记中卞之琳先生说："第一本诗我有希望印的是《群鸦集》。这部分诗是民十八年秋天北来上学，做了一年好学生，把最难排遣的黄昏大半打发在图书馆里后，第二个冬天忽然荒唐起来的收获。冬天将过，徐志摩先生回北大教我们书，一时高兴，抄了几首给他看，结果说是要选登诗刊……"徐志摩果然把那几首诗带到上海，"当时完全不相识的沈从文先生在上海见到了（我的诗），就给（我）写了一封不短的信，说是他和徐先生都认为可以印一个小册子。不久在《创作月刊》上意外地发见了从文的一篇《群鸦集附记》，看了才知道自己的小册子名字也有了。"这段话到了一九七八年《雕虫纪历》的长篇序言里却完全变了样。"大概是第二年初诗人徐志摩来教我们英诗一课，不知怎的，堂下问起我也写诗吧，我觉得不好意思，但终于老着脸皮，就拿那么一点点给他看。不料他把这些诗带回上海跟小说家沈从文一起读了，居然大受赞赏，也没有跟我打招呼，就分交给一些刊物发表，也亮出了我的真姓名（从此我发表作品还想用什么笔名也就难了）。"在这里"一时高兴，抄了几首给他（徐志摩）看"，变成了"（徐志摩）堂下问起我也写诗吧，我觉得不好意思，但终于老着脸皮，就拿那么一点点给他看"。"当时完全不相识的沈从文先生在上海见到（我的诗），就给（我）写了一封不短的信，说是他和徐先生都认为可以印一个小册子。"在《雕虫纪历》的序言里这段话也变了："不料他把这些诗带回上海跟小说家沈从文一起读了，居然大受赞赏，也没跟我打招呼，就分交给一些刊物发表了……""一封不短的信"变成了"也没跟我打打呼"。一九七八年徐志摩在大陆还属于不受待见的诗人，沈从文也尚没有摘掉"反动文人"的帽子，有的人为了安全或别的什么原因，讲话或写文章，与这些人保持一定的距离，划清点界线，甚至抬高一下自己，或许也都情有可原。

卞之琳的《群鸦集》不顺利，那年夏天徐志摩已与新月书店谈妥，决定印行，夏至秋卞又写了一些，另成一辑，徐志摩在给卞之琳的信中表示愿为诗集作序，书"迟至十一月总可出版"。可是十一月徐先生遇难，"群鸦不吉利，出版也无望了。"卞之琳在写这篇《我的"印诗小记"》的头年冬天，到青岛去看在那里教书的沈从文。"谈起印诗事，从文说他出钱给我印一本，虽然我曾见到他抽屉里有几张当票，他终于做了一本小书的老板了。"书名改为《三秋草》，印了三百本，用当今的话说，沈从文先生真够意思，靠着微薄的薪金养家糊口，常常捉襟见肘，但他却变卖家中的物品，用自己的当票资助朋友兼学子出书，替徐志摩先生了却了生前的一桩心愿。

　　可能卞之琳先生记忆力不强，又不肯去翻翻四十多年前写的那篇《我的"印诗小记"》，造成了在《雕虫纪历》的近万字序言中，提到周扬、何其芳、李广田、沙汀、闻一多、臧克家、田间、艾青等人的过从与交往，却只字未提徐志摩为其诗集作序和沈从文自掏腰包为其印第一本诗集之事。

　　沈从文是个老实人，却又是个不忘滴水之恩的人。一九二二年，二十岁的他从湘西边城来到北京，寻找生命的价值。先住在前门外杨梅竹斜街，半年后，为求学搬到沙滩附近的银闸胡同。银闸胡同就在北大红楼附近，蔡元培先生任校长时，北大向社会开放，沈从文便成了北大的旁听生。

　　没有经济来源的沈从文，一面断断续续在北大听课，一面没日没夜地伏案写作。第二年冬，沈从文走投无路，怀着一丝希望，向几位知名作家投书求助。当时，郁达夫正受聘于北京大学统计学讲师。

　　十一月十三日，在接到沈从文的来信后，郁达夫冒着雪赶来看他。郁达夫推开木门，屋内没有火炉，沈从文身穿两件夹袄，用棉被裹着双腿，冻得红肿的手仍握笔写作……

　　"哎呀，你就是沈从文……我是郁达夫，我看过你的文章……好好写下去。"

　　默默听着沈从文倾诉自己来北京的打算和食不果腹的惨状。"这个身材瘦长，颧骨很高，表面看来像个江浙商人，实际却有一肚子绝世才华的郁达夫"，感到脊背一阵发冷，他站起身来，将自己围着的一条淡灰色羊毛围巾摘下，披到沈从文身上。然后邀沈从文一起去附近小饭馆吃饭。吃饭花去一块七毛多钱，郁达夫掏出五块钱会了账，找回的三块多钱全给了沈从文。一回到住处，沈从文禁不住伏案大哭。

　　沈从文的遭遇引发了郁达夫对社会黑暗的愤懑，回来的当天晚上，他奋笔疾书，写下了《给一位文学青年的公开状》，文章称赞了沈从文"坚忍不拔的雄心"，末了，这位始终没有脱下"五四长衫"的知识分子，为沈从文的出路拟了上中下"三策"。《公开状》痛快淋漓地斥责社会的不公平，鼓动叛逆，在青年中引起强烈共鸣。

不久，郁达夫即向《晨报·副刊》主编推荐，沈从文开始向《晨报》投稿。

当沈从文在逆境中苦苦挣扎的时候，是诚恳热情、颇有名士风度的郁达夫，首先给予了这位未来小说大家以人世间难得的真情抚慰。五十年以后，郁达夫的侄女郁风拜访沈从文，两人谈及这件往事，七十多岁的老人笑了，笑得那么天真，那么激动。沈先生说那情景一辈子也不会忘记："后来他拿出五块钱，同我出去吃了饭，找回来的钱都留给我了。那时的五块钱啊！"

散文的真情、品格及文采
——散文集《那片淡淡的白云》自序

　　近年，散文成了全民迷恋的文体，整个民族似乎进入了"泛散文"时代，特别是电脑的普及与博客的兴起。

　　散文有宽松的包容性。从广义的角度讲，除了韵文与戏曲以外，几乎都可以纳入"散文家族"，甚至包括信札、日记、广告词。因此我曾说过："散文的门大敞四开，且不收门票，谁人都可以自由入场。"很可能这就是多年来散文兴而不衰的主要因素。

　　我说散文"兴"，多是指其作者及作品的数量，并不是说"散文精品"的繁荣。正是由于"散文家族"过于宽松，不收门票，则使其长期处于泥沙俱下，鱼龙混杂的局面。读者对散文总是乐观不起来，怀有挥之不去的悬念。

　　对于散文的要素各说不一，我以为主要的有三条：一是真情；二是品格；三是文采。感动读者则是最高标准。

　　散文的真情包括两个方面：一是作者撰写要动真感情，以真实的情绪投入写作；二是所写的人、事、景也都蕴含着内在的真情。二者缺一不可。真情写假或假情写真，都无法感动读者。情感与爱憎是一颗不可分裂的细胞。对人对事，只有当作家爱憎分明的时刻，或爱之深，或憎之切，才可能激发出"情"，才可能对我所爱的爱之，我所憎的憎之。这个时候作家的笔墨才可能蕴含着真情，文章才可能打动心灵。

　　有些散文纯属旅行者的观光，其作者不论面对多么惊心动魄、或令人发指的事件，都形同隔岸观火，以影视中"旁白"的心态去描写，因为太"客观"了，太"冷静"了，所以常常给人一种情不由衷的感觉。这种心态写出的文章，怎么可能感天动地？怎么可能震撼人心？

说到散文的品格，曾有过认识上的误区。有人只关注散文的题材，以为只有重大题材，乃至史诗般的文化历史散文才能表现散文的品格。其实不然，散文的品性、格调，与写什么、怎么写关系不大。写载人航天、登月飞船，自然惊天动地，可是有些写儿女情、家务事的散文，同样打动了读者的心灵，给人留下难忘的印象。

感时伤世，忧国忧民，可以表现散文的品格；缅怀英杰，恸亲伤逝，也可以表现散文的品格。怀乡思史，说古道今，可以凸显散文的格调；伟人生涯，草民野史也可以凸显散文的格调。天下大事，惊世传闻可以彰显散文的品位；儿女情长，家务琐事，同样可以彰显散文的品位。总之散文的品性与格调，没有大小、轻重、远近、尊卑之分，只有高低、雅俗、清浊、优劣之别。

说句大白话，散文的品格，可以是"工农商学兵"，可以是"油盐酱醋茶"，可以是"仁义礼智信"，只是不可以粗俗下贱，海淫海盗。

说到散文的文采，似乎多余。文学作品，有不要文采的吗？但是散文因其文体，因其描写内容的广博，因其多元，对文采有着某些特殊的要求。

我在一篇收进作家出版社出版的《80名家谈散文创作》一书中的《杂谈散文》里说过："小说可以用故事藏拙，诗歌可以用韵律遮丑，散文不行，它是赤裸裸的。"我说散文需要文采，实际上是强调散文作者的文学功底，包括其人生阅历、知识储备、艺术修养、语言锤炼、文字功夫等。文采绝不是指辞藻之华丽，行文之俏皮。

文采这东西很怪，有时你刻意追求它，甚至挖空心思，反倒适得其反。而你用很平常的文字，甚至以近乎"大白话"的行文，反倒让读者感到"文采飞扬"。

恐怕这又是与"情"有关了。极普通的文字，一旦饱含了作者的情绪，字里行间渗透出热情，写人状物不乏性情，赞扬感叹充满激情，抒发心声不无豪兴……总之你的散文奔放着"情"的感染力，让读者读了动情，即是文采。

"清水出芙蓉，天然去雕饰"。这话虽已是"文物级"的名言了，但仍有其生命力，仍有许多人求之不得，心向往之。

我这本散文集，有成功的实践，也有不甚满意的篇什。有些短文曾受到编者与读者的青睐，并收入几种选本，也有的获过《人民日报》《文汇报》奖，还有的被选作中考试题。其中，第一辑《旅途走笔》中的一组"西部速写"发表在《飞天》二〇〇五年七月号，该刊主编陈德宏先生在向读者推荐这组散文时说：

> 速写是绘画的基本功，亦是绘画的初级形式。如果有画家用极其简练的线条，不仅勾勒出了栩栩如生的人物形象，而且凸显出了人物的灵魂，那就不仅仅是画坛高手，甚至可以称之为绘画大师了。
>
> 高深的散文就有这样的功力与功效。那个叫马六十的泥水匠，省吃俭用积攒了几十年的血汗钱，准备亲手给上岭村盖几间教室，办一座村学。不幸，这成了他的遗愿。村学建成后，上完第一堂课，便是老师带领全体同学，在马六十的坟前，集体朗诵课文。这是何等的场景！这是何等地感人！
>
> 治穷先治愚，已在西部穆斯林的心中悄然萌发。"再不能让下一代只会念经！""愚昧比黑夜更黑暗"，"他"决定走几十里山路送儿子去读书。于是便有了一个"经名叫穆萨的孩子……从梦中笑醒了两回"的动人一幕，也才有了"他背着哈麦得（官名）走进校门的一刹那，仿佛走进了一座神圣殿堂"的感人一幕……
>
> 没有深厚的文字功力写不出这样的文章。
>
> 没有对西部贫困山区的观察、了解与理解，也写不出这样的文章。
>
> 没有对穆斯林兄弟深深的爱、浓浓的情，更是写不出这

样的文章。

写这组散文时，我确是怀着一颗真诚的心，以关注与同情一个民族的深情，倾诉着胸中之爱。感谢与我素昧平生的陈德宏先生的认同与鼓励。

以上管见，不足为训，是为序。

2012 年春于北京古运河岸边

唐宋诗词的意境之美

诗的意境美千姿百态，有的雄伟壮阔，有的绚丽纤细，有的悲凉凄婉，有的豪放旷达，有的含蓄典雅……景象万千。

唐代诗人王昌龄最早使用了"意境"这个词，他在《诗格》中提出了"三境说"，实际上就是意境的三种类型，把偏重于描写景物的称为物境，偏重于抒写情怀的称为情境，偏重于说理言志的称为意境。

陶渊明、王维、孟浩然等是田园诗人的代表，多采用自然朴实的语言，表现诗人淡泊功利、悠游闲适、自由自在的生活状态，营造一种宁静致远的和谐美，表达其和睦的处世情怀。如陶渊明："暧暧远人村，依依墟里烟。狗吠深巷中，鸡鸣桑树颠。"孟浩然："开轩面场圃，把酒话桑麻。绿树村边合，青山郭外斜。"王维："空山新雨后，天气晚来秋。明月松间照，清泉石上流。"寥寥几句，栩栩如生，你不得不佩服诗人的山水情怀和文字功夫。

李白、孟浩然、韦应物等人创作的山水诗，用自然清新、明艳清丽的语言描物写景，抒情表意，创作出形神兼备、情景交融、诗中有画、言有尽而意无穷的性灵境界。如李白："孤帆远影碧空尽，唯见长江天际流。""江城如画里，山晚望晴空。两水夹明镜，双桥落彩虹。人烟寒橘柚，秋色老梧桐。""天门中断楚江开，碧水东流至此回。两岸青山相对出，孤帆一片日边来。"孟浩然："野旷天低树，江清月近人。"杜甫："两个黄鹂鸣翠柳，一行白鹭上青天。窗含西岭千秋雪，门泊东吴万里船。"韩愈："天街小雨润如酥，草色遥看近却无。"张志和："西塞山前白鹭飞，桃花流水鳜鱼肥。青箬笠，绿蓑衣，斜风细雨不须归。"柳宗元："千山鸟飞绝，万径人踪灭。孤舟蓑笠翁，独钓寒江雪。"韦应物："春潮带雨晚来急，野渡无人舟自横。"谢灵运："池塘生春草，园柳变鸣禽。"可以说字字清新，句句如画。

曹植《雁歌行》："秋风萧瑟天气凉，草木摇落露为霜。"李白："玉阶生白露，夜久浸罗袜。却下水晶帘，玲珑望秋月。"刘长卿："日暮苍山远，天寒白屋贫。柴门闻犬吠，风雪夜归人。"李商隐："相见时难别亦难，东风无力百花残。春蚕到死丝方尽，蜡炬成灰泪始干。""锦瑟无端五十弦，一弦一柱思华年。"司空图："落花无言，人淡如菊。"李璟："细雨梦回鸡塞远，小楼吹彻玉笙寒。"冯延巳："风乍起，吹皱一池春水。"李煜："无言独上西楼，月如钩，寂寞梧桐深院锁清秋。剪不断，理还乱，是离愁，别是一般滋味在心头。"范仲淹："碧云天，黄叶地，秋色连波，波上寒烟翠。"等等，这些诗词包含了一种典雅含蓄美，写景空旷幽远别致，写人温文尔雅特立，写情绵绵不尽，洗练的语言，表达一种耐人寻味的凝重美。

曹操："东临碣石，以观沧海。水何澹澹，山岛竦峙。树木丛生，百草丰茂。秋风萧瑟，洪波涌起。日月之行，若出其中，星汉灿烂，若出其里。""老骥伏枥，志在千里，烈士暮年，壮心不已。"曹植："丈夫志四海，万里犹比邻。"刘邦："大风起兮云飞扬，威加海内兮归故乡，安得猛士兮守四方？"张若虚："春江潮水连海平，海上明月共潮生。"孟浩然："气蒸云梦泽，波撼岳阳城。"王之涣："黄河远上白云间，一片孤城万仞山。"李白："长风破浪会有时，直挂云帆济沧海。""俱怀逸兴壮思飞，欲上青天揽明月。""白发三千丈，缘愁似个长。""蜀道难，难于上青天。"岑参："北风卷地白草折，胡天八月即飞雪。忽如一夜春风来，千数万树梨花开。"苏轼："黑云翻墨未遮山，白雨跳珠乱入船。卷地风来忽吹散，望湖楼下水如天。""大江东去，浪淘尽、千古风流人物。乱石崩云，惊涛裂岸，卷起千堆雪。"等等，表达的是一种阳刚奔放美，雄浑侧重写物的气象磅礴和宏大，劲健旷达侧重于写人的精神特质，多用夸张、想象、直抒胸臆等手法来表达物象情怀，具有豪迈浪漫主义特性。

在我国的古典诗歌中，意境的创作主要有三种方式：

一、情随境生。诗人先前并没有自觉的情思意会，而是在生活中遇到了某一物境，忽有感悟，思绪满怀，于是借着对物境的描写从而表达出自己的情感，达到意与境的交融。如孟浩然《秋登万山寄张五》："相望始登高，心随雁飞灭。愁因薄暮起，兴是清秋发。"崔颢《黄鹤楼》："晴川历历汉阳树，芳草萋萋鹦鹉洲。日暮乡关何处是，烟波江上使人愁。"诗人的情思意会都是由客观物境触发的。

二、移情入境。诗人带着强烈的主观感情接触外界的物境，把自己的感情注入其中，又借着对物境的描写将它抒发出来，客观的物境于是也带上了诗人主观的情愫。杜甫的诗"雨洗涓涓静，风吹物物香"，李白的诗"瑶台雪花数千点，片片吹落春风香"，诗中的香竹、香雪，显然已不是纯客观的存在，诗人把自己的感情移注其中，使它带上了强烈的主观色彩，从而具有了浓郁的诗意。再如杜甫的"感时花溅泪，恨别鸟惊心"，白居易的"汴水流，泗水流，流到瓜洲古渡头，吴山点点愁"，杜牧的"蜡烛有心还惜别，替人垂泪到天明"，等等，这些诗句在诗中表达的意境显然都带有诗人的主观色彩，是以主观感染了客观，统一了客观，达到了意与境的完美交融，创造出了一个情感的世界。

三、体贴物情。山川草木，日月星辰，它们在形态色调上的差异，诗人产生某种共同的印象，仿佛它们本身便具有性格和感情一样。这固然是出自于人的想象，但又带有一定的客观性。杜甫的"岸花飞送客，樯燕语留人""江山如有待，花柳更无私"都达到了物我情三者交融的地步。

事实上，意境的创造绝不仅限于此，意境美是一种境界。王国维在《人间词话》中说的"昨夜西风凋碧树，独上高楼，望尽天涯路""衣带渐宽终不悔，为伊消得人憔悴""众里寻他千百度，蓦然回首，那人却在灯火阑珊处"，形象地说明了诗人追求意境的构思过程。它不是简单的堆砌，而是艰苦的探索，其最高境界是一种不露痕迹的美，正如古代的绘画一样，所传达的是意境中的神韵之美。如王维的《竹里馆》："独坐幽篁里，弹琴复长啸。深林人不知，明月来相照。"字字平淡无奇而境界自出，其中蕴含着一种特殊的艺术魅力，其妙处正在于其所显示的是那样一个令人自然而然为之吸引的意境，它的美在神而不在貌，其神是包孕在意境之中的，这意境不仅给人以清幽绝俗的感受，而且使人感到，这一月夜幽林之景是如此空明澄净，在其间弹琴长啸的人又是如此悠然自乐，尘虑皆空，真令人流连忘返。

中国古代诗歌意境美是中国古代诗人创作诗歌追求的终极目标和最高理想，是对世界美学的独特贡献。它在立意命题、内容形式上尽善尽美，追求个性与共性并重，微观与宏观统一，主体与客体交融，是浑然天成、自然和谐的审美境界。

总的来说，意境是诗人和艺术家直觉和理解、情感和思维、意识和无意识相互交融，共处于兴奋状态下所获得的既能恰当地寄托自己的情感心意，又能巧妙地使之生发延展的知觉表象，它只须抓住那些能唤起特定情感的自然特征，便能以一种洗练、含蓄的形式，给人以强烈的情感上的影响，使景物的特点和人的情怀自然地结合起来，从而普遍引起人的喜悦或为之动容的情感，也就是美感。

今月曾经照古人

　　银河泻影，丹桂流香。此时何时？秋熟之际。晚饭后，步入两河岸边（锦州市小凌河、女儿河）散步。举头四顾，但见月光如水，辉映天空。碧天如海，一望无垠，月明星疏。登石阶遥望，则见处处灯火辉煌。

　　古诗词中不少是吟咏月亮的，尤其中秋更以咏月为主。月到八月十五，清辉无垠，普照四方，诗人从不同心境、感怀与想象中，写下无数咏月佳句，意象丰盈，内涵深邃，体现了传统文化的博大精深与唐诗宋词的无尽韵味。

　　在众多的咏月诗词中，最优秀最突出的非诗仙李白莫属。国人耳熟能详的莫过于《静夜思》："床前明月光，疑是地上霜。举头望明月，低头思故乡。"《月下独酌》最耐人寻味，分明是孤自一人，却要说"举杯邀明月，对影成三人。"诗的画面很热闹，其实更凸显出诗人内心之孤独。李白笔下的月光无处不在，千姿百态。写山上月："月随碧山转，水合青天流。杳如星河上，但觉云林幽。"（《月夜江行寄崔宗之》）给人以入仙境的感觉。有时月亮透过藤萝窥见，则又令人心清气爽："闲窥石镜清我心，绿萝开处悬明月。"（《庐山谣》）另有水上月，望去又别是一种迷蒙缥缈。李白喜欢月下泛舟，用他自己的说法叫作泛月，"秀色不可名，清辉满江城。人游月边去，舟在空中行。"（《送魏万还王屋》）描写出月夜泛舟镜湖，水清岩翠，月照湖上，如印镜中，秀色难以形容，人游其中，如入月宫，舟行在空，飘飘欲仙。李白言志时写："俱怀逸兴壮思飞，欲上青天揽明月"；送友时写明月"与人万里长相随"；思友时"绿萝秋月夜，相忆在鸣琴"；下山时"山月随人归"；乘船时"登舟望秋月"。他把月亮当作亲密无间的朋友，有"邀月"，"琴弹松里风，杯劝天上月"；有"待月"，"扫石待归月，开池涨寒流"；有"步月"，"醉起步溪月，鸟还人亦稀"；有"舞月"，"手舞石上月，膝横花间琴"；有"问月"，"皎如飞镜临丹阙，绿烟灭尽清辉发"，描绘了明月如镜飞升，揭开烟纱般的云雾，清辉焕发，广照宫阙的美景……诸如此类，气象万千。

同是一轮明月，在诗人不同的心境中，便有不同的诗意。诗圣杜甫有《月夜忆舍弟》那样的千古佳句："戍鼓断人行，边秋一雁声。露从今夜白，月是故乡明。有弟皆分散，无家问死生。寄书长不达，况乃未休兵。"唐朝诗人张九龄的"海上生明月，天涯共此时。情人怨遥夜，竟夕起相思……"同样写得幽清淡远，深情绵邈。宋朝大文豪苏东坡在《水调歌头》中写道："明月几时有？把酒问青天。不知天上宫阙，今夕是何年？我欲乘风归去，又恐琼楼玉宇，高处不胜寒！起舞弄清影，何似在人间？……"这首词更是千古绝句。晋代陶渊明写的"晨兴理荒秽，戴月荷锄归"（《归田园居》），将隐逸生活的感受和山村静谧的夜景融合在白描般的画中。诗人不与社会黑暗势力同流合污，回归自然，月夜荷锄归来的形象是何等洒脱。他在《杂诗》中写的"白日沦西阿，素月出东岭。遥遥万里辉，荡荡空中景。"每一句都是一幅精美的画面，描绘出万里河山笼罩在月光之下，一片宁静祥和、浩荡辽阔的景象，也体现出其淡泊明志、隐逸的仙心。

月明风清的夜晚给人以澄净、恬淡的氛围。宋代苏轼笔下的明月意趣无穷："画檐初挂弯弯月"，是新月；"银汉无声转玉盘"，是满月。写春夜之月，有"淡月朦胧"；写秋末之月，有"清夜无尘，月色如银"。泛舟望月，"一江明月碧琉璃"；幽静之夜，"明月如霜，好风如水，清景无限"。

武衍写的"弄月吹箫过石湖，冷香摇荡碧芙蕖。"（《秋夕清泛》）描绘出秋月玲珑，风送荷香，诗人船头吹箫观月，别有一番意趣。辛弃疾写的"一轮秋影转金波，飞镜又重磨"（《太常引》），写中秋圆月似金波，似飞镜。"转"而"磨"，既见其升起之动势，又见其明光耀眼，一派生气勃勃的景象。

诗人追求光明澄澈之境。宋代邵雍写的《清夜吟》："月到天心处，风来水面时；一般清意味，料得少人知。"描写出月亮正走到天心、微风正吹拂着水面时，那种清美的感觉、心怡的境界，难以言喻，有多少人能体会到呢。这里诗人心灵之高洁与冰清玉壶般的明月之高洁，结在了一起，人与自然融为一体，表达出一种"物我相知，天人合一"的意境。

杨万里的《好事近》："月未到诚斋，先到万花川谷。不是诚斋无月，隔一庭修竹。如今才是十三夜，月色已如玉。未是秋光奇艳，看十五十六。"此词中的"诚斋""万花川谷"是词人的书斋、花园名，花的芬芳、竹的正直、玉的坚贞，而月光朗照下的斋、竹、园不正是词人超凡脱俗的精神世界的窗口吗？词人那种高贵、雅洁的品格不正呈现在读者面前吗？

唐太宗写的《辽城望月》："玄菟月初明，澄辉照辽碣。映云光暂隐，隔树花如缀。魄满桂枝圆，轮亏镜彩缺。临城却影散，带晕重围结。驻跸俯丸都，伫观妖氛灭。"诗人收复辽东，登上辽城，但见明月初辉，光照辽碣（碑）。描绘出月光隔树花如缀，微光渐明满桂枝，笔下传神，烘云托月细致入微，表达了"伫观妖氛灭"的愉悦心情。宋代岳飞写的"三十功名尘与土，八千里路云和月"（《满江红》）、"好山好水看不足，马蹄催趁月明归"（《登池州翠微亭诗》），道不尽的是诗人收复失地的报国壮志。

明月跨越时空，亘古不变，阅尽人间变幻，是历史的见证和永恒无限的象征。白居易写道"天地迢迢自久长，白兔赤乌相趁走"，李白写道"今人不见古时月，今月曾经照古人"。诗人感叹宇宙的无限和人生的短暂，油然升起对道和永恒之境的追求。

如刘禹锡写的"尘中见月心亦闲，况是清秋仙府间……碧虚无云风不起，山上长松山下水。群动悠然一顾中，天高地平千万里。少君引我升玉坛，礼空遥请真仙官。"诗人以月光朗照下的天地山水反衬中秋之月，畅想游仙宫，写欲仙之感，表达出对仙灵世界的向往。

圆月被视为团圆的象征，当月行中天，光照天涯，四海共睹，此时人们怎不思念故乡、亲友及家乡的一切！人们把思念、祝福、问候寄托于明月。唐代杜甫写道："露从今夜白，月是故乡明。"（《月夜忆舍弟》）露无夜不白，因落在今夜，故曰露从今夜白；月无处不明，但心在故乡，故曰月是故乡明。白居易写的"共看明月应垂泪，一夜乡心五处同"，描写出人们彼此互相牵念的心情。李白写的《望月有怀》："寒月摇清波，流光入窗户。对此空长吟，思君意何深！"由风景转入心境，表达了月夜对友人的深深思念。

"海上生明月，天涯共此时"（张九龄《望月怀远》），此句千古传诵，背景阔大，具有一种高远深邃的气象，它没有用一个华丽的字眼，却自然天成，道出了人们此时共同的心声。在海天辽阔的境界中，那一轮明月究竟意味着什么呢？有着怎样广袤辽远的意境？一个"共此时"凝聚了千秋万代亿万人美好的期盼和祝福！

孔子的治国之道

　　我半仰半坐在临窗的沙发中，读完《论语》和《孔子家语》，就仿佛亲临其境，拜访了这位拯救社会良心，又饱经政治风霜，且最终难以实现自己远大理想和治国抱负的长者。他平静地面对世人，坐在弟子中间，充满睿智的目光透露出非常人所具有的某种忧虑与豁达，某种忧国忧民却难以用三言两语表达的人世真谛。

　　这就是中国古代伟大的教育家孔子。

道济天下

　　一次，孔子到北方游历，攀登农山，子路、子贡、颜回随从陪伴。登上巅峰，孔子极目远眺，深深吸了一口气，感叹道："登高望远明志，你们几个何不在高山之巅，说说各自的理想志向，放开坦荡的胸怀，没有不可以说的。我帮助你们选择。"

　　子路第一个走上前说："我希望手持像月亮一样洁白的帅旗，将士挥动像太阳一样火红的旌旗，鸣钟击鼓的进军号角，上震于天，下动于地，率大军英勇驱敌，一鼓作气地开拓疆土或夺回失地。而子贡与颜回可帮我出谋划策。"

　　孔子听了说："勇敢啊！"

　　子贡也走上前说："我想如果有一天，若见齐国与楚国于苍莽原野中交战，两军对垒，尘埃四起，两国将士格斗厮杀，实力相当，难解难分。正当这千钧一发之际，我身着白袍，头戴白冠，奔走游说于两国之间，讲述战争将给两个国家导致的利害关系，不动一兵一卒，顿解两国纷争。而子路与颜回可为我临阵助势。"

孔子听了说："舌辩哉！"

颜回躲在后面，一直静默无语。孔子便对他说："颜回，你为何一言不发，难道没有理想可说吗？"颜回回答说："文、武两方面的事，他们已经讲得很好了，我还要说什么？"孔子说："尽管如此，但各人有各人的志向，你还是谈谈你的愿望吧。"于是颜回说："我听说香草和臭草是不能盛在一个器皿里的，唐尧和夏桀不能在同一个国家执政，这也是物以类聚吧。我希望能遇上明王圣主而辅之左右，推行五个方面的教化，以礼乐开导官兵和百姓，使他们不再修缮城郭备战，不再越过沟池远征。百姓讲信修睦，人民安居乐业；兵器铸为农具，城池复为良田；人们可以在草原上放牧牛马，夫妇不再受分离后的思念之苦，天下太平，永无战祸。如果能出现这样的局面，仲由之勇就没了用武之地，端木赐的辩才亦无术可施了。"

孔子听了说："美哉！德也。"

子路鞠躬行礼请问孔子："夫子您选择哪一个呢？"孔子说："不损失财力，不伤害百姓，又没有浮夸的话，那么我要推选颜回了。"坚持道济天下，使百姓生活和平安宁，这正是孔子之志。

诚实为本

鲁哀公虔诚地请教孔子："请问先生选拔人才要遵循哪些原则？"孔子回答说："各尽所能而任用相应的官职，不要选拔花言巧语的人，不要选拔口吐狂言、妄语连篇的人，不要选拔多嘴多舌的人。花言巧语的人多为贪婪之徒，狂言妄语者最易惹是生非，多嘴多舌的人往往喜好欺诈。所以把弓调顺了再求它的强劲，马驯服之后再求它的精良，士人一定要诚实，然后才可以考虑他具有的才能。如果为人不诚实，即使是有大才能，也如同豺狼一样不可接近。"

东流之水

孔子观赏东流的河水。子贡问道："君子对流过眼前的滔滔河水总要全神观赏，这里面有什么道理吗？"孔子认真地回答了这个问题："因为它流动不息，而且不偏不向地惠赐万民又显得无为无功，水好像颇有德性；它流向低处，弯弯曲曲，必然循着一定的轨迹，好像在讲道义；它浩浩荡荡，没有竭尽的时候，这好像在行大道；它流淌奔赴万仞溪谷而无所畏惧，说明它很勇敢；不论河水涨了多少，它始终能保持必然的均平，这好像讲究法度；盈满时无须人为调整而自始至终保持着水平线，这好像是很公正；本性柔弱而无微不达，这好像是善于明察；发源以后必然奔向东方，这说明了它的志向；有流入的，有流出的，万物靠它趋向新鲜洁净，这如同善的教化。水的德性这样美好，因此君子见到它一定会认真地观赏。"

无不可教

西周时，虞、芮两国国君为了疆野的界限争执不下，他们便一起到周文王那里去评理。两位国君来到周国，看到的是"入其境，则耕者让畔，行者让路"，"入其邑，男女异路，斑白不提挈"，"入其朝，士让为大夫，大夫让为卿"，放眼一派君子之风。两相对比，内心羞愧，两位国君彼此说道："像我等小人，有何脸面上君子之堂，让文王给评理呢？"还没有见到文王本人，他们就都主动把所争之地让给对方，结果双方都推让不受，这块土地便被闲置起来，后人称之为"闲田"或"闲原"。邻近的诸侯闻知此事，都以文王为典范，并纷纷前来归附。

孔子赞叹道："文王之道非常伟大，没有任何有意的举动而使人发生了变化，没有有意做任何事情就接近了成功，这是因为文王能够一丝不苟、严于律己、恭敬待人，而虞国和芮国便因此得到了平定。所以《书》曰'惟文王之敬忌'，是说惟有文王能够谨慎真诚地修养节制自己，这就是圣人德行的感化呀！"

因情理政

子贡问孔子："从前齐国国君向先生请教治国理政的方法，您说：为政的关键在于节省资财；鲁国国君向您请教治国理政的方法，您又说：为政的关键在于晓谕臣下；叶公向您请教治国理政的方法，您却说：为政的关键在于使近处的人欢欣，使远处的人归附。三位国君请教的是同一个问题，但您的回答却不相同。这样是不是对治国理政的关键有着不同的见解呢？"孔子说："我是根据他们各自不同的实际情况说的。齐国国君建造亭台楼阁时十分奢侈，他过分迷恋在园林里嬉戏玩乐，对宫中女官掌管的音乐舞蹈始终兴趣十足，一个早晨就把有千辆兵车的家产赏赐了三个人，所以我告诉他为政的关键在于节省资财。鲁国国君有三个大臣，在国内结党营私以愚弄君主，对外则排斥诸侯国君的宾客以掩蔽鲁君的圣明，所以我告诉他为政的关键在于晓谕臣下。楚国地域辽阔而都邑少，百姓有离叛的念头，不安心居住，所以我告诉他为政的关键在于使近处的人欢欣，使远处的人归附。这是三位国君为政不同的主要原因。《诗经·大雅·板》中说：死丧祸乱民财空，怎不爱护我大众！这是悼伤不加节制地一味奢侈而导致的祸乱。《诗经·小雅·巧言》中又说：谗邪不恭无止休，实为大王所病忧。这是悼伤奸臣蒙蔽君主而导致的祸乱。《诗经·小雅·四月》中还说：祸乱使我忧病深，何处归往常安身。这是悼伤百姓离散而导致祸乱。明白了这三种情况，为政者所要追求的目标，怎么可能完全相同呢？"

孔子永远活在人们的心中。他那种源远流长的中国师道尊严，那种有教无类和循循善诱的教育理念，那种宽厚待人的行为品格，那种理解社会亦理解人生、理解自己亦理解他人的心灵智慧，那种心怀若干无奈而又乐观豁达的人生境界，那种自由和自信表达自己人生志向的音容笑貌，都完完全全地体现在他言谈举止中了。

茅盾穿过"紧鞋子"

今年是茅盾先生诞辰一百二十周年，令我想起了先生的几件往事。

二十世纪三十年代，一家报纸约茅盾先生写一篇关于"我与文学"方面的文章，他却以在小学、中学学绘画与读小说为背景，写了一篇《我曾经穿过怎样紧的鞋子》。

小时候原本喜欢绘画的茅盾，经过小学、中学两位美术教师的多年训教，深深感觉到了穿"紧鞋子"的滋味儿，且渐渐失去了对绘画的热心。

上小学时教茅盾绘画的老师是一位六十五岁的国画家，他最擅长的本领是画"尊容"，茅盾曾祖的《行乐图》就是这位老先生的杰作，大家都说画得很像。他教绘画，只是让每个学生买一部《芥子园画谱》，让学生自己一幅一幅、一遍一遍地临摹。他自信地告诉学生："临完了一部《芥子园画谱》，不论是梅兰竹菊，山水翎鸟，全有了门径。"

他的教学刻板而又永恒。在茅盾的记忆里，"他从不自己动手画，他只批改我们的画稿；他认为不对的地方，就赏一红杠，大书'再临一次'。"

茅盾上中学时的美术老师也是一位国画家，年纪也不小了，他不是"尊容画家"，教学生的方法也不尽相同。他上课时，自己首先在黑板上示范地画一幅，他一面画，一面叫学生在下面临摹。他认为，"画画儿最要紧的诀窍是用笔的先后。所以我要当场一笔一笔现画，要你们跟着一笔一笔现临；记好，我落笔的先后哪！"这位先生教学又认真又卖力，有时画好了那幅"示范"的画儿以后，还拣画中最细微最难画的部分点出来，在黑板的一角加以放大，如同电影中的"特写镜头"。

茅盾还是很怀念这位既和气又热心的先生。他猜想这位老师上小学时大概也曾在《芥子园画谱》一类下过苦功夫。但是他并没有把《芥子园画谱》原封不动地传给学生，总是变着花样地教授学生。茅盾说，像这样较灵活授课的老师，"在那个时候已经十分难得了。"

尽管如此，茅盾对绘画的兴趣已渐渐淡泊，除了上绘画课还不得不穿那双"紧鞋子"外，课余时间几乎全转向了读小说。国文教师称赞过茅盾的"文思开展"，但是指出他的文章，"有点小说调子，应该力戒！"国文教师是一位"孝廉公"，还是茅盾的"父执"。当他知道茅盾家大人不限制他读小说后，很不满意："你的老人家这个主张，我就不以为然。看看小说原也使得，小说中也有好文章，不过总得等到你的文章立定了格局，然后再看小说，就没有流弊了。"先生摸着下巴告诫茅盾："多读读庄子和韩文罢！"

先生的话自然要听的，但被迫读《庄子》与小学时专临《芥子园画谱》的滋味一样，最初临摹，欣然若有所得，但总是"再临一次"，就异常乏味了。那位老画家和这位"孝廉公"的用意或许是一样的，要茅盾先"立定了格局"！

读《庄子》远没有读小说有趣儿。茅公当年在那篇《我曾经穿过怎样紧的鞋子》中无可奈何地说："假使当时有人指定了某小说要我读，而且一定读到我'立定了格局'，我想我对小说也要厌恶了罢？……不过从前的老先生就要人穿这样的'紧鞋子'。"

临摹是需要的。胡适先生曾说过："创造是模仿到十足时的一点新花样。"但是要真的临摹到"立定了格局"的程度，恐很难再做出什么"新花样"来了。有人说，不要临摹作品，要临摹生活。其实这话也不完全正确，文学艺术仅仅临摹生活是不够的，而是要表现生活。表现的过程不同于照相，不是还原，应该有创造。明代钱琦在《钱公良测语·导儒》中就书法谈了"摹古"与"忘古"的辩证关系："作字者贵摹古，不摹古，犹木之无本，水之无源也；又贵于忘古，不忘古，纵笔笔相肖，只字之奴耳。"我以为重读茅公这篇《我曾经穿过怎样紧的鞋子》，对今天的教学乃至文学艺术创作都不无益处。

小说

军魂

一

低垂到马甲山肩头上的夕阳，把最后一缕金黄中透着橘红色的光线，毫无保留地投射在山下的公路上、草丛中和界溪河的大桥上。

他手扶着大桥上的水泥栏杆，两只爬满血丝的眼睛呆痴地望着桥下的流水，一直凝视了很久很久。

他在大桥上心事重重地走来走去，心像一个沉重的石块，不住地往下沉落。他从桥的这头走到那头，又从那头走回这头……用铅一样的步履丈量自己的哀愁，丈量人生旅途上的痛苦和烦恼，像一个沉思默想的诗人，小心翼翼地数着他忧郁的思绪。

界溪河却像一位有急事的行人，步履匆匆，挟带着沉甸甸的红泥浆，一泻千里。几墩高大的水泥桥桩，把湍急的河水劈成几瓣，界溪河发出惊天动地的轰鸣。

河床里是滚滚不尽的红泥浆，山上和界溪河的两岸，到处盛开着火一般的木棉花，夕阳给半个天空涂抹上胭脂，通红的流云缓缓地飘动……河是红色的，山是红色的，地是红色的，天也是红色的，真是个名副其实的红色的春天。可是，巴桑把这一切都看成了血，仿佛都是用烈士的鲜血染红的。

从界溪河烈士陵园回来，他完全失去了自持的力量，思绪失去了平衡，思维长时间地无规律地跳跃着：战争——树苗——战友鲜血——头条新闻——妻子来信——烈士亲人……每一个瞬间的闪念，每一个模糊不清的画面，都强烈地、无情地向他的判断意识传递着一个简单的只有一个字的信息，那就是"死"！

二

然而，死并非是他轻而易举的决定。

"巴桑连长像丢了什么……"

"也许丢的东西太多了。"

"他丢了魂儿……"

战士们担心他们的连长，悄悄议论着。

这几天，他除了去过一次医院，几乎每天都是在界溪河烈士陵园里度过的。在那里，陪伴着潮湿寂寞的早晨和悲凉痛苦的黄昏。这几天是他一生中唯一失去希望和欢乐的日子，只有无边的哀伤的情绪和重叠交错的阴影，像个巨大的蜘蛛网似的紧紧缠住了他的心灵。就是一阵风吹来，他也会打一个寒战。在松树和墓碑的阴影中，他胆怯地抬起头，于惊恐和绝望中看见了"死亡"在挥手。耳边回响着炮火、霹雷，甚至是山崩地裂的声音。他心中本来充满阳光，充满生命的春天，可是，残酷的命运竟然像开玩笑似的嘲弄了一个勇敢追求生活和光明的人，猛然间把他推到了死亡的边缘。他不是不珍惜自己宝贵的生命，是生命已经成了他良心的负担。

界溪河陵园安葬着一百九十位烈士，那是一百九十颗中华民族的忠魂啊！墓，好像是挂在青山胸襟上的勋章；碑，却是中华儿女忠于祖国的情思的凝固体。陵园的一草一木都向他诉说战士的英勇，军人的责任。在这些烈士的坟墓中间，有一个使巴桑日夜痛苦，使他灵魂时刻不得安宁的坟墓……他意识到，在生命的征途上突然遭到死亡的袭击；他的愚蠢的行动的结果，使他再不怀疑自己是这个世界的多余者了。他眼睛里从早到晚盛满了泪水，像天空密布着朦胧的云雾，可是盈盈泪水却熄不灭他心头的愧悔和悲痛。

从山上刮来的三月的微风，掠过坟头，掠过一丛丛墨绿鲜嫩的草叶，发出阵阵凄凉的哀怨。他感到他的罪过连大自然也不能原谅了，仿佛每一株小草、每一片树叶，都合起伙来抱怨他、谴责他，甚至讥笑他。

马甲山伸出无数绿色的手臂，捧举着折射出灿烂霞光的火烧云。按照当地老乡的说法，明天是一个难得的大晴天。他没有注意这些。他好像已经没有勇气正视未来了，也没有力量去平息心中的悲哀。

回到驻地的房子里时，他感到有某种充满怜悯、宽恕和损害人的尊严的东西，在一瞬间闯进了流泪的心灵。他像儿时受了别人的侮辱一样难过，尽管只是一瞬间，像鹰的翅膀在草原上留下的一掠而过的阴影似的。他长久地闭上眼睛，伴着黑暗和思索，这样好像可以暂时逃避开谴责的追逐和痛苦的包围。

窗外，是他初到这里驻防时亲手栽植的冬青树。它在春风中显得十分活泼，不停地摇晃着周身的枝叶。室内，那幅老人双手捧着泥碗的油画，比往日越发显得深沉、逼真。他害怕看见这一切，双手抱紧脑袋，把眼睛深埋在胸前。

远处传来阵阵号音。战士们打靶归来了。

他终于在号音和战士整齐的脚步声中睁开眼睛，视线恰好落在床头左面的墙壁上。只见白色的墙壁上并排挂着两个物件，一个是巴桑专门盛酒用的铝水壶，另一件是他的手枪。

他极为庄重、严肃地在手枪和水壶面前站了几分钟，好像默哀。

他轻轻地摘下水壶，拧下盖子，先试探着喝了一口，接着一仰脖把大半壶酒一饮而尽。

他感到脚底下很不稳当，像踏在漂荡在海浪中的船上，屋子在转，窗外的冬青树在旋，地在倾，天在垮。他在恍惚中好像听见了一个遥远的却又十分熟悉的声音：

"孩子，去吧，去吧！藏族的儿子是英勇的……坚韧不拔是我们民族的性格！"

"如果你的兄弟已经倒在血泊中了，那你还有什么人间荣耀值得留恋？"

第一个声音分明是父亲的教诲。

第二个声音正是藏族古老的格言。

这声音由远到近，又由近到远，在整个空间震荡着，回响着，使他头晕目眩。

"如果你的兄弟已经倒在血泊中了，那你还有什么人间荣耀值得留恋？"

他向前移动了一步，举起已经痉挛的右手，扯下那支五四式手枪。

"如果你的兄弟已经倒在血泊中了，那你还有什么人间荣耀值得留恋？"

他又一次闭上眼睛（并且下了永远不再睁开的决心），把枪口对准右太阳穴，低低地含混地喊了一声：

"永——别了，光荣的——连队！"

他随着最后出口的两个字，后退到床边，一屁股坐在床上，然后猛然扣动了一下扳机。

三

巴桑瘫倒在自己的床上。

营长和连指导员坐在他的床前。

靠桌子坐着的营长，像小孩子摆弄玩具手枪似的好奇地摆弄着巴桑的五四式。他一言不发，一会儿显出闷闷不乐，一会儿脸上又流露出狡黠的智慧的微笑。他五短身材，三十岁出头，脸蛋子上有一处伤疤，胡茬子很凶，看样子有半个月没刮过了。

指导员是位眉清目秀的美男子，见他第一面就让人信任，几乎每个战士对他都有好感。

他弯下身子，双手死死地握住巴桑的左手。他气愤中掺杂着几分对巴桑的心疼。他喘着粗气，呼吸的间隙不时夹着轻声的叹息。

"你真是愚蠢，愚死了，再没有你这么愚的了……为什么这样轻视自己的生命？生命并不是我们自己的，你没有这个权利！巴桑……"指导员两只漂亮的眼睛满含泪水；他像个孩子揉了揉眼睛，然后又重新紧紧地抓住巴桑的左手腕子，仿佛在抓着战友的生命。

"哼！你想得倒轻快，自己眼睛一闭，一了百了，可我能让你那么便宜吗？"一向不饶人的小个子营长，在这种非常情况下也不轻易放过巴桑。他把"五四式"往桌子上一撂，站起来喊道，"你以为我不知道你，在烈士陵园里像女人似的哭天抹泪；在界溪河大桥上转来转去。我早料到你会给我来这一手的。果然如此了。可是你没有料到，我两天前就缴了你的全部子弹。……巴桑同志，我请你冷静地想想，你这叫什么行为？我真为你害羞！"

一向以细心出名的指导员，这时才恍然大悟。他从内心里承认：最了解巴桑的莫过于营长了。

巴桑睁开眼睛，像从另一个世界里重新回到充满光明的人间。他猛地坐起来，像一座拔地而起的山峰。他的左手仍然在指导员的双手里攥着，右手却如钳子一般抓住营长的胳膊。小个子营长都有些受不住了。

"生命对我……已经是多余的了。你们不让我死……成心让我的良心受折磨。这太……也好，那就把我送交给军事法庭好了。送去吧，我求求你营长，好营长，给我灵魂一点安静吧。求求你，我求你了，营长！"

指导员的心被撕裂了一般痛苦。他突然产生了一个从没有过的感觉，连长——这个近三十岁的藏族战友，像个新生的婴儿一样纯洁。他一句话也说不出来，只是用力迫使巴桑躺下，让他在平静中恢复理智。

小个子营长再也坐不住了，在房子里来回不停地走着。他一把摘掉军帽，然后又解开风纪扣和第一个纽扣。

"巴桑——你不是个小孩子，你是解放军的连长，是个共产党员……自杀，对共产党员意味着什么，你想过没有？"他拉开巴桑的桌子抽屉，从里面翻出半包带嘴的"红塔山"，燃着后大口大口地吸着，呛得他不住声地咳嗽。"我希望你……我也求求你，巴桑连长，不要把一个军人的理智和责任像一壶烧酒那样一饮而尽。"

巴桑的心好像同时扎了几十根钢针，万分疼痛、难过，由于精神极度紧张和浑身疲惫不堪，他的心脏像一台失常的马达，像一台掉了螺丝的水泵，跳动形同震颤，强烈地压迫着呼吸；他用两个拳头轮番擂自己的胸膛。过了好一会儿，他略微安静了一些，却用已麻木的双手捂住脸，一边哭着一边说：

"我该怎么办呀？你们说说吧，我巴桑怎么做人？怎么见我的战士，我的亲人？你们说呀，说呀，我怎么办？"

"巴桑，我的好巴桑！"指导员把自己的娃娃脸贴在巴桑紫铜色的脸膛上。"听话，巴桑，冷静些。我知道你很难过，我和营长也一样，也是……"

营长不满指导员这种婆婆妈妈的感情，一把把他拉起来，狠狠地瞪了他一眼。

"怎么办？活着！敌人打不死就活着！一死了事，那是软弱，那是逃避，那是狗熊。你扪心自问，看你还像不像个藏族的儿子？"他抓起军帽，扣好纽扣和风纪扣，一边向外面走去，一边扭回头冲屋里喊了一句，"我要求你……我命令你，像一个军人似的活着！"

巴桑安静了。

他从羞愧的压抑中挣扎过来，惊异地一动不动，沉浸在梦一样的茫然中。

四

巴桑是藏族农奴的后代。他一九七一年入伍，一九七五年任一营三连连长。他块头大，身高一米八四。全团知道巴桑这个名字的人不多，可是差不多都知道三连有位"大个子连长"。有时连本连的老兵也这么叫他。他人长得很凶，嗓门也高，说话直率略带粗鲁，最瞧不起胆小鬼和软骨头。每逢连里接来新兵，他总是要一个一个地接见一次，见面说不上两句话就问："你为啥当兵？怕不怕死？"

前年秋天，指导员从师里调到三连，两个人头一次商量工作时，他没有介绍任何情况，劈头就是一句："到连队来是自愿吗？你怕不怕死？"他认为军人的天职就是用生命保卫祖国。

他对战士要求严格，不论你是谁，不论你有过什么功劳，犯了错误就别想躲过他的一顿批评。他还有个与众不同的脾气，往往是从人们挨了批评后的反应中，认识干部和战士。

还在二排长石林当副班长的时候，有一次他超假了一个多小时。巴桑当着全班战士的面狠狠地刮了他一顿。石林受不住了，觉得丢了面子，气得脸红脖子粗，足足有一个星期没有理巴桑。新兵都以为石林这回算把连长得罪下了。不料巴桑倒因此喜欢起石林来。他跟指导员说："石林这家伙有火性，知道要脸皮。有自尊心的人总会有出息，我看是个好苗子。"相反炊事班长尹占江有一次开饭迟了，挨了批评，巴桑说他一句他点一下头说一声是，不论巴桑批评得多严厉，他全都嬉皮笑脸地接受。巴桑对他这种态度比他开迟了饭更气愤。

"你是日本人训练出来的？"

"啊？……"尹占江搞不清连长的话是啥意思，支吾了半天，"啊，不……我看过电影，电影，《平原游击队》呀……"

"你哪像个解放军？从什么地方学来的这一套？没有骨头？鹰群里的麻雀！"他话说出口，又后悔说得太重了，走了火。

尹占江却毫无反感，立正地站着，满脸堆笑，嘻嘻地说：

"就是，就是，连长真是好眼力，我从小就爱耍麻雀，麻雀肉可香了……"

巴桑像吃了一个苍蝇，心里一阵恶心。

"人要脸，树要皮……"

对于一个不知道做人的尊严的人、一个可以把自尊心拿来当手纸用的人，批评已成了多余。巴桑不愿再浪费自己的语言，一甩袖子走开了。

尹占江当年秋后就复了员。

他的生活很简单，甚至是单调的，除了工作以外，几乎再没有其他爱好。他不会唱歌，不会跳舞（简直不像个藏族的儿子），不会下棋，不会甩老 K，不会打球，不会……似乎人间的乐趣都与他无缘。他平生只有两大爱好，一是栽树，一是喝酒。他喜欢树，喜欢极了。他说树是春天和生机的象征，它给人绿色的鼓舞，给人生存的氧气，给人类以彩色的生命。不论走到哪里，只要有一片绿茵茵的树木，他就感到生活很丰富，心里很充实。相反即使是再好的地方，如果山是光秃秃的，房前屋后都让空旷和日光独占，他就觉得生活中缺少了许多生气，不快中含着一种愤怒。

"不用打听，这里的'左派'一定少不了，红色太多（那里是红土壤），绿色就少。"

他认为，人一辈子若不给后人留下几千株树木，就等于白来人世间一回。他每到一处驻防，第一个重要行动就是带领全连战士播绿，把凡是能栽树的地方都栽上树。这里气候宜人，雨水丰富，一年四季都可以种树。他每天必在吹起床号前的一个小时起来，不洗脸，不漱口，下床就摸铁锹，到连里办的苗圃挖棵树栽子，到对面山坡上栽好，浇上水，然后在河边洗脸漱口。当他朝连部走回时，恰好司号员吹响了起床号。天天如此，比时钟还要准。有一次巴桑感冒了，起迟了，司号员到了吹起床号的时间，仍不见连长下山，他竟然怀疑起自己的表是不是出了毛病。他爱喝酒，却绝对不是酒鬼。他喝酒大多是在四种情况下喝，一是喜庆的时刻，二是庄严的时刻，三是关键的时刻，四是愤怒的时刻。

自卫还击战打响的前夕，他从营党委开会回来，特意绕道去团服务社买回两瓶"双沟大曲"。他拎着两瓶酒走在通向三连的山路上。出征前的沉重和兴奋交织在他的心头；他沉思着，如何为此次出征壮行，竟不知不觉沿着小路登上了马甲山的顶峰。他在山风中挺立着，透过森林和山脉的间隙，眺望那云缠雾绕的郁郁葱葱的绿色世界。稀稀落落的边境村寨，升起袅袅炊烟。山谷、小道、树木、花草都散发着令人神往的春天气息，木棉树结着满头花蕾，一个个红色的花蕾，含苞欲放，给人一种向往和追求的力量。边民开始收工了，一队队人影走动在像红线条似的土路上，他们肩上的农具和民兵肩上的武器，在夕阳的余晖中闪烁发光。

"让盯着邻人玫瑰花的家伙，也看见它身上的刺吧！"巴桑暗暗地说。

当巴桑回到连部时，天已经黑了。他把"双沟大曲"倒进水壶，便拎上它去召集全连干部开会。早已回到连里的指导员，料定巴桑是去服务社了，此时见他拎着水壶来开会，便猜个八九不离十。

有关自卫还击的意义，以及一切属于思想动员的话，按惯例一概由指导员包干，他连一句补充的话也没说。指导员讲完了，他不慌不忙地站起来，极其严肃地围着会议桌转了大半圈，在二排长石林的身后站住了。

"大家都听清楚了吧？不要光记在笔记本上。"

有几个连排干部立刻停止了说悄悄话，大家你瞅瞅我，我瞅瞅你。

"我是藏族的儿子，我们都是中华民族的儿子。"巴桑的脸色像一块没有完全冷却的钢板，红中透紫；他的声音像从一个厚厚的铸铁钟发出的，深沉宽阔，震人心弦，使在场的人觉得心突然沉重起来，室内的空气也仿佛顿时凝重了，会议室的气氛变得异常肃穆。"儿子的义务就是保卫母亲，听母亲的召唤。"他继续说下去，"我们都是党员，都是干部，汉族同志都懂得，打灯笼的人得走在前头。我希望大家都成为勇敢的指挥员，都当英雄，别当狗熊。"巴桑停顿了好一会。他咄咄逼人的目光在每个人的脸上盯了几秒钟，然后落在那个水壶上，一把把它抓在手里，郑重得声音都有点变调了。

"没有勇敢精神的军人，就是没有鲜花的春天。同志们，不怕死的——喝酒！"

他首先喝了一大口，然后递给了指导员。

水壶在十几个干部手里传递着，不论会不会喝酒，每人照例一仰脸，咕咚一大口。水壶转了一圈，又转回巴桑手里。他晃了晃，还剩些许，便全部给报销了。

巴桑的水壶经常装着酒，可是他从不轻易地拧开盖子。

这次，他以自己的方式和全连干部喝了誓师酒，第二天便带着连队走上了战场。

五

屋子里死一样沉静。

点了很久的日光灯，镇流器发出的断断续续的响声，像只有病的蟋蟀在叫。

巴桑双手抱着头躺在床上，两只没脱鞋的脚蹬着床头。他两只眼睛无目的地扫视着：悬吊在天花板下面的日光灯管，布满了苍蝇屎；迎面墙上不知哪年哪月掉了两块墙皮，那块大"伤疤"像口大棺材（越看越像），旁边的一块像一棵高大的松树……他嗅到一股气味，是潮湿气吧；屋子怎么变得窄小起来，像个大木箱子，巴桑感到又闷又热。他想把所有的门窗统统打开，让不安静的灵魂呼吸些新鲜空气，可是他又不想爬起来。

他羞愧、恼悔，甚至还有点委屈情绪。他想到命运，想到荣誉和耻辱，想到友谊和爱情。他想了许多许多，思绪乱极了。

生活里有些事是很奇妙的。

他很小的时候，好像只有八九岁，跟阿爸在甸子里放羊。洁白的羊群像云朵在草地上滚动。家乡的草原可辽阔了，可美了，尤其它是被一个美丽的高原湖泊一分为二，一半到处开着金色的格桑花，美得迷人；另一半则是连接着茂密的原始森林，挨着森林边缘的地方却盛开着一种枝干高大而又粗壮的杜鹃。他经常在学校放假的时候跟阿爸到这里来放羊。

有一次他穿着一套新做的藏袍又去跟阿爸放羊，虽然把自己套在一件新衣服里使他显得有些笨手笨脚，但他却很高兴，也很自豪。阿爸说他将来一定能长成大个子，成为一个好样的牧人。临近黄昏的时候，阿爸到林子里采蘑菇去了，留下他一个人照管羊群。他明白这是阿爸对他胆量的考验。他很高兴接受这种走向成年的锻炼和考验。他多希望自己也能像大人一样独自放牧羊群呀！

猎狗"赛狮子"是小巴桑的好朋友，凡是他有了好吃的，总要分一半给赛狮子，有好几次因此受到阿妈的责备。每次巴桑来放羊，赛狮子总是两只后腿坐在地上，两只前腿支撑着，不是在他的左面，就是在他的右面。今天赛狮子不知什么时候也溜了号。它是不是也想考验考验自己的主人和朋友！

夕阳把树影拉得很长很长，草原显得一片悠闲恬静。可是，羊群突然骚动起来，草原上出现了一只恶狼。他恐惧地站起来，看着那只灰狼一边东张西望着，一边朝一只吓得发抖的羊羔摸去。小巴桑想呼喊阿爸，可是已经来不及了。再说这是真正的考验呀，小牧人不也是牧人吗！是牧人就有责任保护羊群。小巴桑多么渴望做一个像阿爸那样受人尊敬的勇敢的牧人呀！他急中生智，双手举起一块石头，毫不犹豫地向灰狼狠狠地砸去。只听见"咩"的一声，羊羔被石头砸得脑浆四溢，灰狼却逃之夭夭了。小巴桑哭了，他抱着血淋淋的羊羔哭得没完没了，伤心极了，崭新的藏袍都染上了血污。

"怎么搞的，命运也走回头路吗？"

六

巴桑不耐烦地翻了一个身，极力想摆脱那些悲剧的回忆，然而记忆的悲剧却顽固地攫住他心头不放，像自己的影子似的摆脱不掉。

枪声零落，夜色深沉，浓重的大雾把战士的军装打得湿漉漉的。

巴桑半醒半睡地打了一个盹，总共没有吸一支烟的工夫。与其说他困倦，还不如说他想借助片刻的睡眠，缓和一下内心等待的焦急和忧虑。二排长石林带着一个班插到敌后，去完成团指挥部交给的一项极不寻常的任务。

他看了一下手表。

过了不到两分钟，他又把左手腕子凑到昏暗的马灯下……秒针一圈一圈不紧不慢地转动，时针和分针正如一把剪刀交叉着，仿佛要把巴桑的心剪成碎块。

他的情绪不好，有一种说不出的烦躁，思绪像暴风中的秋叶一般纷乱。

他们出发已经将近五个小时，按预料的最坏的一种情况，也该返回了。石林是让人可以放心的干部。他不缺少勇敢，也有相当的智慧，参军已满五年，军人的生活把他磨炼得精明强干起来。可是，战争有太多让人难以预料的事情，它的不测性和多变性超过了任何其他事务。

"究竟哪一片乌云会带来暴雨，难测呀！……石林他们是不是与敌人遭遇了……"巴桑一直坐在马灯旁边，双手托着下巴，一种不祥的预感油然而生。

这个战地连部，昨天还是越军的一个营指挥所，三连有六个战士为夺取这个指挥所献出了生命。巴桑的挎包里又多了六枚红五星。

从石林开始，他默默地思念着插入敌后的每一个战士。他们的相貌，他们的口音，他们的个性，他们的情趣……连他一向很少注意的两个新兵，都一一在他大脑的屏幕上映现出来。他们中间最大的是石林，二十三岁多；最小的叫王索知，还没过十七岁的生日。

忧虑，不断在他心头上增加砝码，放心和信任便随之失重。石林是勇敢的，可是谨慎是勇敢的翅膀，他的翅膀羽毛丰满了吗？石林也是机智的，可是最机智的人，也看不见自己的脊背呀！

营部通讯员一脸不高兴地闯进工事，传达了团指挥部的一项命令。然后老气横秋地说：

"大个子连长，你的步谈机哑巴了？哎呀，害苦了人啦！'"

巴桑把穿了几个弹孔的步谈机，没好气地扔给通讯员。

"都成了蜂窝了……你蹲在指挥所里说话不腰疼？带回去吧，给你们营部搞多种经营用！"

"乖乖，好厉害呀！"通讯员知道大个子连长的脾气，连忙赔笑脸讨好地说，"三连长，说真的，你们连这次也算打出了名堂，头一仗就立了集体二等功……对了，你听'半导体'没？这两天，中央台连着播了你们两次。你们三连这回是七仙女坐军舰，美名远扬了……"说到此处，他凑到巴桑耳朵边上，无比神秘地："大个子，告诉你一个最新、最机密的消息，营党委给团里口头报告了，要提你当副营长哩！真的。听说我们这次作战，叫作有克制的惩罚侵略者，很快就要往回撤，回撤后你可得请客……"他看巴桑的眼神不对劲，立刻闭上了嘴，转身就溜。他走出工事又回过头来嘱咐道："三连长，我可什么也没跟你说过，讲点交情……"

"油嘴！根本就不该让这号人待在营部。"巴桑想，我要是有权，第一个就打发他复员。

巴桑闷闷不乐地走出工事。

工事周围，草丛多半被炮火烧焦。这儿那儿，有一个个昨天和以前被炮弹炸的大坑。空气中散发着强烈的硝烟气味。他又想起昨天战斗中牺牲的那六个战士，牙齿咬得咯咯直响。这个连自己同志的过错也从不宽恕的藏族军人，怎能饶恕杀死自己战士的敌人！他把一腔复仇的烈火往下压了又压，全放在对下一个战斗的渴望上。

他忧虑和担心的事情终于发生了。

石林垂头丧气地立在连长面前。

"任务完成了，可是……回来的时候，遇上了一股冲锋队……"

"我还以为你遇上魔鬼了，一股冲锋队也值得你这样！遇上了，就打嘛！"

"打了。王索知同志……牺牲了。"

"王索知？……"巴桑霍地跳起来，竟然忘了这个越南人修的指挥所太矮，头碰在顶盖上，痛得他两眼乱冒金星。

生活呀，为什么人们用生命去灌溉花朵，而花朵却用来装饰死亡？

王索知是一个多可爱的战士！

他还不满十七岁，生命的春天才刚刚揭开序幕。战前，团里已经决定送他到贵州步校学习，送他去入学的汽车都开来了，他却变了卦，坚决要求参加自卫还击作战。他父亲是我国有色金属战线上著名的专家，在十年动乱中被折磨死了。现在家里只剩下一个患心脏病的妈妈，和一个风烛残年的外婆。昨天，攻打这个指挥所时，他们的班长挂花了，他被任命代理班长，他带着一个小组抢攻爆破，可是敌人两面火力夹击，子弹铺天盖地地向他们射来。稀稀落落的马尾草被子弹削断了；一个战士的钢盔已经穿了两个洞；眼前的掩蔽土包被子弹扫得尘烟遮眼……他们抬不起头，还不了枪。十六岁半的王索知，看着那块他父亲生前戴过的手表，总攻就要开始了，他非常焦急，仿佛看见小个子营长正不安地用望远镜注视着他们的行动；指导员深沉的缄默，巴桑连长担心的急躁……平日里，这个全连最小的战士寡言少语，他最瞧不起那些夸夸其谈的懦夫，也讨厌那些凡事都逆来顺受的奴才。他说过："有那么一些人，他们本来受党的恩惠最多，可他们的心却离党很远，甚至一点也不知道珍惜党的荣誉，爱护党的威信。"他早就盼着这一天了，把一颗鲜红的心，献给斧头、镰刀的旗帜，那是一颗知识分子后代的心。王索知一个箭步跳到另一个土坡边，大喊着，有意暴露自己，把敌人的火力引到自己身上，掩护其余三个战友攻上高地。夺下这个指挥所以后，所有的人都认为他英勇牺牲了，为他脱帽致了哀。可是谁也料想不到，过了一刻钟左右，他却用一支步枪当扁担，挑着两口袋罐头，唱着他湖南老家的山歌，突然出现在全连同志的面前。

桑木扁担轻又轻哟，
挑担茶叶上北京哟……

这是一个多么顽强的生命！是一个多么崇高和充满活力的青年！这么好的战士，怎么可能死呢？石林呀，你是怎么带的兵，把一个不能死的战士竟带到死神的嘴里？

"他在哪里？在哪里？赶快，赶快叫卫生员抢救，抢救！他不会死……"巴桑差一点失去了理智了，他怎么也不能相信，一个不足十七岁的战士，生命的酒会饮得这么快！

石林忍受着时间所医治不了的内心痛苦，惭愧得低垂下头，用小得连站在他对面的连长也听不清楚的声音说：

"连长，是我无能。敌人很多，当时我并不知道小王已经不幸，没发现……直到穿过高地才……他的尸体没有……"

这简直是往巴桑流血的心上扎针。他愤怒得失去了理智，朝着石林的前胸狠狠地捣了一拳，差一点把石林打倒在地。他粗鲁地骂道：

"你这个窝囊废，怕死鬼，你，你，你还有什么脸回来？"

石林抿着惨白的嘴唇，搓着冰冷的手掌，泪水在悲哀的脸上滚落，低语着：

"连长，连长，处分我吧，我错……"

"你没有错。"巴桑大喊，"你没有错，有错误的是我，我瞎了眼，看错了人，用了个窝囊废……"

"连长……"

巴桑没时间再去理睬石林。他睁大了愤怒得近似疯狂的眼睛，向四野张望了一下，把随身挎着的水壶取下，拧开盖子，一口气喝干了水壶里的酒，把空壶丢到弹坑里。他拔出手枪，喊来四川籍的连部通讯员，一步蹿过了战壕。

他们顾不上选择道路和地形，也不去辨别不时打来冷枪的方向，忘记了一切确实存在的危险和可能发生的不幸，拼命地向高地冲去。四川籍的通讯员个子矮、腿短，一路落在大个子连长的后面。巴桑骂骂咧咧地数叨不停，嘴里喷出一股股酒气。

"你是属猪的？猪也比你跑得快些……你真不该出来当兵，只配在家里抱着根棍子推磨……怕狼就别当猎人……靠右，那面有雷，笨蛋！一点脑子也没长……猫腰，猫下腰，你听不见枪声？猫不下腰？你是不是吃江米条长大的？……"

小通讯员一声不吭。他理解自己的连长，理解他此刻焦急和悲痛的心情。

越往高地上爬，大雾越浓。黎明前的黑暗，在浓雾的庇护下越发施展它的魔力。整个世界像扣在一口湿漉漉的锅里。

"连长，就在这一带遭遇的。"他刚才跟石林一起插入敌后，记住了地方。

巴桑靠着一株树站下了。他使劲揉了揉眼睛，缓和了一下过分紧张的呼吸，努力强迫自己恢复平静。

这里的地势异常险要，前面是被一人高的灌木丛封盖着的高山峻岭；左侧是一个阴沉昏暗的深谷，下面有一条湍急的河流，在山石嵯峨的谷底奔流；右侧则是一个无边荒原的开阔地。敌人是昨天后撤的，他怀疑留下了埋伏，或是有漏网的暗堡、盖沟。他警惕起来，把嘴贴在通讯员的耳朵上：

"闭上眼睛，蹲下，多闭一会儿……好，睁开吧，现在看清楚些没？"

巴桑的办法果然有效。

他们匍匐着前后左右地摸索，军装刮破了，手和腿流着血，不时地摸到敌人丢下的破钢盔、残缺不全的枪支和鞋、帽等物。

突然从右侧传来轻轻拨动草丛的声音。巴桑用力把小通讯员按下来，同时把枪口对准传来声音的方向。声音渐渐接近。他不眨眼地盯着有声音的右侧，心想，王索知不能白死，得有个偿命的。他右手食指紧扣在扳机上，真正是一触即发。

四川籍通讯员仍在黑暗中摸索着。他摸到一具尸体，摸着了手臂上扎的白毛巾，摸着了军帽，摸着了军帽上的五角星……他万分激动，竟然忘记了此时此刻是在什么环境之下，冒冒失失地喊起来：

"摸着了……"

就在这同时，右侧十米左右的地方，猛然立起来一个黑影。巴桑手疾眼快，不容对方反应过来，叭叭两枪点射，那个敌人连哼一声也没来得及，就应声倒下了，把草丛压得沙沙作响。

又等了五分钟的光景，不见再有敌人上来，巴桑拍了通讯员后背一下，示意他行动。

"王索知同志，安息吧！有了抵命鬼。"

他们把烈士遗体背回连部时，天已经渐渐破晓。指导员和战士们焦急不安地等待着。

人们围拢过来，纷纷摘下军帽。指导员把手里的帽子拧成了麻花，沉痛地低着头，泪水一滴一滴地落在手中的军帽上。

"二排长呢？他怎么没下来？"

巴桑厌恶地看了一眼说话的人。石林已经在他的心灵上留下了一道失职和耻辱的裂痕，而且只有当他的记忆死亡了才能使他忘却。他讨厌听到石林这两个字，反对任何人在这个时候提起他。

"不要再提他吧！让深埋在土里的根须，永远养着他这株幸运的禾苗。他没有脸来见烈士，没有脸。"

"连长，二排长也上去了。"

"他从右边上去的。"

"你们没碰见……"

几个战士惊疑地七嘴八舌。

指导员脸上的肌肉抽搐着，一种祸不单行的感觉突然袭上心头。他紧紧地攥住巴桑的手，声音已经发颤。

"巴桑，石林很惭愧。他流着眼泪，骂着自己，从右面那棵老树后绕着上去了。你怎么能没看见他呢？"

一个人一旦陷入悲痛和愤怒的深渊时，稍一失之控制，就可能失去理智；而一个失去理智的聪明人，有时竟不如一个傻子，往往会酿成更大的悲痛。命运一旦抓住人们的某些弱点，就不轻易松手，有时它能把一个人一直推到牛角尖上去，使你走投无路。巴桑的脸色难看极了，他本能地产生了一种不祥的预感。他什么话也没有说，转身又向高地跑去。

天大亮了。大雾夹着小米粒似的雨点，随着山风飘来飘去，像一伙游魂，不知哪里是自己的归宿。再向上攀登，一团团浓重的雨云，伸出无数又湿又冷的舌尖，舔着巴桑充血发烫的脸。树枝和草丛在风雨中发出近乎绝望的叹息和呻吟。

巴桑终于找到他开枪的那块地方，往前走了九米多远，看到一片被压倒的蒿草，草丛上染着鲜血，却没有人。他像找针线似的在周围搜索寻觅，只发现了一顶军帽和一个猎人常用来装火药的那种皮袋子。他翻过军帽，帽里子上写着个"石"字。这个"石"字像一颗子弹，射中了他。高大魁梧的巴桑连长顿时昏了过去。

七

白天的闷热和烦躁，消失在晚风吹拂的树影里。

熄灯号在星光下掠过寂静的营区，一扇扇窗户先后暗了下来，三连驻地在宁静中进入梦乡。

巴桑觉得整个世界都入睡了，只有桌上的那只马蹄表仍然毫无倦意地运动着。表的齿轮像刀子似的把南疆的春夜切割成千万枚鳞片，每片都堆积在巴桑的心口上。时间压抑着他，折磨着他。

这个一连之长，能够指挥一百多个干部、战士，能够把最凶恶的顽敌的气焰压下去，打垮他，消灭他，却驾驭不了自己感情的野马。石林，带着委屈和痛苦去了，给巴桑留下的却是渺茫的岁月，让他久久地受着良心的谴责和折磨。

那天早晨，巴桑被救醒以后，一连几天，总以为石林并没有死。回撤后，他这种感觉还持续了几天。他冷眼看任何一个干部、战士，好像都是石林，有时几乎要喊出名字。

回撤那天的下午，有一个抬担架的民工说，医院收容了一个重伤号，一直昏迷不醒，谁也不知道他是哪个部队的。希望又在向巴桑微笑，第二天天不亮他就爬起来，一口气跑了二十多里路，在开早饭时赶到了医院。

这个医院有舒适的环境，有充足的药品，有医术高超的大夫，就是太缺少安静了。哭声、喊声、争辩声，灌满耳鼓，完全是一种战争的炽热和混乱。医院门前，各种车辆插在一起，水泄不通。有送伤员和药品的军用卡车，有送蔬菜、肉食等慰问品的民用汽车、拖拉机和"手扶"，也有赶着牛车的，也有用自行车的。在医院里面，不论是走廊或是楼梯口，到处可以看见各族老乡随手放下就走的慰问品。一位白发苍苍的老妈妈，从人群中挤进屋来，她东看看西看看，把手中一篮鸡蛋放到一个人们碰不着的角落，满意地又挤出人群……

巴桑无心注意身边发生着的一切。他从这个病房串到那个病房，一张床一张床、一张脸一张脸地端详细看。可是希望向他开了个痛苦的玩笑，使他陷入深深的失望之中。

在七号病房，巴桑正在端详一个刚动完手术、头部缠着绷带的伤员。这时，护士领来一位撒尼老妈妈，她是探望受了伤的儿子。老妈妈还不知道儿子哪儿受了伤，总问要紧不。儿子的情绪很好，笑容满面地告诉妈妈，不要紧，过几天就可以出院。妈妈高兴了，紧张的担忧的情绪放松了许多。她打开手里拎着的布包，把带来的核桃、果干等捧给儿子和他邻床的战友。最后老妈妈从布包里取出一双千针细纳的撒尼人特有的布鞋。

"孩子，这是妈举在灯下一针一针纳的，真正的千层底，结实、耐穿、跟脚，一双能顶几双穿。穿上妈做的鞋，安南鬼子插上翅膀也逃不脱。"老妈妈见儿子的反应很冷淡，心里怪不高兴的。她看出来了，儿子已经看不上自家的土鞋了，辜负了她的一片情意。老妈妈转过脸对邻床的一位小战士说："这布鞋虽说不如公家发的鞋好看，可是它是祖宗传下来的，我们撒尼人总是喜欢自己的鞋。"她又回过脸来，对儿子慈祥地笑着。"妈给你穿上试试，看合脚不？"她边说边去掀儿子的被子。老妈妈的这句话和这个动作，震惊了整个病房，所有的伤员都哑然瞪着眼睛，病房像墓地一般死寂。老妈妈轻轻掀开洁白的被子，只见儿子的双脚已被锯掉，两条光秃秃的腿干像两根缠着绷带的橡子，渗出一片血迹。老妈妈吓傻了，张着已经掉了多半牙齿的大嘴，眼神发呆，像是看见了《阿细的先基》里讲的那个魔鬼的阴影。过了好一会儿，她仿佛才明白过来，一头扑在儿子的身上，放声痛哭起来。

"我的孩子……可怜的孩子……今后你可怎么生活？怎么生活呀我可怜的孩子……"

小战士没有立刻去劝解母亲。

让老人家哭一哭吧，或许眼泪会减轻妈妈的痛苦。

"妈妈，您别难过。"五分钟后小战士坐起来，扶着老人。邻床的另一位伤员递给她一条毛巾。"妈妈，我的两只脚换了十七个侵略者的头，是很值得的。妈妈，您别为儿子担心，以后我能安装假腿，去学习开吊车，学画画，还可以回村当小学教师……反正不用脚的事情多着呢！"

巴桑再也忍不住眼泪了，他双手捂着脸跑出病房。

往回走的路，显得那么艰难而又漫长。

云南的春天，阴晴不定。远山在昏昏沉沉的雾里打盹。山下的一条溪流不急不缓地流动，像给半睡半醒的大山哼着催眠曲。阴暗的空中又落下细细的雨丝，山路变得湿润起来。转过一个陡峭的山头，出现了一大片森林。一群上学的彝族、苗族少年从森林里钻出来，他们向巴桑致了队礼："解放军叔叔，您好！"一片彩色的云，一阵欢笑的歌，从他身边飞向远方；雨丝也闪烁着色彩。

他感到疲倦了，挽起裤腿，坐在一棵开着紫红色花朵的树下，左手扶着潮湿的地面，右手下意识地剥着树皮，直到拇指、食指和中指剥破了，流出血来，他才意识到自己的下意识的动作。

他想掏一张纸擦手上的血，掏出来的却是一封信，是爱人寄来的。

他的心猛地震颤了一下。昨天收到这封信的时候，他只看了开头几句就再也没有勇气看下去了。现在他把信纸轻轻地取出来，一点一点地打开，像在阵地上排雷那么小心谨慎。

巴桑：

这些天来，我和许多当兵人的妻子一样，焦急地（那焦急中隐藏着忧虑和渴望，甚至还有一些提心吊胆）注视着报纸上关于前线的每一个消息。不论手里做着什么事情，眼前闪动的总是炮火、流血、厮拼……我在挂念你，挂念前线的每一个士兵。白云带走我的思念，轻信捎去我的挂牵。我从来也没有这样强烈地想过你，多想生活在你的身边，哪怕只有一两天也好。

你知道吗？就在你们连的事迹上了报纸的那天，我们勘探队在扎瓦罗山中发现了一个蕴藏量很大的稀有金属矿。庆功会上，我们那位总不爱刮胡子的老队长，提议在上报党中央和国务院的捷报上也写上你们三连的名字。局党委书记在我胸前挂上一朵大红花。他说："献给你，也献给巴桑同志！"昨天晚上很晚了我还没睡，看着灯下的那朵红花，看着我们的两个小宝贝——尼玛和扎西。他们睡得很安宁，小扎西闭着眼睛的模样跟你像极了。可是谁知道昨夜你在哪一片炮火中出没？在哪一片丛林中忍受着寒露的潮湿？当我凝视天空一片灿烂星光的那一瞬间，你和战士们是不是正披着星光夺取敌人的阵地？巴桑，你的军装又撕破了吧？是不是又在光着膀子打冲锋？我多想给你送一件毛背心去，给战士送上一碗烫嘴的奶茶……昨天夜里静极了，静得使人害怕，只有时钟伴着一个军人妻子的深深的怀念。巴桑，是我软弱吗？我哭了……

是的，我盼望你回来。你回来了，我要献给你那朵只有你才配戴的红花，献给你两个活蹦乱跳、又长高了的小宝贝，而且我会用你最喜欢喝的"习水大曲"给你庆功。说来也是有趣，你在家时，我总反对你喝酒，有好几次把你买回的酒藏起来，害得你到处找也找不着；现在我多想亲自给你斟一杯酒呀！前天我在一个大宾馆的小卖部见到了外面买不到的"习水大曲"，就给你买了两瓶放起来。我真后悔，从前为啥对你喝酒看得那么严重？你原谅我吧！

巴桑，我想所有当兵人的妻子可能都和我一样，可我还有更多的思念和担心。这多天以来，不论在报亭外或大街上，我能从许多妇女的眼睛中看出她也一定有亲人在前线（也许是我瞎猜，也许是因为我太关心前线了），我可以凭她们的言谈和看报的神情猜到她是军人的妻子或母亲。现在我才体会到，当兵人的妻子和母亲，她们是多么希望祖国的胜利，多么焦急和担忧！我感到一种神圣的责任，因为我是一个连长的妻子，是个比普通老百姓跟前线关联更紧的公民。我记得你从前向我说过，作为一个军队的指挥员，要像珍惜胜利一样珍惜每一个战士的生命。那时候我还没有完全理解你这句话的分量，现在我懂了，你的话里充满着爱，饱含着你的个性和良心。巴桑，我和孩子都盼望你早一天回来。当你胜利凯旋的时候，请你多带给我们一片边疆的安宁，多带给祖国一个活着回来的战士，多给军人的妻子和母亲带回一些幸福和希望……

他看不下去了。

黄豆大的泪珠从他眼角里滚了出来，顺着脸颊一直滚落到前胸。

妻子的思念和爱情，变成了一条无形的鞭子，抽打着一个害死自己战友的军人；只有得到同等的惩罚，他的灵魂和良心才能得到安宁和解脱。巴桑的心在呼喊：善良的军人的母亲和妻子们，你们如果还肯宽恕一个粗鲁的忠诚的军人，那么就再不要把巴桑这个名字同英雄的三连相提并论了。这个名字已经玷污了一个连队的光荣。他帮助了敌人，帮助了敌人……

山下的小溪，模糊了。红河一面吼着，一面奔腾而去。河上有一排竹筏，被起伏的浪涛举起来又放下去，竹筏上的哈尼汉子像是在唱，又像在喊。河边走来背水的姑娘，她深情地望了望箭一般远去了的竹筏。一队哈尼人的马帮远远地走过来，清脆的马铃声好像是从岸边的棕榈树、阔叶蕉、剑麻丛中钻出来的，声音传来一种春天的湿润气息。军队凯旋，脚步却是沉重的。不知是谁喊了一声："看哪，看，河里……"红河漂着战士的血衣，上空有成群的白鹇追逐着、低飞着。这种羽毛洁白、像孔雀一样会跳舞的白鹇，追逐的可是战士的忠魂？追逐的可是和平卫士的幻梦？

从他身后传来一阵声音，是一只红顶鹤在大幅度地扇动着翅膀。接着又有一群巴桑叫不出名字的鸟，在潮湿的矮草丛里叫个不停。它们好像在嘲笑巴桑的愚蠢。他像被谁愚弄了似的感到一阵屈辱，心头憋闷得呼吸都十分困难。他发疯地站起来，不顾一切地大声喊着：

"石林！石——林！石林！"

这喊声使群山惊愕地竖起耳朵，使林莽在风雨中发出惶恐的叹息，也惊扰了草丛中的鸟群，它们颤抖地扇动着翅膀，向阴沉沉的天空飞去了，一面还抗议似的哀鸣。懒洋洋的云雾从山下缓缓地向山上爬着，弥漫在巴桑的身边，压抑着他的呼吸。细小的雨滴令人忧伤地落在脸上，雨水和汗水交融在一起，流进嘴里，巴桑说不清是咸还是苦……

八

巴桑从医院回来的第三天就发生了自杀未遂事件。现在，经过营长的批评、指导员的解劝，他总算开始平静下来。

星期天的中午。

巴桑一个上午一直在营房对面的山上种树。树坑比往常挖得深，水比往常浇得足，他恨不得一个上午就栽完半片山，好像有使不完的力气，仿佛只有忘掉一切地劳动才能解脱他心灵深处的痛苦。

他没有去食堂吃午饭。一个模模糊糊的平日很少有过的念头在心头一闪，"找指导员去谈谈。"和年轻的指导员谈什么呢？他自己也说不清楚。他没有敲门，推开门就闯进屋里。指导员没在。他的床上坐着一位年过半百的老人。老人见他进来，连忙站起身，见他年纪较大，穿着四个兜的军装，断定他也是连里的一位领导。

"您是……也是连里的首长吧？您坐，坐吧……我从昆明来，刚到。我是石林……"

巴桑一听老人道出"石林"两个字，朝老人点点头，转身就要出去。这时，恰好指导员拎着暖水瓶进来，两个人撞了个满怀。

"啊，连长呀！"

指导员本来已经请示过营里，不让巴桑见石林的父亲。没想到他一着慌，竟把秘密给泄露出来。

老人听说他就是连长，蹒跚地走过去，一把攥住巴桑的手。

"您就是巴桑连长？"老人认真地打量着巴桑。"难怪林娃每次写信都夸您，瞧这魁梧劲，一眼就看得出是个英雄！好样的！"

老人感到了巴桑的闷闷不乐，也看见了他脸上的阴云，猜到了他的心情。

"唉！连长，您别为林娃的事情难过。我家里还有三个儿子呢！……五年前，送林娃入伍的那天，大叔就什么都想过了。打仗哪有不死人的？你大叔没文化，可是不软弱，再大的打击也经得住。"老人从衣襟里掏出一封信，递给巴桑。"石林这孩子也是想过的，这是他打仗前写的信，把什么都安顿了，连他媳妇欠部队的手术费也说了。……我这次来，没有别的，就是想到林娃的坟上看看。他妈妈老封建，非叫给孩子烧烧纸不可。再没别的，我们老两口都不是糊涂人。"

老人强忍着，不让眼泪轻易地流出来。

"大叔，我对不起石林和你老人家……"

"你说的这叫啥话？牺牲的也不是林娃一个。再说他这是为国捐躯，是部队教育得好。我有石林这样的儿子，光彩，高兴……大叔真的光彩呀……"

老人越是这样说，巴桑越是感到惭愧和痛苦。老人若是知道石林牺牲的真情，能狠狠地骂他一顿，甚至打他一顿，也许他会好受一些。

指导员把老人和连长扶着坐下。他用力握了一下连长的手，同时向他使了一个眼色，暗示他不要说明石林牺牲的真情。他生怕巴桑看不懂他的暗示，就故意地说：

"我请示营党委了，可以把石林同志的情况向大叔汇报汇报——"他这话是对巴桑说的。然后就转身面对着老人，把石林到前线后的第一次战斗硬搬到了最后一次战斗来用。"——石林是个好军人，您给国家抚养了一个好儿子。他像鹰一样勇敢，光凭胆气也能吓死敌人。他一手拿着一颗手榴弹，冲进敌人暗堡，炸死了四个顽敌，有一个还是副队……石林……"指导员的嗓子咽住了。他平生没有说过谎话，这一次说了善良的谎话，心慌意乱，脸也红了。

"我就说呢，"老人像孩子似的抽泣了一声，用袖子抹了一下脸上的泪珠。"这多亏部队和领导的教育！这孩子呀，小时候胆子又小，脾气又犟……临入伍时他舅还说：'像他这样犟的生瓜蛋子，到部队上也吃不开，如今的领导都喜欢能说会道的。你要是不改改，干不上两年就得复员。'可是林娃这孩子命好，遇上了你们这样的好领导，不计较他，还让他当排长。这可是我们一家人做梦也想不到啊！"

巴桑崇敬地凝视着老人。

老人已经五十开外，一副和气善良的相貌，深陷的眉骨下闪动着一双慈祥有神而又略带哀伤的眼睛，他中等身材，骨骼粗壮，浑身充满无穷的力量，简直像一位四十几岁的中年汉子。巴桑虔诚地听着老人半忧半喜的倾诉，认真观察老人面部的每一个表情，心潮如倒海翻江一般大起大落。那一瞬间，他想起了一生中经历过的许多事情，也想起了记忆中留下来的许多人……他仿佛看见了一个怪物，人们说它就是战争。这个怪物用贪婪和负义教唆一个已经陷进泥塘的疯子，继续往更深的泥塘里陷落；它在愚昧中孵化愚昧，在贫穷中孵化贫穷。当它这一切诡计得逞之后，狞笑一声，像冬天一样暂时离去了，却在善良人的心坎上留下一长串死亡者的名单。

巴桑像儿子一样偎依在老人的胸前，他觉得石林的父亲是人间最好的父亲。他竭力想找几句安慰和感激老人的话说，可是连一句合适的话也想不出来。是呀，生活中最苍白、最没有力量的莫过于语言了，任何一句话都无力表现这位纯朴的老人的心肠和胸怀。他像个犯了过错的孩子，又像个蒙受了委屈的孩子……他再也忍受不住了，头埋在老人的怀里，放声痛哭起来。

"别哭，孩子，别哭，咱们的眼泪……跟咱们的血一样珍贵，不能轻易地流……戏文里不是也说'男儿有泪不轻弹'么！别哭，孩子，大叔跑这么远的路来不是讨眼泪的，你应当给大叔力量。我要力量呀，孩子……"

老人抱住巴桑的头，用袖子先擦一下自己的眼睛，然后又去擦一下巴桑的眼睛。

九

窗外夜幕深沉，睡意蒙眬的冬青树发出轻微的呼吸。屋子里黑洞洞的，巴桑在黑暗中沉思，那位撒尼老妈妈和石林的父亲交替出现在他的眼前……黑暗、寂静，两者一经合谋，便产生了一种无名的恐惧。

石林的父亲被接到营部去了。如果不是那位小个子营长及时把老人接了去，巴桑几乎要钻进地缝里，甚至可能再次干出什么傻事。

思想斗争是世间最痛苦的事。良心上的折磨则是一个正直的人更为无法忍受的苦难。巴桑搞不清楚自己到底在黑暗中度过了多久，经过无数次反反复复的选择，他终于横下了一条心。

他拉亮了电灯，把自己住了几年的这间房子，重新审视了一遍，每一个角落都看得那么仔细，连糊棚的报纸上的大字标题也看得非常认真。他回想起就在这个房间，曾经以连长的身份送走和迎来过一批批老兵和新兵。石林刚入伍的时候，他也是在这个房间里接待的。别的新兵进屋来先敬礼，不让不坐；石林进来时只憨厚地一笑，不等连长让他，就自动坐在靠墙放着的那条长凳上。

"你叫什么名字？"巴桑冷冷地问。

"石林。"新兵多一个字也没回答。

"当兵……怕死不？"巴桑又问。

"不怕！"石林用奇怪的眼神看了一眼大个子连长，"我不怕死，可是又不想死，军人应该让对手去死，干吗先想自己死？那……那样不是便宜了敌人！"

在巴桑接见的所有新兵中，石林是唯一一个含蓄地反驳过他的人。巴桑不但没有因为这种轻蔑的反驳而气恼，反倒对这个有独立思想的新兵产生几分特殊的喜欢。他破例给石林倒了一杯白开水，跟他谈了足有半个小时。

所有和石林相处的往事，如今都成了巴桑剜心割肉般的痛苦回忆。他用力摇摇头，像是要强迫那些记忆沉淀下去似的。

按照内部条例的要求，他把被子叠得整整齐齐（他的被子从来没有这样整齐过），然后又彻底清扫了整个房间，连常年不曾扫过的床下也扫得干干净净。他脱下军装，也叠得规规矩矩，放在叠好的被子上，接着摘下军帽，托在手上，无限深情地抚摸着那颗闪着红光的五角星，用手轻轻地擦了它一下，把军帽端端正正地放到军装上。他在房间里慢慢地踱了一圈，走到床前，弯下腰，从床底下拉出一个硬壳纸箱，在里面翻出一件白衬衣和一条旧军裤，轻手轻脚地穿上。这时，他的两只眼睛已经淹没在泪水之中，整个屋子，屋里的一切，包括墙上挂着的手枪和水壶，都变得模糊不清了。

他走了，好像走在自己的往昔和未来之间。等待他的是什么呢？

他走了，连头也没有回，披着后半夜刚升起的月光，径直朝通往团部的大路走去。

南疆的夜，清凉而又温和。镰刀般弯弯的新月，已经钻出茂密的森林，像城市电压不足的路灯，把朦胧的光铺在山路上，把修长的大树阴影投射在巴桑的脚下。巴桑没有心思去欣赏这迷人的夜景。他开始盘算着以后的日子。

……他什么都想过了，像战争似的，他估计了各种可能出现的未来，对其中任何一种他都毫无怨言，没有委屈和恐惧。他唯一不安和不情愿的是放过了敌人。自卫还击战中，他的连队有二十一个人牺牲，十九人负伤。那二十一颗红五星曾经像二十一颗沉重的心装在他的挎包里。他发过誓，要为牺牲的战友报仇。如今，这一切的一切……他放慢了脚步，思想像缠线的老妈妈突然失掉了线头，毫无头绪了。脚步更缓慢了，他感到命运中失掉的东西太多了。眼看着那些庄严的誓愿、无私的抱负、奋斗的快乐和献身的光荣，都像晨星一般一一消隐了，顿时浑身有一种失重的感觉。

拐过一个塌了方的弯路，突然传来水的愤怒叫喊，一落千丈的瀑布震撼着无底的幽谷，也震撼着巴桑的心。

"不能让耻辱和怯懦合谋。"他又加快了脚步，仿佛思想找到了失掉的线头。"宁肯失掉一切光耀和安乐，也不能失掉一个军人的灵魂和藏族人的良心。"

十

团长今年刚四十岁，文质彬彬，不大像军事干部，是个典型的知识分子。他把小个子营长送到吉普车前，看看腕上的手表。

"我估计，你会在小水电站一带碰上他。你就明确地告诉他好了，团党委的决定，他的问题不属于军事法庭处理的范围，由营党委全权处理。"

"是不是把他拉来，团长再给他做做工作……"小个子营长没有把握地恳求。

"用不着了。"团长胸有成竹地说，"跟他讲清楚，惭愧、悔恨、痛苦，都是可以理解的，也是一个正直的革命军人在失误和损失面前应有的自我谴责，可是不能过分，过分了就会走向反面。转告他，要振作起来，不要错上加错。就这样吧，你做巴桑的工作还是成功的。"团长和营长握手告别，他走了几步又转回身说："他去哪个排，可以听听他个人的意见……干脆由他自己选择吧！还有，要注意他的身体。走吧！"

团长真是料事如神，小个子营长果然在小水电站不远的地方迎着了巴桑。

"团长说了，"营长把巴桑拉到吉普车里，凶狠狠地瞪了他一眼。"药是治病的，可是吃太多了就会丧命。你的后悔药吃过量了。"

巴桑木然地毫无反应地沉默着，一种让人猜不透和摸不着底的沉默。

这倒难住了小个子营长，他不怕对方跟他辩白，最怕对方沉默。他想尽一切办法要使巴桑开口。

"列宁说过一句话——鹰有时比鸡飞得还低，可是鸡永远也不能飞得像鹰那么高。你呢？是雪山上的一只雄鹰呢，还是篱笆圈住的一只鸡？"

"我什么也不是。"

巴桑终于开口了，可是比他不开口更惹营长生气。

"你……你是共产党员！"

"就因为我是党员，才觉着耻辱地偷生比磊落地死去要痛苦。"

"算了吧，懦夫为掩饰内心的胆怯，有时也会引用勇士的豪言壮语。什么是真正的痛苦？真正的痛苦莫过于没有改正错误的勇气。"

这句话可能是打动了巴桑，他不再与营长辩白了，可也并没有服软的表示。

吉普车开到了六十公里的时速，这在山区公路上算是冒险了。营长命令司机减速。司机开玩笑地说："营长那么怕死。"营长说："当然了，我的命可不是那么不值钱的。"巴桑装没听见，无所谓地靠在靠背上，闭上眼睛，想自己的心事。

吉普车一直把巴桑送回连里。巴桑带着一些灰溜溜的情绪下了车。小个子营长仍坐在车里，把头探出车外，极为严肃地说：

"巴桑，请允许我用你过去说过的一句话，再回赠给你自己——
'记住上山时走错的路，下山就不会再错了。'好了，先饱饱地吃一
顿，待营党委开过会，我再找你。"

十一

不知是出于一种什么心理，巴桑毅然决定到二排去，接任了石
林的职务。他就睡在石林原来睡的那张床上，吊的蚊帐也是石林用
过的。也许他是为了永远不忘记沉痛的教训吧！

战士们对他很亲热，说话都小心翼翼，注意不在他面前提起石林。
有些老兵以前叫他连长叫惯了，一时还改不过来，常常有人还喊他
"连长"。照他素常的脾气，这种疏忽是不能容忍的，可是现在不然，
他最多用反对的目光警告一下对方，从没有任何粗鲁的语言和行动。

到二排后，他最先想到的是忌酒。战士们帮他从连部搬到排里，
按照老样子在他床头的墙上钉了两颗钉，一个用来挂手枪，一个用
来挂盛酒的水壶。那小战士是个小调皮，挂水壶时，拧开了盖子，
闻了闻，一股酒味钻进鼻孔里。他做了个鬼脸，吐了吐舌头。

巴桑摘下水壶，把它撂到床上，准备夜里扔到界溪河里去。在
战场上，他气恼中本来早已把水壶甩到工事前的弹坑里，大概是指
导员或是通讯员又给他拾了回来。

后半夜了，他该去桥头查哨了，背枪时顺手也把水壶拎上。他
踩着被树枝筛碎的月光，吻着清香和昏暗的夜色，兴奋地（那是真
正的军人的兴奋）向界溪河大桥走去。他突然产生了一个想法，马
上收住脚步，拧开水壶盖子，蹲下来往壶里装着沙土。

"再见吧，你可以永远沉睡在界溪河底了！"

不知是什么野兽，从山上传出一声令人毛骨悚然的吼叫，巴桑
的每一根神经都为之一振。是呀，还有野兽，还会来伤害羊群；恶
主子的狗，尾巴总要翘起来。想到这一点，使他不由得产生了忧虑

和一种沉重的责任感。一个从战争中生还的战士，即使他有过令人痛心的失误，也没有权利长久地沉湎于痛苦之中而不想到明天的斗争。他开始为自己曾有过自杀的蠢念而感到懊悔和羞耻。战士自有战士的风骨和情操，在错误面前没有消沉下去的权利，在痛苦的时候也绝不该绝望。衣服脏了只能去洗，地脏了只能去扫……他笑了。真像老年人说的那样——湖水虽然能照出星星和月亮，却不知道自己的深浅。他在痛苦中看见了希望的曙光。心灵可以衰落，热血可以冷却，躯体可以死亡，但是一个革命军人的精魂死而犹存，时间和错误只能把它磨擦得更加锐气逼人，却永远不会使它磨灭。

山中又是一声野兽的吼叫。

他不想把水壶掷入界溪河底了。他倒净了壶里的沙土，又把它带回营房。

他找出一把用小钢锉磨制的锥子，在水壶底部用力地钻动，怕弄出声音，就把水壶放到被子上，使劲却又是谨慎地钻着。许久，那只生铝的小水壶终于被钻透了。他举起水壶，对着灯光看着壶嘴儿，底部已经出现一个针眼大的小洞。他把茶杯里剩的半杯水倒进壶里，水壶底立刻喷出一条细小的水柱。他把水又倒进脸盆里，然后拧好壶盖，照旧把它挂在手枪的旁边。

"你们是天生的一对，不应该分开。"

他的脸上又出现了某种神圣和庄严的表情，灰心丧气的情绪总算消去。

他铺好被褥，精神抖擞地擦了一把脸。他像历史上许多勇敢、正直的人曾有过的那样，经过长时间的痛苦折磨以后，生命和理想的火把又被点燃了，产生了新的信心和毅力，阳光和活力又开始回到了心中。

他从痛苦中一步一步地走了出来（在那里停留的时刻已经够久了）。他今夜要脱掉衣服（像卸掉心灵上沉重的负担一样），安静地睡几个小时。

十二

岁月就像道路似的，有时显得那么漫长，有时又显得那么短暂；漫长中总是或隐或现地掩藏着一个什么期望和追求。

巴桑的岁月突然迈起小步，走得非常地缓慢。他期望着什么？追求着什么？自己说不清楚，别人更不得而知。

他从连长降职为排长，实际上是降职不降薪，每月仍照样领取原来的薪金。不过他自己却给自己降了一级。他忌了酒，每月节省下一笔开支，加上自己降的一级，每月能凑二十元钱，按月以连队的名义给石林的父亲寄去。他已经寄了一年多了。每当寄走一张汇单，他都感到沉重的心略微轻松了一些。他并非出于怜悯才这样做，而是出于一种真诚的责任感。当然，他可能也还多少受着本民族宗教意识的传统影响，以某些牺牲为自己赎罪。

又是一个发薪的日子。巴桑从羊关镇邮电所寄钱归来。

为了抄近，他没有走大路，沿着一条弯弯曲曲的田间小路往驻地走去。

中午的田野，风和鸟儿都躲进树林里午睡了，太阳光里流动着烫人的气流，大自然安静得像吃了安眠药，一切声响都休止了。巴桑走得满头大汗。

"早晨还落了小雨，这会儿却热得赛过火炉。真是云南一大怪——一会儿下雨一会儿晒。"

他抬头看看空中那个火球似的太阳，自言自语。这时，一阵婴儿的啼哭从路旁的一棵阔叶蕉下传了出来，巴桑惊疑地走到野芭蕉树下，只见一个不足周岁的小孩躺在一个筐篓里。他正纳闷，只见一位中年妇女从田里匆匆跑来，赶紧把孩子抱在怀里，亲昵地贴着孩子的脸蛋，轻声地不无悲哀地说：

"不哭，不哭，好乖儿子……阿妈在这里，不哭，不哭……"她安慰、哄着孩子不要哭，自己却默默地流着眼泪。

巴桑不解地呆呆立在一旁。为什么所有的老乡都收工用午饭去了，唯独这位大嫂还在田里劳作？她为什么要把这么小的孩子带到田里来？丈夫呢？公婆呢？难道家里再没有人了？

这位憔悴、痛楚、脸色惨白的大嫂是孟东公社山下大队的社员。孟东这一带，巴桑是了解的。孟东镇坐落在孟东山下；孟东山主峰海拔一千五百米，越南侵略者在沿山国境线上骑线构筑了工事，控制了孟东公社的一大片暴露地面，尤其是还把工事节节前移，侵占了我神圣的领土，并时而派出小股特工队下山骚扰，在我方一侧四处布雷，破坏我边民生产，多次发生过流血事件。

"这都是安南鬼子害的。"大嫂低下头说。由于悲痛，她声音颤抖，强止住眼泪。"上个月的最后一天，孩子他阿爸到山上砍柴，让偷袭的安南鬼子给杀害了。爷爷和奶奶去收尸，又踩着这帮野兽埋的雷，两位老人都……都归了天。大军同志，你可说说，我们好好的一家人，让他们害得……只剩下我们孤儿寡母……我不能事事都依赖社里和乡亲……趁着众人收了工，我才……"她竟然大放悲声地哭起来。

太阳挂在当头，一动不动，仿佛也在倾听这位大嫂可怜的控诉，又像勇于做这一切罪行的见证人，眼睛射出愤怒的光。

大嫂说罢抬起头，见这位大个子解放军同志的脸变得草纸似的没有血色。他什么话也说不出口，上牙紧咬着下嘴唇，活像一根木桩站在那个小筐篓面前。要发生什么事情吗？大嫂不由得担心着，不停地眨巴着眼睛。

"哎呀！你嘴唇出血了，大军同志。"

十三

"在贼偷鸡的时候不给一点教训，总有一天他会偷牛羊。"他又记起了那天夜里听见的野兽的吼叫。

在他内心深处埋藏许久的那种朦朦胧胧的企望和追求，终于在他的思维中出现了一些具体的形象。吃完晚饭，排里的战士都散在营房周围搞各自喜爱的文体活动，打扑克的，下象棋的，打篮球的……巴桑绕营房转了一周，心中的忧郁使他闷闷不乐。战士们知道巴桑与这些活动无缘，谁也没有招呼他。他走进四班住的房子，屋里没有一个人，小巧玲珑的蚊帐挂得异常整齐；被子叠得像一块豆腐，有棱有角；两张床之间放着一个很讲究的床头柜，柜上放着书籍和茶缸；在里边顺着山墙齐刷刷的一排步枪倚在枪架上。他拿起一支枪，反复地看了又看，然后无可奈何地又放回了原处。

"大个子……像又有了什么心事……"

当他背剪双手从篮球场边上走过时，排里的两个老兵瞧着他的背影议论着。

他走进连部，连部也没有人。连长的位置一直是空缺，他原来用的那张办公桌还没有新主人，桌上堆着些过时的旧报纸，还有团里刚发下来的两捆什么小册子。他无精打采地扫了一眼指导员和两位副连长的办公桌，便转身向外走去。出了门口，他犹豫了一下，又重新踅进连部，果断地拿起电话。

"接营部！"

他耐心地等了足有五分钟。

"营部吗？我是巴桑，我找营长。"

他又等了好几分钟，营长找来了。

"我是巴桑，你有时间吗？"

对方大概告诉他有时间。

"那好，我想找你谈谈……"

对方的回话像是猜出了巴桑想谈什么事情，而且巴桑神采飞扬地听着对方的讲话。

"你是怎么知道的？"

对方打断了他的话，似乎下了一个什么命令。

"那好，明天早晨我去营部……"

巴桑感到了一种什么好的兆头，放下电话时，微微笑了一下。

原来营党委是召集各连领导开会，巴桑算"特邀代表"。散会后，小个子营长喊住巴桑。

"巴桑，陪我走一走，一会儿我叫车子送你回去。

他们从营房的后门走出去，跨过一条涓涓细流，踏上通往后山的人工挖的阶梯。营长一言不发，脸上也没有任何可以让人察觉什么征兆的表情。这说明他在沉思，那是他下某一种决心之前常见的沉思，巴桑了解自己的营长，没有开口去打断他的思绪。

他们站在一个坡很陡的小山岗上，眺望着山下一片庄稼和树木的海洋。由于没有一丝风动，这个绿色的海洋连微波也没有漾起。忽而这片死寂的绿色海洋，在小个子营长的眼里化成了厚厚的绿色的云层，沉重地压抑着大地。他的心也有一种沉重感。

"战士们的情绪还好吧？"

巴桑心里明白，营长分明是在问他的情绪。他稍加思索，决定还是把话说清楚些好。

"战士们的情绪很高涨……只是，只是我自己的情绪……这两天不太好。刚才我在会上讲过了，我没有那种忍耐性，眼看着人民受侵略者的欺辱而不动感情，那也能算个军人？再这样下去，我就打报告转业……"

"你没听见过吗？"营长沉痛地说，"也有不同的说法，这种喊喊喳喳的声音，一年多时而听到……"

"如果听老鼠的控诉，猫最残酷；如果依狼的算盘，羊圈最好敞开。"巴桑激动了，连脖子上的青筋也鼓起来。"我劝你也转业吧，我们手中的枪，还不如烧火棍有用。"

"不许你动摇军心！"营长半认真半开玩笑地说，"打铁你也不看看火色，今天这个会，你就没闻着点火药味？亏你还当了几年连长！"

"打仗吗？"巴桑立刻精神抖擞起来。

"中央早就有言在先，我们保留随时惩罚侵略者的权力。"

"什么时候？"

"不要问那些不该自己知道的事情。"营长意味深长地沉默了一会，拉巴桑坐在一块大石头上。"现在，我们营新兵多，大多是自卫还击战以后入伍的，需要加紧进行热带山岳丛林作战的训练。你们排算是老兵比较多的，我准备让你们啃块硬骨头……"

"没说的，硬骨头我们包了！"

"少说大话，你有多大胃口？"

两个人的目光对视了有半分钟，都会心地笑了。接着他们详细地商议了练兵计划。

十四

巴桑的每一根神经都高度地紧张起来。

一连多天，他几乎把栽树的事全忘光了，不分昼夜地带上全排战士勘察地形，摸清敌情，熟悉道路。他们练爬山穿林，练夜间潜伏，练展开攻击、打山垭口……

经过一个多月的紧张训练，巴桑显得瘦了许多。好像命运中一种什么辉煌的东西在等待着他，这么多天，他从来没有想过劳累、疲倦、困乏，只惦念着那个尚是未知数的日子的到来。由于焦急的情绪和沉重的思虑，在练兵最紧张的时刻，他的脸上常常有一种疑惑和不安的表情。战士们以为排长累了，常有人劝他注意休息。其实完全不是那么一回事。每一次训练归来，他总是盘算下一个阶段如何再增加一些训练的难度，使运动量更大一些。"训练多流汗，战时少流血。"仿佛他的体力和意志的弓弦，扩张力是没有边际的，就是把一座孟东山压在肩上也能承受得住。

这天晚上，他吃完晚饭就把自己关在房子里，一页一页翻阅着训练日记，边思索边往下翻着。你不要以为他是在阅读日记。不是的。他思想的洪流正在奔向整个人生的大海。他有一种军人本能的预感，枪声已经响在耳鼓，硝烟的气味也像是钻进了鼻孔……他不肯把自己那颗革命军人的心，深深地沉没在遗忘的山谷中，而是在那神圣的时刻到来之前，尽量把过去的情绪、心潮好好沉淀一下，对其中一些至关重要的加以沉思。自然，他第一个想到的是石林，他将在石林应该在的岗位上参加这场即将到来的战斗，如何使一个人产生两个人的力量、智慧和勇气？想到这里，他开朗的额头又明显地刻上了忧虑的痕迹。他越是沉思越是感到，严峻的生活又一次等待着一个军人的选择。一种渐渐清晰的重负在压迫着他的心……

门被推开了。

指导员温文尔雅地走进来。

"坐吧，这边坐。有事吗？"

"没事……"他差不多每周都要来看看巴桑，了解一下他的情绪，也跟他随便聊聊天，给他解解闷。"二排……这个月够辛苦了。你的身体还可以吧！炊事班长说，你晚饭吃得很少。是不是不舒服？"

指导员看了看他的脸色，他立刻把脸埋在胸前，好像脸上有什么怕被人看破的秘密。

"你知道不，什么时候开火？"

"估计快了……还没有接到命令。"

"还等什么？我们的人民……人民的眼泪可以种水稻了。"

"巴桑，你是不是有什么心事瞒着我？"指导员趁他抬头，又看了他一眼，发现他的眼神里好像藏着点什么。

"没有。我现在一心想打仗，要让偷梨的贼死在梨树下。"

"是呀，总会有这样一天的。正义有时候可能偶尔打一个瞌睡，却不会永远沉睡不醒。……巴桑，你相信不？在你的天空还会有星星和彩虹。"他也不知道自己为什么要说这句话。

"也许是。可是，石林呢？他的星星和彩虹呢？……"

两个人都沉默了。

指导员走后，他也走出屋子，深深地吸了几口新鲜的带着夜露的空气。营区的最后一盏灯光熄灭了。星光朦胧，巴桑的思索像一个谜，隐没在神秘的夜色中。

十五

这一段时间，对于巴桑来说，简直像一位拄着拐杖的蹒跚的老人，迈着碎步，有气无力地缓缓地移动着。巴桑有时竟产生一种奇怪的感觉："时间也喝醉了！"

但是，他渴望的这一天终于走来了。

正像小个子营长一个月前许诺的那样，营党委果然把一块最硬的骨头交给了三连二排。

位于孟东山主峰高地东偏南约九百米处的 B 高地，是敌人纵深要点之一。这一带地形复杂，林深草密，山高坡陡，几乎没有道路，而且忽晴忽雨，大雾不断，气候恶劣极了。B 高地上大约有一个加强排的守敌。一个月前侦察的情报表明，B 高地有三道堑壕和十多个火力点，全由交通壕连接沟通，形成了支撑点式的环形防御。因为地形复杂，草深林密，B 高地上筑的土木质坑道、地堡、盖沟、暗火力点以及掩蔽部等多种工事，都还是个未知数。

二排的任务是，战斗打响前，绝对隐蔽地向 B 高地穿插，割断敌人赖以生存的防御部署，切断敌前后联系，占据有利地形潜伏待机。发起总攻后，立刻夺取 B 高地，然后从后路直插主峰——第一，配合主攻部队包围和全歼主峰的守敌；第二，断敌后路，阻敌增援。这确实是一块硬骨头，放在哪个排身上，也够啃的了。

巴桑把全排战士集合到四班屋里，并通知每人带一个茶缸。

今天巴桑笑容可掬，显出少有的兴奋和亲切。他简单地讲了这次收复领土的战斗意义和二排担负的重任，最后他突然放开了嗓门，以严肃代替了微笑，用压倒一切的气势说：

"同志们！我们家乡有一句老话：再厉害的跳蚤，也顶不起羊毛毡来。不管敌人多凶，只要他敢跳过篱笆来偷我们的木瓜，我们就有理由把他变成木瓜树的肥料。"他停住了，好像要听一听有什么动静，他听到的是几十颗心的跳动。"二排是有光荣传统的排，二排的战士都应当是勇敢的战士。你们知道什么人才是勇敢的人吗？勇敢的人，就是敢于把死亡挂在脖子上的人。勇敢不是为了死，胜利是勇敢的影子。"他意识到了，道理似乎讲得太多了，这不是他的性格，赶紧刹车。"这场战斗要打得很艰苦，但是我们一定能打胜。大家有信心没？"

"有！"众语同声。

"好。"巴桑笑了。他朝四班长点点头："去吧！"

不多时，四班长拎着一桶水走在前面，炊事班长拿着两瓶"剑南春"走在后面，二人一前一后走进会场。

"我对大家提个要求，战斗中一要机智勇敢，二要服从命令。能做到这两点的，喝誓师酒。"他示意炊事班长把酒倒进桶里。"好，开始吧！"

巴桑带头，战士们秩序井然地走到桶前，极为郑重地每人舀一缸子水酒，一口气地喝了下去。

今夜就要出发了。

整个营房的空气显得异常严峻和凝重。战士们大多在写立功计划，或是入党、入团申请。有一个被确定为留守的小兵直闹情绪。一个下午，他敲了三次巴桑的门，巴桑连声也没吭。最初那小兵还以为排长不在房子里，他最后一次去敲门，门上面的小窗户打开了，说明排长是在的。他为什么不开门呢？

一连几天，每一个消息都使巴桑振奋。他那沉默了太久的心，突然又弹奏出生命的强音，就像一股多年被禁锢的喷泉，一下子获得了解放，欢天喜地地迸发出来。他有一种说不太清楚的幸福感，他又可以做一个从前那样的巴桑了。他从来没有在参战前写家信或是表决心的习惯。他更注重的是行动，往往是把有的人写在白纸上的思想和意志，铭刻在自己红色的心上。可是这次有些反常，整整一个下午的时间，他像是把整个世界全忘记了，怀着一种十分复杂的心情，在几张纸上密密麻麻地写着、写着。应该承认，人们情感上的变化，也是有一个从量变到质变的过程。巴桑情感上的这一急剧变化，是他灵魂深处不断斗争的结果，不是无源之水或无本之木。

他终于写完了，又一个字一个字地读了一遍，感到那种良心的啃啮已经烟消云散，变成了一种力量。是他从未有过的力量。他心满意足地把墙上的酒壶摘下来，尽管那是个"无底"的壶，里面什么也没有，他还是拧开盖子，象征性地喝了一口。

十六

夜雾沉沉，阴云密布，四野静寂。

二排按照指定的路线向敌纵深穿插。风小的时候，他们像毛毛虫似的一点一点向前蠕动。风大的时候，他们利用风声的掩护，加快爬行的速度。工兵在前头引路，巧妙地越过了一个个敌人的布雷区。

爬到距敌占据的 B 高地约二百米处，巴桑的手触到一块埋在地面上的石碑。他用心地摸了又摸，断定是一块界碑。一个月前到这里侦察地形时，没发现有界碑。他又摸摸碑根，土很松动，说明敌人最近又一次向我方移动了界碑。

"真卑鄙！"他在心里骂着，胸膛像着了火。他用力把界碑推倒，又向前爬去。

孟东山在敌人的刺刀下变得苍老了许多，像一个风烛残年的老人。仇恨压弯了它的腰，痛苦使它的身子显得佝偻；像雾一样剪不断的思念，使它的每一个绿色的细胞都含满泪珠。夜是那么宁静，听不见它的鼾声，感觉不到它的呼吸。孟东山在这黑暗、无声的深夜里，眺望山下灯火的闪烁，倾听脚边溪流的低语。它睡不着，敌人的刺刀闪着死亡的白光；它睡不着，人民的哭泣在它耳边悲怆地回响；它睡不着啊，烈士的英魂在它心头燃烧复仇的火焰。它静静地、耐心地守着黑夜，像在漫长的除夕之夜里一个守岁的老人，陪伴着黑色的寂寞，期待着那一定到来的黎明。

战士们继续匍匐前进。

又越过一个雷区。在地雷区里不知什么时候炸死了一头豹子，一股令人呕吐的腥臭味钻进鼻孔。

一片密密麻麻的小灌木丛挡住去路。巴桑横过身子，像条石磙似的用身体轻轻地把小灌木压倒，战士们沿着他压过的地方向前爬动。

他们终于到位了，比预定时间提前了八分钟。战士们在黑暗中就地潜伏，焦急地盼望着黎明前的炮声。

六时三十分。

团指挥部的指挥员们几乎是同时看了看手表。军队已经全部运动到敌人的鼻子底下了。一脸知识分子气的团长略感不安。他不知这次隐蔽接近是否成功，山上的敌人有没有准备？一份空中劫获的情报释去他心头所有忧念。

"……中国孟东地区无异常活动……"

他把通讯员送来的情报递给了政委。

"让敌人做美梦去吧！"

孟东山从朦胧中向人们的视线走来，在主峰的周围是连绵起伏的山峦，像是在云雾里浮动，向着视线不及的远方伸延着，给人一种玄妙莫测的感觉。巴桑的每一根神经都绷紧了，他静静地倾听着，群山没有一丝动静。他和战士们连呼吸也格外小心谨慎，除了心房的跳动，再没有任何声响去惊扰孟东山的静谧。天在一点点放亮，战士们潜伏的地方，盛开着一片片杜鹃花，漫山遍野还开着数不尽的红色的妥底玛依花。花香和苔藓带着潮湿味的清香，与雾气、蛇皮味、蚂蟥味和泥土味混合在一起，强烈地刺激着潜伏战士们的嗅觉神经。巴桑觉得孟东山早晨的气味，像淡淡的酒香解除了他一夜的疲劳。

时间到了。炮兵以特有的愤怒发言了。炮弹长着神炮手的眼睛，密集地落在敌人阵地上。

炮击延续了十分钟。

孟东山上的敌阵地硝烟弥漫，火海照天。除少数值勤的敌人以外，绝大多数侵略者还在蚊帐里做着美梦。天塌地陷般的炮声惊醒了一双双贪婪的眼睛，敌阵地先是出现一阵混乱的骚动，接着便传来一片鬼哭狼嚎般的嘈杂声。

二排充分利用炮火掩护，不失时机地夺下 B 高地前沿工事，直插主阵地。

经过一夜潜伏的巴桑，这时像飞出笼的小鸟，浑身有一种说不出的解脱感。他高喊了一声："上！"这一声震得山摇地动，这一声唤醒了长久沉寂的孟东山。他一跃而上，不弯腰地冲了上去。战士们像一群小鸡雏跟老母鸡似的，紧跟着排长往上冲。仅仅用了五分钟多一点的时间，他们就占领了 B 高地的表面阵地。

阵地上已经没有一棵完好的树木，有的被炮弹炸断，有的已经烧焦，有的还冒着浓烈的黑烟，到处丢散着子弹壳、手榴弹和炸坏的枪支；战壕内外躺着横七竖八的越军尸体，有的死尸伤口还在流血；空气里弥漫着火药味和血腥气。

巴桑果断地调整了部署，命令几名战士严密封锁地堡和坑道口；同时集中炸药包、八二无后坐力炮和四〇火箭筒，一齐向地堡、盖沟开火。一个个暗火力点被荡平或拔掉。巴桑看了一下手表，战斗进行了十七分钟。整个敌 B 高地已经变成了哑巴。

巴桑检查了一下各班情况，只有三名战士受了轻伤，无一阵亡。他很满意。

就在巴桑部署配合主攻部队继续攻占主峰阵地的时候，一个隐藏在草丛中的暗火力点突然射出一排子弹，三个战士的腿部或腰部中弹，鲜血染红了绿色的军装。

看见血就眼红的巴桑，像疯了似的抱起一个爆破筒，不顾一切地直冲向敌人射击的方向。又是两发黑色的弹丸从暗堡飞来，一发擦伤了巴桑的左膝盖，一发从他的右腿肚子穿过。顿时他觉得自己的身体像座山一般沉重，两腿失去了支撑的能力，身子摇摇欲坠。他咬紧牙关，"不能倒下去！"一股强大的精神力量支撑住了这个山一般沉重的躯体。中弹的同时，他看清了暗堡的射口。他说不上是爬还是跑，迅速地扑了上去，把爆破筒塞进暗堡，马上一声巨响，B高地的最后一个暗火力点上了天。

二排留下一个班坚守已经夺取的阵地，阻击敌右翼阵地溃散的败兵和继续搜剿残敌。其余两个班从左翼插向主峰。

他们在茅草和灌木丛中猫腰前进。

沿路没有发现主峰上的退敌。巴桑暗想：这伙强盗真是铁杆，至死不回头！巴桑是在两个战士搀扶下前进的。

经过艰苦的移动，二排渐渐地接近了敌人的主峰阵地。就在距敌主峰阵地百米左右的地段，主峰的第三道战壕突然喷出了一片火舌般的子弹，两个班全被压在一片洼地里，进退不得。情况严重得令人忧虑，爆破筒已经用完，这个敌隐蔽部不摧毁，要登上主峰比登天还难。巴桑的两道浓眉挽了一个结。

"看来只有土法上马一招了。"

巴桑在战前用竹筒自制了两个简易的土造的爆破筒，以备万一，想不到真有了用场。可是这个土爆破筒只有他自己会使，他已经两腿受了伤，怎么说服战士们呀！

他把土爆破筒从背上解下来。

马上有几个战士滚过来，要求担任爆破任务。巴桑无可奈何地摇了摇头。

"这个土家伙你们都不会用，不行呀！"

"我们现学也可以……"几个青年战士恳求着。

"来不及了……"巴桑来不及想更多的事情，也没有时间考虑自己的心情，只有一个想法，要把顽敌压倒，要给祖国多带回一个活着归来的战士。他摸摸自己的胸口，掏出那封战前写好的还没来得及寄走的信，把它交给了四班长。

"我会回来的。你替我暂时保存一下，我回来时给我。"

"排长，排长，"四班长死死地抓住巴桑的手，"这不行，不行，你都两处负伤了，我不让你去……让我去吧，好排长，你教我一下，我会用的，我能完成任务。"

"这是战争，没有教学和试验的时间了。"巴桑用平生最和蔼、亲切的语气说，"军人要懂得服从命令。你也喝了誓师酒……"

他已经站不起来了。说罢就微笑着跟大家挥了一下手，爬向主峰。

巴桑艰难地爬行。他爬过的地面，茅草倒下了，枕着他的鲜血。他的身子压出来一条血路。

谁还能忍得住泪水，战士们一个个擦拭着自己的双颊。

"机枪！狠狠地打！"四班长的声音都变了。血路在一点一点地伸延。

时间在一秒钟一秒钟地消逝。

巴桑一会儿爬，一会儿滚，巧妙地利用着地形地物。

每一秒钟都给巴桑留下了常人无法忍受的疼痛，每一秒钟都带走了巴桑最后一部分的呼吸和生命。

他终于接近了隐蔽部的射孔。稍作喘息，他便沉着、坚定地将土爆破筒塞入射孔，可是他刚滚过危险的地段，爆破筒又被敌人塞了出来，在隐蔽部外爆炸了。

黑色的弹丸继续倾泻出来。战士在流血，孟东山在流血，正义和和平在流血，巴桑的心也在流血。

时间就是生命，时间就是胜利。此外还有什么值得去想？

巴桑在一瞬间变得与孟东山同样巍峨高大，疼痛从他身上胆怯地逃遁了，石林向他伸来友谊和力量的双手，妻子的眼睛深情地望着他，仿佛在说：给我们多带回一片边疆的绿色的安宁。

"如果你的兄弟已经倒在血泊中了，那你还有什么人间荣耀值得留恋？"

巴桑使人难以理解地站立起来，顶天立地地站着，接着是一路小跑，逼近射孔，将最后一个土爆破筒塞入隐蔽部，然后毅然地用自己的身体死死地堵住射孔。

一秒钟、二秒钟、三秒钟……

一声轰鸣，敌隐蔽部无可挽救地坍塌了，四面八方响起了震耳欲聋的杀声……

巴桑在这最壮丽、最感动人的时刻，作为一个藏族儿子、真正的军人，保留着他美好的性格和完整的人格离开了人间……

天哭了，细雨蒙蒙。

地哭了，芭蕉叶滴着大颗的泪珠。

孟东山哭了，笼罩在一片泪雨、愁雾之中，在它回到母亲怀抱的同时，却又失去了自己最值得骄傲的卫士。

百鸟出巢，唱着催人泪下的挽歌。群山颤抖，捧着无数雾的哈达。阔叶蕉舒展开肥大的衣袖，为一个英雄的忠魂沉沉起舞。

在战士的眼里，孟东山变成了一座顶天立地的坟墓，埋葬着一个英勇不屈的军人的勇魂。太阳是宇宙为烈士点燃的一束香头，红霞是天公献给勇士的一匹挽幛。

一切声音都戛然而止。

一切色彩都飘然而去。

仿佛只有历史老人在低吟，在陈述——战争啊，当你被强加在一个民族肩上的时候，你用死亡和鲜血，用沉重如山的苦难，压倒了那些懦弱、胆怯和苍白的生命；可是，你也用霹雳和沉思，用沉重如山的责任，考验了一个民族和他的儿女，锻冶了一支和平的军队，惊醒了一代甚至几代男人和女人，振兴了一个民族的信心和尊严。诚然，战争是一件不容美化的坏事情，可是它也是一块难得的生活、政治和信仰的试金石。

巴桑，你离去了，却给这个世界留下了许多许多……

十七

打了大胜仗、立了战功的二排，一点也没有那种胜利后的欢天喜地的气氛。愁眉苦脸，无精打采，像一片看不见的乌云压在每个干部和战士心头或眉宇间。

小个子营长正为一个活的也没抓住而大发脾气，偏偏在这会儿又有人来报告巴桑牺牲的不幸消息，这真是哪壶不开提哪壶。

"今天这是怎么了，有块云彩就下雨。"

他把好几个找他汇报、请示工作的各连干部扔在指挥所里，独自一人走开了。

他拖着战争的疲倦和悲伤的沉重，向着主峰阵地走去。

早晨的太阳在一阵细雨之后仍躲在云雾后面。山路上的空气凉爽而又清新。他扭回头，深情地看了一眼已经脱离或者叫作摆脱了敌人枪口威胁的孟东镇，也看见一副副担架正往镇上运送着伤员。他惘然若失地又转回脸朝顶峰上攀登。

驻守顶峰阵地的任务暂时由三连担任。战士们正在忙碌地加固和改造敌人丢下的工事。

"四班长，你带领全班继续寻找巴桑同志的尸体，哪怕是一个手指头也行……"

漂亮的指导员由于过度的悲哀，脸色显得非常难看，说话也失去了一向的文雅。他后悔不该同意让巴桑带穿插排，应该在战前就建议营党委恢复他的职务……这一切的一切，如今已是悔之晚矣！

营长听说巴桑与敌隐蔽部同归于尽，到现在连尸首也没找见，心情更加沉痛，像春天失掉了鲜花一般，整个内心黯然失色。他坐在战壕边的一个弹坑前，默默地瞧着旭日从云雾里不慌不忙地钻出来，从脚下冉冉升起。指导员悄悄地走到营长身边，站了好一会儿，从兜里掏出四班长交给他的那封信，那封巴桑在战前写了一个下午、直到出发前才写完的给妻子的信。

"这是巴桑牺牲前交给四班长的……"

"给谁的？"

"给他爱人的……"

营长接过信，看着信封上的字，看了几分钟后，又把信还给指导员。他迟疑了一会儿，轻声地说：

"拆开，念念吧——"

指导员用舌头润了润信封，仔细地把信封口启开，用低沉的声音读着：

措姆：

　　我从来没有在上战场前给你写过信，这次是唯一的例外。今天夜里我们就出发了，二排担任穿插，任务是艰巨的，我们要绝对隐蔽地靠近敌人阵地，担负着这场战斗的重要责任。请你放心，我会出色地完成任务。

　　自从在自卫还击战的最后一场战斗中，由于我失去了理智和聪明，干了那件使军人（尤其是一个指挥员）蒙受耻辱的蠢事以后，我的灵魂没有得到一刻安宁，惭愧和痛苦像一把钳子紧紧咬住我的心灵；忧郁和悲哀像一枚自动步枪的准星，无时不在瞄准我的躯壳和灵魂。眼前，到处是愤怒的群山，身后，则是无边的悔恨。早晨，给我的是难挨的黎明，没有栽树的快乐，没有操练的充实，没有奋斗的自信；傍晚，常常给我一个绝望的黄昏，没有晚霞的神采，没有振奋人心的辉煌，只是跌落的流血的夕阳。我无法自拔了，干了一件更加愚蠢的事。营长说得对：我那是软弱，是逃避，是典型的弱者的形象。现在我多后悔、痛恨自己呀！那是我一生中最不光彩的一页，它给我们民族也抹了黑。现在我懂了，每个人都有自己不同的两种色彩，再光明的心灵里，也会有黑暗的一瞬。好人不在于内心始终充满着光明，而在于不断地、永无休止地驱散心灵中的黑暗，抵挡住黑暗的袭击！

　　那些日子，一种糊糊涂涂的不安老是折磨着我。

　　但是，我毕竟是一个藏族的儿子，是一个有信仰的军人，终于从痛苦的深渊中走了出来。现在，我就像春天阳光下的一棵小草，完全复苏了。我热爱生命，懂得生命的价值和意义。我怀念石林，在他面前我永远是惭愧的。可是，死并不能给石林带去些许安慰。活着，像一个军人那样活着，捍卫神圣的国土，赶走馋涎欲滴的强盗，让人民的生活充满着恬静和安宁，这才是石林的凤愿。

我将走上战场，像潘多走向冰雪弥漫的珠穆朗玛峰。我将在生命和死亡之间攀登。你相信吧措姆，一个生活的强者，生命将无数次战胜死亡，因为胜利在鼓舞他、呼唤他。

亲爱的措姆，我也想到过，强烈的生的愿望并不会使一个勇敢者的献身精神黯然失色。战争的不测性会演出许许多多充满血泪的悲剧。那也没什么了不起。生命并不是从出娘胎时才开始的，生命也不是一块墓碑所能结束的。有呼吸的生命像草原上的白雪，毕竟是短促的、有限的，美德却是终年矗立的雪山，万古洁白。一个品德高尚的军人，为了生而不逃避死，有德必有勇；勇敢的藏族儿子为神圣的天职而倚在死亡上，就如同靠着布达拉宫的柱子。他要活着，就会活得气吞山河，威武不屈；他若战死在疆场，将是一个问心无愧的烈士。

措姆，你等着我吧，当我经受了血与火的净化和洗礼之后，我将带着边疆绿色的安宁走向你，走向尼玛和扎西，接受你的红花，接受你注满爱的深情的"习水大曲"，让我们同饮一杯和平和胜利的美酒。我要带着你去看望石林的父亲，我是他的儿子，你是他的儿媳……

指导员念到最后几行时，所有在场的人都已泣不成声了。

十八

巴桑的葬礼是沉默的。

在界溪河烈士陵园石林的墓旁安葬了巴桑。巴桑的骨灰盒里没有骨灰，他的遗体残骸也没有找到，骨灰盒里安放着他的一张照片。

没有催人泪下的哀乐，没有歌功颂德的挽联，也没有纸扎的五颜六色的花圈。葬礼就像死者生前一样朴素、深沉。

营长从孟东山上采来一束艳丽的鲜花。

指导员从巴桑生前最关心的苗圃起来一棵松树，亲手栽在墓的上方。

战士从界溪河挑来一担红泥浆一般的河水，浇灌了新栽的小树。

炊事班长捧来一碗米酒，拎来巴桑钻过小洞的水壶，水壶伴着骨灰盒埋在墓里，米酒洒在散发着泥土味的新坟上。

二排的战士集合在烈士陵园的制高点上，低沉而又悲壮地唱起：

> 起来！饥寒交迫的奴隶，
> 起来！全世界受苦的人。
> 满腔的热血已经沸腾，
> 要为真理而斗争！
> ……
> 团结起来到明天，
> 英特纳雄耐尔就一定要实现！

这歌声震撼着人们的心灵，回荡在群山之中……人们擦干眼泪，戴上军帽；一张张严峻的面孔，一双双坚毅的目光，面对着烈士陵园，面对着起伏的山峦，面对着滔滔的界溪河。

然而，痛苦和眼泪并没有随之埋葬。

在巴桑的葬礼即将结束的时候，附近村寨的民兵押送来一名偷越国境的越南特工队员。这家伙穿着我们的军装，佩戴着鲜红的中国人民解放军的领章，可是他装得不像，没有戴军帽。

"报告首长，"一位二十几岁的民兵干部向小个子营长得意扬扬地报告，"这家伙趁着孟东山开火的当儿，从马甲山的密林鬼鬼祟祟地溜了过来。真有意思，他还凭着他一口流利的中国话，冒充解放军……"

营长在这个越南特工队员面前吓呆了。难道世界上果真有鬼？难道这是在做梦？……营长看一眼头上的灿烂的阳光，感到了太阳的温热，他顺手从身边的一棵树上折下一截树枝，把树叶放进嘴里咀嚼着，尝到一股鲜嫩的草香。他证实了这不是梦，是现实，是充满着苦味、甜味，甚至还有一点咸味的现实。

"给他松开绑……"

他一下扑到营长的胸前，像一个被丢失的孩子，找了千年万代，终于找到了母亲那样，抱住营长委委屈屈地痛哭起来。

这个所谓的"越南特工队员"不是别人，正是石林，那位二排长石林。

原来那天他并没有死，只是受了重伤。在那座山附近住着一位与世隔绝的看林老人，他是一位华侨，早在十几岁时被一个越南人雇用，他在森林里生活了半个世纪，当地人都以为他是越南人呢。他是一位出色的猎人，又是一位识百草的药农。那天，他知道山头上的越南兵被打垮了，想上山去拾一支快枪和子弹，这是老猎人梦寐以求的武器。他刚到半山腰，就听见山上连响两枪。老人后悔来得太早了，便潜伏在山腰没动。半个小时以后，再没有听到枪声，也没发生其他任何情况，于是老人又向山头爬去。他在草丛中发现了血淋淋的石林，他摸一摸胸口还跳动，听一听鼻孔还有微弱的喘息。老人仔细看过石林的军装、领章、帽徽和胳膊上扎着的白毛巾，断定这是一位被越南人打伤的中国同胞。老人把石林背在身上，吃力地背着，不慎将石林的军帽和老人的火药袋失落了，后来老人又回去寻找过，再没有找见。

当石林了解了巴桑的一切后，又扑到他的墓上，大声地呼喊着：

"巴桑！巴桑！连长呀！"

营长把他扶起来。营长的呼吸显得异常困难，心头沉重得像压着一座坟墓。

"生活呀，难道你真的像一位哲人说过的那样——'苦恼总是多于愉快'？"

雄伟壮丽的群山，披着一身洒满阳光的绿装，悄然无声地肃立着，或许是在为牺牲的烈士默默地致哀。唯有光辉的太阳，依然用闪耀着光芒的眼睛，笑吟吟地俯瞰着大地，俯瞰着山川河流，俯瞰着千花万树，俯瞰着每一张紫铜色的脸膛……

1983 年 5 月于贵阳花溪

油画大师的归来

一

画布。一幅巨大的画布。

画布上出现了一条古老的河流。

一个、二个、三个……弯弓一样沉重的脊背；有着无限巨大爆发力的臂膀；低垂着却又高扬起面孔的头颅……一队纤夫沿着河岸的沙滩，向着遥远的地平线艰难的跋涉。

天边的云涛喷薄出五光十色的无数条光的彩带，迎接着充满欣喜的早晨，欢呼从沉沉黑夜里走来的太阳。整个大自然都在无比激动地庆贺死而复生的光明。

他退后几步，双手在脑前向上交叉着，长久地凝视着这幅画。他毫不掩饰自己的兴奋，眼神里有一种成功的得意。

二

他是一位才华出众的油画大师，一个性情不大随和却又颇有修养的艺术家。

还在他不曾记事的时候，父亲就带他离开了祖国，在英国首都伦敦定居下来。他七岁那年，父亲的一位英国朋友，不知从哪一点发现了他的绘画天才，把他介绍给了当时在伦敦甚至在全英也是赫赫有名的一位素描大师。他从此便跟这位大胡子老头学画，命运给了他一个闯进那崇高的艺术殿堂一试身手的机会。十三岁以后，他专攻油画，老师除了给他上一些构图、透视、光线、着色等基本画技以外，更多的是让他自己去临摹意大利画家拉斐尔和法国画家米勒的作品。拉斐尔的《圣母与金翅雀》、米勒的《晚钟》是他最喜爱的两幅画，他记不得已经临摹过多少幅了。他每一次临摹《圣母与金翅雀》之前，总要站在画架前久久地凝视原作，仿佛要使自己的全部身心都走进画面里去。那美丽善良的圣母坐在生满青苔的石头上，圣婴天真可爱地坐在圣母面前，夹在母亲的双膝之间。圣母的左手放在左膝上，手里拿着一本翻开的书，但她的眼神并没有盯着书页，而是在全神贯注地目视着小小的圣约翰。圣约翰喜气洋洋地拿着一只大概是刚刚捕捉到的金翅雀跑进画面，那只美丽动人的金翅雀给人以无限的欢愉。圣母的眼睛里像是有一片温柔、纯净的海水，她右手轻轻地把小约翰推到圣婴的跟前，而圣婴也慢条斯理地转过脸来看着小约翰，一只脚仍然踏着妈妈的脚面，同时伸出手去好奇地抚摸着金翅雀。这些细腻的细部描绘，使整体画面显得严谨而又协调。他总是一次次地为这幅描写母性温柔的图画所感动，也总是在这时想起他不曾见过面的母亲。妈妈太可怜了，竟然连一张画像、一张照片也没有留下来。他常常望着这幅画的背景，那草原，那河流，那桥梁，那尖塔和山峰而默默地流泪。当他临摹过几十幅《圣母与金翅雀》以后，他的心和圣母，和画家发生了真正的感情共鸣，从内心深处崇拜起这位十六世纪文艺复兴时期的伟大的意大利画家来。

二十六岁那年，他在导师的指导下创作了一幅大张油画《故乡》。这是他按照父亲向他描述的故乡的情景，又参考了一些资料，画的一幅中国北方农村的田园风景画。它的构图精细纤巧，画面处理得既凝重沉静，又自然而变化多致。尤其透视处理得极其高明，那道路、树木、水渠、房舍以及所有景物都严格按着透视焦点勾画，使画面产生了强烈的纵深感。观画的人仿佛可以进入画面，踏上画中的大路，径直地走向遥远前方。他这幅画，虽然细心的行家可能会从中观察到拉斐尔、米勒的某些技法，可是由于他突出了自己有力的笔触，又加进了他独创的色调，特别是他把自己对故乡的一往情深也加了进去，因此使这幅作品充满生命气息，给人的感觉是，好像每一笔都饱含着画家对故乡的深沉的眷恋。

《故乡》在伦敦展出后，立刻轰动了英国画坛，获得了意想不到的成功。连那些对外国画家最抱有成见、最爱挑剔的英国著名的批评家，那些对油画艺术尤其要求严格的权威，也无不被他那纯熟的技巧、高度的和谐，以及前无古人的处理方法给征服了。有人在《泰晤士报》上几乎用尽英语中所有的形容词来评价《故乡》，并称他是"二十世纪的米勒"。他的家，当时住在伦敦特拉法加广场附近，许多名流都纷纷登门拜访，并且以看一眼这位年轻的东方油画大师的尊容为幸。有人甚至肯出巨金买一张他作画的草稿。从此，一位侨居英国多年却始终保留中国籍的油画家、年轻的艺术大师马识祖（中国名）——詹姆斯（英国名）便家喻户晓了。

可是，马识祖的成功、荣誉、声望，并没有给年迈的父亲带来快乐和些许安慰。他仔细看过儿子画的那幅被画界捧为"米勒再世"的《故乡》，他承认儿子杰出的天才和艺术成就，但是他的批评却否定了所有内行人的赞美。

"识祖，你的画确实画得很美，不过你……我说了，你别难过，它不像你的故乡，咱们老家要比你画的美……我以为，是你的独创性惊醒了当今英国大多数人久已麻木的审美感，使你赢得了成功。可是我必须毫不隐瞒地告诉你，咱们老家的美是另一种美，那是在英国找不到的一种深沉的美，粗犷的美。孩子，你细腻有余，粗放不足，所以也许你一辈子也画不像你的故乡；你得承认，你是喝泰晤士河水长大的，缺乏故乡的那种高原人的气质，缺乏那种浇灌过黄河水的泥土味儿。"

这成了老人的终生憾事。儿子曾多次要求父亲允许他回老家看看，去真正领略一番故乡的风光，也好给那位一生下他来就死去了的母亲上上坟。老人每次听儿子提出这个实际上也是他多年的夙愿时，总是挂着一脸痛苦难言的表情。有时竟然像是看见了地狱的大门，顿时惊恐不安起来，甚至浑身渗出虚汗，四肢颤抖。

"不，不，去不得，去不得……一定要听爸爸的话，这辈子你就死了这条心吧！"

直到老人临终时，他仍然再三再四地叮咛，让识祖死了那条想回老家的心。可是他却要来那张《故乡》油画的照片，捧在眼前细看，舍不得放下，最后竟然是让照片贴在脸颊上咽气的。

三

五月的早晨，金府敬老院显得格外宁静。

这个农村敬老院，算是宁夏回族自治区最讲究、最有规模的一座了。它曾是一个地主兼资本家的漂亮的庄园。园子里布局严谨、典雅，各种建筑精致、新巧而又古朴，园中心是两排线条笔直的起脊挂瓦、白灰抹墙的平房，室内是铺着碎块沙枣木的地板，天花板上描绘着阿拉伯风格的图案。房前并排开着三个相等的半圆形花坛，花坛前方有一片垂柳和洋槐交错的树林，一条清幽的林荫小径，铺着洁白的鹅卵石，弯弯曲曲地伸向一条穿园而过的古渠，渠上横架一座木桥，桥栏杆上雕着各种花卉、鸟兽。老人们夏日在屋檐下乘凉时，可以听见潺潺的流水声。两排平房后面有一块不太大的草地，开春后已长出嫩绿的草芽。临近草地的是一座年久失修的长廊，长廊的中间和两端各有一个小亭，亭内有清人留下的书画。靠中间亭子边上有一所建筑别致的屋舍，原来是庄园主人的健身房，现在是老人们用来阅览、下棋的康乐室。再远一点便是一块二亩大的菜地，那是红领巾们常来劳动的地方，也是老人们伸筋活骨的场所。

敬老院总共住着三十几位老人。负责管理这个敬老院的一直是丁喜梅大妈。人们都记得她一辈子没有结过婚，无儿无女，真正是以院为家。她如今已经斑斑华发，年过五旬。丁大妈是个沉默寡言的人，深沉和冷静中常常流露出一种令人同情的严峻。她很少要求别人，却能凭着凡事身体力行而有效地管理着这所已经有二十年历史的敬老院。她平时很少跨出敬老院的门槛，把近半生的心血都献给了这项乡村的福利事业，并且以廉洁吃苦赢得了众人的信赖和尊敬。

今天，吃过早饭后，她从电话室走出来，理了理耳边的鬓发，匆匆忙忙地走到站在花坛边上的纳大妈和那几位老大妈中间来。

"好消息……你们别扯磨了，快去招呼大家收拾收拾房间，衣服脏了的也换一换，过一会儿有一位华侨客人来参观，是个画家，说不定还要给大家画像呢！"

"真的？华侨到咱们这儿参观？这可是头一回。"

"华侨？是中国人还是洋人？"

"华侨就是住在外国的中国人，怎么，你连这个也不懂？"

"这可是一件大喜事，怪不得一大早就听见喜鹊在树上叫个不停……"纳大妈禁不住说。

几位老大妈以从未有过的好奇和兴奋谈论着这件新闻。直到丁喜梅冷峻的目光从她们的脸上扫过，她们才各自回自己的寝室去了。

县里打来电话时正是有线广播播音的时间，电话串线，听不太清楚。好像县上还说，那华侨客人是本地人，可能要在金府住下来，住多久还不清楚。

本地有谁在国外呢？好像只有金家。难道是金泰昌回来了？不，不可能，这位客人姓马。再说，他发过誓，就是死了，骨头也不往回运。丁喜梅的心猛然震颤了一下。她多么希望即将到来的客人就是他，可是又十分害怕果真是他。她感到自己的脸颊已经红了，幸好纳大妈和几位老人妈都已离去，她才从慌恐、激动、矛盾的心情中走出来，尽力使自己恢复平静。

"命运呀，不要再一次捉弄一个年过半百的老妇吧！"

曾经是多少个年头，多少个日日夜夜，她孤独地忍受着感情的折磨，硬是用泪水熄灭了那能使她自己焚毁的热情。今天她才感到，那热情实际上是沉睡了几十年，它还会醒的，就像现在这样再次烧红她的面颊。

四

县招待所是一座亘长的新建的四层楼房。白灰墙壁像是还没有完全干透，房子显得阴暗，一股潮气从四壁往外渗。

马识祖比约定的时间提前半个小时就走下楼来。他穿着回国后在北京王府井大楼买的红叶牌米黄色风衣，背着照相机和画夹，心神不安地在楼前的砖地上踱步。他心跳得厉害，有一种连他自己也说不太清楚的情绪在心底翻涌。

招待所对面是嘈杂、繁华、热闹的农贸市场。从那里不住地传来各种叫卖声、讨价还价的吵嚷声、自行车铃声和青年人的嬉笑声。最引起他注意的是偶尔传来一两声毛驴的叫声。小毛驴这种放肆的叫声，他在伦敦是从来没有听见过的。

他下意识地嗅了嗅，一股西北特有的烤羊肉串的香味钻进了他的鼻子，使他顿时产生了一种强烈的食欲。他看看腕上的手表，时针正指着九点，再看看大门外的柏油路，连个汽车的影子也没有。

在他前方不远的向阳处，栽种着几株落叶灌木。他走到近前，只见那几株矮小的灌木还没有发叶，可是鲜艳秀丽的黄色花朵却迎着塞上春风怒放着。他认识这种花，它的学名叫迎春花，还有个俗名叫金腰带。在南方，这种花在春节时就开放了，这里却迟开了两个月。他等得有些不耐烦了。

"难怪英国人说中国人的时间观念差……"他解开风衣扣子，又一次向大门外张望着，仿佛期待着一个崭新的命运到来似的。

他打开写生画夹，试图用画笔排除内心的焦急，忘掉那期待中的时间。他以敏锐的观察、准确的笔法，一个细部一个细部地画着那金黄色的迎春花，于是，一朵一朵的小黄花，便含着生命、带着呼吸呈现在他的画纸上。他记得父亲生前不止一次地说过："你母亲是个思想特别细腻的女人，她多才多艺，尤其善绣各种花卉，最喜爱绣迎春花。在她觉得生活暗淡的时候，或是对生活充满希望的时候，总是要绣迎春花……"妈妈为什么喜爱鲜花呢？啊，花卉的五颜六色中有智慧，枝条的千姿百态中有训诫，花开花谢中有眼泪……迎春花，这些有生命而无思想的小花，使这位三十三岁的艺术家又一次想起可怜的母亲。

"妈妈，我要在您的坟头上植一片金色的春天。"

五

敬老院像过年似的，所有的房间都在中午广播之前焕然一新了。

纳大妈收拾完自己的屋子以后，洗了洗脸，还在头发上抹了一点头油，又从箱子里找出一件只在开斋节那天才穿的新衣服。她觉得自己突然地年轻了，可是她却搞不清楚，为什么这么一个素不相识、久居国外的人的到来，会使她产生一种少有的、不能自持的喜悦。她把自己的房间认真地审视了一遍，又重新调整了桌子上的几件小摆设，直到认为一切都恰到好处了，便急急忙忙地向丁喜梅的房子走去。

感到脸颊发烧的丁喜梅，赶紧把心头那些沉重的记忆驱散开，慢慢地朝自己的房门走去。她迈着死气沉沉的脚步，走路的节奏，简直同一个病人临终的心律相差无几。当她从阳光下走进那阴暗的小屋时，头像猛然被什么击了一下似的，一阵昏晕。板柜上的座钟好像就要跌落下来，两扇不甚明亮的窗户倾斜了，窗外那几株本来就长得弯曲的沙枣树越发摇摇晃晃……她赶快坐到床上，一动也不敢动，努力使受了惊扰的心平静下来。

从某种意义上说，丁喜梅不失为一个了不起的女性。她不信鬼，不信神，不信教，这在当今的农村妇女中，是十分难得的。可是她也有自己的弱点，她虔诚地相信命运，认定人的一生，不论荣辱祸福，或是富贵贫贱，都由命运主宰；人同命运抗争、奋斗，只能促成量的压缩，却无力达到质的转变。她年轻时，受到过一次命运的打击，那次打击可以说是人生中的一次七级地震。当时，她曾经下过死的决心，认为一个生活中不幸的人，死是生命走向永恒的起点。可是，当她写完了留给亲人、朋友的遗书以后，她站在月夜中的黄河岸边，夜色浓重而又深沉，月光在河流的深处扑捉浪花……她哭了，泪水洗刷了她心头上的愚蠢和轻生，她沿着走来的小路又走了回去。

不久，这里的山山水水都改变了颜色，革命与果园的苹果在同一时间成熟了。尽管在以后的漫长的三十多年里，时代改变了她的命运，使她感受到了生活的温暖，也尝到了人生伴着时代而来的甜蜜，但是每当她记起那些令人难忘的辛酸的往昔，却总是感到沉重的命运仍然经常或隐或现地压抑着她的活力。于是，她在汗水中承受着欢乐和忧伤，她对生活的爱也不时地在一次次政治的旋涡中受到伤害。可是生活总还给过她不少顺利、如意，给过她不少明亮的画面。这时的她，心灵深处的热量又能融化历史在她灵魂中留下的种种痛苦。

此刻，她又一次感到命运的沉重，一种像是固有的、又像突然从外界袭来的乏倦、惆怅，深深地压在她的心头。多少年前曾经有过的那种黑暗感，又在她生命的某一角落里复活了。

她不知道时间在她的恍惚和沉默中过了多久。她痴呆呆地凝视着墙壁，墙壁上并没有什么东西，那在长年烟熏火燎下毫无光彩的四壁，除了北墙上挂着一幅日本明治年间女画家上村松园画的一幅《早春芳草》以外，别无他物。

"老丁啊！"纳大妈从来没有敲门的习惯，她推门而入，高声喊着。"你发什么愣呀，还不赶紧换件新衣服。对了，把你这几年得的奖状都找出来，端端正正地挂上，瞧这四面墙穷的，为啥总把那个日本女子挂得高高的？挂上奖状，让从外国来的人别小瞧你丁喜梅，你是女状元！摇什么头？这也不是你自己的事，是咱敬老院集体的光荣……你不挂，我来挂，什么事都依着你，这件事得依我……"

汽车的喇叭声从敬老院的大门口传进来，接着是引擎发出的迟钝的喘息声。

丁喜梅彻底地从三十多年的回忆、思索中走回到现实生活中来。她整理了一下衣襟，往后理理头发，一面往外走，一面对纳大妈说：

"快去吧，客人来了，让大家都出来欢迎客人，快一些。"笼罩在她脸上的一层忧郁的阴影已经一扫而光了。

六

马识祖在故乡的五月风光中完全陶醉了。

他每天起得很早，几乎是一刻不停地饱尝故乡的田野、河流、果园、古渠，甚至一草一木的美的享受。他从内心深处感到父亲是对的，他那幅为他赢得声誉的《故乡》，要比现在目睹的现实逊色多了。

"我缺少像黄河、贺兰山这样粗犷、奔放的艺术气质，充其量也只有些庭园假山般的脉脉温情。"他不住地对自己说。

他极其珍惜在故乡生活的有限时间。他已经画了大量的油画速写。他用笔尽量阔大、奔放，彩色也异常鲜明，比他作画以来所有的作品都更加充分地表现了阳光和空气的效果。有一次他坐在黄河岸边，入微地观察每一个波浪，静听它动人心弦的呼号，以此陶冶自己的气质。直到太阳西沉，他才想起该回金府了。黄河的西岸，那遥远的地平线上，一道金黄交织着的柠檬色的光芒，展开在麦苗青嫩的田野上，一直铺到波涛起伏的黄河激流之中。他觉得世界上没有比此时此地更美的角落了。他走在水渠和树影之间的田间小路上，有一种像在花园中散步的心情。

一阵从遥远的地方传来的深沉的哀乐声，清晰地叩击着他的耳鼓。是一种什么样的幻觉呢？他不知不觉地又走到那名叫"三棵柳"的古老的墓地。这里原是当地金家和哈家共有的一块墓地，如今已经改成公墓了。它同这一带所有的墓地差不多，整个陵园长满了出土不久的荒草，有的石碑已经倾斜了，古坟塌陷了，新坟还散发着新鲜的泥土味。那三棵据说是已经栽了将近百年的柳树，像三位久经世故、饱经风霜的老人，终年忠于职守地守护着这座公墓。

"咱们家的祖坟有三棵老柳树。在你生下的当天，你妈妈就走了，就长眠在那三棵柳树的脚下……"

他父亲生前不止几十遍地重复过这句话。可是当他梦一般的回到祖国，含着泪扑到这三棵柳树下时，却没有母亲的坟。他绝不怀疑父亲的记忆力，他怀疑十年内乱时，造反派掘了"地主婆"的坟。可是当地群众和政府都毫不动摇地排除了这种可能性，老年人还一口咬定三棵树下从来没有打过坟。他不信，可是又拿不出任何可靠的证据。

他回到金府时，天已经黑了。

他每天晚上都在灯光下耐心地为老人们画像，一幅幅炭铅素描的老人肖像，神态活现，栩栩如生。丁喜梅总是一声不响地坐在一旁凝视，目光里闪烁着幸福和满足。今天，她比往日更有兴致地观看画家给纳大妈画像。说来，纳大妈也应算一位艺术家，她自幼学会了剪纸，她剪的那些花草、鸟兽、鱼虫，生动逼真，逗人有趣。用艺术家的语言说，她采用变形的艺术手法，使作品充满着夸张的浪漫，没有谁不喜欢，在这金府方圆数十里的回汉社员中，几乎家家都贴过她剪的窗花。

马识祖很快就捕捉住纳大妈的面部特征，只是几笔潇洒自如的勾勒，一位比纳大妈实有年龄稍显年轻的回族妇女形象就跃然纸上了。

"画得像她年轻时一样漂亮。"

"你们回忆回忆，这像不像吃食堂那年的厨师纳大嫂？"

"如果头上再插上一朵迎春花，那就更心疼了。"

纳大妈在大家的戏言中，怪不好意思地捧着画像跑了。

七

人们都走散了，屋子里只剩下画家和丁喜梅大妈。

马识祖是有意留下的。他早就想跟这位沉默却非常能干的管理员谈谈。他第一次认真地打量着这位管理员的房间，突然被那幅《早春芳草》吸引住了。他很小的时候就见过这样一幅画，那是他父亲珍藏的一件宝贝。他走到这幅画前面，好像凝视整个世界，又像儿童观看夜空的星座。看呀看呀，他终于发现了，这是一幅复制品，复制得极其高明，对一般人来说，复制者的技巧完全达到了以假乱真的程度。可是它瞒不过这位从小就见过这幅画真品的马识祖，他观察到画中那位日本妇女手中拿的不是粉红色的樱花，而是一枝金黄色的迎春花。他感到非常奇怪。

"这幅画是您的吗？"

"是的。"

"您是从哪里搞到的？"

"一位朋友送的。"

"什么时候？"

"很早了，有几十年了。"

"是这样……"

屋子里像沉睡的夜一样静寂。他俩谁也不看谁一眼，好像都走进沉思的月色里去了。室外刮着五月的轻风，沙枣树的枝叶在轻风中摩擦着，发出一阵阵低低的植物的语言。马识祖由这件奇怪的事情，想到另一件同样奇怪的事情。这些天来，敬老院的老人们都要求画家给自己画了像，唯独这位丁大妈，从没提出这种要求。说她对画像不感兴趣吧，可她每天晚上都从头至尾地看着别人画像；说她感兴趣吧，她却毫无画像的表示。这真是个谜。一种好奇心鼓动了他，他转过脸，冒昧地问了一句：

"请问，您为什么不想画一张像？"

丁喜梅感到对方提出的问题很突然，好久没有回答。昏暗的灯光照在她脸上，显出一副为难的表情，不过。她很快就平静下来了。

"我本来想麻烦您给画一张像，可是……"她思考着下面的话怎样说才得体，停顿了一会儿又说："可是我担心您画不好，会给您出难题……"

马识祖有些不高兴了。他一生画过不少人物肖像，连最爱挑剔的人也不得不称赞他画技的纯熟，善于捕捉不同人物的面目特征，怎么会画不好一位乡村的老妇？他站起来，在屋里踱了几步，十分自负地说：

"可以坦率地对您说，您的担心是多余的，不会发生画不好的情况，您放心吧！"

"不是的，您误会了。"丁喜梅抱歉地向画家解释："我说的是另一回事——我有一个儿子，他苦命，一生下来就死了……我听人家说过，有的画家很高明，可以按照父母画儿子，也可以按照儿子画父母。我想那一定很难，所以我不敢开口，怕难为您。您能不能按照我的相貌画一张我儿子的像？"

丁喜梅的话深深地感动了马识祖。他是个一生没有见过母亲面的孩子，饱尝了失去和怀念母亲的悲哀，自然他也能体会到母亲失去和怀念儿子的痛苦。他感到自己和面前这位老妇是同命相连，便毅然决定，不论成功与否，一定尽最大的努力满足她的要求和渴望。他答应丁喜梅了。

八

马识祖非常重视这张他从来没有画过的作品，做了充分的创作准备。他认真地看了丁喜梅年轻时照的几张照片，还让她详尽地描绘了孩子父亲的面貌，甚至让丁喜梅介绍了他的性格、爱好、举止、声音。总之，直到画家的脑海里出现了一个形象后才动笔作画。他先画了几张草图，最后决定画一幅油画。

作画时，他像演员进入角色似的，先使自己进入一生中无时不怀念自己母亲的沉思之中，抓住自己情绪的脉搏，怀着深深的感情下笔。他整整画了三天，一幅英俊而又富有强烈感情色彩的少年肖像画终于画成了。他把那少年的表情构思在微笑的一刹那间，力图表现少年的心理活动。肖像的面部笔调柔和细腻，脑部和肩部则表现得充满生命力。少年的额头较宽，眉毛很重，眼睛不甚大却神采洋溢，通天的鼻梁，整齐的牙齿，稍厚的嘴唇，略显下窄上宽的脸形……这一切，都是严格地按照丁喜梅的照片，和她描绘的孩子父亲两者的综合体构思的。

从艺术上讲，这幅肖像画是绝对成功的，可以说是无懈可击。但是，当这幅画在敬老院传开时，却意外地引出一场无法平息的议论。凡是看了这幅画像的人，都不约而同地得出一个结论："他画的是他自己。""太像画家了，只是年轻了。"马识祖听到了这些议论，他对着镜子把自己和画像一个细部一个细部地做了认真的比较，他也不得不承认，这幅画简直就是他的自画像，而且应该说是一幅十分成功的自画像。

他感到这件事太离奇了。他怀着十分复杂的心情，带着种种失去控制的遐想去询问丁喜梅，可是丁喜梅仿佛什么也不知道，一句话也说不出来，回答他的只是无声的哭泣。结果，马识祖回到故乡后的那种欣喜和幸福感，顿时无踪无影了，代替这一切的是魔幻般的迷惑，是黑暗无边的猜疑，是无力自拔的悲哀。

其实，此时此刻最苦费心思的还是纳大妈。她有一种越来越坚定的信心，好像发生的一件件事情，都证实了她半个月前心头的一次不自觉的闪念。后来她有过种种怀疑，想把那一闪念，不留半点痕迹地从心头抹掉。不料她的疑点越多，越是在怀疑中生长出希望。直到画家画完这幅肖像，她的希望就像十月的稻谷，完全成熟了。她如同一位临战的军事统帅，认为一切都清楚了，下了最后的决心，要找画家谈一回话，让一个藏在她心灵深处已经三十多年的故事（那可是用泪水写成的故事），见见新时代的光天化日。

九

纳大妈没有敲门就闯进马识祖的屋里。她在这位客人面前，再没有十几天来的那种对她来说少有的拘束感。她一进门就不客气地坐到沙发上，说话也完全是一种长辈或主人的口气。

"孩子，你过来，离我近一点，对，就坐在我身边吧。听我……听我把一切都告诉你。也许这是真主保佑，前年我没有死于那场伤寒病，就是为了等你回来，好告诉你这一切。"

纳大妈似乎从来没有这么高兴过，可是眼睛却湿润了。她像电影导演似的，一下子就把时间拉回到一九四八年了。

这件事已经过去三十多年了，可是对纳大妈来说，好像就在不久前才发生的。

金府的三少爷叫金泰昌，在天津、上海读过书。自打他从外地回到金府后，便给这个避开人世间的吵扰、掩藏在绿荫里、被渠水环抱的庄园，带来一股从未有过的生气。他要用自己的知识、现代科学改造一个古老而又守旧的家庭，改变一下金府的生活方式。他在许多事情上是顺利的，因为他的父母都到了该不理"朝政"的年纪，两个哥哥又都是既贪婪又无能的蠢货，所以不到三十岁的金泰昌实际上成了金府的一家之主了。

可是，天空总有出现阴云的时候，黄河总有涨水发怒的时候，金泰昌的"阴天"发生在不如意的爱情上。

他因为反抗父母的包办婚姻，曾经闹得金府鸡犬不宁，因此才跑到天津、上海等地去读书。按说他可以在同学中找一个才貌相当的伴侣，结了婚以后再回家。可是他没有，他的心早给了本县一个穷人家的姑娘。他上中学时跟她是同桌同学，她的父亲就是他的小学老师。这一对青年早就偷偷地订下终身，两个人都发了誓，男的非她不娶，女的非他不嫁。所以金泰昌直到二十七岁还打着光棍儿。

在他到外地读书的那几年，那姑娘几乎每一天都是在渴望和等待中度过的。她人长得很俊，婶婶大妈们都说她有一种不需要任何装饰的秀气。她只穿淡素的服装，终年是一副忧郁的面容和沉思的神色，给她动人的青春年华蒙上了一层薄纱，使一般乡亲们察觉不出她那充满希望的青春之美。

金泰昌已经是大人了，他回来后就向父母公开了他和那姑娘的爱情，并要马上结婚。在那个讲究门当户对的时代，他和她的爱情存在着巨大的地位和金钱上的差别，自然不会得到父母、亲戚的赞同和支持。可是对于这种有声望、有身份的人家，又不好以此为理由公开反对，否则落个"嫌贫爱富"的名声也有失体面。但是另一条理由却不仅是光光堂堂，而且能赢得大半个社会的同情和称赞。那姑娘是汉族，金家不仅是回族，而且在本地教门上层中也是举足轻重的人家。于是，金泰昌的父母动员了从普通教民到宗教头面人物的整个社会力量来反对这门婚事，给两个年轻人施加了倾盆大雨般的压力。

两个年轻人太孤立了，几乎没有任何可以借助的反抗力量。他们为了向世俗社会抗争，为了表示爱情的不可征服，为了他们的信念和满足内心的欢乐和忧伤，两颗孤立无援的心大胆地紧贴在一起了，以彼此的亲吻、拥抱和一夜间的团聚，表示了忠贞的爱的誓言：即使不能成为白头偕老的夫妻，也要做一对终生相恋的情人。

他们并没有料到，那一夜的结合却诞生了一个漫长的悲剧。十个月以后，她生了一个男孩。这孩子一来到人世就遭到厄运。金泰昌的父亲凭着他的金钱和地位，把孩子抢来了，并强迫那个穷教师和他的女儿离开宁夏。这样做了，他们还不罢休，又动员了一切力量，逼着金泰昌离开祖国，到英国去投奔他的一个同族叔父。同时，金泰昌的父亲又买通一些人作证，让他确信，那姑娘产后没几天就死了。金泰昌痛哭了一天一夜，认为他生活的光明和希望，完全像一声轻轻的叹息一样，都在一瞬间消失了。他没有值得留恋的东西了，唯有她爱的果实——一个出生不久的儿子是他的未来，给了他继续生活的勇气。于是，他不顾双亲种种阻挠，硬是带着儿子出国了，并下了永不回来的决心。甚至改了姓，姓马，出国后连一封信也没有寄来过。解放后，那姑娘又回来了，金泰昌的父亲怕她要孩子，又编了一封假信，说孩子在出国路上得了急病，死在轮船上了……

当纳大妈啰里啰唆地讲完这一切时，马识祖仿佛是做了一个梦，痛苦像一只贪婪的老鼠，不停地啃啮着他的心灵。他木然地站在那儿，嘴唇苍白，一声不响。

"孩子，你不信吗？那个可怜的孩子就是你呀！丁喜梅就是那个姑娘，是你亲生母亲……"纳大妈激动得双手发抖，她好不容易才解开大襟纽襻，从里面的兜里掏出一个纸包，包里包着一张四寸照片，"孩子，你看看这张相片，这是你母亲年轻时照的，后面写着字，是给你父亲的……我十七岁进金府当使唤丫头，这张相片是我在你父亲留下的一本书里发现的……"

马识祖抹掉眼角上的泪珠，接过照片，先看了看背面的字，然后久久地凝视着那位身着素装、脸上带着几分忧郁的姑娘。他仿佛从一面镜子中看见了自己的容貌，也看见了自己的精神和气质。母亲，这两个字像明亮的种子，在他心底的土壤中已经深埋了三十多年。在无数次喜到极点、哀到极点的时候，那颗明亮的种子总是强烈地要迸发出来。他多么想像所有的儿子那样，尽情地喊一声妈妈呀！那是他的一个美好的梦，却欺骗了他三十多年。现在，他感到一种满足和幸福。他把照片紧贴在自己的胸口，终于在他的唇间发出了人类那最美好、最伟大的两个字："妈妈！"

他不敢相信这幸福是真的，是属于他这个海外游子的。他害怕这是一次偶然的巧合，甚至是一次精心设计的骗局。

"难道妈妈身边就没有一件爸爸留下的遗物吗？"

纳大妈从来不喜欢感伤的调子，她也有过痛苦，可是她不允许痛苦长期地、放肆地占据心房，她常常是让痛苦的阴云在希望的雷电中消失。她觉得此时此刻的马识祖应该像种子播进土里，像禾苗拥抱阳光，不应该悲伤和流泪，尤其是一个男子汉。

"孩子，你妈妈并不知道你还活在世上，我什么也没有对她讲过，我不想在她的伤口上倒盐水，我也没有想到还会有今天，一个在国外长大的地主的儿子，还能这么体面地回来，还能受到这样的款待。我怎么肯向她说这些可能勾起她撕心扯肺的回忆呢？我希望她只记住今天，只想着明天，把昨天都埋进三棵柳墓地里去。所以，你父亲留没留下什么东西，我从来没有问过她。"

马识祖擦去眼泪，他觉得纳大妈是一个可以依赖的人。他搀着她，让她带着他去认自己的母亲。

十

这几天，丁喜梅总是坐在渠边的石凳上，用心灵去看那张油画肖像。肖像的画面又不时地现出自己青年时代的往事，一幕一幕，像迷离的梦在脑海里时起时伏，时隐时现。当她的思维太疲劳时，脑海里的波浪平静了，她听见许多声音，脚下渠水潺潺低鸣，头上柳枝沙沙轻唱，风从耳边擦过，像一声声叹息，交错的树影似心头的沉重的阴云。

她看出了那幅肖像如同画家本人，可是她的幻想一露头，便立刻被她的理智给压了下去。她认为那是绝对不可能的，或许画家出于一种善良、怜悯的愿望，或许是命运又在捉弄一个不幸的女人……她已经两天没同任何人讲话了，总远离那些惊奇、疑惑、询问和怜悯的目光，一个人在树荫下、在阳光里混乱地思索。

今天，她只是静静地看着缓缓的渠水，好像看着自己的岁月怎样骑在浪花上悠悠远去，它的归宿在哪里？东海可很遥远呀！

"喜梅，我来给你贺喜来啦！"纳大妈和马识祖的突然出现，使她的沉思变成了发愣，她像是什么也没听见，脸上没有任何表情。

"我给你贺喜来啦！"纳大妈又大声重复了一句。

她看看纳大妈，又看看画家，像个猛然掉进迷宫里的孩子。

"喜？我这一生还能有什么喜？"

爽快的纳大妈，毫不拐弯抹角地把一切用最简略的语言述说了一遍，最后也提出了马识祖由于事情发生得太突然而产生的情理之中的疑问。

幸福确实来得太突然了。丁喜梅说话已经有些语无伦次了。

"有呀，有。泰昌留了。我墙上挂的那张《早春芳草》，一个日本女人画的，就是他照着他自己的那一张画的。你们别不信，我能说谎吗？他说我最喜欢迎春花，还把那个日本女子手里拿的樱花，改成了迎春花。你们不信马上看去，背面有他亲笔写的字：即使不能成为白头偕老的夫妻，也要做一对终生相恋的情人。署名是：昌。还写着年月日。"

马识祖再也控制不住自己的感情了。他一头扑在丁喜梅的怀里，惊天动地地喊着：

"妈妈！妈妈！我苦命的妈妈！"

这以后便是母子抱头痛哭。纳大妈见不得这种悲喜交加，而且感染力极强的场面。她悄然离去，却觉着眼眶子一阵热乎乎的。

<h2 style="text-align:center">十一</h2>

他拼命地绘画。

他要给祖国留下一幅作品，实际上是要留下他对祖国的深深的怀念和向往，留下他对祖国未来真诚的希望和信赖。他在很大的一张画布上，画了古老的黄河；画了一队艰难跋涉却充满力量和信念的纤夫；画了早晨的霞光和死而复生的光明。

他妈妈夸他画得好，整个画面充满力量和信念，展示出令人鼓舞的光明未来。

儿子想要报答母亲的恩情，补偿母亲应该享有而没能享有的幸福，他再三劝母亲随他到英国去住几年，一来那里的生活条件比这里要好得多，二来也给他一个向母亲履行孝道的机会。敬老院的多数人也劝她去，都说她一辈子太不容易了，跟着亲生儿子出国，政府也是允许的。

丁喜梅经过激烈的思想斗争，终于决定留在国内。她把已经三十多岁的儿子像一个几岁婴儿似的搂在怀里。

"识祖，你去吧，一个人去吧，那里还有你的老婆孩子。妈妈不能去，这里有三十多位孤寡老人，他们需要有人照顾，我也舍不得离开他们。只是你要勤回来些，下一次把孩子和他妈也带回来，叫妈看看，我这一辈子也就满足了。"

十二

马识祖的签证就要到期了。

临行前，他好几天都坐立不安，不知是由于兴奋、满足，还是由于留恋或向往，他总觉得情绪很不安宁。他意识到了，这种兴奋和不安，也许要持续很久很久。他把《黄河纤夫曲》并连同自己对祖国、对故乡、对母亲的恋情，一起赠给了当地政府。

于是，他带着一个新的无比充实的生命走了。

他带着一个永远属于故乡的中国心走了。

他是无比兴奋的。他本来是回国寻找母亲的坟墓的，可是他找到的却是活着的、充满希望和活力的母亲。

天空也笑了，太阳微眯着眼睛，把一片温暖的光辉洒在故乡的土路上……

清真寺落成的时候

月牙河睡醒了，带着一个冬天的梦，匆匆忙忙地向远方流去……

春天的月牙河，清澈见底。河面映照着婆娑起舞的柳丝的倒影；河底处那些晶莹的鹅卵石，像一颗颗眨着眼睛的星星。

哈麦得从村子东头走出来，毫无目的地沿着月牙河往下游走去。他像老年人那样倒背着双手，低垂着头，迈着十分沉重的脚步，走走停停，停停又走走，不断地把脚下的小石头子踢到河里去，河水顿时冒出一串水花，接着荡起一圈一圈的清漪。最后，他索性在一株老柳树下蹲下来。

老柳树的树梢很长很长，最长的梢子已经低垂得摸到水面了，在春风里婀娜蹁跹，显得那么灵活愉快，甚至有点脉脉含情。大自然的生命，在春天走来的早晨复活了。

在匆匆流动的水面上，哈麦得看见一张那么熟悉又那么陌生的脸：高突的鼻梁，深陷的眼窝，一夜没有睡觉的眼睛，眼皮显得十分沉重，两道浓重的眉毛几乎快锁到一起了……冬天似乎还没有从那张无精打采的脸上隐退，额头上仿佛罩着一层阴云。

风把村寨里的梆声一直送到月牙河畔。

"到时间了，该到时间了，清真寺、清真寺的梆声……"哈麦得的脸色很不好。他没有回头去看那座高出所有屋顶的阿拉伯式的建筑；从望月楼顶上传来的一下下梆声，好像每一下都击在他的心头。他站起来，下意识地捋了一把嫩嫩的柳叶，把其中的几叶抿进嘴里，一股清香中略带苦涩的滋味，从嗓子眼一直爬到心坎上。哈麦得又沿着月牙河往下游走去。

月牙河流到月亮山脚下，拐了个大弯，河水变得越发湍急奔腾。就在这河湾的高坡上，孤零零地堆起一座新坟。哈麦得在两天之内，不知到这里来过多少次：他双腿打颤，再也迈不动步了。

是的，一晃已经是十五年了。

十五年前的哈麦得风华正茂。他的思想单纯得就像一杯清水，能看见底，能照见人。他在社办中学上高中，是全班唯一的共青团员。他像春天里刚拱出土的一株小苗，披着一身暖洋洋的春光，没经过风，也没淋过雨，觉得前途就像头顶上这片天空一样平展和广阔。他充满生长的欲望，对花朵和果实怀着如醉如痴的向往，抱着虔诚的信念。他认为自己的生活、思想、知识……一切都是崭新的，自己同旧的观念简直到了水火不相容的程度。有一次学校请哈麦得父亲给学生上忆苦课。他父亲哈力沙从前给哈半川放羊，一次在暴雨中丢失了三只绵羯羊。哈半川赖他把羊卖了。他不吃这个屈，辩白了几句。哈半川就用钳子揢断了他的右手中指。后来寨子里的人大多叫他"九指叔"。听了九指叔的忆苦，许多孩子泣不成声，泪如雨下。唯独哈麦得不但一滴泪没掉，反倒在讨论会上批评他父亲是"老迷信"，天天上寺，还念经，有了钱就悄悄地给阿訇送经礼，送砖茶，送黑糖，送羊肉。低标准那两年，全家人几乎忘记了羊肉是什么味道，馍是啥滋味；在古尔邦节那天，他父亲却舍得用自己一个月的口粮换了一只老母鸡，送给了马二阿訇。

"唉！活着再苦也不过就这样了……想啥呀？想点后事吧，不求今生富贵，只图无常了进得天堂……"

哈麦得觉得自己有个说这种话的父亲，是一个共青团员的莫大耻辱。为此，他跟父亲经常顶嘴，有时爷两个几天不说一句话。乡亲们讥讽他是"月亮山上的野猪"，九指叔则骂他是失了依玛尼的孽种，甚至有一次把他的书包也撕个稀烂，不许他再去念书。

"念书、念书，连教门也念没了……糟蹋你老子还嫌不够罪孽，还要去糟蹋阿訇老人家！你给哈家丢人现眼……死后要下刹子海……"

跟他家一墙之隔的八奶奶，最爱火上浇油了，她一边双手拍着大腿一边咬着牙根说：

"哎呀呀，这还了得了！嘴黄子没褪尽，可倒反了教，反教啦！照这下去，连你九指叔也得跟上遭孽哩！不知道他们老师是咋教的，把娃子教成这等野！政府还敬重咱回回教门，想不到自家的娃娃倒给爹老子……给咱回回脸上抹灰……唉，都怪他妈死得早，这娃子少教育哩！"九指叔听了八奶奶这番数叨，脸烧得像吃了火辣子。

太阳出山了。一抹橘红色的光涂在新掩埋不久的坟头上。墓碑是锯断的半扇门板，坟堆成个椭圆形；隔河相望，好像月亮山特意为急转弯的月牙河显示的一个惊叹号。木碑上的字十分清晰："爱妻刘晶之墓"。离这座孤坟约两里路的地方，是月牙寨的公墓。那里已经掩埋了几代人。高低不一的坟头，大小不等的墓碑，五花八门的点缀，使人从很远的地方就能发现，那是个颇有些历史的墓园了。哈麦得的父亲也睡在那里。眼前这座躺在墓园两里地以外的孤坟，显得那么凄凉，那么寂寞，尽管月牙河解冻了，河水昼夜不息地演奏着相当雄壮的交响乐。

太阳好像一点也没理会哈麦得的心情好坏，仍然按照自己的轨道冉冉上升。它也不像人类那样爱憎鲜明，亲疏有度：它把自己温暖的光泽公平地洒向群居的每个坟头，也同样地洒给了月牙河畔的这座孤坟应有的一份。

"到底是你害了我呢，还是我害了你？"哈麦得的痛苦是语言所不能表达的。他蹚过月牙河桥，轻轻地走近坟头，好像怕惊动了睡在坟内的妻子。他蹲下来，双手抚摸着木碑，恰似一个受伤者的手摸到了自己流血的伤口，浑身颤抖起来，有一种平生不曾有过的恐惧感。他摸索着那几个还散发着油漆味的大字，犹如触到了十五年来留下的无数生活痕迹。对这痕迹感受得越多、越清晰，他也就越觉得内心有着无边的痛苦和懊悔。

那场横扫一切的风暴就是从月亮山的那面刮进月牙寨的。批"三家村"批得人妖颠倒，破"四旧"破得鸡犬不宁。秋收时中学放了农忙假，这时，城里也下来一伙戴红袖章的学生，先是帮助农民收割，没几天就拢住大部分出身好的高年级同学，组织了一个"红卫兵团"。哈麦得竟然被选为兵团政委。

"哈麦得，请允许我提个问题，你有革命到底的勇气吗？"从城里来的一个比他大一岁的姑娘，一进寨子就主动接近他。这天收完了糜子，他俩一起蹲在月牙河边洗脸，姑娘闪动着一双明亮的眸子，单刀直入地向他提出了这个极端重要的问题。

"你知道革命的底在哪？"哈麦得显然对姑娘带有考问的口气不太高兴。他用衣袖子擦了两把脸，随手把外衣丢在身后的树丫权上，对姑娘很不友好地瞄了一眼。"这月牙河的底是看得见的，革命的底……革命可能是几代、十几代人的事情，我们这一代还不敢说'到底'的话。何况……空谈大道理也不是庄稼人的爱好。……我只记住一条，党叫干啥就干啥。"

姑娘的自尊心顿时都膨胀到脸上来了。她一个箭步冲到哈麦得的面前，用咄咄逼人的目光注视着对方。对方却一点也不紧张，安然地随她审视。他那稍带蓝色的眼睛，被太阳光镀一层紫铜色的皮肤，穆斯林的容貌和装束……这一切，莫名其妙地软化了姑娘原来那股挑战似的决心。她收敛了城市姑娘通常在乡下青年面前最容易表现的那种傲慢，甚至相当诚恳地说：

"《人民日报》的社论看过了吧？号召我们横扫一切……你呢？扫了什么？我看是和封建迷信共处得挺和睦。这也算党叫干啥你就干啥吗？"

"什么意思？请你直截了当一些。"

"事实把你鼻子快碰肿了……你看那座清真寺，星期五比赶集还热闹，只要我们一下田，磕头的、礼拜的、诵经的……一伙接一伙，你父亲最积极。这些……你不可能一点也不知道。"姑娘发觉她的话太缺少激励和打动人的力量。于是她加重了语气，像对哈麦得又像对自己说，"革命要真刀真枪，太温情主义了，就可能有一天……有一天，自己也变成了革命的对象。你不爱好空谈道理，专爱好跟宗教迷信坐一条板凳吗？"

"请你说话实事求是一点。我像讨厌宗教迷信一样讨厌那些好为人师、喜欢教训别人的'圣人'。"他以为他的话会一下子激怒那位高傲的城市姑娘，她可能跟他大吵一顿，甚至飞来几顶帽子回敬，或是愤然而去。可事实却完全出乎他的意料。她那张沐浴在晚霞里的脸庞，变得比刚才更温和更动人了。是理智或者别的什么东西控制着她的五官，控制着她的声音，几乎完全瓦解了她那颗一向非常高傲的少女之心。

"哈麦得同志，我可不是要跟你吵架才站在这里的。"她说话声音很低，怕对方听不清楚，向他靠近了两步。"我知道你不信教，还跟你父亲的老脑筋斗争过。可你那种斗争多是出于朴素的唯物主义感情，是不自觉的，单枪匹马的。现在不同了，你身边除了有八奶奶们反对以外，还有我们的支持，几十个革命战友支持你……"

"你要……要求我干啥？"哈麦得也被一种无形的力量给压抑住了，他说话的声音还从来没有这么低过。"说吧，越坦率越好。我能区别引导和诱惑。"

姑娘很欣赏他现在的态度。她把那件挂在树丫杈上的褂子拿下来，命令式地让他穿上。他感到了黄昏时刻的秋风，顺从地把褂子披在肩上。姑娘这才接着说："解铃还得系铃人，菩萨要供者自己去打碎，别人不可能代替自己革命。你们回族的宗教迷信，必须回族自己觉醒，自己造反。咱们是革命青年，要有勇气去战胜环境，战胜自己的不彻底性。"

一阵春风从河对岸扑来，风中带着刚翻犁过的新鲜的泥土气味。月亮山的阳坡上，已经悄悄地开放了一些叫不出名字的黄色小花。这些花瓣极小的黄花，仿佛是贴着地皮生长、开花的，东一蓬、西一蓬如同满天繁星。哈麦得采来一大束连根拔起的黄花，嗅一嗅，略带一丝香味。他把花放在坟头上，默立了一会儿。

怎不令人心碎！几天前她还躺在炕上，每天想出种种理由，让哈麦得守在她身边，好像跟他有说不完的话。

"我会好的，麦得。你信不？你点点头，点点头呀，瞅着我的脸。对了，咱俩就这样说话多好！我会好的。我随了你，也赎了罪，真主会收留我的。会的。你点头呀，麦得。"

哈麦得攥着她的手，她每说一句话，他点一下头："是的、是的。真主对赎过罪的人，总是原谅的。圣人也说过，最好的人，是犯过过失、改了过失的人。你会好的，晶，会的。"

她笑了，笑得很困难，两只睫毛很长的眼睛，闪动着微弱的幸福的光，蜡黄的脸庞渗出些许细汗。她激动了。

"再过几天，清真寺就落成了。我要上寺去，你领着我去，教我礼拜。我要用今天的虔诚，赎我昔日的罪过。你高兴吗？到那天，咱俩攓着八奶奶一起上寺。她老人家也会原谅我的。会的。她说我死后不许跟她埋在一个坟地里，那是她的气话，是随便说说的。是吧？可惜……爸爸去世了，若是他老人家活着，看我们攓着八奶奶上寺，他一定高兴，一定感到很幸福……"

"清真寺"，"清真寺"，自从政府批准恢复正常宗教活动，自从月牙寨筹款重建清真寺，她几乎每天都不止十遍八遍地念叨这三个字。哈麦得总劝她忘掉十五年前的事。她却说十五年的历史已经深深地刻在心上，一合上眼睛，就会出现捣毁清真寺的画面，看见了那块吊在空中的经匾……她像梦呓似的不断重复：

"是我害了你，我使你……麦得……真主呀，把所有的罪过都降在我身上吧！麦得没有罪……"

一队肩扛锹、钎、镐、斧和撬棍的青年人，像十月革命攻打冬宫似的，高唱着最时髦的造反歌子，雄赳赳地开进了清真寺。许多双充满敌意的目光眈眈而视，人们远远地、愤怒地观望，却无人上前阻挡。突然从人群中闪出一位四十多岁的中年汉子，他三步并作两步地闯进清真寺，一直走到手持撬棍的哈麦得面前。这个中等身材，长得十分结实，有着宽大前额和一脸大胡子的人，正是哈麦得一向尊敬，眼下已经半靠边站的党支部委员、生产队副队长纳海亚。

"孩子，你们干得太冒失了。"

"大叔，"哈麦得很有礼貌地说，"这是革命。革命就是破旧立新……"

纳海亚握住哈麦得手里的撬棍，和颜悦色地说：

"孩子，革命也不能丢了党的政策；宗教信仰自由，这是党的政策规定了的。"

"大叔，你说的那是党的具体政策；无产阶级革命派应当时刻牢记党的总政策。"哈麦得把最近从一本小红书上学到的理论用上了，"党的总政策要求我们做一个无所畏惧的彻底的唯物主义者。"

"孩子，也许你们的心是好的。"纳海亚松开撬棍，转过脸去，向在场的所有青年人说，"可是革命也是有段落的，共产主义的事情不能在社会主义时期去硬干。"

"一万年太久，只争朝夕。"几个凑上来的青年人示威似的喊着。

纳海亚知道这是毛主席诗词，明明他们用得不是地方，他却没有胆量指出来。他稍思考一下，无可奈何地说：

"即使这样做，也要听听党支部的意见。"

"这……这倒是……"

不等哈麦得说下去，已经赶到现场的那位城市姑娘，一下子爆发了造反的脾气：

"你算老几？难道革命青年造封建迷信的反，还要你们那个修正主义的党支部批准不成吗？真可笑。"

"哈哈哈……"

"让修正主义批准造封建主义的反……"

"哈哈哈……"

纳海亚寡不敌众，只好在一阵嘲笑声中退出锹镐起落、尘土飞扬的清真寺。

当一弯新月升起的时候，望月楼已经从此再望不见月牙了。这座据说是清朝年间修建的清真寺，被最彻底地革了命；月牙寨的"冬宫"终于结束了它的历史。

青年人别提有多快活了，心头有一种难以言状的光荣感，似乎他们帮助自己的民族干了一件惊天动地的好事。就在大队人马即将胜利而归的那一刻，哈麦得看见一块写满经文的横匾还斜吊在一根横梁上；它在半空里轻轻摇摆着，像是不甘心自己的失败。于是他愤怒了，顺手拾起脚下的一根椽子，要立刻捅掉那块不甘心退出历史舞台、仍在最后示威似的经匾。不料他心急脚乱，竟然被地上的一根檩子绊倒，那块匾掉下来时正砸在他的右腿上……幸好没有伤着骨头，只是软组织受了伤。哈麦得住了十天医院，没有留下残疾，只是心灵上留下了一道莫名其妙的阴影。

月牙寨的人像天塌下来一般。愤怒，怨恨、诅咒……像气流似的在每一间房子里流动着；人们的情绪像疫病似的互相传染着。直到几个月以后，他们听说各处的清真寺几乎都没有逃脱类似的命运，多数穆斯林才渐渐容忍了，起码是表面上已经容忍了。唯有哈麦得的日子，再没有好过过。在这个纯回民山寨里，他成了耶稣教徒眼里的犹大；人们像怕一条疯狗似的躲避着他，只要见了他的影子就赶紧走开；他割的柴没人烧，他碾的米没人吃，甚至不许他跟大家吃一口井的水。有些老年人，把月牙寨发生的一切不幸统统栽在他的身上，年轻的哈麦得随时随地都能听见各种诅咒。

"他是个低鲁黑儿，胡达一定要报应他！那天，怎么就没把他两条腿砸断？"八奶奶不敢在大庭广众面前公开讲这些咒人的话，只是每天晚上脸向西方跪着念叨，"哈家先人造了孽，生下这么个孽种……小麦麦子呀，全寨子人，谁也不给你念好杜娃，等着瞧吧，胡达睁着眼睛看着呢……"

就在此刻，他又失去了坚强的后盾。

"你能经受住吗？"城里来的学生自认为撒下了革命种子，要回城了。那位姑娘在临行前特地把哈麦得找到月牙河岸，要给他留下一些战友的支持和鼓励。"我们走了，你的处境可能会……不过，真

理有时是掌握在少数人手里的，不要怕光荣的孤立。我相信，广大
回族人民是要革命的，他们总有一天会正确评价你的行动……不能
动摇。流言蜚语中有阶级斗争……"

他们在萧瑟的秋风里行走，落叶在脚下发出一种异常凄凉的声
音，他们内心深处都若明若暗地产生一种潜伏着的惆怅之感。

"你们以后，再不会到我们这个又穷又落后的寨子来了吧？"他
站住了，好像站住能缩短他们以后别离的时间。"我真希望时针也能
像我的脚这样就此停下来。"

"这种感情不好……我们是革命者，要做生活的强者……"她说
得一点也不理直气壮。

"我怕孤独。"哈麦得的声音显得十分悲凉，"就是一头野猪跑进
寨子，也不会比我更……"他说不下去了。

"我们还会来的。"姑娘给他扣好敞着的衣扣，亲昵地说，"有什
么情况，给我写信；记住，不要写刘晶，写爱武。不爱红装爱武装。
你……你爱武……武装吗？"

哈麦得低着头，一劲踢着脚下的落叶，心里有一股说不清楚的
滋味……她最初给他的印象是逞强、傲慢、好为人师；这些最早闯进
头脑里的痕迹，如今已被几十天流水般的时光冲得无影无踪了，重
新印在他记忆底片上的是一个美丽、诚恳、热情的姐姐的形象。

"我问你话呢，怎么不回答？"

"噢……爱武。我是民兵，当然爱武。"

一队大雁从灰纱似的薄云下整齐地飞过。哈麦得仰头望一望春
天的天空，在离雁队较远的空中，有一只孤雁正在奋力追赶队伍。
那只可怜的孤雁，是它自己脱离了集体呢，还是被集体抛弃了？一
旦它赶上队伍时，集体还能收留它吗？

风停了。四野没有一点声音，仿佛整个山川河流都跟这座孤坟
一样睡着了。不，这分明是一种主观上的错觉，月牙河仍然活泼地
奔跑跳跃，大自然的运动一刻也不曾停止过。

哈麦得有一个难以启口的想法，就是恳求乡亲们原谅他和他的妻子，允许把她的坟迁进墓园，埋在他父母的脚下。她是个苦命的女子。她有一颗智慧善良的心，有过女人们所有一切美好的幻想。她曾经渴望生一个儿子，甚至在结婚不满半年时，就用柳条编好一个小摇篮，自己还编了一首摇篮曲。几年来，她这个并不非分的要求一直不得实现，每当她为此感到苦闷、失望的时候，就把小摇篮从房梁上取下来，用笤帚扫干净，用抹布擦去柳条缝里的灰尘，然后坐在炕上摇晃着，一遍又一遍地哼着：

> 鸡儿睡了，
>
> 鸟儿睡了，
>
> 风儿睡了，
>
> 花儿睡了，
>
> 星星也睡了。
>
> 宝宝呀宝宝——
>
> 妈妈贴着你的脸蛋，
>
> 吻着你好看的头发，
>
> 宝宝也睡着了……

她唱得那么甜蜜，那么深沉，有好几次，她自己就是这样唱着唱着睡着了。

可是她连一个幸福的梦都没有做过。哈麦得总是挖空心思地想出些没有孩子的好处，解劝她、宽慰她，有一次甚至用他杜撰的《古兰经》骗她，说先知穆罕默德在一次战争中失掉了儿子，难过得几天没有吃饭。后来他像爱他的儿子那样爱他的士兵，成了整个军队的父亲……但是，他的宽慰不但未能减轻她丝毫痛苦，反而使她的痛苦加倍。

八奶奶从窗前走过去，朝屋里瞥了一眼，嘴动了几下。她好像听见八奶奶在说："这个小狐狸精，麦麦全是她带坏的；她还想生个儿子？胡达降给她绝后罪，连个虱子也养不活……"

她的命运失去了支撑，她的生活失去了主宰。想起一连串的不幸遭遇，想起已经走过的和尚在等待她去跋涉的坎坷艰难的人生之途，她思想上的防线，终于一道道地被突破了。莫非是在天地之间真的存在一个主宰万事万物的真主？莫非我所遭受的一切不幸，果真是那个真主的降罪和惩罚？……

生活曾经给这一代人的命运带来太多的陡转。

你见过凯旋的军队吗？她和她的战友从月牙寨返回县城的时候，就活像一支凯旋的队伍。

她回城后要做很多事情，可是最要紧的一件事是向父亲汇报。父亲是个二等乙级残废军人，四二年的老革命。他认为吃闲饭是人生最大的痛苦，多年来一直坚持在县文化馆工作。她要向父亲汇报什么呢？父亲一向对年轻人不放心，尤其对知识青年不放心，总是说这一代人没有经受战争和艰苦环境的考验；没有尝过贫穷和饥饿的滋味；没有像他们搞土改那样跟贫雇农吃一锅饭，点一灯油，睡一盘炕；没有经过最广泛的群众运动的锻炼……因此他的结论是："你们五谷不分，四体不勤，变修的危险性最大。"她这回要向父亲做一次认真的汇报，诸如长途行军，参加秋收，发动群众，扎根串联，培养积极分子；还有点煤油灯，喝洋芋粥，特别是发动回族群众造了宗教和真主的反……总之，要叫父亲再不可小瞧年轻人，这一代人的革命精神并不比他们差。

县城里的空气有些异样。仅仅别了两个多月的城镇，突然变得令人难以辨认了。大街小巷，红光四射，无处不散发着强烈的油漆味道；家家户户关门闭窗，一些本来很熟悉的伯伯、叔叔，走个碰面也不打招呼，甚至连头也不抬；鼓楼旁边那几条最繁华的街道，不时地有一伙伙头戴纸帽子游街的人，口中念念有词地被人押着鱼贯而过；街上除了儿童和青年以外，很少有成年人逛街，偶尔有几个也多是匆匆来去……小城到处弥漫着令人不安的杀气，压抑得让人恐惧。

她记不得自己是怎样走进家门的。

家里已经"天翻地覆"了。没有一件完整的家具，玻璃窗大多打得粉碎，书籍、乐器、稿纸、衣物……散落满地；正面墙上那幅哥雅的肖像画《伊萨贝尔·德·波赛尔像》，被重重地打了一个大"×"，本来充满青春活力的波赛尔，通常给她的感觉是骄傲而无忧无虑；今天不同了，波赛尔似乎充满着忧虑和愤怒，她那一手叉腰挺身而坐的姿态，又像是对污蔑和无理的挑战。啊，波赛尔哭了，她哭得如此伤心，画幅下面溅的那些墨迹，是她黑色的眼泪。

整个房屋像遭受了一场七级地震。

远处，大概是从鼓楼上那个大喇叭里传来一个沙哑的声音：

"……昨天，全县千余名革命战士，怀着无比强烈的无产阶级义愤，狠批了文化馆头号走资派、我县文艺黑线的重要军师、封资修五毒俱全的刘铁成……刘贼自知罪恶滔天，又不肯改恶从善，会后，同其地主小姐出身的老婆双双畏罪自杀，自绝于革命和人民……"

暴雨又加一声霹雳。刘晶瘫倒在门槛边了。她多么希望这一倒下就永远也不再起来，多么希望追上她那在解放战争中失去了左手的父亲，问问他，这一切到底是怎么一回事？可是，一阵秋风掠过，她又睁开了眼睛……她挣扎着站立起来，身子紧紧依贴着门框，唯恐再次瘫倒。她再没有掉一滴眼泪，只是恐惧感笼罩了她的全身，连每一根头发都在发抖。

她眼前出现了八奶奶的面孔。八奶奶披着一头白发，老泪满面；突然老人狂笑起来，是一种报复的满足使她幸灾乐祸地笑着。刘晶耳边响着一个微弱的声音：

"报应！报应！真主的罚罪！"

盲目信仰的崩溃，受骗上当的悔恨，失去亲人的痛苦，在刘晶的心灵上编织着铭心刻骨的伤痕。一个充满幻想，自以为是最彻底的革命青年，并曾以此感到骄傲、幸福的她，顷刻之间，竟变成了"黑七类"的崽子，变成了她曾无比厌恶和鄙视的那种人，而且似乎在这个世界上已经举目无亲，生活好像再没有光明和温暖了。她产生了一种走投无路的悲哀。

她想起了哈麦得，想起了月牙寨……

头一次去月牙寨时，她像一只初次试飞的燕子，觉得天地多么广阔呀！山风是凉爽的，大地捧着人类汗珠的收获。她们离开县城的那天早晨，那是多么晴朗的秋天的早晨！父亲把她和同学们送到郊外，不住地叮嘱着一些话，分手时，他从兜里掏出一本小红书（这是刘晶渴望已久的一本宝书），郑重地说："孩子，你们还不成熟，生活告诉你们的东西还很少；……去吧，有了这本书，再加上人民，你们也许会生长得更直一些；快走吧，跟上队伍。"这一次去月牙寨，仿佛和上一次已经隔了一个世纪，主观世界和客观世界似乎都被颠倒了，连历史也被颠倒了。现在是深秋。太阳不那么明媚了。自然界正在卸妆，遍地都是令人伤感的枯黄色；收割已毕的田野，袒露着光秃秃的脊背；山脚处流出的一股溪水，像是在感叹没人理睬的寂寞的田地。靠近月亮山的那片树林，树叶已经屈指可数，秋风彻底剥光了它那绿色的衣衫；树林深处，一只孤单的山鸡，发出一阵阵惊恐的鸣叫，怯生生地立在那里东张西望，像是寻觅失散的亲人，像是洞察周围有没有早已设好的圈套。

哈麦得的处境能略好一些吗？他是正在被推崇为革命的英雄呢，还是正在被斥责为民族的叛逆？他的热情是化成了蒸气呢，还是已经冻成了冰弹？

他们相会了。痛苦和痛苦拥抱在一起，这种结合产生的不再是痛苦，可也不是欢乐。在他们中间，两个多月以前的那些傲慢、自尊、挑战、让步等复杂多变的情绪，以及后来莫名其妙地产生的腼腆、羞怯心情，如今不知都躲到哪里去了。他们谁也不说话，只是很自然地拥抱在一起默默地流泪。这或许就叫作命运的结合吧！

城里的学生们走后，哈麦得和九指叔父子两人的日子都过得很糟糕。许多老年人把尚不敢向青年人发泄的愤怒，一股脑地全发泄在九指叔身上。

"他为什么不把麦麦的手指头也剁掉？"

"他为什么不在麦麦一下生时就……"

"留下这么条孽根，今后还不知要造多大孽哩！"

九指叔走到哪里，这些声音就随他到哪里。他有许多天不敢出门，可是在梦里听到的也是类似的诅咒。真主呀，你真是万能吗？你怎么不救救这位可怜的老人！乡亲们责怪他，儿子不理解他，青年嘲笑他，宗教不原谅他，叫他怎么生活呢？一天夜里，没有月也没有星，整个世界像被扣在一口锅里。九指叔一个人走出村子。他先到墓园，在麦麦妈的坟头立了一会儿，捧了几把土，然后解下扎腰的布带，挽了一个扣，套在墓园外的一棵树上……

命运把两个孤苦伶仃的青年结合到一起了。

"别哭了，爱武。"

"不哭了，你今后叫我刘晶。"

他点点头："刘晶，让我们相依为命吧？"

"啊？"她虽然来此就是为了寻找相依为命的伙伴，可是当她真切地听到这几个字时，仍然吃了一惊，脸也红了，"那能行吗？我是汉族……不过，我可以随你，可以永远不吃大肉，我也可以像八奶奶一样信仰伊斯兰教。"

哈麦得点点头，两行热泪一直流到嘴角。

"麦得，在这个世界上，除了你我再没有亲人了。我不能没有你，你永远也别离开我。"她好像又看见了一丝生活的光亮，心头一热，把头埋在麦得的胸前。"麦得，我变了，完全变了……我害了你，也害了自己。我有责任让你生活得幸福。我们受了历史的嘲弄，却没有勇气回过头去抱怨历史。今后……"

"今后我们好好地生活，安分守己地生活；生活终归是公正的。"哈麦得吻着她的头发。

"你真好！"她仰起脸看着他说，"这两个多月，我简直是做了一场噩梦，现在总算醒了。今后我们靠劳动生活。我们不欺骗良心和历史。"

"对！我们自食其力，我们不惹别人，别人也不会惹咱们。就像历史不为我们负责，我们也不负历史的责任一样。"哈麦得说这话时心里想着捣毁清真寺的事。他不是自欺欺人，而是真的想忘掉过去的一切，从此开始一种新的生活。

一阵冷峭的西北风吹来，扬起新坟上的沙土，哈麦得感到一股凉风钻进后背，打了一个寒战。他仰起头看看太阳，天已经不早了。这时，他看见了村寨里那座高出所有屋顶的阿拉伯式的建筑，这座大殿墙壁上雕刻着笔法苍劲的古体《古兰经》经文的圣地，已经修建七个月了，从她捐献两千元钱那天起，她把多少希望，甚至把整个未来都寄托在这寺院的建筑上了。

粉碎"四人帮"的第三年，他带她到县里妇幼保健院检查过一次身体。那位戴眼镜、说一口四川话的女医生把哈麦得叫到外面，心情沉重而又非常严肃地说："你们现在不只是有没有孩子的问题，而是要尽快挽救她的生命。她这种病影响生育是小事，严重的是稍有发展就可能丧生。"哈麦得站在那儿吓呆了，浑身发软，不知所措。过了好一会儿，他才弄明白是发生了什么事情。他一把拉过医生的手，恳求着："大夫，好心的大夫，救救她吧！她不能……她要活着，她命苦死了，她还有救吗？"女医生发觉自己说得过于严重了，赶紧扶哈麦得坐下："同志，还没有那么危险。这种病可以动手术，完全可以治好；不过要到省医大附属医院去治，要多带几个钱。"哈麦得心情稍安定了一些，忙问："要多少钱才够？"女医生很没把握地说："她身体太弱，手术后要输大量的血，恐怕要一两千元……"

从那次检查回来以后，哈麦得白天下地劳动，晚上给别人熟皮子、擀毡，还编柳条筐；她也养鸡、养鸭、养羊，收入明显地增加了。正赶上党中央放宽农村政策，鼓励农民劳动致富，他想：也许是命该她的病有治，现在政策允许咱庄稼人攒钱了。刘晶并不知道自己害了什么病，自以为哈麦得感到生活有了奔头，才拼死拼活地赚钱，她觉着乡亲们对他们的态度也有些缓和；生活渐渐走上了轨道，身体并不觉着有啥不正常，人反而有了精神，脸色也好看起来。她买了一个很有艺术水平的镜子，常常照一照自己，有时很认真地对着镜子梳头，偶尔还问他一句："麦得，你看我是不是长年轻了？"

一年半的时间，他们已经攒了两千元钱了。

去年夏天，正当哈麦得盘算着收掉麦子就送妻子去省城治病的时候，月牙寨发生了一件轰动全寨子的大事。

哈麦得在灯下编着柳条筐。

他明天要给供销社交五十个筐，这是这一批的最后一个。他撂下筷子，把碗一推，就一个人蹲在屋里编了起来。

刘晶从外面进来，像刮进一股春风。她走路从来没有走得如此轻快，脸上也很少像今晚这样喜气洋洋。走进里屋，她一把把哈麦得拉起来，然后又推他坐在炕沿上，没有说话就咯咯咯地笑个不止，笑得丈夫直发愣。

"你是怎么了？有什么大喜事？"哈麦得总觉着近来喜事一桩接一桩。

"咯咯咯……"她好容易才止住笑，"你猜谁找我了？八奶奶。"

"八奶奶？"

"就是。"她凑在哈麦得跟前，小声说，"八奶奶第一次把我叫进屋去，让我坐在她身边，用手抚摸着我的头发，还跟我说了许多话，她真是个好奶奶呀！"

"都说什么了？"哈麦得听了妻子的介绍，也认为这确是值得高兴的事。

"八奶奶说，政府同意月牙寨重建清真寺了。乡亲们打算把寺修得气派一些，全寨子的人都在为建寺捐献资金。"

哈麦得给她更正说："什么捐献，那是出散……"

"对了，出散。"她高兴得出了一身汗，一边脱下长袖衬衫一边说，"她说这是教门里最大的事情。像我这样随了教的人，是不是真心实意，就看在这样的出散中……麦得，咱们攒了有两千元了吧？"

他迟迟没有回答，她把嘴唇贴在他的耳朵上，悄悄地说，"八奶奶说，我们舍得出散，真主就能赐给咱们一个儿子。"她又咯咯咯地笑起来。

人总是要有寄托、有希望的。当一个人在某个方面的寄托和希望彻底破灭了以后，心灵会像饥饿的肚子一样空虚，会饥不择食，甚至可能把某些虚无缥缈的东西也当作一种希望的食品，去填塞和安慰饥肠辘辘的灵魂。刘晶，她是出于一种什么信念，迫切地要为重建清真寺出散呢？

哈麦得不知该怎么回答他的妻子。妻子的真实病情他从没有透露过。他信仰伊斯兰教，那只是为了取得乡亲们对他过去行为的谅解，也是为了给妻子精神上的一种安慰。但是，无论如何，他不能同意把一年多攒的钱全部出散的主张。

"不行，不能那样……这钱，这钱有更重要的用场，到时候你会明白的。"

"怎么，还有比出散更重要的事情？"她不理解，两个睫毛很长的眼睛瞪得很大，简直到了吓人的程度。"还有比儿子更重要的事情？你是怎么了？怎么了？"

哈麦得瞎编了一些需要花钱的事情，但是说服不了妻子。最后他不得不说：

"这钱是留给你到省城大医院治病的。不生孩子是有病……这病耽误不得，要……"

刘晶沉默了许久。她还是坚持要把钱献给寺里，这一半是为了自己的精神寄托，一半则是为了哈麦得。那年扒清真寺，她是幕后策划者。这些年，哈麦得在寨子里抬不起头，无时不被人指着脊背诅咒，她比丈夫感到难过；尤其是哈麦得处境再困难也从没埋怨过她，这就更使她感到内疚和痛苦。她下定决心了，一定要在这次出散中挽回他们在穆斯林中的不好影响。同时她也真的希望能有个孩子，八奶奶的话对她有极大的吸引力。

"我什么病也没有。你别为我瞎操心。以后什么事情我都可以依你，你就依了我这一次……"

"不，别的什么我都可以依你；求求你，这一次你必须依我。"哈麦得恳求她。

他们谁也不肯让步。

"好了，休息吧。"她知道谁也说服不了谁，"明天再商议吧。"

这一夜两个人都各自想着心事……

太阳已经高悬在披着薄纱的天空，哈麦得的脊背有一种又热又痒的感觉。他觉得春天的田野一天一个变化。有的地方，昨天还是一片纯粹的黄土，今天却出现一层生机洋溢的绿色；有些树，昨天还像个穿着囚服的家伙，闷闷不乐，而今天竟然换上了一套嫩绿色的衬衣，在春风中欢天喜地地手舞足蹈。人要像自然那样没有记忆该多好，今天有了生机今天就笑逐颜开，哪怕昨天的遭遇经过三百六十五天循环之后再复回，也全然不装在心里。也许正因为如此，大自然才是永恒的……

哈麦得尽管脚踏在今天的土地上，但昨天的影子还在心上印着，仿佛还听得见昨天的呼吸。他想起来了，就在那次"谈判"的第二天，她竟然背着他，把家里仅有的一千九百六十元钱全部出散了。生米做成了熟饭，哈麦得再没有像扒清真寺那样的勇气把钱要回来。

从此，她像还了一笔重债似的感到无比轻松，再不像以往那样整年整年除了下地就窝在家里，也常常到左邻右舍串个门子了，有时还把邻居的小孩领到家来，或是给孩子煮个鸡蛋，或是给孩子抓两把干枣。她再没有比别人矮一头的感觉了，也不那么悲观了。她甚至主动提出要办个识字夜校，为大家服些务。

如今已经当了党支部副书记的纳海亚，曾经在群众中为哈麦得两口子做了不少工作，凭着他的威望和辈分，还是起了一定作用的。他听说刘晶要给寨子办识字夜校，很是赞赏，可是他听说哈麦得反对。有一天他特地为这件事来找哈麦得。

"孩子，一年十二个月，不能月月都开花。刮风下雨、寒冬腊月，年年都有。咱们总得挺起腰杆子干，你婆姨的想法我支持，党支部也支持。"

"不行，不行。"哈麦得把纳海亚大叔拉到院当心去，给他递过一个板凳，让他坐在树下，"这可不行，她受不了……"

"傻小子，有啥受不了的？"大叔从兜里掏出一把葵花籽，放到哈麦得手里，"记老账的人没有几个，就是听几句风凉话也掉不了肉。干吗自己老想着那些过了多少年的事情，现在不是说向前看吗？！"

"大叔，你不知道，她现在……"

"我怎么不知道，她现在还没有忘记为人民服务。"纳海亚大叔感慨万千地说，"孩子，咱们月牙寨多需要文化呀，我们的后代应该是有文化、有知识的四化建设者；我们不能把后代都培养成念经、吃油香的满拉。你就让她去教夜校吧！"

哈麦得多么痛苦呀！他知道，人总是热爱生活的，爱亲人，爱家乡，爱人民，爱祖国，爱事业，爱未来……失去爱的人就要变态。他和妻子爱过一切人们爱过的，可是那种爱太幼稚了，爱的种子被歪曲了，也长出过恨的歪苗。是爱错了吗，还是爱得不得法？或是爱得太急躁了？他无须向对面这位老人有任何隐瞒，把她的身体状况，把她出散的事一五一十地说给纳海亚大叔。大叔听了很难过，埋怨自己并不了解这些情况，让一对青年人担负了太多太沉重的痛苦！他说：

"太糊涂了，你也应该把实情告诉她……不行，这钱要叫寺里退回来，救人治病要紧。"他把这话说出口，又觉得欠思量，马上改口说："算了，算了，出就出散了，支部想办法，先凑上两千元钱，尽早送她到省城去治病。"

但是同一个教识字夜校的事，也惹出另一种议论。有的人把刘晶要教识字夜校硬说成是反对清真寺开学讲经，是与回族的宗教信仰唱对台戏。于是，一些流言蜚语又长了翅膀。八奶奶本来就怀疑她的诚心，这次甚至后悔和责备起自己为什么轻信了一个异教徒的话。

"这个小狐狸精，麦麦全是她带坏的；她还想教坏全庄子的娃娃吗？……"

她又受到一次意想不到的打击。精神已经十分脆弱的她，再经不起任何刺激了。她的病情很快恶化了，一躺下就再没有起来。

"麦得，你真苦命。也许我生到这世界上，就是为了折磨你的……我有罪，我不好。"临终前，她仍然十分清醒。她总想坐起来和哈麦得说话，可是她始终没有坐起来，就让哈麦得俯在胸前，她勾着他的头。"你是对的，麦得，你对……我不该……不该从南墙上又撞到北墙上……都是我不好，我不听你的话，又害了你……麦得，你原谅我吗？我就要永远离开你了，到爸爸、妈妈那里去……我惦念你，你可好好活着……我知道，谁也不原谅我，我不需要别人的原谅，只要你原谅我，我就满足了。麦得，你原谅我吗？真的，别光点头，我要你说出来，说出来……"

哈麦得的眼泪一颗颗落在她的脸上。他说不出话来，喉咙像堵塞着一个没蒸熟的馍，连喘口气也十分艰难。他一连咽下几口唾沫，好不容易才吐出几个字：

"晶，别说了，这不怪你……我原谅你，我原谅你，别再胡思乱想了。"

她微微地笑了，笑容在那张白纸一般的脸庞上停留了好一会儿。

"麦得，不难过，别流泪呀……你不是说过吗——生活终究是公正的。我也说过——我们没有欺骗历史，这坦然多了。……我总算把冬天熬过来了，在鲜花开放的春天里跟你分手，我……我放心多了，我还是有福的。"看得出，她有许多要说的话，可是她累了。她停了好一会儿，深深地呼吸着，眨着眼睛，深陷了的眼窝越发显出长长的睫毛。她在用力勾着哈麦得，像勾着最后的生命。"你别哭呀。麦得。我不要你的眼泪，生活也不相信眼泪。我们一起生活了十四年，还是十五年？我满足了……我把一切都出散了，能做的我都做了，死了也是幸福的。我很幸福……"她眼睛笑眯眯地看着他，就这样看了许久。最后，她终于勾不住他的头了，手无力地松下去，像一根折了的树枝掉落下去一样。又过了一会儿，她低低地自语似的说："我最大的遗憾，唯一的遗憾，是没有留下一个儿子，一个孩子……麦得，麦得……别忘了给八奶奶按时挑水……对了，寺，寺……清真寺快要建成了吧，可记住，替我搀着八奶奶上寺……麦得……麦得……"

"笃！笃！笃……"

望月楼上又传来回声很重的梆声。哈麦得朝那座阿拉伯式的建筑看了好一会儿，"八奶奶是不是也上寺了？有人搀着她吗？"

梆声消逝了。

恬静的春天的田野，突然响起了一阵鞭声和笑语。他回头望去，只见在月牙河西岸，纳海亚正带领一群男女后生犁田播种。他们在春天的阳光下，把金色的谷种、糜种（那分明是金色的希望啊），播种到新犁过的肥沃的湿土中去……

"麦麦——麦麦！"

"麦得——麦得！"

先是纳海亚大叔的呼唤，接着是一群后生的呼唤。

他把刚才放到坟头上的那束黄花捧起，轻轻地吻了一下，然后从中拿出一枝插在自己前胸的衣兜上，其余的又放回坟头。"安息吧！亲爱的人！"他在心头默念着。他向远方的人群招招手，走到河边，用月牙河水洗了两把脸，仿佛要把十几年的灰尘一水洗掉。他在河水中看看自己的身影，又回头看看妻子的坟墓，然后便大步地朝纳海亚大叔和后生们走去。

1982 年 4 月—6 月写于塞上

雁归来

雁来了。

天还没有大亮，一队排成"人"字的雁阵，像昼夜兼程的旅人，在暗蓝色的天宇下由南向北飞去。

"雁来得真快啊！"

哈五叔踏着潮湿松软的田埂，向苦水河畔的麦田走去。

自春播结束以后，他几乎每天都是披星下地，在苦水河洗一把脸，坐在岸边抽一袋烟，然后到麦田转一圈，把每块地都检阅一遍……

哈五叔是大队党支书。他五短身材，一双深陷的眼窝，下方突出着高耸的颧骨，茂盛的连腮胡；他身子骨很结实，腰板挺直，走起路噔噔作响。要不是连腮胡太重，和那满头涂霜似的花发，谁能想到他已经年过半百？

天，不知不觉地大亮了。

从远处看，麦田已经朦朦胧胧地泛出一片嫩绿；但是走到近前再看，倒要一行一行，瞪酸了眼睛，才看得出一枚一枚针尖似的麦苗正从土里往外拱。哈五叔蹲在田埂上，认认真真地观察，就像要看出麦苗到底是怎样从土里拱出来似的。

"这么嫩的小苗，力气可真不小！"

哈五叔首先看自家责任田的出苗情况，苗出得整齐，他满意地不住点头。接着是按照地头插的木牌子，一家一家地往下看。

这是一块出类拔萃的麦田，底肥上得足，连土的颜色都显得深一些，比所有挨肩的麦田都冒得高，苗也略稠一些。

"这是谁家种的？"哈五叔猫下腰仔细看了一眼木牌子。"哈三……这贼小子还要冒尖呀！"

哈五叔是哈三的长辈，这爷俩就像两根电线的火线和零线，离不得又见不得。

"这贼小子，无利不起早！"他蹲在哈三家的责任田头上，羡慕地看着油绿油绿的麦苗。"去年超了产，今年更有精神头了。他也不怕人民币太多了变修呀！"

哈三辈分小，年岁却不小了。解放初期，他上过两年识字班，三十年来还没忘，如今能念报纸，写简单的书信，在这个不通班车的回族寨子里，他可真是社员心目中的秀才。

哈三长得浓眉大眼，相貌堂堂，待人处事聪敏机智，甚至连脸上的雀斑、皱纹也给人一种机灵的感觉。哈五叔把他机智的相貌概括为一个"贼"字，那意思不是说他偷，是说他狡猾，一辈子也不会吃亏。

哈五叔总觉着哈三瞧不起他。有一年，省里下来一位戴眼镜的记者，专程来采访哈五叔坚持"一、二、三"的事迹。记者访了好些人，住了七八天，还开了座谈会，写了篇挺长的稿子——

"山寨大队党支部书记哈麦礼，人老心红，说在前面，走在前面。他一年四季风里来，雨里去，手不离锹，肩不离锄，披星戴月；他二十年如一日，带领山寨回族社员冬战三九，夏战三伏……"

社员们听了广播，都夸记者写得好。唯独哈三不以为然。他说："空话！都是捉不住、摸不着的虚词儿，换个姓名，套在你我身上也不差啥。"

这句话一直装在哈五叔的心里，想起来就闷闷不乐。去年队上实行了责任制，哈五叔家包了九亩责任田，从此他心里多了一块病，唯恐种不好，叫哈三到处张扬去。他跟老伴商议，要把儿子给他寄的那块"五一"牌手表卖掉。

"你疯了？连人也卖掉好了。"老伴不同意。

"我得给责任田吃点偏食。"哈五叔像孩子似的恳求说，"咱包的田要是种瞎了，产赔得起，人丢不起呀！哈三可就抓着话把了——

'嘻！他还是书记呢，自己的田都种不好，这二十年是咋指挥别家的？'——这贼小子嘴尖舌快，让我这老脸往哪藏？"

哈五叔卖了"五一"表，硬着头皮到县上走了两回后门，一回是托人从种子公司换了三百斤小麦良种；再一回是凭老关系在供销社额外买了两袋子进口尿素。到底是庄稼不负苦心人，他去年光超产粮就得了九百六十多斤。分超产粮那天，哈五叔起了个大早，把小胶轮车的气打得足足的，给拉车的小毛驴换了崭新的鞍垫，笼头上还缠了一条半新不旧的红绸子，车和驴都显得分外精神。老伴头天晚就把五条毛口袋准备齐全。哈五叔本来可以头一个赶到禾场，可是他故意拖延时间，估摸社员快到齐了才赶着毛驴车上了路。他家离禾场有半里多路，车行了一半，他突然把驴喊住，脑子转了几转，又赶着车朝回走去。他把车交给老伴，要她卸了驴，等着去推新麦子。老伴问他：

"粮在哪儿？"

"你等着，"他抱上一条毛口袋，"我去扛。"

老伴不知老汉演的是哪出戏，为啥放着现成的车子不使，偏要扛着挨累。

"你有力气没处使去了？"

"扛一扛也是个锻炼！"

哈五叔把一句话撂给老婆子去猜，人已经噔噔地走出老远了。

要说哈五叔的力气，真也不减当年，他一次扛一百斤，尽管麻包压得直不起脖子，他一路上还是主动地跟乡亲们打招呼。他见哈三拉车走前面，就故意跟身边的一个老爷爷打趣：

"大爹，你看，儿女不在身边多可怜，这九百多斤超产粮，要我扛半天哩！"

哈五叔一想起分超产粮那天的情景，至今心里还甜丝丝的。

他检阅了大部分麦田，一边往家里走一边想：眼时，麦子又扎根，又出苗，要水呀！

回到家时，老伴还没做好早饭。他拉开广播开关，聚精会神地听了几句。新添了两件摆设的堂屋，显得窄小了。老伴编了一半的柳条筐放在地当心。哈五叔拉过一条小板凳，接着编下去。

"哎呀，你可经心……供销社验得严着呢！"老伴对哈五叔不太放心。"猜，老汉，你猜谁来找你了？哈三……三侄子说给你赔情……吃罢饭，别撂下筷子就走，等会儿他还来。"

哈五叔一听"哈三"两个字，把手里正编着的筐子朝地上一摔，习惯地吐了一口唾沫：

"恶伤好治，臭名难医。他这号人……找我能有啥好事？"

"俗话说，杀人不过头点地。"老伴瞪了他一眼，小心地把快要编完的筐子拾起来，又放到原处。"人家孩子上门给你赔礼，你就不识一点好歹，我看白活五十几岁了。"

哈五叔的心，像平静的湖水里丢进一个石头子，荡起层层涟漪。他又一次勾起了些不大痛快的回忆。

哈三是全大队消息最灵通的人物，尤其对上面拨下了救济款、救济粮一类消息，他总是知道得最早。只要他听到一点消息，就马上到大队、生产队去挂号，把本来已经相当贫困的生活，夸张得越发令人可怜。他妈是个刚强人，在世时，因为哈三伸手要救济，母子俩常常话讲不到一搭。一九六一年低标准，家里隔三错五地断顿。她怕别家笑话，到做饭的时候，锅里烧两瓢水，让烟囱冒烟，表示做了饭。她常嘱咐哈三："老三，我们能不伸手就千万别伸手，圣人说过，吃一辈子伸手饭的，死后要下'刹子海'（地狱）呢！"

"妈，你咋还是老脑筋？"哈三也总是坚持自己的理论，"头一宗，咱家真有困难；再一宗，您还看不出？共产党最可怜穷人，吃救济越多越是依靠对象。咱不要白不要，何必打肿脸充胖子。干部比社员要得还多哩！"娘俩有时为这些事闹得很不愉快。

与其说哈五叔烦哈三，不如说是怕哈三。他最怕哈三缠他。每次发救济时，哈五叔都暗暗告诫自己："不能尽让这贼小子占便宜。"可是卤水点豆腐，一物降一物，哈三每次都是沾光最多的。

有一年正逢青黄不接之际，地区给山寨大队拨下一批救济玉米，哈三掐指一算，全大队每人平均能得二十斤挂零。那年他家只有四口人，老妈、婆姨、孩子和他自己，这就是说他家最多能得八十斤。哈三那年借外父家二十斤糜子，他脑子一转，就死活缠着哈五叔，非要一百斤救济不可。

"按各家的缺粮情况，你哈三连八十斤也摊不上……"哈五叔说得斩钉截铁，为的是不使对方抱任何幻想。

"五叔算的是人头账，那可不公道。"哈三喜眉笑眼，毫不泄气地跟在哈五叔身后，"我家四口人，三个劳力，就我妈是吃闲饭的，眼看就要龙口夺粮了，干活的可得吃饱肚子。"

哈五叔板着脸说："社会主义讲究的就是共同富裕，人多劳少的必须照顾。你不是常看报纸，咋连社会主义的优越性也不懂？"

"社会主义不是兴按劳付酬，多劳多得吗？"哈三一点也不示弱。

"这是政府救济，不是年终分配。"

"救济也是为了促生产……"

"这是党支部考虑的事情，用不着你小子瞎操心。"哈五叔知道讲不过哈三，想抬出"党支部"压一压他。

哈三知道缠他一次两次不顶用，决定头一个回合到此收兵，于是便一边往回走，一边故意高声喊着：

"由党支部定，我哈三一百个放心；党是最公道的，总是不叫我们贫下中农吃亏。五叔，我就静听您的喜信了。"

事有凑巧，正在这个节骨眼，偏偏队上的抽水机出了毛病。公社农具厂的师傅修了一天，就差一个零件，修不活。这种零件县农具修造厂有，但是属于紧缺物品，需要有熟人才能买到。哈三以前在县农具修造厂当过两年合同工，认识车间里的几个小头头和老师傅，派他去最合适、最有把握。哈五叔自然不好亲自出马，就让大队革委会副主任黑虎子去找哈三。哈三听了黑虎子说明来意，心里美得像开了一朵花，暗想："这回一百斤玉米是煮熟的羊羔子——跑不了啦！"不过他脸上却装出像上刀山下火海一样难为的表情，一再推说自己干不了这差事，让大队另请高明。

眼看着麦子浇不上灌浆水，一减产就不止三万两万斤。哈五叔急得如同火上房，听了黑虎子的汇报，哪还管得许多，当即出马找哈三。但是，尽管哈五叔和颜悦色，话说得句句得体，哈三却一点面子不给。其实哈五叔心里有数，说一千道一万，只要答应给他一百斤救济粮，他跑得比兔子还快。就是这话他不好讲，只等着哈三主动提出来。哈三明知是这么回事，就是不提，想要哈五叔主动许愿。就这样，爷俩谈了足有一顿饭的工夫，毫无结果。

哈五叔挖空心思地思索，竭力要想出几句有分量的语言。过了好大一会儿，他终于想出一句比较冠冕堂皇的词儿：

"三侄，你是贫农，贫农是集体的顶梁大柱，咱们得带头爱集体呀！"

哈三带听不听，对哈五叔的话，不表示赞成，也不表示反对，只是两只眼睛笑眯眯地望着他的连腮胡。

哈五叔以为自己的话打动了哈三，又趁热打铁地补充道：

"三秋不如一夏，你如果不去，夏粮减了产，乡亲们要骂你见死不救，贫协或许还批判你不热爱集体……"

哈三听到此处，笑容一收，连鞋子也没穿就跳到地当心半喊着说：

"批就批呗！我爱国家，就是不爱集体……你别拿大批判吓唬人！"

"你……你……你这是说的啥话？"哈五叔万万没有料到哈三会说出这样近乎反动的话来。

"五叔，您别生气。"哈三穿上有帮少底的鞋子，"我说的是实理。国家年年救济我，还帮我还过债，我感恩。可是咱们山寨大队这个集体给了我啥好处？搞了二十年了，连间像样子的牛圈都盖不起，社员从三星未落干到太阳进山，一个劳动日只能买十盒火柴……这号集体有啥值得爱的？"

哈五叔的头上、脖子上都冒出了黄豆大的汗珠子，一着急说话都口吃起来：

"你——你敢再说——说不爱集——集体！党的话，你——你也不——不听了，还算个啥——啥贫农？"

哈三见哈五叔确实认真起来，动了这么大肝火，有些后悔，语言马上变软了：

"党的话，我哈三从来不含糊，咱是党的依靠对象，对党可从来没有二心。"他边说边察言观色，见哈五叔脸上的肌肉又松弛了，脖子上的青筋也消了些，才又接着说，"五叔，您坐下，别冒火。我刚才的话没说清楚，意思是说我不爱穷集体。您要是把山寨大队办得一个劳动日一块五，我哈三一年到头连寨门也不出。"

"你爱的啥集体？你爱的是钱，钻进钱眼里可要'修'哩！你说你听党的话，这农具厂到底去不去？"

哈三的脸上堆起狡猾的笑容，悠然自得地走来走去，走到窑门口，惊飞了一群饥饿的麻雀，这时他灵机一动，走近锅台，给哈五叔倒了一缸子白开水，端到他面前：

"五叔，您还没吃晌饭吧？天都晌了。我家吃两顿饭，也不能……您先喝口水压压吧！"

"这小子真贼呀！"哈五叔心里骂着。不过他也感激这贼小子，他终于给了哈五叔一个台阶。哈五叔接着哈三的话插嘴道："你看，尽顾跟你磨舌头了，把正事都忘了。侄小子，早上支部研究了，定下了，给你家救济一百斤玉米，你打个条子，我盖章，下午就到保管那领去。明天让你妈做三顿饭吧！"

事情总算处理得体面，双方都没咋丢面子就解决了。哈三临去县上时，哈五叔怕他有困难，还特意从大队油坊灌了五斤胡麻油让他提上。

老伴见哈五叔闷闷不乐，知道老汉准是又想起哈三那些惹他生气的事了。她把小饭桌摆上，端上香喷喷的黄米饭和切得像挂面条似的炒洋芋丝。为了讨老汉欢喜，还破例地把只在"主麻"（星期五）这天才吃的熟羊肉、炸馓子也端了出来，没有菜汤，她就给老汉沏了一碗盖碗茶，不但放了黑糖，还放了杏干、红枣。吃饭时，老伴不停地解劝他：

"不管咋说，他是晚辈……看人也不要一碗清水看到底，哈三去年一年可是变了另个人，没倒腾买卖，地种得好，超产粮得了奔两千斤……当干部也好，当叔老子也好，都得看到别家孩子的好处，队上这个'机'了，那个'电'了，三侄子也没少帮忙拾掇。搞运动那些年，你不是也在工作组面前说过吗！"

今天，老伴一反常态，差不多尽给哈三说好话，其实过去她也骂过他。老伴的好些话，哈五叔也是同意的，他也感到哈三近一年变多了。就说他缠干部要救济吧，要在往年，一过春节哈三就开始伸手了，眼下这个时候，正是哈五叔四处躲着他呢。那也难怪哈三，那些年口粮少嘛。今天他是为啥而来呢？总归不会再是要救济……

"人总是要变的。"哈五叔撂下筷子，自言自语，"蛤蟆豆的尾巴再长，总有蜕的一天。新社会里，人总是往高处奔……"

吃罢早饭，哈五叔计划到大队去打个电话，问问气象站，这个月的雨水有望没。他慌慌张张地换上一件新夹袄。这件新袄是老伴用编筐挣的钱扯的布，老伴还特意在里子上缝了个兜，兜里装上两张新崭崭的一元钱票子，意思是象征着这一年财运旺。哈五叔发现了衣服兜，摸了摸，兜里装着东西，掏出来看，原来是钱，他笑出了声。

"这老婆子就是财迷。"哈五叔笑骂着，"总想财运旺……她只知道钱是好东西，却没想过钱多了会不会变修……"他把两元新崭崭的票子细看了几眼，随手掖在新铺的羊毛毡底下。他转过身，看看自己的手腕子，想起了去年卖掉的那块"五一"牌手表；他迟疑了一会儿，脑子转了几转，便重新又解开扣子，把两元钱从毡底下抽出来，整整齐齐地从中间一折，终于又郑重其事地把它装进兜里。他那美滋滋的神态，很像当真已经把财运装进兜里了。

"五叔回来了吧？"他正要出门，门外传来哈三和蔼亲热的声音，"五叔把过年的礼服都穿上了，怕是又要开会、参观去吧！"

"三侄子，来得真巧，"老伴听见哈三的声音，赶紧从后院走进堂屋，"你要再晚来一步，五叔就要去大队了。快坐下，坐下。我刚才跟你五叔说了，他知道你来过；这不是，要不等你，他早就走没影了。"

哈五叔瞪了老伴一眼，对她故意讨好哈三表示不满："你该干啥就干啥去吧！"

他转过脸，带着几分冷嘲热讽的味道问哈三："你这贼小子是夜猫子进宅，没事不来。咋话，是要回销粮呢，还是申请救济款？"

"五叔，"哈三好像大姑娘相对象似的难为情起来，"五叔，您明知道我家去年得的超产粮最多，咋能还给五叔添那号麻烦？那种光阴不会再回来了吧？五叔，我是……我是给您赔礼来的……"

"又赔的哪份礼？去年冬天不就赔了吗！好好种田就啥都有了。"

"是的，是的……我是怕五叔心里还有疙瘩……"

"唉！你五叔是党员，"半天没敢言声的老伴，又抽机会插嘴说，"又是个长辈，还能那么小心眼！俗话说，大人不见小人怪，宰相肚里能撑船。老汉，我说得不错吧？"

"啊，不错，不错。五湖四海都讲团结，何况对你侄小子了。"哈五叔顺水推舟地说。

哈三这才放心地坐在炕沿上。

"五叔，"他尽量把声音压得很低，甚至语气还有点悲哀的味道，"您还记着我妈去年春上'无常'（死了）时嘱咐您老的话吧……"

提起老嫂子，哈五叔的心猛然一揪。那可是全寨子里最要强、最善良的好人，受了一辈子苦，总盼着好日子，可是生活真正给她带来的却是没完没了的失望。她的忍耐是惊人的，直到咽气那天也没说过一句怨言，只是希望儿孙今后把光阴过好些。

"唉——你妈一辈子像羊奶子一样清白。"哈五叔的眼圈红了，"她日盼夜盼，盼着有一天过上好日子，盼白了头，盼瞎了眼……如今好日子可算开了头，可是她已经……"哈五叔哽咽着说不下去了。

"五叔，我今天来是求您……"

"我想起来了，你妈说过，有了招工指标，无论如何给你儿子填张表。这事我记着呢！"

"您想哪去了，五叔！"哈三感动得落了泪，"如今实行责任制，家家种上了责任田，我只愁人手少，不能多包几亩，咋能还让儿子进城？再说，咱现在的收入，比二级工也差不到哪里。"

"那……你妈还说过啥？"

"五叔，我家那两间窑洞……您是知道的，我妈盼了一辈子，就盼着有一天住上几间有窗户有门的正房……我是想，去年年成难得，您侄媳妇又一冬天没闲，每天编筐编到半夜，春上又卖了三只羊，如今手头宽裕了，大人娃娃没舍得添一寸穿的，想买辆车子也没买，一心想盖三间新房。下月初三是我妈的周年，满苏儿他外爷挪给我二百元现钱，我想初三动工，也算对我妈的一点纪念。眼时……眼时就是缺木料，求五叔帮帮侄子，无论如何给批一方木头。"

"能用那么多吗？"哈五叔说得像蛮有把握。

"窗户、门，还想做个米柜……"

"解决不了咋办？"

"咋会呢？五叔是全大队的当家人，解决这点小事还有啥难的！"

"侄小子，今年想盖房的可不光是你一家，一个大队一年能有多少木头指标？"

"那倒是。五叔，我这可是有点特殊性，您不看僧面看佛面，不看活人看亡人，就是乡亲们也会体谅的。"哈三又显出了他昔日的本领，看样子大有旧病复发的可能性。"五叔，咱爷俩可是打交道多少年了，我这个缠人劲您也知道，要是解决不了，我就天天来缠着您。谁叫您是支书又是五叔呢！"

"不要狗改不了吃屎。"哈五叔又拿出了教训人的口吻，"现在不问从前了，该解决的，不缠也要解决；不该解决的，再缠也没法。听见没？你先回去。麦子眼看就要淌头水了，赶紧帮保管员把抽水机收拾停当。木头的事不能我一个人说了算，支部要专门开个会，集体研究解决。"

哈三高高兴兴地走了。他没有回家，直奔队部找保管员要库房钥匙，检修抽水机去了。

哈五叔一直奇怪着，老伴素来对哈三的印象不太好，今天刮的是哪股风，她一个心眼地给哈三帮腔，好几次替他说情打圆场。

"老婆子，你今天吃了什么顺气丸了，咋尽帮着你三侄子说话？"

老伴眉开眼笑，满面春风："他妈就留下这么一条根，你当叔老子的帮点忙还不应该？"她说着，从里屋拿出一块白五幅布，"这孩子日子抬头了，也知道有老有少了，这不是，早上他拿来这块布，非要我给你缝件汗衫不可。我不收，他死活不依。"

"原来是这样！"哈五叔一把夺过白布，脸气得通红，"你就是无利不起早。你没听见，去年冬天，他全家也没舍得添一寸穿的，你就能收得下？你呀你呀，你越活越糊涂了。"

老伴被哈五叔这一顿数叨，直感到脸上火辣辣的发烧。老汉说得在理，她也承认是做了傻事，连连说："那可咋办呀？咋办呀……"

"咋办？你能收下就能送去，还不赶紧给他送回去！"

老伴像得了赦免一般，接过白布，迈出门槛就是一溜小跑。

"好，我送去，我送去！你可把木头的事挂心，离初三只剩十九天了。"

哈五叔望着老伴的背影，孩子似的笑了。他从一个黄挎包里摸出个塑料皮本子，又摸出一支圆珠笔，在一张空白页子上，歪歪扭扭地记上"木头"两个核桃大的字。

哈五叔走到院子里，感到天特别蓝，空气也特别新鲜，他心情从来没有像今天这么痛快过。这时，天空又飞过一队整齐的大雁。雁归来了，大雁从南方衔来春天的种子，把山寨染绿了。

哈五叔看看蔚蓝的天空，看看远处正在吐绿的麦田，又看看门前那棵老柳树，他觉得春天是从老柳树的根须爬出来的，一直爬到那随风乱舞的柳梢头上……这时，他突然想到一个似乎从来没有想过的问题。

"雁来了。大雁为什么不在这里安家呢？"他用手在眼前遮成凉棚，望着远远的苦水河，望着远远的光秃秃的赶羊岭。

那片淡淡的白云

已经是秋天了，天还这么热。

从黄河西岸的上空，飘过来一片淡淡的白云，它好像凝固在牛首山头上了，一动不动。

一艘摆渡的汽船靠岸了。

从船上走下一位五十岁左右的老人。他西服革履，风尘仆仆，一迈下那长长的跳板，便立刻放下手中的旅行包和小提琴盒子，双手在前额处遮成个凉棚，翘首远望。他这样望了许久，就像一个天真的小孩看一件什么有趣的事物那么入神。最后，他把视线移到牛首山头，凝视着那一片迟滞的白云。

不知是什么缘故，他感到那片凝固的淡淡的白云，是牧人放牧的一群滩羊。

他是个漂流海外三十多年的游子。解放前夕，他父亲带着历史的偏见，也带着极大的痛苦，舍弃家业，带着独生子离开了故土，远涉重洋，漂流国外。如今，他父亲的尸骨怀着无尽的惆怅远埋异国，他则定居在一个山峦起伏、瀑布奔泻的国度，在那里的一所世界瞩目的音乐学院任教。

牛首山头这片淡淡的白云，仿佛给音乐家那颗近一个月来始终沉浸在幸福之中的心，凭空抹上了一缕淡淡的忧伤。他想起父亲那双经常攥紧拳头的真正男子汉的大手，在临终时还握着一张飞机票，无力地轻轻地颤抖；他想起父亲生前最珍爱的一件工艺品，那是一只烧瓷的白滩羊，洁白似玉，只有脑门和四蹄是黑颜色的；他也想到了自己，自从他成为一名名副其实的小提琴演奏家以来，几乎是二十年如一日，每当日历掀到十二日（他离开家乡的那一天），总要把泪水和惆怅一齐揉进弓弦里，以复杂变化的指法拉一曲深情的"花儿"……那些感情，那些泪水，那些希冀，难道就是为了今天站在黄河岸边，看一眼牛首山上这片淡淡的白云吗？难道就是因为命运中有这样一片洁白的云彩吗？好像就是如此。

这片故乡的白云，似乎也理解了游子的悲哀，它不动地凝视着回报的多情。

他这次来故乡，好像并没有什么特殊的目的。一个月来，他已经游览了祖国北方的广阔壮观，也饱览了南方的秀丽多姿。可是他总感到还没满足，如同心灵深处的某一个角落还没有填满。于是，他毅然决定回故乡来看看，尽管故乡已经没有他活着的亲人，他也记不得哪一位乡亲了。

幼年的时候，常听到人们谈论他家的富有，到底有多富？他说不清楚。他只记得，方圆几十里的人家，包括一些数得着的大户人家在内，房子都是用土坯垒的，屋顶是平的，稍有坡度，每年要上一次房泥；只有他家的房子是用青砖砌的，起脊的屋顶挂着瓦，青砖墙沟着白灰缝，看起来是那般清爽漂亮，又庄严，又显赫，简直就像牛首山下的一座宫殿。时间的河从他生命的河床上流过了三十多年，他在海外见过无数座摩天大厦，住过的花园洋房也不下十几座，可是他却始终淡忘不了故乡的用白灰勾缝的青砖房。

是的，在他的记忆中也留下了一位故乡人的影子，那是一位使羊皮筏子的回族艄公。

一九四九年秋天，他跟父亲匆匆忙忙地离走。当他们父子来到黄河岸边时，滔滔的黄河拦住了去路。那会儿的黄河，既没有连接两岸的桥梁，也没有摆渡过往行人的汽船，全靠羊皮筏子沟通两岸。

父亲冲着幽暗浑浊的黄河皱了皱眉头，连连打着唉声。他让儿子留在河边看着随身携带的细软，自己到距河二十多里路的柳树湾，请来一位使羊皮筏子的艄公。那人是个回回，个子很高，有一个鼓突而又宽阔的胸脯，近似紫铜色的脸膛，凝聚着苦难岁月的风霜，显得那么持重和冷峻。那年他大约还不到四十岁，可已经留起了连腮胡子。据说此人水性极好，一口气能在水里潜泳二百米，因此得了一个绰号"浪里白条"。

那天父亲的心情一直不好，脸色阴沉沉的难看极了。当老人扶着儿子踏上羊皮筏子时，两条腿不停地颤抖着，眼睛里含着泪花，泪花又闪着金花。

那羊皮筏子原是用十几个羊皮气囊连接成"册"字形的渡河工具，整个筏子除了几根连接气囊的柳杆以外，再没有多少重量，因此吃水浅，不怕黄河里的浅滩，可以把行人一直送到岸边。筏子上没有座位，也没有踏板，人只能蹲在筏子上。胆小的人不敢坐它。

筏子像一只射出的箭，飞驰向前。黄河用它的波浪不断地把像个树叶似的筏子托到空中。艄公呼喊着注视着航线，仿佛要用自己的喊声压倒咆哮的巨浪。一个风头扑来，筏子顺从地倾斜起来，风把浪花溅起一人多高，艄公和乘客的衣服全都打湿了，甚至还洗了脸。

年仅十七岁、又是头一次乘筏子的他，既感到新奇，又有些害怕。往前看，河面上重重叠叠的浪涛，不时筑起一层层崇山峻岭，一道道万里长城；往后看，皮筏子犁出一条起伏、弯曲的河路，一直向着遥远的天际伸延。眼看筏子快到了对岸，他想轻松一下早已蹲酸了的双腿，不料一个大浪扑来，他的身子失去了平衡，心一慌乱，一头跃进河里。

当回族艄公"浪里白条"把少年从黄河里救到岸上时，他像个魂不附体的水鸭子躺在沙滩上发抖，牙齿咬破了舌尖……

"我怕呀，我怕……怕死了，我不去了……不走了……"

他用感激和求援的目光看着艄公，用阴郁和恐惧的目光看着父亲。

从此，一张饱经风吹浪打的艄公的脸庞，就一直印在他记忆的底片上了。

他提起旅行包和小提琴盒子，又看了一眼那片淡淡的白云，便向牛首山下走去。

他背着一轮火红的辉煌的夕阳；夕阳把他的影子拉得长长的，投在他的前方。那影子像一个漫长的梦。

地方上给他派了一辆吉普车，一位有耐心的司机拉着他跑了许多地方。

他访问了几十位民歌手。他把随身携带的全部磁带都录完了，录下了足有几百首"花儿"和其他民间小曲。

"您录这么多……乡间野曲，有用吗？"

司机是个不大喜欢音乐的中年人，他不理解这位不远万里而来的客人，为什么要跑到这偏僻的乡寨，录这些在他看来远不如他那汽车喇叭动听的东西。

"不，不是野曲……"音乐家为司机认识不到他这次采风的价值，多少有一些扫兴。"这是艺术，是人类音乐的母亲。"

一阵轻微、凉爽的河风扑进车窗，吹拂在音乐家燥热的脸上，撩开了他的衣襟，撩乱了他的长发，他感到一阵爽快和舒畅。

汽车离开了河岸。

路不那么平坦了。车身不时地剧烈地颠簸着。尘土从车窗钻进车子。

"明天可以起程了。后天有银川到北京的班机。十天，十天以后，我就能站在讲台上，向我的学生介绍祖国丰富的民间音乐了。"

他像是自言自语，又像是有意说给司机听的，让他理解自己采风的意义和心情。

司机并不健谈，脑子也不像一般驾驶员那么机灵；他根本没有理会音乐家话中的含意，只是礼貌地"嗯"了一声。

吉普车拐进一个河湾，向着前方的一个矮小的柳树林飞驰而去。

"前面就是柳树湾了……"

"噢？柳树湾是个老地名了，怎么，为什么柳树才长那么高？"

"别提了，学大寨时砍了。"

"真不幸！"

"现在又栽上了……"

"那也可惜呀！"

"……还栽上了果树。"

"唉！那位'浪里白条'……？"

"公社说，有个筏子老人，住在柳树湾，不知是不是你要找的那个什么'白条'……"

吉普车在柳树湾秦渠边上的一座红砖房前停住了。

"浪里白条"的真名叫马水生，今年已经六十九岁了。

四五十年的水上生涯，使他老年时患了严重的风湿性关节炎。五年前，初冬的一个黄昏，河岸朔风凛冽，时而可闻护岸林中的树木的折裂声，严寒冻结了树液，树的僵硬的纤维一条条地折断了。生命不容他从黄河岸走到柳树湾，他就像一座山似的倒下了，无可挽回地瘫倒在田野里。人们把他抬回家，至今差不多有五年光景了，再没有下过炕。近两个月，医生说他的风湿影响到了心脏，生命已经有危险了，叫家里为老人准备后事。

论年纪，马水生可以称作高寿了。论光景，生活真正一年好过一年，儿孙都会过日子。照回族人的说法，他无常（去世）了也再无牵挂，满可以无忧无虑地离开顿日（人世）啦！

但是，人们却并不了解马水生心灵深处的痛苦。一生作为一个水手，艄公的世界是黄河。黄河上的惊涛骇浪把他抚养成人。那狂涛怒吼，那激流旋涡，给过他斗争和拼搏的欢乐。他像熟悉他自己的血脉一样熟悉黄河。浑浊的黄水，野马似的冰流，撒欢的浪花，甚至每一滴水珠儿都系着这位回族艄公的命运。那裂岸的惊涛，是安慰他灵魂的乐章；那无穷无尽的层层微波，是他书写生命的五线谱。五十年的水上生活，使他与黄河结下了不解之缘。

然而，五年了，他已经是五年没有见过黄河的奔涌和壮阔了，没有听见黄河的欢腾和愤怒了。谁能想象到他的心情呢？谁能掂出他内心痛苦的分量呢？

"人在顿日间的一生，过得太快了……"

他十分清楚，真主给他的时间已经不多了；他的生命就像一盏即将熄灭的油灯。他准备按照真主给他的时间起程，业已请阿訇念了讨白（悔罪经），忏悔过自己一生中的过失，也把美好的祝福留给了儿孙。可是他还是没有勇气和决心离去。他还怀着巨大的痛苦，怀着幸福的渴望，多想在临终之前再看一眼那给过他希望也给过他失望的黄河；多想再听一次给过他自豪也给过他沮丧的黄河巨浪的声音啊！

"黄河，黄河啊……你为什么离一个老筏子工那么远，那么遥远？……"

是啊，水上生活离他已经太远了，好像隔着千年万代。

水生老人忽然听到一声汽车喇叭响。他预感到这车子是来接他的，或许就是接他去和伟大的黄河作最后告别的。他想，这一定是县里纳书记派来的车子，他最能理解别人。

音乐家把脚步迈得很轻很轻，虔敬地走到老水手的炕边，向他深深地鞠了一躬。然后他慢慢地抬起头来，认真地端详着老人。是他，是那位当年救了他生命的回族艄公。他那黑褐色的脸膛还流露着敦厚和善良，那痛苦的目光里仍然潜藏着年轻时的机智和勇敢。

音乐家也敏感地发现了，老人那缺少光彩的眼神里，隐隐地闪烁出一种苦苦的奢望。

老人完全记不得在什么年月、曾救过一个什么人了，但是他非常感激这位看来颇有身份的先生，在他临终的时候赶来看望他。

老人的孙子是汽船上的工人。他最近一直守护在爷爷身边，还给老水手带回过一瓶子黄河水来。他向音乐家诉说了爷爷的心愿。

"……这，这实际上是办不到的。别说用车子拉他，就算用担架抬，恐怕走不上一半路程，就要……"

孙子的话被泪水淹没了。

音乐家焦急地搓着手，在宽敞的屋子里来回走着。他宁肯付出一大笔款子，只要可以满足老人的渴望。可惜的是，对于老水手这个极为平常却又很难实现的希望，金钱已经无能为力了。

　　当年渡河的情景，不时地断断续续地在音乐家的脑海里掀起浪花。他想起自己昔日的天真，昔日的哀怨，昔日的思念，昔日的梦幻，昔日的泪滴，昔日的痴情……于是他完全理解老人的心了，理解了老水手的痛苦和欲望。

　　音乐家是一位造诣很高的小提琴手。他曾经演奏过各种不同风格的作品，并善于用不同的音色表达不同的情绪和内容。他演奏莫扎特的摇篮曲，充满着古典风格的韵味；他演奏柴可夫斯基的 D 大调奏鸣曲，能使人深深地进入一个清淡、柔情又略带哀思的境界；他演奏勃拉姆斯的作品，又能充分地表现出作者的深刻、热情。他为了提高自己的演奏技巧，曾经练习过不少极不提琴化的作品，尽管拉着很不顺手。这些严格的训练，不仅使他终于成为一位著名的小提琴大师，而且使他今天有了帮助老水手的主意。

　　一缕别人不易发现的喜悦，悄悄地爬上了音乐家的眉梢。他用手习惯地理了理长发，满怀信心地走出房门，到吉普车上取下提琴盒子，然后竟忘记了他一向慢条斯理、文质彬彬的作风，大步流星地快活地回到屋里，重新站到老筏子工的炕边。

　　他要为老水手拉一支曲子。尽管那曲子很不提琴化，可是凭着他一生演奏的绝技，坚信会拉出好的效果，并且有把握把老水手带到他理想的境界中去。

　　"穆斯林（教民兄弟），你看，我把黄河给你带来了……"

　　音乐家胸有成竹地定了定音，然后把琴夹在下巴颏下：琴弓起伏，室内顿时响起了冼星海的《黄河船夫曲》的声浪。

　　琴弓在琴弦上跳动，就像羊皮筏子在黄河的激浪上颠簸。那紧张急促的节奏、铿锵有力的音色，再现了船夫与黄河波涛挣扎、搏斗的情形，人们仿佛看到了：乌云满天，惊涛拍岸，浪打船舷；人们仿佛听见了："划哟冲向前"，"拼命哪！莫胆寒"，多么粗犷而又深沉的呼号！一会儿，小提琴又飞出舒缓悠扬的旋律，仿佛黄河深情地荡起微波；南来北往，河面上漂动着点点洁白的船帆；自由自在的水鸟，在风帆的头顶上飞来飞去，情意绵绵；而执着、热烈、深沉、充满信仰的船夫，却在战胜一场风浪、冲过激流旋涡之后，悠闲地吸着旱烟袋，赶走了一切疲劳和恐惧，发出了会心的爽朗的笑声。

"啊，看见了，我都看见了……"

老水手好像就驾着羊皮筏子搏斗在黄河的惊涛骇浪之中。

老人的手开始习惯地舞动着，他大概是划着扁担桨吧！

——他的羊皮筏子从峡口的激流中冲了出来，一泻千里，忽而像一片落叶似的被举起，在浪尖上打横，忽而被旋涡死死拉住，像是要沉入深深的水底。

——一个月夜，老水手把阴云和密集的枪声甩在背后，护送两位受了伤的侦察员过河。风疾浪大，又赶上黄河上涨，旋涡一个接着一个，几乎是一步一个鬼门关。老水手什么也没有想，只知道筏子上坐着两位好人，一定要帮助好人脱险，把他们送过河去。旋涡可以吞噬怯懦者的生命，却绝不可能淹没一个回族艄公的信念。他终于把两个好人送上了对岸。

——沉重的铅灰色的乌云在头顶上疾驰滚过，浑浊的黄河水一望无边地为杂草、落叶、羊粪和泡沫所覆盖，凶猛地发出惊天动地般怒号的恶浪卷着恐怖和死亡的威胁向羊皮筏子扑来。老艄公光着紫铜色的膀子，让即将临产的孕妇抱着他的双腿，在死神的口里向外冲，冲过一个个阴谋般的旋涡，冲过一排排凶险的恶浪，冲过一处处连鱼也望而生畏的鬼门关……终于在他晕倒之前把难产的孕妇渡到了彼岸。

——太阳出来了，洒下无数条金光，懒洋洋地照在河面上，照着河上漂荡着的羊皮筏子，照着筏子上的摆渡人，照着摆渡人头上的小白帽。黄河疲倦了，它也需要喘息，现在显得那么安宁、和平，像一位哲人躺在阳光下思索，周围的一切都十分悠闲、静谧。

"啊，我看见了几只水鸟，是水鸟，它们嗛着芦草，追逐着浪花……"

老水手完全理解了这个音乐作品。他满足了，他的渴望如愿了，脸部的深深的皱纹舒展开来，干裂的嘴唇湿润了，一双纯朴、善良的眼睛，掩饰不住内心的满足和欣喜，嘴角上挂着一缕幸福的微笑……

他就这样微笑着听着音乐家的琴声，听着听着，他像是伴着音乐的节奏，伴着黄河的波浪，一步一步地走进梦乡，走进了他一生中虔诚信仰和追求的天堂。他十分幸福、十分满足地死去了，脸上没有一丝痛苦的表情。

老水手的逝世打乱了音乐家的旅行计划，直到老人的葬礼结束，他还没有动身。

老水手对黄河的那种深深的爱恋，像一场突然袭击的风暴，使他思想的河口泛滥起来。

他的心被一团烈火炙烤得万分焦渴。

他的心被一块巨石压迫得喘不出气。

他的心被一种感情折磨得坐立不安。

天色已经微明，太阳还没升起，草地上铺着一层亮晶晶的露水，湿润的土路升起一股沤牛粪的气味。他在柳林里散步，老水手的坟就躺在柳林的深处。秋风从河岸吹来，用它颤抖的手指弹弄着柳叶，柳叶奏出一种凄凉的哀叹声。那些半黄半青的叶子，经不住秋风的摇晃，不知不觉中离开了枝干，在空中飘荡起来。它们显得很难过，大概是因为离开了母亲的缘故。它们在空中飘呀飘呀飘了好一阵子，最后还是落在地上，在大树的根部，在母亲的脚下找到了归宿。

"他那么热爱黄河，……多好的一位老水手！他把一个拼搏的灵魂，留给了人间，留给了这个回族村寨，留给了后代……"

音乐家突然感到老水手是一位播种者，把一个星辰般明亮的种子撒在他的心坎上了。

《黄河船夫曲》在他耳边久久地回响。于是他产生了一个顿悟，原来他这些年所有的空虚、苦闷和哀愁，就是缘于太久没有听到黄河的声音了。他猛醒地却十分固执地认为，心中的空虚之感，只有黄河的惊涛骇浪才能填补。

秦渠畔有一座古老的水磨坊。此时，水磨在晨晖中哼着它古老而又年青的歌。不知什么原因，音乐家很喜欢它的声音，他感到那声音很像他母亲的声音。

"老人在我的心上撒下了一颗种子……是的，是一颗明亮的种子，它应该发芽，应该有一个绿色的明天，结出一个明亮的种子。"

音乐家向古老的水磨坊信步走去……

水磨坊的上空飘过来一片淡淡的白云。

1983 年 3 月至 7 月于塞上

小路

春天给生活悄悄地带来色彩

默默地打扮着睡醒的人间……

——摘自本篇主人公的诗作

　　他总是那么一副神情，从近视镜里透出的那两道目光，令人感到他的智慧和深沉，还有一缕难以发现的天真，流露在那不屑一顾的回眸间。

　　他比早些年瘦了。他的眼睛透着淡淡的蓝色，甚至有点像晴空一样清晰，可是眼角处的鱼尾纹并没有隐瞒他的年龄，他的青春早已消逝。

　　他燃着一支烟，习惯地把过滤嘴拧掉，吸了一大口后，便开始望着窗外白茫茫的新雪，显得那么安静与沉凝。

　　机关宿舍的大楼坐落在市镇边缘的一个小山丘上，大雪掩盖了街市，使市镇显得格外素雅、清静，可是天气温和而又阴沉，在一片平房和田野的那边，闪现出一片银灰色的小桦树林，它们充满生气却又像承受着压力似的，顶着一头瑞雪挣扎着向上生长。远远的那条小河开始结冰了，但并没有完全封冻，白色的水蒸气从河中间碧绿的流水处不住地升腾起来。

　　楼道里传来一阵阵喧闹声。

　　副刊组的那几个大学毕业生，不知从哪里搞来一只手风琴，迟钝地奏着单调的旋律。那几个大学毕业生，前不久还一直醉心于阿波罗乐神演奏的电子音乐，而不知为什么，最近却突然热衷上几支四十年代的苏联歌曲，上下楼梯时，楼道里常常飘着一缕《喀秋莎》或是《小路》。有一次，门猛地被毫无礼貌地撞开了，挤进四五个人来。

"副总编，听说您手风琴拉得不错，教教我们吧！"

"不！不……我不拉琴……"他站了起来，笑得很不自然。

几个年轻人望着他那高大而又显得疲倦的身架，怀疑起那些关于他会拉一手好琴的传说，甚至不相信他曾经在解放战争中当过前线文工团员，什么能歌善舞，热情奔放的性格以及后来还成了什么诗人。不，也许这些都是那种善于编故事的人杜撰出来的。

门关上了。楼道上传来他们低声却是大胆的嬉笑：

"不像个'八路'。"

"半点也不像……"

"倒蛮像个'八股'……"

"嘻嘻嘻……"

他听见了。可是他一点也不介意，极力保持心绪的安宁。

单调的手风琴旋律又从楼道那边飘了过来，给他的小屋子带来一缕淡淡的寂寞。这是一间简陋的单身宿舍，它的全部陈设只有一张床，一张粗笨的桌子靠床边放着，他常常是坐在床上写字，床头处立着一个落满灰尘的书架，书架上放着一只落满灰尘的手风琴。它是那样古老，它的键盘曾经轻快地鸣奏过主人美好的年华、活泼的心情和那支五十年代最流行的苏联歌曲《小路》。后来，他命运的那一块天空，出现过一团乌云，从此便永远地忘记了那只熏染过硝烟的手风琴了。它跟随主人走过许多地方，键盘却再没印上过一个指纹。到这间房子以后，它便一直寂寞地躺在那个书架之上。他曾给它起了一个颇有些诗意的名字，叫作"消失在深谷中的小溪"。

那"消失在深谷中的小溪"，就像他性格中的某种东西一样哑默许久了。近些年来，他命运的冬天过去了。可是重要、繁杂而又紧迫的领导工作，渐渐地使他彻底地变成另一个人了，开会、讨论、审稿、签字……他总是精辟、准确地表达自己的思想，巧妙地令人信服地说服同级或部下。为此有时也引起一些人说他"狡猾"。就命运来讲，他的半生时间简直倒霉到家了，可他仍然不懈地工作，不断地写诗（尽管那些诗得不到发表的权利），有空就往乡下跑，结交了不少农民朋友。不知是由于岁月的推移，还是因为经历了许多磨难的缘故，他开始相信自己成熟了，像一个秋天的果子。这种自信带给他生活的勇气，努力工作的力量，以及为人处世的善良和宽厚，但有时他也会偶然感到若有所失，好像自己的性格中缺少了点什么，这使他感到自己老了，伸伸胳膊也好像十分僵紧。

他从窗前转过身来，把垂在额前的一绺黑发向后轻轻一甩，走近桌子，在烟灰碟里熄灭了烟头，然后抽出几张稿纸，要给一个在海滨城市工作的老战友写信。他在桌前坐了好久，目不转睛地凝望着窗外的天空，他在思索……他突然想起普希金的一首诗来，立刻从书架上抽出一本精装诗集，一页一页地翻着……他的目光在一个标题上停住了，他觉得引用一下这首诗头几句特别能表明他的心情：

> 大海勇敢的舟子，我多么美慕你，
> 生活在帆影下，在风涛里到年老，
> 已经花白了头，是否你早已寻到
> 平静的港湾！享受一刻恬静的慰藉？
> ……

"咚！咚！咚！"敲门声打断了他。

"请进！"

走进一个陌生的姑娘。

"哦……"他连忙站起来，合上了诗集。

她站在那里好像被什么吸引住了似的，打量着这房间里的一切——晶亮的目光掠过落满灰尘的书架以及书架上落满灰尘的手风琴，桌上积满烟蒂的烟灰碟，地上一横一竖的拖鞋，忘了盖盖的暖水瓶，床头处杂乱堆着的十几本书籍，还有暖气片上搭着的背心和衬衣……她扫视了这一切，仿佛才突然发现身边还站着一个陌生的人。

"啊，您好！"她十分热情地向他伸出手，"我是林学院的学生，写了些诗，想请您看看。我读过您五十年代出版的诗；前不久我在一个林场实习，听一个去采访的记者说，您就在这个城市，我高兴极了，想请您……"

"呵！呵！互相学习！"他笑了笑，笑中带着一种半麻木的严肃。

他习惯地从书架上取下茶杯，倒了一杯半凉的开水。

她望着窗外的雪景。她的衣着给人一种十分协调和舒畅的感觉。

他把水杯递给她，然后点着一支烟，把过滤嘴拧掉，扔在烟灰碟里，便坐在靠桌子的床头，翻了一遍她送来的诗稿。烟雾轻轻地扩散着，他仿佛在思考跟这个陌生的诗作者谈些什么好。

他的沉默使她感到有点隐隐不安，双手不停地揉着围巾穗子。

"你……是否先谈谈你的文学主张？"他终于开口了，像对往常来访的所有作者一样。

她抬起明亮的眼睛："不，我不会谈文学主张。"

"嗯？"他慢慢地吸了两口烟，"那你为什么想起写诗呢？"

"这个，是这样的，"她把不安的情绪丢掉了，笑着说，"今年八月，我们班到长白山林场实习，我第一次看见了大森林，多美的大森林啊！林中充满着潮湿的寂静，迷人的苍翠和树梢上明亮的天空，给人一种走进童话境界的感觉；森林外面有一大片开满各种野花的草甸子，草甸中央有个湖，湖边堆着一大堆锯好的原木，还有一座守林人住的小屋……"

他这时才抬起头看了她一眼。

"……我突然觉得灵魂十分安静，忘记了原来到林子里来是为了干啥，一口气跑到湖边，仰卧在草地上，看那从森林上空飘过来的朵朵白云。那些云哟，真像我故乡——我突然想唱歌，于是就坐在湖边唱开了我家乡的闽南山歌。我唱啊唱，同学们在远处喊了我几次，我都没理睬。理他们干什么呢？唱歌多好啊！我觉得好像天空的白云也停下来听我唱歌，大森林的每一株树木都在用树叶给我鼓掌喝彩……"她讲得很激动，眼光里带着一种毫不掩饰的神情，盯着桌边那个吸烟的人，像是要在对方的脸上寻觅她所讲的这一切的反应。她好像很失望，但并不泄气，又接着往下讲：

"过了一会儿，我发现有一位朝鲜族老大娘在我身后已经坐了许久，她在听我唱歌。哦！她苍老憔悴的脸上泛着疲倦的微笑，在那双一直望着我的老人的眼睛里，分明有深深的痛苦和一丝幸福的企盼。她十分羡慕地说我生活得一定很美好。她告诉我她有一个儿子，在'文化大革命'中被人给打死了，剩下她和媳妇、孙女过活。她不忍心年年叫生产队补助，年过七十了还爬山挖人参——那是很难挖到的名贵药材，据说有人挖一辈子也没挖到过一棵。她讲着讲着哭了，用那只沾着泥土的手去擦眼睛……这时我再也唱不出歌来了，我想起我的家乡，想起我的母亲和过去的生活——您不可能了解我们那些年的生活，城里人是不会相信的。我心里顿时像被许许多多的东西紧压着，沉闷得喘不上气来。傍晚下山时，我独自在山路上跑啊跑，这时下起一阵黄昏时分的细雨，一片金黄色的晚霞从树林的那边透了过来，黄金色的蒙蒙细雨洒遍了长白山；那从山中奔流出来的涧水，也被夕晖染得金碧交荡。我跳到山溪中的一块大青石上，高声朗诵起一些从我心里奔涌出来的句子，也许就是诗吧！那金碧交荡的涧水，像是我心里不竭的源泉。呵！生活，为什么有时这样美好，可有时也那么令人忧伤……"

他忘记了手中的香烟已经燃过半截。他淡漠的目光越过她的肩头，望见窗外远远的雪地，那一片小白桦林突然罩上一片葱青的绿荫……那是她的绿毛衣在玻璃上的辉映。他觉着有一种跳荡着的东西，从那片绿色的后面向他走来，跳荡着，是溪水，是太行山中流出的一条小溪。碧清的流水在石头上溅起朵朵浪花，那是艰苦的战争岁月里，他和宣传队的一伙娃娃兵，在溪边洗着糨糊桶。"啪"的一声糨糊桶丢了过来，溅了他一身清凉的水。

"你，念不念？再不念就叫你下河变水鸭子。"几个小女兵吵嚷着，向他泼水笑闹。那是一种无拘无束的纯真的人生场面。他跳在一块大石头上，高声地朗诵起一些不成为诗的句子，而那些句子又不断地使所有在场的人激动欢呼。他只记得有这样两句：

> 我是太行山上的一条小溪，
>
> 我是祖国大地上的一条小路。

茶杯轻轻地碰响了，她喝了一口水，眼睛望着他，像是捕捉到了一些反应。

他意识到了自己的走神，连忙在烟灰碟里磕磕烟灰，然后站起来，边走边说：

"是啊，诗人总要和人民的感情相通……长白山的大森林，草甸子里的湖泊，刚强的朝鲜族老大娘……"他转回身来，眼睛并不看她，"可是……可是我觉得，诗更应该反映人民心灵深处的东西，比如说信仰、坚定、善良、真诚……"

"真诚……"她打断了他的话，"对的，是真诚，人再也没有比真诚更美好的感情了……"她突然沉默了。

雪给玻璃窗上投射出暗淡的微光，远处河流上升腾的水汽看不见了，城镇、树林、田野……已经被一片大雪覆盖得严严实实。雪隐没了一切乱七八糟的物体，天和地也好像分不清了。

他发现了她的沉默，手指习惯地在桌边上轻轻叩动着。

"可是，真诚也会给人带来失望和痛苦。"她说。

他在桌边叩动的手指突然停住了。

"我不是随便说的，是这样：我太相信人，太相信所有的人了，把所有的泥胎都看成了菩萨。心里没有一点提防和猜疑，总是以自己美好的心愿去想象别人，我认为这是人的真正的美德。可是不知道为什么，我错了。"她有一点惶惑，坦率的话语中透着了几分忧伤；她努力控制着自己，不使愤懑时的语言超越出理智的轨道。她接着说下去：

"我的女朋友，林春，是班干部。我们相处得十分真诚，在我的生活领域里，没有背着她的东西。我们都是班里学习上的尖子。我们喜欢在下了晚自习后，沿着梧桐掩映的柏油小路，走到校园后门的江边上去看星星；我们曾相约努力攀登，争取毕业后出国深造，一起到欧洲西部去考察阿尔卑斯山脉的大森林……有一个晚上，我悄悄地告诉她：'林姐，我第一次爱上了一个人……'

"'啊？不！你怎么会爱他？你不该爱他，他是个离过婚的小助教，不值得你爱，不值得！'她像听到天狗吞掉了太阳似的惊讶，还在话语中隐藏着一种说不出的不高兴。尽管我曾经多次听她称赞过他。'别傻了，你多有前途！要让人知道了准说你不安分……'

"梧桐树摇曳着点点斑驳的星光，一切都恍恍惚惚。我的心像掉进了沙漠之中，一种茫然莫测的感觉油然而生。

"没过几天，团支部突然找我谈话……没头没脑地讲些什么'共青团员要注意影响'啦，什么'不要放任自己性格中的某种东西'啦，甚至说'那是不好的意识……是夺人之美，是堕落……'我都听糊涂了。原来林姐也悄悄地爱着那个助教，可是她并没对我说，也不敢大胆地向助教表示。后来，我渐渐发现我爱的那个人总有意地回避我，系里也传出一些风言风语，过了几天，我才终于明白了其中的一切。

"我伏在床上痛心地大哭，满腹委屈。林春站在我的床前，还是那么亲热地待我，给我买来一兜水果，找来我最喜欢读的'普希金'，像从前一样跟我谈毕业后的理想，谈阿尔卑斯大森林……她像什么也不知道，像我们之间什么也没发生过似的，我真不明白她为什么要这样，这也算友谊吗？我太不理解这一切了。我的真诚袒露换来的是'不好的意识'，是'堕落'，难道把自己伪装起来才算'意识好'？当时，我真想狠狠地嘲讽她一顿，从此离开她，永远不再理睬。可是我的良心又不允许我这样做。她毕竟不是坏人，而且曾经那么真诚地待过我，给过我不少有益的帮助，那是多么美好的感情啊！纯净得像泉水，人的一生中能有几次那样的感情？……"

泪水盈满了她的眼眶。人生最初的惶惑和执着美好的希冀混合成诗的忧伤，使这个姑娘的心在轻轻颤抖。她一直望着窗外白茫茫的雪野，一滴泪珠落在白绒绒的围巾上。

直到这时，他才看清了她的模样，长得并不漂亮，然而那两道投向雪野的目光却纯净得像雪。他心里暗暗惊讶这种不寻常的目光。啊！洁白的，绵绵深延，是什么？路……一条小路把他的思绪引向前方，越过许许多多的年代和人事，直追着一种遥远的遥远的什么……他也说不清楚究竟。

"你喝口水……"他望着她说。他很想对她说点什么，可是说不上来，也想不出该从何说起。他想：这算得了什么痛苦？不过是人生痛苦中淡淡的一滴罢了！但是这淡淡的一滴，又使他感到某种不寻常的东西隐伏在其中。她为什么还这样坦率？像一片无装饰的海水，一点不知道戒备别人，对素不相识的人也如此真挚。当然，从她所讲的听来，也不是没尝一点人间复杂的滋味，可仍然没有一点提防人的心眼。是幼稚吗？跟她讲"学会保护自己，人需要一个外壳"，也让她变成一个老于世故的人吗？跟有些人那样？跟自己一样？不！不！太多了……罪孽……这时他才悟到，她天真直率的谈吐透露出来的不仅是她自己的内心，仿佛也是他曾经有过的一种心情和感受。然而这些感受渐渐被所谓的"成熟""稳重""自信"等代替了，被那些繁忙的会议、审稿，说服别人时还要顾及人事关系，被周而复始的活生生的而又令人漠然的一切所淹没，淹没在遥远的小路那边……

雪，白茫茫的一片，似乎净化了窗外的世界，也净化了时间。路，曲曲弯弯的小路，一直伸延到一个令他坐立不定的地方，那便是自己的心灵。他也很想窥视一下自己的心灵深处，这使他感到一阵激动和不习惯，可是他的思维已经像一台失去操纵的车子，不由自主地滑向那通向自己心灵的小路……

真诚，当人心里充满这种感情的时候，天空也显得格外晴朗。在他的生活中曾经有过一个多么晴朗的季节呀！那时，他很年轻……排练室里飘荡着动人的歌声："一条小路曲曲弯弯细又长，一直通向迷雾的远方……"老传达笑呵呵地走进来，递给他一张红色的请束，一个文艺界的座谈会，听取批评意见的会……会议主持者那真诚、热情的话使他感动，他像一个孩子在母亲面前那样无拘束地、坦白地、毫无保留地谈了一些意见。他觉得浑身都热乎乎的，那是因为他把自已的一颗滚烫的心捧给了母亲。几天之后，他播下的真诚的红色的种子，生长出的却是无可挽回的黑色的禾苗，数十张大字报像倾盆大雨般的降下了梦想不到的灾难——"右派言论""对党不满"……已经足够了。于是，他的命运像神话一般的发生了陡转……山村的天空布满大块大块的乌云，泥泞小路上他艰难地赶着装满肥料的牛车。多少个春夏秋冬，天空蓝色的闪电，含着空气中灰尘的暴雨，搅得周天寒彻的风雪，这一切都曾震裂过他的心灵，希望、痛苦、眼泪……他不愿意再想这些，也像用不着多余的总结，然而当生活的间歇偶尔透露出这些记忆的画面时，他的心总是像在暴风雨后的沙滩上，要寻找那一颗最早失落的珍珠——那便是当年的真诚，那种让他感到天空格外晴朗，人生充满美好的感情；那种使他年轻活泼、热爱人民的生活的心灵的光芒，那光芒，此刻又清晰明亮地出现在他的心中和眼前……是那白茫茫的雪……是那陌生姑娘纯净的目光……

"我很想知道，您是否认为我太幼稚了？"姑娘说着，随便地拿过他面前的那本《普希金诗选》，掀动着书页，目光落在一个个标题上。

他沉默着，很想回答她："这不叫幼稚，这是真诚，它会使人充满青春的活力……"可是又觉得问题并不像数学中"1+1 = 2"那么简单，生活的现象往往是错综复杂的。

烟灰碟里一根没完全熄灭的火柴杆冒着一缕还想燃起的青烟。

"你自己是怎么认为的？"他的心还留在遥远的小路那边。

姑娘扬了一下眉毛，把书往桌上一搁，说：

"我吗？我并不想改掉我的这个幼稚，这种感情能使我相信人，热爱生活，虽然生活也曾使我伤过心，让我遗憾，可我仍然这么喜爱它，敬重它；我总惊讶我胸中为什么会有这么多的活力，别人也是这样吗？该不是我真的傻吧？"

他看着被她放在桌上的《普希金诗选》，翻开的页数正好是他刚才抄录的那首诗。突然那首诗的下半截的几个句子，无比强烈地吸引了他——

……

伸过手来吧！我的心也有同样的渴望。

让我离开这破旧的欧罗巴的海岩，

去漫游遥远的天空遥远的地方。

我在地面住厌了，渴求另一种自然，

让我跨进你的领域吧！自由的海洋。

刚才那封没写完的信，应该把这一段抄上。这才是自己的心声呢！在信中告诉他——那位远在海滨城市工作的老战友："也许人生会有一种新的起点，那便是意识到自己的青春、生命和活力，或者说这一切被唤醒的时候。"他望着那首诗在想。

"我的这一生，要给大地留下一些树木和森林，这是我追求中的追求，幸福中的幸福，也是我爱的目标……"她还在讲着。

他突然站起来走到窗前，推开了大玻璃窗，风从远远的河对岸吹来，房顶上的积雪有如白色的细粉飘洒下来，随风钻进屋里，落在他的脸上、头发上。

"啊，多好的雪！"姑娘也站起来，走到窗户的另一头。她欣喜地望着窗外的一切，转过头来对他说，"您早该开开窗户了，空气里烟草味太重了，难道您不感到这屋子有多沉闷吗？"

"啊，习惯了。"他闭起眼睛说。冰凉的雪花在他脸上融化了，脑子里突然产生了一种已经消逝了几十年的意识：快！像一个山里的小孩子那样，光着脚丫到户外那洁净的雪地里，去尽情地奔跑，跑向太行山中，跑向那悠悠的小河，那片人生中最初的蔚蓝的天空，走在那一条条山道上，唱那支"曲曲弯弯的小路"……

……

一片纯洁的宁静。

一绺沾满白雪的头发从他的额前弯曲地垂下。

"你的诗……我先看看，以后再谈意见。我会打电话给你。"

"那好。我该告辞了，晚上还有自习。"

她摆弄了几下披在葱绿毛衣上的白围巾，向他走过去，伸出了手：

"再见！打搅了……"

门轻轻地掩上了。

风，在开门的那一刹那，灵敏地对流着。

他拉起手风琴，不十分熟练的手指在一股止不住的滚滚热情带动下，拉奏起那早年的歌儿，年轻活泼的乐曲像一缕早春的风，从那扇开着的窗口飘向白茫茫的雪野……

楼下那几个大学毕业生，从楼道里悄手悄脚甚至是挪着步子过来，鸦雀无声地站在他的门口，一个个诧异地眨着眼睛。他们在门口一直站了许久，又惊奇，又欣喜，为那飞出的旋律默默地在心中填上了更新的歌词。

她不是大西北的女人

满月比马老六的人缘好。

她虽然也说一口纯正的西北话，却不是土生土长的西北人。

她比马老六小五岁，心也灵，手也巧，尤以裁剪的手艺最受乡亲们称赞。大沟村的人，十家有九家都穿过满月裁的衣服。

满月的老家在素有"天府之国"的四川。二十世纪六十年代，老家同全国一样，连遭几年天灾人祸，大田里颗粒无收，自留地虽略有收成，却被公社给割了"资本主义尾巴"。

满月一家吃了上顿断下顿，连买火柴买盐的钱也没有。爸爸妈妈商量了几天，说是商量，实际上是吵了几天，最后还是妈妈屈服于爸爸，同意把满月嫁给一个比她大二十四岁的公社干部。说是"嫁给"，实际上等于"卖给"。

满月那年十九岁，见过那个干部，说他四十三岁，可那一脸胡茬子，头也拔了顶，冷眼看过去，比她爸还老。满月心里也清楚，爸妈为了一家人活命，也是出于无奈，反抗没有用处。她思前想后，没有别的路走了，就把仅有的两件旧衣服，塞进化肥袋子里，趁后半夜天黑逃出了村子。

不记得一口气跑出多远，第二天太阳压山时，眼前出现了一条铁路，她本能地沿着路基走，拐过一个山头，前方出现了灯光，那是个快车不停靠的小站。满月见有一列货车停在站内，想也没想就爬上了车，索性听任命运把她带到天涯海角去。那年头火车晚点是家常便饭，货车更没准儿，说停就停，一停就是几个小时。那列货车走了三天三夜，在大西北的一个挺大的大车站停靠了。

满月像刚从烟囱里爬出来，满身满脸都是煤渣。她顾不上这些，一跳下车就去找水喝。哪里有干净的饮水？她跑到郊外一条城里排污的水沟，那水看上去还稍稍清亮，便猫下腰捧起就喝。

"喝不得！喝不得！"

满月吓了一跳，看见一个粗壮的汉子站在身边，他从怀里掏出个水葫芦，递给满月，"沟水有毒，是造纸厂排的，喝了满身起红点子。"这个老实憨厚的汉子叫马学礼，从小没爹没妈，谁也记不得他的官名，十里八村的人，都叫他"马老六"。

满月人生地不熟，对人有一种本能的戒备。可她身无分文，无亲无故，看马老六面善，待人挺实在，就开口求他帮着寻一个能糊口的营生做。马老六见满月可怜的样子，同情心油然而生：

"你就到我们大沟村挖甘草吧，药材公司有多少收多少。"满月想了一会儿，点点头表示愿意去，马老六就用自行车把她驮回了村，驮回了自己的家。

一进门，马老六就给满月打水洗脸，又催她到里屋换了件干净衣服。

"你饿坏了吧？"马老六不等满月答话，一头钻进厨房，洗两个洋芋，和了面，揪起面片子。

饥饿和贫穷淡漠了满月对父母的思念，对故乡的眷恋。她就这样逃出了灾难重重的家乡，离开了生养她的那块故土。马老六的善良憨厚和同情心，感动了满月，取得满月的信赖。那天，这一对孤苦伶仃的青年男女，彼此都有一种突然找到了亲人的感觉。

命运和缘分使他们天然地彼此贴近了。满月在举目无亲的大西北，遇上一个好人，遇上一个同命相怜的人。她找到了归宿，成了家，命运把她和他组成了一个家庭。

一个大西北的男人同一个大西南的女人，组成了一个南北结合的家，尽管他们彼此恩爱，相互体贴，都怀有宽容与体谅，可那南北之间的差异，还是经过了漫长的磨合。就说洗浴这桩事吧，满月生在南国水乡，差不多是泡在水里长大的，天天洗澡已成习惯。可是大沟村水极金贵，连吃的水也得到两里远的地方人挑驴驮，哪还有天天洗澡的水。马老六是在沙滩里长大的，见了大水就眼晕，别说洗澡，连那双汗脚也几天不洗一次。满月和马老六就为洗澡、洗脚这类生活琐事，闹过好几回不痛快。

时间能够改变一切。满月入乡随俗，慢慢地适应了恶劣的水源条件：求生的欲望和满足，使满月的许多生活习惯，渐渐向大沟村靠近，向马老六靠拢，直到她的衣食住行与大沟村再没有了隔阂。

满月学会了揪面片，学会了纺羊毛绳，学会了挖甘草。满月说土坯房子冬暖夏凉，是穷人最可心的屋；沙土地松散，种啥长啥；钻天杨比所有的树木都长得俊；吃手抓羊肉是一辈子难忘的美味……

满月和马老六同心协力，以两双勤劳的手撑起一个家，从贫瘠的黄土地里抠出温饱，抠出太平生活的滋味儿，织就一对青年男女的"农民梦"。

日子过得很快，一转眼满月离开母亲已经五年，在大西北生儿育女，自己也做了两个娃子的母亲。

二十世纪八十年代以来，大沟村像件"出土文物"，一个早晨就声名远播了。为了保护生态，保护草原，政府再不允许挖甘草了。可是靠挖甘草生活的马老六不甘心，他祖祖辈辈挖甘草，草原也没咋，现在为啥就挖不得了？他一早一晚还偷偷摸摸地挖，有一天夜里，他沿着沙丘沙梁挖出一条墙框子。后来据北京来的专家说，那是一条古长城，大约是唐代以前留下来的。

这条土垒的长城，给大沟村带来了意想不到的繁荣，拍电影的，照相的，画画的，考古参观旅游的，每个月都来好几拨儿。这些人吃在大沟村，住在大沟村，大沟村家家都成了旅店饭铺。大沟公社改名大沟乡，一条简易公路修到了村口，县上的打井队又在村里打出两眼甜水井，大沟村的日子一天比一天好过了。大人娃子把丢了十几年的"花儿"又拾了起来，一吃过晚饭，就传出"上去那高山望平川，平川里长着两朵牡丹……"的歌声，能传出几里地远。

有一天，马老六从县城抱回一台 14 英寸的黑白电视机。这块小小荧屏，给满月打开一个从没有见识过的花花世界，把五大洲的千变万化带进土屋，以前闻所未闻的新鲜事儿，一瞬间闯入了封闭的大沟村人的生活。满月和村里人都受到了很大的冲击，原来外面的世界是那样丰富多彩。

立春那天，电视里出现了"天府之国"的画面：那些一度对土地失去发言权的种田人，如今成了土地的主人，把自己种的那份田承包到家了。许多满月熟悉的面孔，都自由自在地在自家田里劳作。她在一群给稻田薅草的妇女中，似乎看到了母亲的身影。这些年来，逃荒的酸楚深深埋在满月的心底，故乡和母亲常在梦里抚慰她。看到"母亲"的那一瞬间，她流了泪。

从这天起，满月平静的生活再不平静了，一当放下手中的活儿，就去调电视频道，可是再也调不出故乡的画面。

正当满月沮丧又失望的时候，一个四川画家跑进了大沟村，在遥远的大西北听着那一口川南口音的家乡话，满月感到特别亲切。她特意给画家做了两个川味的家乡菜，像款待亲人一样。吃饭时，她不停地打听家乡的事情，问他农民是不是真的包产分田了。画家说，他去过两个乡，那里的种田人成了土地的主人。过去上边下令每年必须种三季庄稼，土地太累了，每季打的粮食很少，农民想改变这种现状，可苦于没有自主权，种田的人对怎么种田说了不算。如今种田人给上边算了一笔账："三三见九不如二五一十"。这样一来，就把每年种三季改成两季。土地恢复了元气，收成多了，家家吃得饱，户户有余粮，还出了一批种粮大户。

画家讲述得有声有色，深深触动了满月，吸引了满月，把她埋藏在心里十几年的梦唤醒了。从此，满月心里七上八下，无一日安宁，陷入矛盾和痛苦的情感中，经常在梦中呓语，把两个睡熟的儿子都说醒了。

满月瘦了。

初秋，一个灰蒙蒙的早晨，阴云使高天和大气都变得很沉闷。大沟村人一个个悄悄耳语，互相打问，传说满月揣了一百元钱逃走了，十有八九是回了四川老家。

有人说，只怪马老六买了那台电视机，让满月看野了心。

也有人说，都怪马老六几天也不洗洗那双臭脚，硬是把人熏跑了。

年轻人以为满月姐不像没有良心的人，说她不会远走。

长辈人则劝慰马老六，满月不会为了自己的娘，就忘了她也是两个娃子的娘。

各种各样的猜测，各种各样的议论，一时成了大沟村的头号新闻。

本来就寡言少语的马老六，这一来更沉默了，整天闷闷不乐，仿佛天塌了似的。懂事的娃儿宰了羊羔子，端来半盆羊羔肉，逼着爹吃，马老六只是胡乱咬了几口，再也尝不出往昔的美味儿。那一阵子，马老六的心情，就像阴霾的天气，再没放晴过，时间也似乎一直停滞在那个灰蒙蒙的早晨。

烈性的老白干成了马老六昼夜不离的伙伴，只有在醉意里他才感到一丝解脱。他苦苦地思念满月，满月是他心目中最美最善良最温柔的女人，也是最体贴的婆姨，是娃儿最慈爱的娘。

马老六每天都要跑到村头，站在那个通向大路的山冈上张望，每天都眼巴巴盼着那个穿一身绿色制服的邮递员。他还去过两次县城，坐在长途汽车站的长凳上，看着一拨又一拨走出出站口的人群，总把希望寄托在下一趟车上，下一趟车又给他带来再一次的失望。

马老六观察每一伙来土长城参观旅游的人，看他们的打扮，听他们的口音，再没有一个是来自"天府之国"的，想打听一点消息，也打听不到。

马老六不去锄地，不去剪羊毛，不去割羊只过冬的青草，还把羊窝在圈里，不放牧也不喂料，饿得羊群咩咩乱叫。两个娃子理解爹的心情，商量商量都不上学了，替爹把担子挑起来。

看到这一切，邻居们又气他又可怜他，好好的一个女人，怎么一走就不回来了？邻居杨大妈说："也难怪马老六没了魂儿，没有女人的家，还能算个家吗！"

马老六嘴上不说，心里却想着：满月不会永远不回来，大西北留下了她的亲骨肉，她真的那么狠心？满月本来很恋这个家，对老六的心思也很重。乡亲们都安慰老六，给老六宽心："即使是满月舍得了你，也舍不得她那两个娃儿。"

马老六经常把满月留下的衣物拿到院子里晾晒，捧出捧进，见物如见人，自己还对自己嘀咕："她会回来的，会回来，她舍不得娃儿。"

马老六终于振作起来。他要带领娃儿好好过日子，把光景过得更有生气，更红火。他把两个娃又送回学校，嘱咐他们好好读书，等妈妈回来那天，让她有个更温暖更满意的家。

（原载《民族文学》2005 年第 6 期）

阿拉善的悲哀

阿拉善是个九岁的小男孩。

他是个理智、善良和心灵纯洁的孩子。

他跟他游牧的爸爸、妈妈无拘无束地生活在达吉洛草原上。

在广阔的原野上，在湛蓝的天空下，在花朵的洪流中，在云一样的羊群里，他觉得自己太渺小了，就像草叶上的一滴晶莹的露珠。

他生活得一点也不寂寞，有许多心投意合的朋友，它们是一片淡蓝色的湖水，湖上恬静的晨雾和热烈的晚霞，天空中的云彩和繁星，开不败的黄颜色的小花，一只牧羊人的小狗和一大群洁白得像乳汁似的羊羔……然而他最喜爱的却是一只百灵。

那只百灵长得并不特别美丽，和一只普通的百灵差不了多少。可是它有着动人的歌喉，是达吉洛草原最受欢迎、最受尊敬的歌唱家。它会唱小溪流水般清澈的歌，会唱像恋人眼睛一样婉转的歌，也会唱如牧人的鞭声那么清脆的歌。有时候，它也偶尔唱过忧郁的歌。

阿拉善很早就起来了，到那片淡蓝色的湖水岸边去捕捉早霞，搜索那只百灵鸟的黎明曲。当他心满意足地回到毡房时，看见他年迈的父亲——达吉洛草原上声望最高的牧羊人朝克图，正坐在毡房外的小桌旁，无忧无虑地陶醉于醇酒和阳光的温暖中。

"阿拉善，我今天要换一块草场，"朝克图又斟满一杯酒，往嘴里夹了一块半生不熟的羊肉。"我可能回来晚一些，你可别到处乱跑去。"

阿拉善听话地答应着。他想：也许下午妈妈就回来了。他妈妈到旗里去看望上中学的姐姐去了，昨天一清早走的。

爸爸赶着羊群远去了，只给小阿拉善留下一个信任和嘱托的微笑。

天空没有云彩，干旱的太阳是寂寞的。

湖面没有野鸭和水鸟，寂寞的湖水泛起一层层疲倦的皱纹……

草原像一个睡着的孩子，偎依在甜蜜的静谧中。阿拉善坐在毡房前，两只手托着下巴颏，像是在想心事，又像在等待着什么。对了，他在等待那只百灵鸟。

它到哪儿去了？是不是把它的老朋友阿拉善忘掉了？还是它又结识了新朋友？

前不久，这里来过一位音乐家。他是到草原上采集蒙古族民歌的。他一到这就发现了小阿拉善的音乐天赋，说这孩子听觉十分灵敏。他们没几天就成了好朋友。音乐家教他一些粗浅的音乐常识，他因为很感兴趣就都记住了。这些音乐常识帮助他更深刻地认识了那只百灵鸟，它的歌唱，比他听过的所有的百灵鸟的歌唱，都高半个音阶。

草原上的空气不知比那些大城市的要洁净多少倍。因此蓝色的湖水显得更蓝了，灿烂的阳光显得更灿烂了，广大的草原显得更广大了。小阿拉善看着这一切，深情地看着，他觉着这个世界就只有他一个人，就只有他一双眼睛，孤零零地望着这个世界，这个色彩丰富、千姿百态的大自然。寂寞向他一步步走来。这个陌生的家伙是那么大胆，第一次光临，就径直地走进小阿拉善的胸脯里，并且大模大样地坐在他的心坎上。阿拉善很想像赶跑一只苍蝇似的把这个使他心里没着没落的"寂寞"赶跑，可是他做了一切努力，一点效果也没有，这个大胆的家伙根本不想让步。

他很想闭上眼睛睡一觉，就是做一个梦也会热闹热闹。他闭着眼睛什么也不想，可就是怎么也睡不着。真怪死了，有一回妈妈让他帮着缠毛绳，多次告诫他别睡着了，可他缠着缠着就合上了沉重的眼皮，走进了梦乡。

"啾啾啾……"

啊，小百灵来了。是它，就是它，那歌声比所有的百灵都高半个音。心爱的小百灵，你真好，你知道小阿拉善寂寞了，是不是？

"你上哪儿去了？是不是把我忘了？"阿拉善真的像跟老朋友一样谈起来，"咱们的交情可不是一天两天了，最少也有三个多月了。你知道三个月是多少日子吗？那是九十多天，九十多天呀！你懂吗？"

他钻进毡房，把早就准备好的一酒盅谷子粒倒在手上，又跑出毡房，朝小百灵撒去。小百灵吓了一跳，飞出一丈多远，然后又飞回原来的地方，蹦蹦跳跳地拣着草地上的谷粒。它每把一粒谷子噙在嘴里后，总是扬起它梳着个翘辫子的头，脉脉含情地看一眼阿拉善。

小百灵看出阿拉善脸上的忧郁、寂寞的表情。它吃了一阵子谷粒就唱起歌来。

说真的，阿拉善并不懂得鸟的语言，他听不出小百灵鸟在唱些什么。可是他凭着自己的心情，凭着百灵的神态，又似乎听懂了。

它唱了一支赠给朋友的歌。真好听。阿拉善认真地听着，一边听着一边眨巴着两只善良的大眼睛。他好像突然听清楚了它的歌词——

> 最好的歌要唱给朋友，
> 给朋友的歌没有忧愁。
> 最好的歌要唱给朋友，
> 给朋友的歌赛过美酒。
>
> 我有好多好多的朋友，
> 到处都伸出友谊的手。
> 我有好多好多的朋友，
> 草原上的百花，大地上的溪流……

　　唉呀，你怎么有那么多的朋友？难怪你一个上午都把我给忘记了。这怎么行呢？这太可怕了。

　　寂寞的滋味让人太难过了。

　　再说，交那么多朋友好吗？它们都像我那样一心一意地跟你好吗？百花算什么，它们怎么也值得做你的朋友？它们的命运中只有春天和夏天，秋天它们就衰老了，冬天它们就枯死了。交这样的朋友你不难过吗？还有溪流，它们从来没有一个固定的毡房，简直是到处流浪，四海为家，你怎么可以让它们带着你的友谊去旅行？那多不严肃！再说它们的命运也不是持久的，冬天一来，它们的生命就冻僵了，只会像死尸一样躺在白皑皑的尸布般的雪下。我看你太傻了，傻得怪可怜的。

　　小阿拉善不光是为了自己的寂寞，更多的还是为小百灵的傻气难过起来。他仰起头看着天空，好像风也在为小百灵叹息，云也在为小百灵忧郁。这可怎么办呢？

　　小百灵呢，好像什么也没想过，什么也不担忧，还一个劲地在草原上跳来跳去，一边跳着一边唱着。它又唱了一支献给草原和牧人的歌。这支歌小阿拉善是听不懂的。

　　已经是下午了，妈妈并没有回来。

　　小百灵从远处往小阿拉善这边跳来，一直跳到他的身边。阿拉善伸出手去捉它，眼看就可以捉到了，可是小百灵叫了一声好像是向朋友告别，就远走高飞了。

　　又剩下小阿拉善一个人了。他真害怕那个大胆的寂寞再来折磨他。

　　可是最叫他伤心的还是小百灵。

　　"它有些太随便了，对我的友谊简直是抱着一种无所谓的态度。它今天是什么时候才飞来的？都快晌午了。它走的时候又那么快活。就是的，好像它随地都可以拾拣起友谊和欢乐。"他把手指头放到嘴里，皱着眉头，一个可怕的念头在他心里生出翅膀。"难道没有什么东西会暗算它吗？没有什么阴谋或是暴力在它的身上打主意吗？"

小阿拉善的一颗纯洁的心开始真正为百灵鸟悬起来，几乎要跳出嗓子眼。

他知道小百灵的窝就在湖的西面，那里有个堆积着石块的大沟，沟坡上有一个小洞，那就是小百灵的家。他是有一天黄昏在湖边上洗澡亲眼看见的，小百灵飞进那个洞里就再没有出来。

聪明的阿拉善产生了一个伟大的计划。他拔了些坚韧的芨芨草，编了一个非常难看却很结实的笼子。今天夜里他要进行一次极不寻常的行动。

他那么想了，就那么做了。

这一回小阿拉善可放心了。他觉得小百灵鸟再不会有任何危险了。他做了它的保护神。

朝克图和昨天一样，喝了几杯酒，也晒过了早晨的太阳，便赶着羊群出发了。

"阿拉善，听爸爸的话，如果你的保护，使它感到不快活，那你是自私的，放了它吧，让它像你一样无拘无束地生活在草原上。"朝克图看看天气，带上了雨衣，"你妈妈今天下午就回来了。"

阿拉善把小笼子挂在毡房外，心中有一种占有的幸福和满足感。爸爸的话也许是对的，可是爸爸并不了解寂寞是什么滋味，再说他自己不是也很自私吗？他从来不许妈妈离开毡房，妈妈两个月去看一回姐姐，他只许她在旗里住一天，最多两天。他还说我呢？何况它只不过是一只小鸟。

百灵愁眉苦脸地蹲在小笼子里，活像一座班房。它再也没有歌声了。它觉得它最美好的东西都在一瞬间失掉了。可是它也不恨小阿拉善，它知道他的心是纯洁和善良的，他之所以这样做，也许是出于好心，也许是一时的糊涂。

"你怎么不高兴呀？唱一支歌吧！从今以后你再不必到处奔波去寻食了，我会把一切都为你准备好的。我要你饿不着，冻不着；我会保护你，谁也别想欺负你。妈妈回来后，我还要用从呼和浩特买的金丝为你编个漂亮的笼子，你会一切都感到满意的。你不相信吗？为什么用那种忧郁的眼神看着我？"

百灵鸟的难过是不一般的。它不知道在这个大草原上，究竟是友谊改变时运，还是时运改变友谊。可是凭着他那双善良的目光，天真的痴情，它知道，阿拉善并不是一个虚伪的朋友，他确实能给它许多许多的东西，可是他却使它失掉了一件最伟大的东西，那就是自由。它想：假如把你也关在一个小笼子里，你会高兴吗？你还有兴致歌唱吗？它半歌半述地对阿拉善说："我不是一支任何人都可以吹响的笛子，也不是任何人的感情的奴隶；我不需要那种占有的保护，我宁愿失掉一个世界，而绝不舍弃最可宝贵的自由。你是我的朋友吗？我真正的朋友应当尊重我的鸟格和自由。"它说得那么诚挚，那么深沉，想用深刻的思想去感动小阿拉善。

阿拉善一点也听不懂它到底都讲了些什么，说话不像说话，唱歌不像唱歌，倒有几分像是哭。他看出百灵惆怅的样子，可他不知道它为什么。他感到扫兴了。他看看天，妈妈该回来了吧？他给百灵添了点谷粒，加了一些水，然后便垂头丧气地朝通向旗里的方向走去。

"妈妈……"他悲哀地喊了一声。

图书在版编目（CIP）数据

高深作品精粹／高深著 . —— 北京：作家出版社，
2020.1

ISBN 978-7-5212-0702-6

Ⅰ . ①高… Ⅱ . ①高… Ⅲ . ①中国文学－当代文学－
作品综合集　Ⅳ . ① I217.2

中国版本图书馆 CIP 数据核字 (2019) 第 199122 号

高深作品精粹

作　　者：高　深
责任编辑：罗静文
装帧设计：意匠文化·丁奔亮
出版发行：作家出版社有限公司
社　　址：北京农展馆南里 10 号　　邮　　编：100125
电话传真：86-10-65067186（发行中心及邮购部）
　　　　　86-10-65004079（总编室）
E-mail:zuojia@zuojia.net.cn
http://www.zuojiachubanshe.com
印　　刷：中煤（北京）印务有限公司
成品尺寸：152×230
字　　数：488 千
印　　张：36.25
版　　次：2020 年 1 月第 1 版
印　　次：2020 年 1 月第 1 次印刷
ISBN 978-7-5212-0702-6
定　　价：98.00 元